比较文学基础丛书

COMPARATIVE LITERATURE: A BASIC READER

比较文学基础读本

张　沛 /主编

图书在版编目(CIP)数据

比较文学基础读本/张沛主编.—北京：北京大学出版社，2017.5
（比较文学基础丛书）
ISBN 978-7-301-28219-9

Ⅰ.①比… Ⅱ.①张… Ⅲ.①比较文学—文学理论—高等学校—教材
Ⅳ.①I0—03

中国版本图书馆 CIP 数据核字（2017）第 065348 号

书　　名	比较文学基础读本 Bijiao Wenxue Jichu Duben
著作责任者	张　沛　主编
责任编辑	黄瑞明
标准书号	ISBN 978-7-301-28219-9
出版发行	北京大学出版社
地　　址	北京市海淀区成府路 205 号　100871
网　　址	http://www.pup.cn　新浪微博：@北京大学出版社
电子信箱	zpup@pup.cn
电　　话	邮购部 62752015　发行部 62750672　编辑部 62754382
印 刷 者	三河市博文印刷有限公司
经 销 者	新华书店
	650 毫米×980 毫米　16 开本　17 印张　300 千字
	2017 年 5 月第 1 版　2022 年 4 月第 2 次印刷
定　　价	45.00 元

“比较文学基础丛书”总序

张　沛

比较文学自20世纪70年代末在中国大陆复兴,至今已历经三纪;以人为喻,则已年近不惑。然而何为比较文学?比较文学何为?相信许多比较文学专业的学者和学生仍在思考这个问题。问题之所以为问题,正因问题真切存在,并不因为我们不去思考便会自动取消。当然,答案或者解释因人而异,并将随比较文学学科的具体实践而发展变化;但一时截断众流,则变化中自有不变者在。唯知此不变者,乃可与言变化。此即“比较文学基础丛书”发起因缘之一。

北京大学比较文学与比较文化研究所向为中国比较文学研究之重镇,在学科与学术建设方面开领风气,并曾产生深远影响。以丛书编纂为例,前者如乐黛云先生主持的“北京大学比较文学研究丛书”(北京大学出版社,1983—2003),近者如严绍璗先生主持的“北京大学比较文学学术文库”(北京大学出版社,2004—),均享誉学林,大有功于后来。新世纪以降,中国比较文学研究渐入千岩竞秀、百舸争流之佳境,向日之前驱,亦不敢后人,愿在此学术大潮中激扬挺立,为我们的共同事业(*res publica litterarum*)更尽心力。此“比较文学基础丛书”又一缘起。

本丛书以“基础”为名,顾名思义,重在介绍和梳理比较文学学科的基础知识。昔人云:“旧学商量加邃密,新知培养转深沉。”温故所以知新;所谓“故”者,实为“常识”(common sense,一译“通识”,兼有常情常理之意)。“人而无恒(常),不可以作巫医”,何况学者!中国未来之比较文学研究,当能“偏其反而”、各尽其妙而不至往而不复、各自为政。“观复”之方,首在“归根”;根深柢固,道乃大光。此“比较文学基础丛书”缘起之三,亦编者深衷所在,读者幸鉴察焉。

“比较文学基础丛书”将分辑依次出版。第一辑内容初拟如下:

1.《比较文学概论》(乐黛云)
2.《比较诗学》(陈跃红)
3.《比较文学关键词》(张辉)
4.《比较文学基础读本》(张沛)
5.《比较文学最新文选》(秦立彦)
6.《比较文化基础读本》(蒋洪生)

人力恒有不足,但诵古人“为仁由己”“众志成城”之语,不觉心生向往,并更寄望海内外同道,友于辅仁而共修胜业。是所乐也,亦所祷也,谨为序。

2013 年癸巳初春正月于北京大学中关园寓所

目 录

下　篇

导 言

和其他学科一样，比较文学在诞生之初曾多有争议；不同的是，时至今日比较文学仍然面临“什么是比较文学”的质疑，甚至是“比较文学比较什么”这样的误解。可以说，比较文学是一门自身焦虑的学科。[①] 自身焦虑提供了自身反思的契机。与其他学科相比，比较文学更是一门自身反思的学科：通过自身反思，也正是通过自身反思，比较文学不断深化和提升了自身，并由此不断生成和展示着自身。

现在回到这个问题：什么是比较文学？概念的界定意味着概念的延异：为了回答“什么是比较文学”，人们首先要回答“什么是文学”；为了回答“什么是文学”，则需要回答“什么是人”；而要回答“什么是人”，又需要回答“什么是人性”……在不断回溯的过程中，答案一再迁延、消逝而变得不可能。因此，我们与其追问什么是比较文学（What is comparative literature?），不妨转向思考：比较文学如何是？（How is comparative literature?）

所谓“如何是”，是一种历时性的自身呈现过程。一般说来，比较文学经历了三个历史发展阶段。第一个阶段主要表现为对异质文化及其语言载体的译介与阐述（包括评论、改写等等），此即比较文学的自在或潜在阶段。在西方历史上，古罗马作家翻译和阐发古希腊文化（如西塞罗摹仿柏拉图对话录、维吉尔摹仿荷马史诗），中世纪—文艺复兴作家翻译和阐发希腊—罗马文化和希伯来文化（如基督教《圣经》的翻译、伊斯兰哲学家阿维罗伊对古希腊哲学的阐发、莎士比亚对古罗马悲剧与中世纪宗教剧的取用），古典主义作家翻译和阐发古代文化（如布瓦洛学习贺拉斯、蒲柏翻译荷马史诗），启蒙主义和浪漫主义作家翻译和阐发外国文化（如伏尔泰根据马约瑟神父翻译的元杂剧《赵氏孤儿》而创作的《中国孤儿》、斯太尔夫人的《德国的文学与艺术》、奥·维·施莱格尔翻译莎士比亚），可以说构成西方文化的一大

---

① Charles Bernheimer (ed.): *Comparative Literature in the Age of Multiculturalism*, Baltimore: The Johns Hopkins University Press, 1995, p. 1.

传统。在中国,本土文化和异域文化的交流(所谓"西学东渐")也多次发生,如汉魏以来印度佛教文化的传入(第一时期)、晚明以来欧洲基督教文化的传入(第二时期)以及清末以来西方现代文明的传入(第三时期),而这也是一个译介和阐发的过程。第一时期以佛经翻译为主,第二时期的重点是基督教神学和自然科学(如利玛窦和徐光启合作翻译的《天主实义》《几何原理》),而第三时期无论是在广度还是在深度上都大大超过了前两个时期,如严复的《天演论》(译介赫胥黎的《进化论与伦理学》)、《原富》(译介亚当·斯密的《国富论》)、《群己权界论》(译介约翰·密尔的《论自由》),王国维的《红楼梦评论》(依据叔本华的意志哲学),鲁迅的《摩罗诗力说》(介绍浪漫诗学)、《文化偏至论》(阐发尼采的超人思想)即为其早期代表。这一时期的译介作者往往从当时政治现实的问题意识(如强国新民、救亡图存这样的宏大关怀)切入,有意识地引进、运用西方话语(包括理论范畴、叙述模式、研究范式乃至价值体系等等)来救治、改造本国文学—文化,即如鲁迅在《文化偏至论》(1907)中所说,"外之既不后于世界之思潮,内之仍弗失固有之血脉,取今复古,别立新宗,人生意义,致之深邃,则国人之自觉至,个性张,沙聚之邦,由是转为人国"①,但他们往往对西方话语自身的合法性缺乏批评性反思而作为超历史的标准或超时间的真理加以运用,也没有自觉的学科意识。在这个意义上,他们的著述只是潜在地属于比较文学而有待展开:作为自在的比较研究(comparative literature in itself),它们为将来的比较文学研究提供了对象和材料。

第二个阶段,是对这些译介和阐释所构成的文学—文化关系的研究,即比较文学的关系史研究阶段。这一阶段以自在阶段的实践为研究对象,其特点是历史意识和学科意识的产生。美国人文主义思想家和比较文学学者白璧德曾以古典研究为例指出:

> 以维吉尔为例,要研究他不仅需要熟悉古典时期的"维吉尔",也需要熟悉后来的那个"维吉尔"——诱导中世纪想象的那个魔幻"维吉尔"、作为但丁向导的那个"维吉尔"等等——乃至丁尼生的美妙颂歌。如果他研究的是亚里士多德,他应当能为我们展示亚氏通过拉丁文传统或间接通过阿维罗伊等阿拉伯学者对中世纪和现代欧洲思想所产生的巨大影响;如果他研究的作家是

① 《鲁迅全集》第1卷,人民文学出版社,2005年,第57页。

欧利庇得斯，那么他应该知道欧氏在哪些方面影响了现代的欧洲戏剧，他应该有能力对欧利庇得斯的《希波吕托斯》与拉辛的《菲德拉》之间的异同做出比较；如果他研究的内容是斯多葛思想，那么他应该能用斯多葛学派的"完善"理想来对照圣波拿文都拉和圣托马斯·阿奎那等基督教作家所盛称的"完美生活"理想。在关注迄今所有研究成果的同时，他也不能忽略用希腊语和拉丁语写作的教父文学名篇，这些著作表明了古代思想是通过何种方式过渡为中世纪思想与现代思想的。上面为数不多的几个信手拈来的例子都向我们说明，比较方法的应用可以多么的广阔和富于成效。①

在白璧德(他本人正是一名严格意义上的古典学者)看来，比较文学是古典文学的延伸，理想的古典研究应当是"比较文学"。我们看到，白璧德所说的"比较方法"(comparative method)即实证主义的历史比较方法。中国比较文学的先驱陈寅恪于此心有灵犀而身体力行，他在任教清华国学院时曾针对当时的研究现状指出：

即以今日中国文学系之中外文学比较一类之课程言，亦只能就白乐天等在中国及日本之文学上，或佛教故事在印度及中国文学上之影响及演变等问题，互相比较研究，方符合比较研究之真谛。盖此种比较研究方法，必须具有历史演变及系统异同之观念。否则古今中外，人龙天鬼，无一不可取以相与比较。荷马可比屈原，孔子可比歌德，穿凿附会，怪诞百出，莫可追诘，更无所谓研究之可言矣。(《与刘叔雅教授论国文试题书》)②

陈寅恪所批判的研究路数，后来在20世纪80年代中国大陆比较文学复兴时期曾风行一时，即所谓"X比Y模式"；他主张的实证方法，也就是白璧德所说的历史比较方法。在当代学术语境下，历史比较方法具有了新的内涵：它要求研究者在关注事实联系(*rapport de faits*)的同时，不再把作家、文本或话语视为单一的、静止的、封闭的、本质主义的实体，而是作为某种"差异的内在发生"(inner differentiation)或文化变异现象、某种效果历史(effective history)、某种延异活动

① 白璧德：《文学与美国的大学》，张沛、张源译，北京大学出版社，2004年，第108—109页。

② 《陈寅恪集·金明馆丛稿二编》，陈美延编，三联书店，2001年，第252页。

(différence)加以剖析。这既是一个拆解的过程(dissection),同时也是一个重新组装的过程(rearticulation);综而言之,就是今天所说的解—建构(deconstruction)工作。正是在此解—建构过程中,比较文学反思前一阶段的自在状态,由此获得自我意识而成为一门自觉的学科。

这一自觉过程分两步完成。首先是方法论的自觉。在中西文化交流的第一时期,佛学初传东土,时人(如康法朗、竺法雅、昆浮、昙相等)曾用"格义"方法译介和阐释作为异质文化的佛学理论。所谓"格义",即用本土儒家或道家的概念、范畴"比配"佛学"名相"术语(如把僧人称为"道人",将"涅槃"译为"无为"),这正是一种比较的方法。在第二时期,基督教偕同西方近代自然科学进入中国,并引发了"天崩地解"的思想革命;面对这一情况,徐光启于1631年提出:"欲求超胜,必须会通;会通之前,先须翻译。"(《历书总目表》)如果说"格义"启动了第一时期方法论的自觉,那么"翻译—会通—超胜"说则标志了第二时期的方法论自觉。在第三时期,现代西方文明随坚船利炮涌入中国,中国文化面临前所未有的巨大挑战,如何正确看待自我(中国文化)、他者(西方文化)和二者的关系成为当时中国知识界的首要关注,而方法论的自觉即成为文化自觉的一个重要环节。20世纪初,章太炎在《訄书》(1902)中指出:

> 今日之治史,不专赖域中典籍。……亦有草昧初启,东西同状,文化既进,黄白殊形,必将比较同异,然后优劣自明,原委始见,是虽希腊、罗马、印度、西膜诸史,不得谓无与域中矣。(《哀清史》)[①]

章氏在此强调比较的方法("比较同异"),但这仅就"治史"即历史研究而言,并未涉及文学研究。数年后,鲁迅在《摩罗诗力说》(1907)一文中提出:

> 欲扬宗邦之真大,首在审己,亦必知人,比较既周,爰生自觉。[②]

鲁迅主张通过比较走向自觉,他所说的"自觉"是指中国文化的自觉或

① 徐复:《訄书详注》,上海古籍出版社,2000年,第867页。

② 《鲁迅全集》第1卷,人民文学出版社,2005年,第67页。

自我认识，而自觉的方法或途径即是“比较”。他在晚年提倡“拿来主义”（1934），认为“没有拿来的，人不能自成为新人，没有拿来的，文艺不能自成为新文艺”（《拿来主义》）[①]，与之一脉相承。从今天的角度看，鲁迅的主张和学衡派的宗旨“昌明国粹、融化新知”（1922）实是殊途同归、不谋而合。事实上这也是当时中国知识界的共识，如陈寅恪在《冯友兰〈中国哲学史〉下册审查报告》（1933）中指出：

> 真能于思想上自成系统、有所创获者，必须一方面吸收输入外来之学说，一方面不忘本来民族之地位。此二种相反而适相成之态度，乃道教之真精神、新儒家之旧途径而二千年吾民族与他民族思想接触史之所昭示者也。[②]

陈氏之意，文化正是由于差异而具有生命力，差异为文化的自我反思与自我超越提供了必要的契机和动力。然则反思和超越的依据何在？钱锺书在《谈艺录》序（1948）中回答了这个问题：

> 凡所考论，颇采二西之书，以供三隅之反。……东海西海，心理攸同；南学北学，道术未裂。[③]

“同”或者说对包含差异在内的更高自我的认同，构成了自我超越的起点和终点。就此而言，比较——作为自身反思和自身超越之道（途径和方法）——必然具有人文主义的内涵与指向。

方法论的自觉进一步促进了学科的自觉。20世纪80年代以来，比较文学在中国大陆经过三十年的沉寂后重新崛起。这一时期的代表人物钱锺书指出：要发展我们自己的比较文学研究，重要任务之一就是清理一下中国文学与外国文学的相互关系（张隆溪：《钱锺书谈比较文学与“文学比较”》）。所谓“清理关系史”，即通过知识考古重新建构（同时也是解构）文学史，并对作家、作品重新进行定位。通过这一阶段的工作，比较文学将事实联系内化为自身效果历史，由此获得本体存在（自身研究领域）而成为一个独立的学科。

比较文学研究的第三个阶段，是对文学—文化关系研究进行反思而上升为理论，同时作为阐释实践进入新一轮的文化互动。如果说比较文学第一个阶段是自在的译介阐发实践，第二个阶段是自觉的关系

① 《鲁迅全集》第6卷，人民文学出版社，2005年，第41页。

② 《陈寅恪集·金明馆丛稿二编》，第285页。

③ 钱锺书：《谈艺录》，中华书局，1984年，序言第1页。

研究，那么第三个阶段就是自为的比较诗学。所谓自为，即自我界定、自我解释和自我规划。正是在这个阶段，比较文学真正成为一个按照自身逻辑发展的学科。这时，译介阐释、关系史研究和比较诗学形成三种相互支持—蕴涵、相互渗透—转化的共时研究模式：译介阐释实践必然同时构成关系史研究的对象，关系史研究必然在比较诗学的指导下进行，而比较诗学的阐释(如诗学比较)必然作为理论实践进入关系史研究的视野。没有译介实践，比较文学的关系史研究将是无源之水，而比较诗学研究自然也就无从谈起；没有关系史研究，比较文学的译介实践将滞留在不自觉的前学科状态，而比较诗学将成为虚浮的海市蜃楼；而没有比较诗学，比较文学的译介实践和关系史研究则将是蒙昧的(即缺乏自我意识的)和他律的(即无法自我规定的)。在这个意义上，比较诗学是比较文学的自身反思的灵魂：正是通过比较诗学，比较文学成为一个自我立法、自我规定的学科。因此，比较诗学虽然在时间上是后来的、派生的，但在逻辑上却是先在的、本原的。

正如比较文学不即是文学比较一样，比较诗学也不即是诗学比较。前面谈到，比较文学经历了从自在到自觉，再从自觉到自为的发展历程，并将与之对应的译介阐释、关系研究、比较诗学作为自身的基本构成。作为比较文学的内在灵魂，比较诗学同样经历了从自在到自觉，再从自觉到自为的发展历史，并在共时层面上表现为阐释、关系史研究和比较诗学的结构形态：首先是跨文化的诗学比较，或者说诗学的平行比较，这是比较诗学的自在实践，也是比较诗学的起步和基础，正如异质文化间的译介阐释实践是比较文学研究的基础一样；其次，是对前一阶段诗学比较的自觉反思，即比较诗学的关系史研究；最后，是对自觉阶段的研究成果进行反思的自为阶段，即作为比较文学自身诗学的比较诗学研究，这不仅包括一切关于比较文学的元叙述或自我言说，同时因其跨越语言、学科和文化的特性，亦是“理论”本身(theory in general)的话语实践。可以说，诗学比较、诗学关系研究和比较文学的自身诗学共同构成了比较诗学；诗学比较固然不是比较诗学的全部，却是后者的必要构成。

既然比较诗学是比较文学的灵魂、核心机制和根本原理，那么它是否只有一个？换言之，它是一个单数概念还是一个复数概念？或者说，它是一元的还是多元的？如果从比较诗学是比较文学的统一性原理这个角度来看，比较诗学似乎应当是一元的。然而正如黑格尔所说，一切概念或理念都是包含自身差异在内的同一体[①]，或者用德里达的话讲，延异构成了生命的本质[②]，比较诗学也不例外。首先，以比较诗学为神经中枢的比较文学是一个不断变迁的建构过程，其中包括文学关系研究、海外华人文学研究、海外汉学研究、翻译研究、跨文化研究、大众文化研究、文化人类学等等分支领域，它们分别具有自己的指导原则，这些原则构成各种具体的比较诗学，同时作为差异性的支流而汇入整体比较诗学，这时比较诗学作为自相差异的同一体而不断奔流变化；其次，诗学比较、诗学关系研究和比较文学自身的诗学共同构成比较诗学，比较诗学自身同时也在经历内在分化而包含差异于自身。无论在哪一种意义上讲，比较诗学都必然是"多"中之"一"，即寓自身于特殊和多元之中的普遍与一致。就其自身同一而言，比较诗学甚至必须是多元的、复杂的，这种多元性、复杂性是比较诗学自身生命力的来源和保证。如果比较诗学是绝对的单一(the one)，作为绝对的普遍凌驾于一切特殊(the many)之上而与之相对立，那么普遍恰恰因此下降为特殊，这时它不过是名义上的(假的)普遍、死的普遍而不是真正的普遍、活的普遍。"问渠哪得清如许？为有源头活水来。"真正的普遍(一)与特殊(多)对待生成并生息相通；特殊是普遍的自身构成，普遍通过反思自身差异而获得自身同一。正是通过对差异、非同一的反思，比较诗学不断超越、丰富自身而完成、呈现自身；也正因为如此，比较诗学才有资格称为比较文学的灵魂。

比较诗学既是对实践的理论反思，同时也是理论层面的实践；比较文学由此在更高层面回归自身并开始新一轮的演化(同时也是异化和延异)。这一进程不仅是比较文学的自身回归与重新出发，也是比较文学向人文学科总体方法论的具化落实。

在西方，方法论问题的提出是近现代思想学术转型的一个重要标志。中世纪经院哲学尊奉亚里士多德的演绎法，以为天下之能事毕矣；但自文艺复兴以降，人类发现了一个新的世界，新的世界需要新的认识，而新的认识需要新的方法。17世纪20年代，培根在《新工具》中提出：经院哲学的演绎法不足以发现真知，发现真知只能通过新的方法，这就是建立在实验基础上的归纳法。[③] 随着"新工具"的提出，一个

---

① 黑格尔：《小逻辑》115节附释，贺麟译，商务印书馆，1980年，第249—250页。

② 德里达：《书写与差异》，张宁译，三联书店，2001年，第368页。

③ 培根：《新工具》第1卷11—19章，徐宝骙译，商务印书馆，1984年，第10—12页。

以方法论为标志和导向的新时代到来了。培根之后，笛卡尔提出在“直观”(天赋观念)基础上运用“马特西斯”(Mathesis)即数学方法(包括代数方法和几何学方法)作为“探求真理的指导原则”[①]。此后的人文研究，从斯宾诺莎运用几何学方法撰写《伦理学》到康德通过代数方法论证“先验综合判断如何可能”，都不同程度受到笛卡尔方法的影响。牛顿的《自然哲学的数学原理》及其物理学的成功更进一步加强了人文学者对数学方法的信心，此后数学和物理学成为真理或“科学”的化身，数学—物理学方法充当了包括人文学科在内的一切科学的方法论模型(休谟运用牛顿方法研究道德哲学即是典型一例)。然而，随着研究不断深入，人们发现数学—物理学方法并不足以揭示人文真理，人文科学需要有自己的方法。18 世纪 20 年代，意大利学者维柯在《新科学》一书中提出：人类社会文化是人类自身的创造物，认识人类自身必须通过语言回顾考察理念的历史，这种关于人类原则的“新科学”类似于几何学，“但是却比几何学更为真实”[②]。维柯的“新科学”揭櫫了 19 世纪的历史主义方法，在一定程度上甚至预示了 20 世纪以语言学和解释学为主轴的方法论转向。其后卢梭也指出：人类特有的“精神活动是不能用任何力学法则来解释的”[③]。19 世纪初，黑格尔提出数学方法只是一种“外在的方法”，而人文研究应当具有属于自己的方法，这就是历史的方法。黑格尔以历史的方法考察哲学(黑格尔心目中的人文科学的最高代表)，事实上历史成为哲学的方法。20 世纪 30 年代，意大利人文学者克罗齐(他也是维柯著作的译介者和阐释者)指出：通过批判超验哲学，哲学在其自主性中死亡，因为它自诩的自主性恰恰基于形而上学性，取而代之的不再是哲学，而是历史——作为哲学的历史和作为历史的哲学，即“哲学的历史化”，这时哲学只具有历史思维方法论的功能[④]，或者说它只构成“历史学的方法论的一个阶段”[⑤]。继续克罗齐的思路，英国学者科林伍德强调“一切历史都是

---

① 笛卡尔：《探求真理的指导原则》，管震湖译，商务印书馆，1991 年，第 8、11—13、19、21 页。

② 维柯：《新科学》，第 1 卷第 4 部分，朱光潜译，商务印书馆，1989 年，第 163—165 页。

③ 卢梭：《论人与人之间不平等的起因和基础》，李平沤译，商务印书馆，2007 年，第 58 页。

④ 克罗齐：《作为思想和作为行动的历史》，田时纲译，中国社会科学出版社，2005 年，第 19、113、106 页。

⑤ 克罗齐：《美学原理 美学纲要》，朱光潜译，人民文学出版社，第 254 页。

思想史”而指出：“只有在历史过程亦即思想过程之中，思想才存在；而且只有这个过程被视为思想过程时，它才是思想。”[①]历史主义与现象学相结合而产生了现代阐释学，其代表人物如伽达默尔认为：真理通过阐释而自身呈现，这一过程构成了阐释的“效果历史”。伽达默尔认为效果历史是一条“不应局限于某一历史境况的”普遍原则[②]，并且指出：

> 我们所探究的是人的世界经验和生活实践的问题。借用康德的话说，我们是在探究：理解怎样得以可能？这是一个先于主体性的一切理解行为的问题，也是一个先于理解科学的方法论及其规范和规则的问题。我认为海德格尔对人类此在(Dasein)的时间性分析已经令人信服地表明：理解不属于主体的行为方式，而是此在本身的存在方式。本书(即《真理与方法》——笔者按)中的“阐释学”概念正是在这个意义上使用的。它标志着此在的根本运动性，这种运动性构成此在的有限性和历史性，因而也包括此在的全部世界经验。[③]

我们看到，阐释学不仅是对先验认识论的历史主义改造(康德认为是先验的“纯粹知性”使知识成为可能，而伽达默尔则认为经验的“阐释”使作为理解的知识成为可能)，而且标志着现代方法论——从“新工具”(培根)、“新科学”(维柯)和“科学方法”(黑格尔)一直到作为“真理的方法”的阐释学——的最后完成。

作为跨越语言和文化、兼有历时向度(如所谓“法国学派”的影响研究)和共时向度(如所谓“美国学派”的平行研究)、综合古今而面向未来展开、在自我与他者的对话中实现互动超越的现代学科，比较文学既是阐释学的具体运用，也是它的生动例证。比较文学的自身反思(同时也是它的自身实现)即人文科学的自身经验，我们由此得以直观“此在的根本运动性”。因此，比较文学不仅是人文科学的一个具体部门，同时也是人文科学的一个全息影像。可以说，比较文学是人文科学的具体而微，而比较文学之道即人文科学之道：通过自在到自觉再到自为的“此在”，比较文学为人文科学提供了共通的方法论模型。

---

① 科林伍德：《历史的观念》，何兆武译，商务印书馆，1997年，第303、319页。

② 伽达默尔：《真理与方法》第2版序言，洪汉鼎译，上海译文出版社，1999年，第11页。

③ 同上，第6页。按：原文是“诠释学”，为行文统一，今改为“阐释学”。

比较文学的“此在”是一种自身反思的运动过程。通过自身反思，比较文学深入自身而实现了自身。因此，比较文学是一种自我认识。当然，这是一种特殊的自我认识：在这里，自我不再是本质性的实体或主体，而是某种动态的过程，其中蕴涵了自我与他者的对话和互动。在自我反思中，自我分裂为反思的自我和被反思的自我；反思的自我是作为主体的自我，而被反思的自我是作为他者的自我。自我始终是自相差异的自我：他者异在于自我，但又因自我而存在；他者总是自我的他者，或者说是自我的另一种存在样态。反过来说，自我也总是相对他者而存在，甚至是作为他者而存在：单纯的自我本身是不完整的、未完成的，只有通过他者即异在的自我才可能成就真正的自我。在这个意义上，他者是自我的潜在。事实上，真正的自我总是一种超越性的自我；换言之，自我总是自我的超越性存在，这种超越性存在恰恰来自于自我的相对性或自相差异性，即他者。这也就意味着：正是自我的相对性、他者性构成了自我的实在性、超越性，而自我与他者的对话也就是自我的相对性和自我的超越性之间的反思和对话。通过这种反思性对话，自我超越自身而升华为更高的自我。这既是一种否定的工作(对自我的否定)，也是一种肯定的工作(对更高自我的肯定)。丹麦学者勃兰兑斯认为法国浪漫主义作家斯达尔夫人“通过自己的作品，特别是她关于意大利和德国的伟大著作，帮助法国、英国和德国人民以比较的观点来看待自己的社会及其文艺思想和理论”，并就此指出：

> 如果你想唤醒和震惊人类大多数，你必须清楚地让他们认识到他们认为绝对的东西是相对的，这就是说，必须让他们看到他们普遍承认的标准只不过是某一数量思想相近的人接受的标准；而别的国家、别的民族对是非美丑却有完全不同的概念。[①]

所谓“让他们认识到他们认为绝对的东西是相对的”即意味着对单纯自我的否定。而白璧德在强调用东方思想对治现代西方文明弊病时指出：

> 认为欧洲和亚洲的一小块地方构成了整个世界，这不过是我们西方人骄傲自大的一种表现。这意味着对将近一半人类的经

① 勃兰兑斯：《十九世纪文学主流》第一册，人民文学出版社，1997年，第137页。

验视而不见。在这个交流普遍而便捷的时代，整合这两部分人类经验将是格外可取的。①

“人类经验”的“整合”即指向对更高自我的肯定。相对性自我与超越性自我互为主体，这种内在而超越的主体间性构成了比较文学的人文内涵。美国比较文学学者尤斯特曾经指出：作为人类总体历史发展的必然结果，比较文学代表了新的人文主义精神。② 的确，比较文学的终极目标在于发现更高自我或实现自我的更高存在；在这个意义上，比较文学是哲学——不仅是单纯认识论意义上的哲学，更是作为“认识你自己”的实践哲学，即人文之道。通过此在的实践和实践的此在，比较文学成为新时代人文主义的标志和先锋。在这时，比较文学作为一门人文学科的意义和价值便得到了最终证明(fully justified)。③

基于以上认知，笔者编选了这部《比较文学基础读本》，以供比较文学专业内外师生基础教学与拓展阅读之用。本书选目西方现代部分参考了 David Damrosch, Natalie Melas & M. Bongiseni Buthelezi: *The Princeton Sourcebook in Comparative Literature: From the European Enlightenment to the Global Present* (Princeton and Oxford: Princeton University Press, 2009)，特此致谢说明。感谢本书选篇的各位原作者。我们联系到了大部分原作者或代理人，获许使用他们的作品供中国的学者和学生研究学习，但是也有一些作者未能取得联系，希望他们看到本书后与编者联系，在此我谨向上述作者、编者和出版社表示衷心的感谢！另外本书责编黄瑞明女士在后期编辑定稿过程中提供了耐心诚恳的建议和帮助，启予非止一端，在此并致谢忱。本人学养识力有限，偏颇失当之处，敬请海内外专家与读者同仁建言指正，“俾学有缉熙于光明”：此达人之事，亦学者之所望也！

张沛

2016 年 6 月于北京大学中关园寓所

---

① Irving Babbitt: *Democracy and Leadership*, Boston and New York: Houghton Mifflin Company, 1924, p. 156.

② Francois Jost: *Introduction to Comparative Literature*, New York: The Bobbs-Merrill Co., Inc., 1974, pp. 29—30.

③ 本文曾发表于《北京大学学报》(哲学社会科学版)2010 年第 5 期，今略有修订，若有出入，以此为准。

上　篇

论文明的进步[1](1770)

赫尔德*
姚小平　译

当一个部落成长为一个小小的民族之后,仍有可能自我闭塞。它的生活范围和需要如果固定不变,语言就会停滞不前。我们知道,有许多小民族即所谓野蛮人便是停留在这样的阶段上。他们把自己与世界隔绝开来,若干世纪以来一直生活在极度愚昧的状态之中。例如有些岛民竟然从未使用过火,还有许多民族连最简单的机械知识也不具备,就好像他们对世界上存在和发生的一切都视而不见。于是,这样一些民族就被其他开化民族称为愚蠢的、缺乏人性的野蛮人。可是要知道,就在不久前我们自己也同样是野蛮人,我们的知识都是从其他民族那里获得的。某些哲学家也就此大做文章,认为这样的愚昧无知简直不可理解。而事实上,根据我们人类发展的一般规律,这种现象是十分正常的。在这种场合,大自然铸成了一条新的链带,即让文明从一个民族传播至另一个民族。于是,艺术、科学、文化和语言便随着各个民族的持续进步而得到提高和完善。这是大自然所选择的最美妙的发展方式。

假如许多世纪来,我们未受异族文化的影响,未被强行拖入异族文化的发展链带,那么,我们德意志人大概会像美洲的印第安人一样,至今还生活在丛林里面,为自己的部落进行着英勇的战争。罗马人的文化来自希腊,希腊文化则源于亚洲和埃及;埃及文化出自亚洲,而中

* [德]约翰·戈特弗里德·赫尔德(Johann Gottfried Herder)

① 本文节选自同作者《论语言的起源》第2卷,姚小平译,商务印书馆,1999年,第108—109页。标题为编者所加。

国文化可能源自埃及[①]。文明传播的链带就是这样从最初的一环开始延展,或许有一天会达到地球的每个角落。希腊人建造宫殿的那种艺术,同样体现在土著人盖一间茅屋的技巧之中;而赫尔曼[②]的红色盾牌尽管十分粗陋,也已经闪烁着孟斯(Mengs)和迪特利希(Dietrich)的绘画所具有的艺术之光。一个鼓动人们去打仗的爱斯基摩人,已具有日后成为德摩斯梯尼[③]的一切萌芽;而一个生活在亚马逊河流域的善于雕塑的民族,或许将来会孕育出千百个斐德斯[④]。如果这类民族有机会学习和获取其他民族的文明成就,那么,至少在温带地区,一切都会像欧洲一样发达。埃及人、希腊人、罗马人以及近代的欧洲人只不过是继承了前人的遗产,并作了进一步的发展;而波斯人、鞑靼人、哥特人和罗马天主教徒们迈入历史,却摧毁了前人的成就。然而,在旧的废墟之上,又建立起了新的、更加生气勃勃的文明。人类艺术在不断地进步(尽管人类本性的某些其他方面会因此受损),语言也就随之逐渐地完善。毫无疑问,现代阿拉伯语要比原始时代的阿拉伯母语精细百倍,而我们德语比起古凯尔特语来,也精细得多了。希腊人的语法应该比东方民族的语法更完善,因为希腊语是东方语言的后裔;同样,拉丁语法应该比希腊语法更富哲理,而法语的语法应该优于拉丁语法——这意味着,站在巨人肩上的侏儒始终比巨人本身高出一截!

---

① 当时在西方学者中流行一种看法,以为埃及是中国文化和语言文学的源头。——译注

② 赫尔曼(Herrnann)是克罗普施道克的戏剧《赫尔曼之战》中的主人公。——译注

③ 德摩斯梯尼(Demosthenes,约 384—322 B.C.),雅典的演说家、政治家。——译注

④ 斐德斯(Phidias),公元前 5 世纪希腊的雕塑家,相传雅典卫城上的帕特农神殿是他建造的。——译注

古代及现代各不同民族的诗歌比较之结果[①](1797)

赫尔德*
胡根法 译
范晶晶 校

诗歌是众民族之间的普罗透斯(Proteus);它根据各民族的语言、风俗、习惯,根据他们的性情、气候,甚至根据他们的口音变化形式。

当民族迁移时,当语言混杂并改变时,当新事物激发人们时,当他们的喜好另有倾向及其事业另有目标时,当新的典型影响其意象和观念的创作时,甚至当舌头这个小小部位的移动有所不同且耳朵习惯于不同的声音时:就这样,诗歌的艺术不仅在不同的民族之间发生变化,在一个民族的内部亦然。在希腊人中,荷马时代和朗吉努斯(Longinus)[②]时代的诗歌是不同的东西,甚至其概念本身也是如此。无论是对罗马人还是僧侣,对阿拉伯人还是十字军成员,对重新发现远逝岁月的学者还是处在不同国家不同时代的诗人和人民,与诗歌相伴的联想都是完全不同的。即使这个术语本身也是一个抽象的、模糊的概念,除非得到确切实例的明显支持,否则它就会像海市蜃楼一样消逝。因此,古人和今人之间的争吵是很空洞的,因为人们头脑中几

* [德]约翰·戈特弗里德·赫尔德(John Gottfried Herder)

① 选自赫尔德的《推进人文主义的信函》,*Briefe zu Beförderung der Humanität*(Letters for the Advancement of Humanity,1797)。参看其《全集》,*Sammtliche Werke*,ed. Bernhard Suphan(Berlin:Weibmannsche Buchhandlung,1883),18:134—140。Jan Kueveler 译。

② 狄俄尼索斯·朗吉努斯(Dionysius Longinus)是《论崇高》(*On the Sublime*)这部重要的、写于公元1世纪的论著的假定作者。

乎没有什么具体的东西。[①]

由于一种错误的比较标准——或者本无任何标准——得到了应用,这一争吵变得愈加空洞了。应该基于什么原则来决定排名呢?是被认作研究对象的诗歌艺术吗?如要确定完美的典型——在每一种形式和体裁上,考虑到空间和时间、目的和手段——并且要毫无偏见地把它们应用于被比较的任何事物,该需要多少缜密的调查分析啊!或者,如果就生产者而言,诗人的技艺应该得到考量,那么在何种程度上,一个人在占有幸运的天赋或更为吉利的境遇上,在更为勤奋地使用在他前面已有的和在他周围遍布的资源上,以及在拥有一个更为崇高的目标上,在为达此目的而更为理智地使用他的力量上,超过了另外一个人?这该是怎样的另一片比较之海啊!为一个国家或几个民族的诗人设定的标准越多,花费的徒劳也就越多。每个人对诗人进行评价和排名,根据的是他喜欢的国家、他认识这些诗人的方式、这个或那个诗人给他留下的印象。受过教育的人,除了拥有他们自己的完美典范外,也拥有如何获得这一典范的个人标准,他们不愿将其与他人的标准进行交换。

由此,我们一定不要责备任何一个国家,说他们喜欢自己的诗人胜过所有其他的诗人,还说他们不想抛开自己的诗人以交换外国的诗人;毕竟他们是它的诗人。他们用它的语言进行了思考,在它的语境中运用过他们的想象力;他们感受到了养育自己的民族的需要,并且以满足了这些需要作为回报。那么,为什么这个国家不应该也与他们一起体验呢,既然由语言、思想、需要、感情织成的纽带牢固地把他们联结到了一起?

意大利人、法国人,还有英国人,出于偏见,对自己的诗人赞颂备至,对其他民族的诗人则倾向于不公正地加以谴责。唯有德国人听任诱惑,以至过度夸大外族的优点,尤其是英国人和法国人的优点,因此倒忽视了自己。当然了,至于扬(Young)(因为此处不会谈及莎士比亚、弥尔顿、汤姆逊、菲尔丁、哥尔德斯密斯、斯特恩),自从厄尔伯特

① "古今之争"(Querlle des Anciens et des Modernes)乃一场文学和文化争论,发生在17世纪晚期的法国。争论的一方为古典主义者,他们辩称希腊和罗马作家具有无可超越的伟大性,另一方则为启蒙价值和新表达模式的支持者。

(Erbert)的译介[①]之后，他便在我们中间形成了或许过分的膜拜，对此我并无怨言；厄尔伯特的翻译不仅具有原文所有的品质，也——通过创造音乐一般的散文体和采自其他民族的丰富的、合乎道德的评注——同时修正和减轻了英语原文的夸张。但是，德国人迟早会遭到谴责，因为对于自己语言的最纯粹的诗人，他们却持以迟疑不决的冷漠。这些诗人普遍受到了遗忘和漠视，其程度在任何一个邻邦都闻所未闻。我们的品位、我们写作的方式将何以形成？如果不是经由我们民族最好的作家，我们的语言将如何得到确定和规范？如果不是通过它的语言，不是通过用这种语言表达出的最卓越的、宝藏般的思想和感觉，我们将如何习得爱国精神和对祖国的热爱？毫无疑问，要是从年轻时起，我们就知晓了我们最好的作家并把他们选作向导，那么，经过千年不断地使用我们的语言进行写作之后，我们就不会仍在犯错误。

另一方面，任何对我们国家的热爱，都不应该阻止我们认可任何一个地方的美好事物，它们都是在众时代和众民族伟大的进程中才累积地创造出来的。那位古老的苏丹[②]的王国内有众多的宗教，它们中的每一个都在用其特殊的方式崇敬上帝，他由是感到欣喜；对他来说，这就像一块美丽多彩的草地，各种花儿在其中绽放。在我们这个星球上，各民族和时代的诗歌也同样如此；在每个时代，它是某一特定民族缺点和完美的具体表现，是一面反映这个民族性情的镜子，是其最高典范(*oratio sensitive anima perfecta*)的表达。[③] 将这些画面并置，一种增益见识的快感便产生了。在这个聚集不同方式的思考、爱好以及愿望的长廊中，我们肯定会更为深入地了解各时代和民族，而如果踏上政治及军事的历史这条布满欺骗和荒凉的路径，我们对其了解的程度就不会这样深。在后一种方式中，我们所了解到的是它是如何被统治和摧毁的，很难再超过这些；而在前一种方式中，我们所了解到的则是它思考的方式，它有何期望和要求，它如何表达喜悦以及如何受到老师的指导或喜好的引导。应该承认，我们依然缺少获取这种概述诸

---

① 尽管与莎士比亚及弥尔顿这样的作家相比，爱德华·扬不过仅为二流，但其诗作 *Night Thoughts on Life, Death, and Immortality*(1742—1745)由 J. A. Erbert 于 1751 年译成德文，并在德国大受欢迎。

② 指 16 世纪的奥斯曼帝国伟大的苏丹苏莱曼一世(Suleiman the Magnificent)。

③ "对灵魂之完美感到敏感的话语"("Speech that is sensitive to the soul's perfections")。

民族之灵魂的诸多资源。除了希腊人和罗马人，乌云依然盘旋在中世纪的上空，而对我们欧洲人来说，中世纪乃是一切的发源地。迈因哈德(Meinhard)的《论意大利诗人》(*Essay on the Italian Poets*)缺乏说服力，它甚至没有谈及塔索(Tasso)[1]，更不用说能为其他民族做成点类似的事情。而随着迪埃兹(Dieze)[2]这位博学的西班牙文学鉴赏家和《贝拉斯科斯》(*Valazquez*)编辑的去世，《论西班牙诗人》(*An Essay on the Spanish Poets*)已经消亡了。

一个人可以通过三条路径来获得对这个花团锦簇、硕果累累的人类思想领域的看法，而这三条路径都已经为人走过。

艾申伯格(Eschenburg)受人欢迎的例集[3]采取的路径是体裁与形式，这是与他的理论相一致的；对青年学生来说，如果他们得到一个精明老师的指导，这就是一条教导性的路径：因为一个术语可能广泛应用于大相径庭的事物，他们可能就会被这样的一个术语引入歧途。荷马、维吉尔、阿里奥斯托(Ariosto)、弥尔顿以及克洛普施托克(Klopstock)的作品均冠以史诗之名。然而，根据其内在的艺术观念，这些都是非常不同的作品，更不用说那使它们充满活力的精神了。作为悲剧作家，索福克勒斯、高乃依和莎士比亚除了悲剧这个术语之外，毫无共同之处；他们的艺术天才是完全不同的。所有的文学体裁，直至讽刺短诗(epigram)，一概如此。

其他人则根据情感来对诗人进行了归类，尤其是席勒(Schiller)，他在这方面的表达极其精妙，而且令人钦佩。[4] 要是情感并不总是这样彼此搅和在一起该有多好啊！什么样的诗人会执著于一种情感，尤其是在不同的作品中也是如此，以至于它可以对其性格进行界定呢？通常，他会拨动由许多甚至所有的音符组成的和弦，这些音符通过不

---

① 赫尔德指的是 Johann Nicolaus Meinhard 的著作《追寻最伟大的意大利诗人的人格及作品》，*Versuche über den Charakter und die Werke der besten italienischen Dichter* (1763—1764)。Torquato Tasso 生活的时代比 Meinhard 要早两个世纪。

② J. A. Dieze 在 1769 年出版了 Luis José Velázquez de Velasco 的《西班牙诗歌的起源》，*Origenes de la poesía castellana* 德文版，译文中带有大量的评注。

③ Johann Joachim Eschenburg 编辑了一本大型例集，名为《美学理论与文献例集》，*Beispielsammlung zur Theorie und Literatur der Schönen Wissenschaften* (Collection of examples of the theory and literature of the aesthetic sciences; 8 vols.，1788—1795)。

④ 席勒那颇具影响的美学论著《论素朴的诗与感伤的诗》(*On Naïve and Sentimental Poetry*(1794—1795))对比了诸如荷马和歌德这类诗人"天真的"、直觉的艺术才能与阿里奥斯托及他本人之类诗人那"感伤的"、沉思性写作之间的不同。

协和的音而相得益彰。感觉的世界乃是一个幽灵的国度,常常是一个原子的国度;只有创造者的手才能从中塑造出形式。

我所称之为第三种自然的方法,就是让每一朵花都各处原位,然后根据时代和形态,从它的根部直到花冠,仅仅按照它本来的样子对它进行仔细的观察。最为谦卑的天才痛恨排名和比较,并且宁愿在村子里排名第一,也不愿意在恺撒之后位居第二。地衣、苔藓、蕨类以及最丰盛的香料植物:每一种都按照神圣的秩序繁茂生长。

诗歌已经被分成了主观和客观两类,依据的是它所描述的客体以及在描述客体时所带有的情感;从对具体的诗人,比如荷马与奥西恩(Ossian),汤姆逊(Thomson)和克莱斯特(Kleist)以及其他人的描述来看,这已经证明为一个可靠有用的角度。[①] 因为荷马讲述了史前世界的故事,就他本人而言,明显的个人性的参与并不存在;奥西恩则怀着一颗受伤的心,从他苦甜交织的记忆里对它们进行歌唱。大自然赐予了四季,汤姆逊就依样对它们进行描绘;克莱斯特则把他的春天咏唱成由情感激发的视图狂想曲,经常节外生枝,进入对其自身和朋友们的思考。即使这样的区别也只不过是对诗人和诗歌时代的一种缺乏说服力的衡量:因为,作为一个希腊人,作为一个叙述人,荷马也对他的客体饶有兴趣,如同中世纪的民谣歌手和故事诗作者,也像稍为晚近时代的阿里奥斯托、斯宾塞(Spenser)、塞万提斯(Cervantes)以及维兰德(Wieland)一样。做得再多一些将会超出他的职业范围,而且会打断他的叙事。然而,就其对人物的安排与描绘而言,荷马也极像常人那样歌唱;至于那些看起来与众不同的地方,其区别则在于对不同时代进行思考的方式,并且这很容易得到解释。我自信我能够,也许是在最优雅的程度和表达上,在希腊人当中发现每一种独特的人类态度和性情——只是与时间、地点相关的任何事情。亚里士多德的《诗学》命名并描述了情节、人物、激情和态度,这一点无人能及。

自古及今,人类一直如故;但是他总是根据自身居住的条件表达自我。在愿望与悲伤,在充满愉悦与欢乐的描绘上,希腊与罗马的诗歌竟是如此的不同!在东方与西方之间,在希腊与我们之间,巨大的不同已经呈现,造成这种不同的不是任何一种新的范畴,而是民族的

---

① James Thomson 的 *The Seasons*(1726—1730)描绘了一个安定的、和谐的大自然;Ewald Christian von Kleist(1715—1759)为人所知乃因《春天》(“Der Frühling”)一诗,它对春天进行了热情的颂扬。

融合、宗教和语言的混合，最终乃是习俗的发展、创新的进展、知识和经验的进步——一语难尽的不同。当我将"沉思的诗人"这一表达使用于一些现代人时，它同样也并不完美：因为一个仅仅沉思的诗人实际上并不是诗人。

想象与气质，这个灵魂的国度，乃是诗歌的根基和土壤。通过对词语和人物的使用，诗歌会唤起关于极乐的理想，关于美与尊严的理想，而它们原本正在你的心中休眠；这是语言、感觉和气质最为完美的表达。没有哪个诗人能够摆脱诗歌的内在法则；它告知诗人，什么是他所做的，什么又是他并不拥有的。

也没有人能够将眼、耳分离。诗歌绝非仅是绘画或者雕塑，这二者可能会客观地、如其所是地呈现画面；诗歌是话语且有意图。它影响的是内在的感觉，而非艺术家的眼睛；在任何一个受过教育或者正在接受教育的人那里，这种内在的感觉由气质和道德本性构成，因此在诗人中就包含一种理性的和人道的意图。话语自有某种不可穷尽的特点；它给人以深刻的印象，这些印象又反过来因诗歌的和声艺术得到强化。这样一来，诗人就从来没有想过只做一个画家。他是一个艺术家，凭借动人的话语，把要描绘的客体画到一块精神的、道德的，即不可穷尽的地面上，进入人格之中，进入灵魂之中。

正如大自然所有的更替呈现出来的结果那样，难道某种进步不是在这里也同样不可避免吗？我根本不怀疑这一点（如果正确地理解进步的话）。在语言和习俗的意义上，我们将无法成为希腊人和罗马人；我们也不想成为他们。迄今为止，在众民族和时代中，在动摇和古怪中，诗歌一直在激励自己，难道它的精神不是越发努力地穿过这所有的动摇和古怪，去抛却所有虚假的装饰，所有感觉的粗陋，去寻求人类所有努力的中心，即人性真正的、全部的、道德的本质，生命的哲学吗？对我来说，时期之比较使得这一点极为可靠。即便在品味最为粗鄙的时代，我们也紧紧遵循大自然那伟大的法则。让我们前往阿卡狄亚吧（*tendimus in Arcadiam, tendimus*）！[1] 我们的路通向那片纯真、真理和道德的土地。

---

① "让我们前往阿卡狄亚"——那古希腊田园式素朴的家园（the home of pastoral simplicity in ancient Greece）。

现代文学的总精神[①](1800)

斯达尔夫人*
徐继曾　译

在中世纪取得新成就的不是形象思维,而是逻辑思维。我在前面说过,艺术之本是模仿,它是不会无止境地日益完美的;在这方面,今人无论在现在或将来,永远只是因袭古人而已。然而,如果说形象诗和描写诗几乎总是老样子的话,那么,情感领域新的开拓和对人物性格更深入一步的了解,却能使我们把激情表达得更加酣畅,并且使我们的文学杰作具有一种不能仅仅归功于诗人的想象的魅力,一种大大地提高作品效果的魅力。

古人只在男子中间交结朋友,而把他们的妻子仅仅看成是豢养来过悲惨生涯的奴隶。大部分妇女也差不多只是一个名副其实的奴隶,她们的头脑里缺乏思想,她们的内心也得不到高尚情操的熏陶。因此,古代诗人所描写的爱情一般只限于一些感官的感觉。古人作品中以妇女为主题的都是针对她们的体态之美,而相当一部分古代妇女也是具有这个优点的。现代人却懂得男女之间的其他关系和联系,只有他们才能表现他们最为钟爱的,把人的毕生命运与爱情联系起来的那种情怀。

小说是现代人思想的绚丽多彩的产物,是古人几乎完全不曾见过的一种文学体裁。古人也曾写过一些具有小说形式的田园诗,那是希腊人在奴役他人之余,为了消磨时光而写的。但妇女在家庭生活中尚未产生影响以前,个人的遭遇不大能引起男子的好奇;他们都全神贯

---

* [法]斯达尔夫人(Germaine de Stael)

① 本文选自同作者《论文学》第9章,徐继曾译,人民文学出版社,1986年,第121—127页。

注于政治活动。

妇女需要征服人心，又担心沦入被奴役的境地，所以她们在人的性格中发现了千差万别的色彩。她们为戏剧家提供了激动人心的新的奥秘。她们被容许具有的一切情操——对死亡的恐惧、对生活的眷恋、无限的忠诚、无比的愤慨，都充实了具有新的表现形式的文学。妇女可说是对自己的言行都不必负责，她们心里怎么想，嘴里就可以怎么讲。在心灵毫无保留地吐露出来的言词中，健全的头脑和善于表达的文笔可以选取材料，得到启发。因此，和古代的伦理学家相比，现代伦理学家对人的认识一般都细致得多，明智得多。

在古代，谁要是无望得到名声，他也就没有必要发表什么言论。但自从夫妇在家庭生活中处于平等地位以后，思想的交流和伦理道德的奉行，至少在这个小圈子里总是存在的。由于夫妇间相互的柔情，孩子更加得到父母的钟爱。一切感情都打上了爱情与友谊，尊敬与亲切，无负于人的信赖与自然而然的吸引这样一些圣洁的联系的印记。

老年是一生中一个乏味的时期，在讲求光荣与美德的国度里本当受到尊敬，然而老年人不再能受到内心情绪的感奋，却充满各种各样忧郁的思想。这是一个追忆往事的时期，怀念昔日的时期，眷恋曾经爱过的一切的时期。那从青年时期起就同炽烈的激情结合在一起的伦理情操却可以一直保持到生命的终结，使人们依然看到那掩盖在时光的阴暗绉纱后面的生活图景。

深沉的、梦幻般的感情是某些现代作品最主要的一种魅力，而对人生的认识只限于爱情的妇女把她们温馨甘美的感受注入了某些作家的文笔之中。在阅读文艺复兴以来的作品时，人们在每一页中都可以看出，哪些是人们在妇女没有取得平等的社会地位以前所不曾具有的思想。

从某些方面来看，高贵、价值、人性都取得了不同的涵义。古人的一切美德都以对祖国的爱为基础；现在的妇女则独立地表现她们的品质。对弱者的怜悯、对不幸的同情、毫无功利目的的心灵的激扬，这些都远比政治道德更符合妇女的本性。在妇女的影响下，现代人更易于接受博爱思想，同时由于较少受固定联想的束缚，因此从哲学的观点看来，他们的思想也更加解放了。

最近几个世纪的作家在形象思维作品中，惟一超出古人的地方就是表现更细腻的感情，以及由于对心灵的了解而使故事情节和人物性格变化万千的那种才能。而今日的哲学家却在各门学术中、在思想方法方面、在分析问题方面、在概念的概括以及在对各种结果之间的联系的探索方面,比古人不知要高明多少!他们掌握了思维的线索,可以循此前进而不致误入歧途。

数学推理就跟思辨哲学中的空间和时间这两个最高概念一样,都是永存的。你可以把空间延伸到万千里之外,把时间推到千百年之后,而每一个计算的结果总是正确的,并且可以永无止境。人类思维取得的最大成就就是摈弃各种所谓体系的偶然性而接受可以予以证明的方法,因为对人类普遍的幸福来说,再没有比得到了证实的真理更大的成就了。

至于雄辩术,虽然在大多数现代人的作品中,它还缺乏古代自由城邦国家时那种竞相取胜之心,却也由于哲学的发展,由于有了富有忧郁色彩的形象思维而取得与前不同的性质,产生极其强烈的效果。

就这门激动人心的艺术而言,我并不认为没有哪一部古代作品,没有哪一个古代演说家能比得上博叙埃和卢梭,比得上写某些诗歌的英国人,比得上写某些文句的德国人。不过,那种即使在讨论某一特定问题时,也能把一些能够摄住所有人的心灵、唤起一切回忆、使人们在人的每一项具体利益中看到整个人类这样一些激动人心的普遍性的思想引进雄辩术中去的艺术,却是得之于基督教思想对精神价值的重视,得之于哲学思想的深沉的真实性的。

古人善于在各种场合活跃讨论气氛,而在今天,由于几百年来人们对个人利益,甚至对国家的当前利益谈得过多而感到厌烦,因而优秀的作家总是需要追溯前代,才能触及人人共有的感情的根源。

当然,要想引起人们的注意,就必须对打算用来激动人心的对象进行如实的、详尽的描绘;但如果你要使怜悯之心油然而生,就必须利用忧郁情感,而且使它具有与形象思维所描绘的形象同样强大的感染力。

现代人除了以宣传鼓动为惟一目的的雄辩以外,还发展了思维的雄辩。就后者而言,古代只为我们提供了塔西佗这样一个范例。孟德斯鸠、帕斯卡尔、马基雅维利之所以雄辩,在于他们能用一句话、一个使人留下深刻印象的形容词、一个三言两语就勾勒出来的形象,不但阐明了某一概念,而且丰富了它的涵义。这样的文笔简直像是为你揭示了一个深藏的奥秘。你仿佛觉得作者表达这个思想以前已经有许多思想为之作了准备,觉得每一个概念都是许多深刻的沉思默想的产物，觉得一句话就使你突然发现了天才纵横驰骋过的那个广阔的天地。

古代哲学家可说是执行着教育人的职务，他们抱有从事包罗万象的教育这样一个目的。他们发掘各领域的基本概念，奠定基础，不使有所遗漏；他们用不着回避那一套反复使用，却并不令人生厌的一般概念。古代的任何作家都不可能和孟德斯鸠相比；而且，既然从古代到孟德斯鸠这好几百年并没有白费，前后相续的各代人并没有虚度年华，人类从创世以来的漫长岁月中取得了若干成果，那么，把古代的任何东西来跟孟德斯鸠相提并论便是不妥当的。

对伦理道德的认识是随着人类理性的发展而日益完善的。在与智力活动有关的范围内，哲学的论证特别适宜于应用到伦理道德上面去。决不应该把今人的道德跟作为社会活动家的古人的道德相提并论；今天，公民与国家之间高尚的关系和忠贞的义务只有在自由国家之中方才存在。在专制统治的国家中，习惯势力（也就是某些偏见）还可能时常激励赫赫的武功；但对公众事务和司法美德的始终不渝的忠诚，毕生准备为公众事务作出无私牺牲的决心，这只有热爱自由的人才能具备。因此，伦理道德的发展，只能在个人品质、博爱思想和某些高超的作品中去考察。

现代哲学家所公认的原则远较古代哲学家肯定的原则更有助于个人的幸福。我们的伦理学家要求人们应尽的本分是善良、同情、怜悯和爱。古人要求做儿子的对父亲绝对服从。现代人的父爱则更加强烈；在父与子之间，施恩者对受惠者的爱应该比受惠者对施恩者的爱更甚。

古人对正义的爱是无与伦比的；但是他们根本没有把仁爱列为人的本分。法律可以强使人们讲公道，但只有舆论才能使善良成为一种为人之道，也只有舆论才能把那些对不幸者漠不关心的人排除于受尊敬者的行列。

古人要求于人的仅仅是不要损害他们；他们只要求他人别挡住他们的阳光，让他们听凭自己和大自然的摆布。今人则出于一种更温馨的感情，要求别人给予他们帮助和支持，希望自己能激起别人对他们的关怀；他们把一切有助于彼此的幸福、有助于人与人之间相互慰藉的东西都看成是一种美德。家庭成员之间是由一种合乎情理的自由联系起来的；人们不再有任何合法的专横权利把自己的意志强加于人。

古代北方民族把要求人们为人谨慎和机灵能干的教导，把对自己的痛苦进行超乎人力的自我克制的一些箴言，都列为美德的教条。现代人则更重视义务，人与同类之间的关系被提到第一位；凡是与我们自己有关的一切都要从我们对别人的命运可能产生什么影响这样一个角度来考虑。每个人应该为自己的幸福做些什么，是以一个忠告，而不是以一个命令的形式规定出来的；对于人们不能不感觉到、也不能不形之于外的痛苦，伦理道德并不把它当作一种罪过看待，而只是把人们在别人身上造成的痛苦才看成是罪过。

最后，福音书的伦理道德和哲学都一致宣扬人性。人们学会了深切地珍视人生的价值；对人来说，人的生命是神圣的东西，它不能容忍某些古人认为应该列为美德的那种从政治出发的对生死所持的冷漠态度。血见到血也要战栗；最泰然自若地正视自己面临的危险的战士，也因置人于死命时为之心颤而感到自豪。如果某些情况使人担心某一判决不公正，担心在法律之剑下丧了生的是一个无辜的人，那么各国人民都会忧心忡忡地倾听为这个不可挽回的不幸所发出的申诉。由冤情造成的恐怖将世世代代传下去，因为人们将把这种不幸讲给他们的孩子们听。因此，当口若悬河的拉利[①]在他的父亲被处死二十年后在法国要求为他的亡灵昭雪平反时，所有的年轻人，虽然他们不可能见过这位受害者，也不知道这位受害者是何许人，却都感动得热泪纵横，仿佛那无辜者流血的可怖日子将永远铭刻在所有的人心中。

就这样，时代在一步一步向自由迈进，因为自由是道德所要求的。然而，遗憾的是，我们又怎能摆脱那如此触目惊心的痛苦的对比啊！仅仅一件罪恶就曾在漫长的岁月中回荡不已，而我们却看到了无数的暴行，几乎是司空见惯，过目即忘！而这些令人发指的罪行正是在人类最伟大、最崇高、最值得骄傲的思想——共和主义的荫庇下产生的！每当我们念及人类前途的时候，这场革命的景象总出现在我们眼前，我们怎能不进行这样可悲的对比！我们想把我们的思想转到已逝时光的遥远彼岸，我们想用抽象组合之间的永恒联系来解释过去发生的事件和传至今日的作品，可是那也枉然；如果说，在思辨领域中，同一

---

① 拉利（Trophine-Gérard Lally，1751—1830），其父曾任法国驻印度殖民地总督，与英国作战时遭败北，被迫投降，后被诬控为叛国罪，处以死刑。经拉利及伏尔泰为之申诉，终于得到昭雪。

个词可以唤起好几种回忆的话,结果还是我们胸中的感情左右着我们,理智则不再具有支持我们的力量,那么,我们就只好在现实生活面前一蹶不振了。

但是,我们还是不要气馁沮丧。让我们回到那些一般的问题,回到文艺思想,回到一切足以使我们不再去想个人感情的事物上来吧。这样的个人感情在我们身上是太强烈、太痛苦了,简直不堪回首。一定程度的情感可以推动才智,但是长期沉重的痛苦是会窒息表达的天才的;当苦痛成了心灵的常态时,我们的想象力甚至会感到如此沮丧,连它的感受也没有必要予以描绘了。

论世界文学[①](1827)

歌德[*]

1827年1月31日

……

愈来愈深信，诗是人类的共同财产。（中略）我们德国人如果不跳开周围环境的小圈子朝外面看一看，我们就会陷入学究气的昏头昏脑。所以我喜欢环视四周的外国民族情况。我也劝每个人都这么办。民族文学在现在算不了很大的一回事，世界文学的时代已快来临了。现在每个人都应该出力促使它早日来临。不过我们一方面这样重视外国文学，另一方面也不应拘守某一种特殊的文学，奉它为模范。我们不应该认为中国人或塞尔维亚人、卡尔德隆或尼伯龙根就可以作为典范。如果需要典范，我们就要经常回到希腊人那里去找，他们的作品所描绘的总是美好的人。对其它一切文学我们都应只用历史眼光去看。碰到好的作品，只要它还有可取之处，就把它吸收过来。

---

* [德] 约翰·沃尔夫冈·冯·歌德(J. W. von Goethe)

① 选自爱克曼(J. P. Eckermann):《歌德谈话录》，朱光潜译，人民文学出版社，2000年，第113—114页。标题为编者所加。

共产党宣言[①](1848)

马克思*

资产阶级,由于开拓了世界市场,使一切国家的生产和消费都成为世界性的了。不管反动派怎样惋惜,资产阶级还是挖掉了工业脚下的民族基础。古老的民族工业被消灭了,并且每天都还在被消灭。它们被新的工业排挤掉了,新的工业的建立已经成为一切文明民族的生命攸关的问题;这些工业所加工的,已经不是本地的原料,而是来自极其遥远的地区的原料;它们的产品不仅供本国消费,而且同时供世界各地消费。旧的、靠国产品来满足的需要,被新的、要靠极其遥远的国家和地带的产品来满足的需要所代替了。过去那种地方的和民族的自给自足和闭关自守状态,被各民族的各方面的互相往来和各方面的互相依赖所代替了。物质的生产是如此,精神的生产也如此。各民族的精神产品成了公共的财产。民族的片面性和局限性也日益成为不可能,于是由许多民族的和地方的文学形成了一种世界的文学。

---

* [德]卡尔·马克思(Karl Marx)

① 选自《马克思恩格斯选集》,人民出版社,1972年,第254—255页。

中　篇

比较文学当前的任务[①](1877)

梅茨尔*
成桂明 译

一

鉴于我们这本多语言杂志一直被某些文献学家误认为是一本哲学杂志,因此对本杂志的任务再进行一次简单讨论并非画蛇添足。虽然是首次在这方面做出如此努力,但也不能端赖于前人的成绩或其他便利优势。

对比较文学而言,我们知道只有德国、法国和意大利有了确定的名称,然而它绝不是一个定义充分并已确立的学术科目。事实上,目前距此目标还任重道远。因此,就这一缓慢兴起的学科的未来而言,这本杂志的任务与其说是对手头大量的(尽管仍然不足)材料进行有限的比较,不如说应该直接或间接地从各方面扩充材料并强化这一努力。为此,像我们这样的杂志就必须同时致力于翻译艺术和歌德的"世界文学"(这个术语被德国文学史家,尤其是格维努斯[②]所彻底误解)。文学与语言息息相关,后者实质上臣服于前者。没有文学,作为

---

* [匈牙利]雨果·梅茨尔·德·鲁米尼茨(Hugo Meltzl de Lomnitz)

① 该文以德文首刊于《世界比较文学》(*Acta Comparationis Litterarum Universarum*)第1卷第9期(1877年5月)以及第1卷第15期(1877年10月)上。汉斯-约阿希姆·舒尔茨(Hans-Joachim Schulz)和菲利普·H.莱茵(Phillip H. Rhein)在《早期的比较文学》(*Comparative Literature: The Early Years*, Chapel Hill: University of North Carolina Press, 1973, pp. 53—62)一书中翻译了此文。此处省略了梅尔茨尔关于当代学术著作的几处注释。

② 乔治·戈特弗里德·格维努斯(Georg Gottfried Gervinus, 1805—1871)是一套五卷本德国文学史的作者。他利用"世界文学"这一概念来赞颂德国文学对外国产生的影响以及德国作家富于创造性地使用外国题材的能力。

仆人的语言不仅没有自治权，甚至压根无法存在。因此我们应该明白，尽管不会从方法论上讨论语言问题，但这一问题还是会时不时被涉及，尤其是在针对异域民族时。同理，比较文学也涉及哲学、美学甚至人种学以及人类学等领域。例如，如果不从人种学意义上考虑，偏远地区的文学就无法得到充分理解。[①]

在这些任务当中，我们必须加上文学史改革，这场期待已久并且早就应该开始的改革只有通过广泛应用“比较原则”才会成为可能。正如每一位客观公允的文人学者所知悉的，今日普遍通行的现代文学史，只不过是政治史的甚或国家的奴婢而已，至多不过是文献学(philologiae)的奴婢而已（现代意义上的文献学）。文学史家们已经走得太远，以至于他们对文学史的划分都是基于政治事件，有时甚至基于国王们的死亡年份！基于此等以及类似的原因，哪怕是各语言中最上乘、最知名的文学史著作，也与成熟的品味扞格不入，对严肃的文学（不是政治的或文献学的）目的同样毫无裨益。只有比较领域出现的大量作品，尤其是翻译方面的，才能逐渐消除这诸多前见。其中，我们可能有必要提及一个德国文学史领域的例子。科贝尔施泰因(Koberstein)的巨著《德国民族文学精神概观》[②]总的来说名不虚传（由尽职的巴尔奇编辑的第五版，莱比锡，1872 年，第一卷，第 218 页，注释 7），其中对于晨曲(aubade)是由沃尔夫拉姆·冯·埃申巴赫(Wolfram von Eschenbach)还是由普罗旺斯诗人发明的做了长篇讨论。作者最终赞同“周密而谨慎的”拉赫曼(Lachmann)的意见，认为沃尔夫拉姆才是这一文体的创始人。尽管他们非常周密、谨慎，但还是没考虑到这种民谣实际上在 1800 年前的中国（《诗经》中收录的）就已被传唱，在某些现代民族（如匈牙利）的民歌中也是屡见不鲜。

今天的文学研究没有哪一领域像文学史那样被过度开发。尽管毫无吸引力，却仍频频如斯，而且没有谁能保证这种现象会日渐式微。利希滕贝格(Lichtenberg)早在文学史写作正式开始之前就已得出此论，但却只有谢尔(Scherr)和明克威茨(Minckwitz)的历史著作罕见而

---

① 哲学，特别是现代归纳式哲学，甚或就是文学史最自然的出发点，很难想象这迄今仍是文学史家未知的领域。最广泛意义上的历史，尤其是所谓的通史、政治科学、神学、文献学都有进入文学史的特权。但是一种建立在健全的科学—人种学基础上的哲学又还能继续被文学史以及“由此带给我们的愉悦”支配多久呢？——作者注

② August Koberstein, *Grundriss der Geschichte der deutschen national Literatur*, 1827.

例外地证实了这一点。他们的作品尽管偶尔将文学现象纳入某些源自自由主义偏见的传统结构中，但至少以一种新鲜的、明智的，而且普遍适用的方法弥补了这一不足。我们在此没有篇幅对这些重要的问题展开广泛讨论。[①] 让我们重申这本杂志先前所说的话作为结论：我们的杂志旨在成为一个各国作家、翻译家和哲学家的荟萃之地。这里拒绝既有的学科，特别是这些学科或明或暗地仅仅服务于实用性目的，而且它们都已有了自己的学术期刊。只有一个学科尚未拥有自己的杂志，这个学科就是我们旨在培养的——自歌德之后才被接受其全部意义的翻译艺术所带来的最重要结果——一门新兴的未来学科：比较文学。一门仍在不断巩固的学科不应拥有自己的杂志，这种担心如果用在我们的老大姐“比较文献学”身上将会遭到激烈的反对。后者同样仍在强化自身，虽然它在自己的广大领域中已在诸多方面颇有建树。此外，比较文学史已经直接投入实践，甚至在德国大学的教室中都已如此（如慕尼黑的卡里尔）。其中，大批的德语文学译者就是间接的代表，而我指的还不是众多的二流或三流译者。

二、多语言原则

我们杂志在第二期修改了题词。厄缶的那句格言很是漂亮，但毕竟局限在真实翻译（true translation）原则上；而在席勒那里，我们发现了一句更为精确，同时也更加适用的格言来表达本杂志的任务。[②] 题词上的这个变化，看似微不足道，但能说明我们回到，更确切地说，我们继续先前的讨论是言之成理的。此外，前面由于篇幅有限而未加讨论的很多问题也同样重要。我们希望不会有人误解席勒这句美好的格言。

---

① 不过，我于1874年在克劳森堡大学举办的一次讲座中就已讨论过文学史的改革问题，该讲座稿随后出版，题为《关于批评文学史的概念》（*On the Concept of a Critical Literary History*，Vienna：Faesy and Frick，Budapest：Rosenberg，1875）。

② 厄缶的格言来自《思想》（*Thoughts*），大致可以译成：“让我们学习而不是模仿别的时代和国家的伟大作者。一颗种子，在其他地方能长成大树，在我们的土壤里也可能发芽；但一棵完全长成的大树，如果被移植，迟早会枯萎凋零。而且，越是在原生地长得茁壮茂盛的大树越是如此。”席勒的格言出自他于1789年10月13日写给格特弗里德·克尔纳（Gottfried Korner）的信中：“仅为一国写作的理想是可怜而小气的，因为一个具有哲学精神的人将难以忍受这种限制。他没法把自己局限在这样一种变化无常、偶然而又任意的人性中，局限于一个片段——哪个最伟大的国家会是分崩离析的？”——译者注

翻译艺术是且仍将是我们实现远大的比较目标最为重要、最具魅力的手段之一，但不要把手段误当成目的。歌德还能设想他的“世界文学”是基本的，甚至是独一无二的吗？——对他而言，（德语）翻译本身就是目的。[1] 但对今天的我们而言，翻译只是实现更高目的的手段而已。

只有比较的对象以它们原初的形式展现在我们面前时，真正的比较才成为可能。尽管翻译极大便利了国际交往或者说文学作品的分布（在德语中尤其如此，它比其他任何现代语言都更具诗意的适应能力），但没有人会对叔本华的这个观点持有异议——即使最优质的译文也会有需要改进之处，永远无法取代原作。因此，翻译原则一定不能被比它重要得多的比较手段——多语言原则所取代，而应与之共存共荣。当然，我们这本杂志空间有限，只允许我们在有限的程度上实现这一原则。但如果文学比较不想仅仅浅尝辄止，就必须首先实现这一现代原则。（顺便说一句，既然我们受惠于多种语言的使用，那这一原则就并不完全是现代的，因为埃及学和亚述学这两门非常现代的学科就都在处理着古老的人类文化。如果没有拉希德和尼尼微那用多种语言写下的碑文，我们的知识将会少得可怜。）

通晓多种语言本身就是一种直接交流，与其相对，翻译原则是被限定于文学/文献间的间接交流。这已表明了通晓多种语言的重要性，它可以应用于诸多方面。其中目前最可取同时最实用的一种就是，某个比较杂志的评论文章使用的语言是其主要涉及的主题的语言，打个比方，一个匈牙利人写的研究卡蒙伊斯（Camoes）的文章要用葡萄牙语写，一个德国人关于塞万提斯的批评要用西班牙语写。很显然，这一目标暂时在大多数情况下仍不切实际，难以企及。但就我们而言，我们觉得至少应当对匈牙利文学和德国文学严格实行这一条。（这是我们优先考虑匈牙利文学和德国文学的原因所在，而且这两种文学还与我们的地理和文化处境相符合，因此杂志版面使用了双语。）此外，要合理运用多种语言原则，就不应完全排除原本就是用数种语言写成的作品。

然而，努力通晓数种语言显然和任何普适的博爱或类似于世界理

[1] 就此而言，格维努斯、科贝尔施泰因及其传人对歌德的“世界文学”所做的“爱国主义”误读显得愈加荒谬。

想国[1]的东西毫无共同之处。比较文学的理想无关乎云遮雾罩的"世界大同化"理论。如果谁指望我们去侵犯某一民族的民族独特性，那就是对我们这本杂志的高远目标（更不必说趋势）的严重误解或有意歪曲。妄图如此怎么说都将是一件荒唐事，即便将国际上的著名学者联合起来考虑这件事情，也从一开始就注定会失败——为这样一个目标走到一起本身就是愚不可及的。毋庸置疑，比较文学的目标比那要可靠得多。与之相反，比较文学一心一意想要培育的恰是所有民族的纯民族性（purely national of all nations）——在这本杂志狭小的框架内，一切民族都被进行健康合理的（或只是富有吸引力的）比较，这是其他方式所得不到的结果。我们的秘密座右铭是：民族性，作为一个民族的个性，应当被视为神圣不可侵犯的。因此，从比较文学的立场来看，一个民族无论在政治上多么无足轻重，它在现在和将来都和最大的国家同样重要。最简单朴实的语言可能为我们在比较文献学领域提供丰富的、最珍贵的素材。这点同样适用于那些也许可以被我们称为"文学贫乏的民族"（literatureless peoples）的精神生活，我们不应以传教士般的热情错误地影响他们的民族特性，而是有义务真正地保护和留存它们，如果可能的话，保存其纯粹性。（我们应当从比较—多语言（comparative-polyglot）的角度来考虑俄罗斯内政部审查署于1876年5月16日颁布的关于禁止在文学作品中使用乌克兰语的敕令（第30页已提及）。这将是对圣灵的最大犯罪，哪怕它针对的并非是一个拥有五千万人口的民族，而只是一群并不引人注目的吉尔吉斯人的民歌而已。）阻碍一个民族的民间文学的发展就是在肆意破坏人类精神的一种重要表达。在一个诸如山羊或欧洲野牛这样的动物物种都因为濒临灭绝而被法律精心严格地保护的时代，任意毁灭某个人类种群（或它的文学，这是同一回事）就应当不再可能了。

我们希望能从这个意义上来理解"世界文学"，同时我们也意欲培养翻译艺术，尤其是翻译方面迄今没有自己的期刊，而世界文学时至今日已在柏林拥有诸如《外国文学杂志》（*Magazin für die Litteratur Auslands*）以及赫里希（Herrig）的《新语言研究档案》（*Archiv für das Studium der neueren Sprachen*）等非常具有代表性的刊物，这些刊物优质、精美且受到充分的认可。在英国和法国，所有重要的杂志也一

① 希腊语为"nephelokokkugia"，即"云中鹁鸪国"（Cloud-Cuckoo-Land），阿里斯托芬的讽刺剧《云》中哲学家们在天上的住所。

直以令人称赞的热情在成功耕耘着这一领域。然而不可否认的是,所谓的"世界文学",如前所示,通常都会遭到误解。因为如今每个国家都要求拥有自己的"世界文学",但却并不清楚世界文学到底意味着什么。今天的各国都因为这样或那样的理由认为自己优于其他国家,几乎都在努力成为"民族的"(national),这种假设所带来的完全自足(suffisance)的理论甚至在很大程度上成为现代教育学的基础,因此,这种不健康的"民族原则"构成了现代欧洲全部精神生活的基本前提——它可能会以"国家伦理"这样奇怪的形式出现,让一个维也纳高中教师完全不满于自己取得的成就。所有合理的概念从一开始就这样遭到破坏,甚至最高的精神关怀也是如此。考虑到当今世界范围内的思想交流正在令人惊叹地增强,这些精神关怀本可带来不可估量的丰硕成果。今天,各国非但没有自由行使多语言原则,以收获它在未来定会结出的果实,反而坚持最严格的单语言原则,认为自己的语言至为优越,注定要称霸天下。这种幼稚的竞争最终将导致它们的语言都等而次之。伊斯特里亚的杰出作家朵拉(Dora d'Istria)在其佳作《奥斯曼帝国的诗》(近期已出第二版)的序言中证实了我们的观点。她毫不客气地说道:

> 实际上我们生活在一个几乎没有文学的时代。欧洲沉溺于党同伐异、种族战争、宗派斗争、阶级冲突等等,很少关注那些仅在几年前似乎每颗有教养的心灵都会关注的问题。今天有太多的基督教国家就像18世纪的土耳其一样。

因此,真正的"世界文学"在我看来只是一个无法企及的理想,但各个独立文学、各个民族都应为之而努力。同时,他们采用的手段应当只有翻译和多语言这两种最重要的比较原则,而绝不实践于暴力或野蛮的假说。那些假说于人无益,但却不幸时常出现在一些甚至有影响的欧洲杂志上。因此,听到来自极地的声音尤其令人欣喜。这里,我也许可以引用我们在冰岛的合作人用德语写下的这段话(7月29日):

> 我常常向往这样一本杂志,它能让各国的作家、所有思想家汇聚一堂;或者更进一步,这些人能组成一个国际性团体来反抗我们时代的野蛮势力。达成这一目标的重要一步就是这本杂志——作为作家和思想家的焦点,或者幽默点说,要展现精神。

这一高贵的声音来自冰岛的莎士比亚译者斯泰因格里米尔·索尔斯坦松(Steingrimur Thorsteinsson),它促使我们向合作者们提出以下建议:为了使我们这本小小杂志至少能有效汇聚一小拨“各国的作家和思想家”,我们打算从下一期开始组建一个会多种语言的小型议会,来处理包括实际问题在内的有关比较文学的各种问题。毕竟,我们必须一砖一瓦地砌起这座可能仅仅有益于后世的未来大厦。[1]

---

① 梅茨尔这篇文章的第三部分,题为《十种语言》(*The Decaglottism*)。他建议将他的杂志的工作语言减少到十种:德语、法语、英语、意大利语、西班牙语、葡萄牙语、荷兰语、瑞典语、冰岛语以及匈牙利语。他把这些语言设为对国际水准的文学有真正贡献的语言,其标准在于这些语言的文学中产生了“经典”(classicism)(文中没有定义这一术语)。葡萄牙语中达到这一标准的有卡蒙伊斯,荷兰语中有《列那狐的故事》(*Reinaert de Vos*),瑞典语中有泰格奈尔(Tegner),冰岛语中有《埃达》(*Edda*),匈牙利语中有厄缶和裴多菲。梅茨尔认为,相比俄罗斯的政治地位而言,它的文学无足轻重,尽管他也承认普希金是一个“值得单独称赞的孤立现象”。梅茨尔认为,未来若要将非西方的语言包含在内,只有当“亚洲文学最终接受了我们的字母系统”才有可能实现。

比较方法与比较文学[①](1886)

波斯内特*
余静远　译
范晶晶　校

从某种意义上来说，获取或交流知识的比较方法就如同思想本身一样古老，但从另一种意义上，这种比较方法又是我们19世纪独有的光荣。所有理性和想象的运行都是主观的，却通过比较和差异，客观地在人与人之间传递着。逻辑学家最苍白的命题要么是对比较的肯定，即A是B，要么是对比较的否定，即A不是B；学习希腊思想的同学肯定记得，在这一简单过程中，由于对系动词性质的认识错误而引起的混乱是如何产生了大量的所谓"本质"说，对古代和现代哲学都产生了不可估量的误导作用。但是，不仅仅是逻辑学苍白的命题遵循这一思维模式，即使是最流利的雄辩和最诗意的想象都要受限于这个比较与差异的基本结构，这个我们称为人类思维的基本框架。如果在肯定或否定比较的命题中，冷静的经验能够得出科学的真理，那么，即使是最多彩的想象也得遵循同一个基本的模式。雅典人的智性和亚历山大人的思考中忽视了这个基本的真理，而这主要是由希腊人特定的社会特点决定的。与个体类似，团体如果想要理解自身的本质，需要将自身投射到自身的联系圈之外。但是，那条通向比较哲学的大道却对希腊人关闭了，因为希腊人除了自己的语言之外，轻视其他任何语言。同时，团体内部不同阶段的社会生活的比较也很少，这部分是由于历史的缺失，更多是因为对文明程度较低的希腊人如马其顿人的轻

---

* ［英］哈钦森·麦考利·波斯内特(Hutcheson Macaulay Posnett)

① 节选自哈钦森·麦考利·波斯内特的《比较文学》，伦敦：基根保罗特伦奇特鲁布纳公司，1886年，第73—86页。

视，特别是因为科学不敢触碰那些长期以来被尊为神圣不可侵犯的神话，这些神话盘根错节，急功近利的怀疑论者也难以解开。一方面，缺少了对自身过去的历史性研究，另一方面，又囿于语言所允许的比较和差异之中，因此，希腊人不擅长比较思维实在不足为奇。这种比较思维不仅是一种无意识的行为，而且也是一种有意识的反思。在过去的五个世纪里，这种有意识的反思一直在欧洲思想中发展，起初还处于弱势，但随着近代的一些新变，已经发展的蔚为大观了。

但丁的《论俗语》(*De Eloquio Vulgari*)①标志着现代比较科学的起点，不同于希腊人或希伯来人，现代欧洲人丝毫不敢忽视语言的本质这个问题，他们继承了拉丁语文学，而拉丁语解体后则构成了他们日常语言的组成部分。拉丁语复兴之后，接着是希腊语复兴，这为现代欧洲思想中的比较思维奠定了基础。同时，欧洲民族主义国家的兴起也为现代制度、思维与情感模式的比较创造了新立场和新材料。新世界的发现让新兴的欧洲文明直面原始生活，并唤醒人们将自身社会与新世界进行对比，两者间对比之强烈超越了欧洲文明与拜占庭文明或撒拉森文明之间的对比。商业也给欧洲各新兴国家带来了竞争和彼此间的相互了解，也给西方的城镇人民带来了他们从未拥有过的高度个人自由。随着财富和自由的增长，人们的个体观也得到觉醒，甚至出现了一场反抗权威的运动，这场运动被称为宗教改革。但是，在封建、君主制和民众冲突的时期，在教育仍然是属于少部分人的奢侈品的时期，加上公路落后、抢劫肆虐，正常观点的交流缓慢而无规律，使得这场运动即使在最可能成功的国家也受到限制。个体的探究以及相应的比较思维，因为经常与神学教条发生冲突，在社会生活领域受到限制，故而转向物质世界，开始积累大量的现代物质知识。只有在之后的自由时代，人们才开始从物理角度构想人类起源与命运的世俗观点。而在此之前，这些观点在社会层面受到了宗教教条的压制。同时，欧洲人对于社会生活各方面的知识也取得了培根和洛克都不曾料到的进步。基督教传教士将中国的生活和文学生动逼真地带回了欧洲，耶稣会会士马若瑟(Jesuit Premare)翻译的一部中国戏剧于1735年发表，即便是伏尔泰的艺术品位与怀疑主义，也从中有所借鉴。英国人在印度接触到梵语，威廉·琼斯爵士在18世纪末期将这门古

① 通常称为《论俗语》(*De Vulgari Eloquentia*，约1300)。在这篇文章中，但丁提倡在文学实践中用净化的、去地区化的意大利语取代拉丁语。

代语言介绍给了欧洲学者。人们很快就发现这种语言和希腊语、意大利语、条顿语、凯尔特语的相似之处，并且，人们通过梵语搭起的垫脚石，在想象中穿越了那条将古代雅利安人与其现代西方支脉隔开的时间之流。从那时起，除语言之外，比较的方法还应用于许多其他的学科。加上很多新因素的影响，使欧洲人的头脑比以前更愿意比较和对比。蒸汽机、电报、每日新闻不仅使每一个欧洲国家当地的和中央的、流行的和高雅的生活得以交流碰撞，也让他们能够直面整个世界。比较的习惯从没像现在这般广泛流行、蓬勃发展。但是，尽管我们可以说有意识的比较思维是我们 19 世纪伟大的光荣，却不要忘记这种思维很大程度上是机械发展的结果。而且，早在比较语文学学者、法学家、经济学家和其他领域的专家出现之前，就有如罗赫林[①](Reuchlin)这样的学者在研究中不自觉地使用了同样的方法，尽管不很精确。这种方法从一开始就预示了多种观点的共存，而不仅仅是只集中在希腊批评的观点上。以上就是比较思维在欧洲历史上的发展梗概。那么，这种思维和这种方法是如何与我们的主题“文学”联系起来呢？

我已经说过，想象与经验一样，都是通过比较的媒介运行，但是经常被忘记的是，这些比较的领域在时间和空间、社会生活和物理环境中并不是无限的。如果科学的想象被假设的法则严格地束缚，如廷德尔教授(Professor Tyndall)曾经解释和演示的那样，看起来自由的文学艺术家的魔法同样被严格地束缚在语言划定的思想范围中。与科学工作者不同，文学工作者不能为新思想的流通创造新的词汇；因为与科学工作者的发明不同，文学工作者的诗篇和散文必须照顾到非专业的平均智力水平。在文学工作者能够使用特定词汇之前，这些词汇必须从特殊的使用扩大到普遍的使用。而且，随着特殊种类的知识(法学、商学、机械学等等)的发展，文学语言与科学语言之间的差异相应地越来越大，社会共有的语言、思想与各行各业之间的专业术语也更加迥异。如果我们追溯任何一个从独立的宗族或部落中脱颖而出的文明团体的兴起，我们会发现与文学语言和思想紧密联系的一种双重发展：团体的外向扩张，这一过程伴随着思想和情感的扩张；内部活动的专业化，以这一过程为基础，产生了有闲的、神圣或世俗的文学阶级。后者即经济学家所熟知的“劳动分工”的过程，前者即古物研究

① 一位德国人文主义者，同时又是希腊语和拉丁语学者(1455—1522)。

者所熟悉的由小的社群融合成大的社群的过程。虽然比较的范围一直在扩大，从宗族到国家继而到全世界，专业化过程却将思想、词汇和写作形式从文学领域中分离出来。因此，在荷马时代，市场上的话语一点都不专业化，是合适的诗歌题材；但是在专业的雅典演讲术时期，演讲话语与戏剧话语并不一致，并过多地染上修辞派的特点。阿拉伯“无知派”（The “Ignorance”）诗人[①]吟唱他们的部落生活；斯宾塞因强烈的民族情感而热情洋溢；歌德和维克多·雨果甚至超越了民族命运的思想。正是因为扩张和专业化这两个过程，文学语言和思想逐渐从高度发达的团体中特定阶级的特殊语言和特殊思想中分离出来，文学与科学的区别不仅在于文学想象的特质，也在于文学所使用的语言并不属于任何特殊的阶级这一事实。事实上，一旦文学语言和思想不再是公共财富，文学要么成为模仿品，要么变得专业化，成为裹着文学外衣的科学，就像近来很多的玄学诗歌一样。这些事实凸显了比较思维、比较方法与文学的关系。公共话语与思想的圈子、团体比较思维的圈子是否如部落联盟般狭隘？或者，很多这样的圈子组成了一个民族团体吗？牧师和歌手的事务仍然以一种魔幻的仪式结合在一起吗？或者，职业和贸易的发展是否伴随着用于实际的各自技术行话的发展？我们必须记住，社会生活的这些外在和内在演化，经常是无意识发生的，比较和区分没有对其本质或界限做出反思；我们必须记住，反思性的比较和比较方法的任务是要有意识地追溯这种发展，然后找出原因。现在，让我们用一种更加具体、更加形象的方式去考察这种比较在文学上的使用。

马修·阿诺德（Matthew Arnold）先生将批评的功能定义为“一种中立的、学习和传播世界上最伟大的知识和思想的努力”[②]，他很谨慎地加上了一点，那就是很多最好的知识和思想并不是英国的，而是外国的。那时候英国的国际文学批评家必须大量地处理外国的文学果实与花朵，有时也会遇到荆棘。他不能只满足于自己国家文化的产品，尽管这些产品风格不一：有撒克逊原始文化的野性果实，有伊丽莎白时代大量涌现的粗糙作品，有蒲柏讲求宫廷趣味的规整，也有今天的民主口味，等等。迪莫哥特（M. Demogeot）最近发表了一篇有趣

① 前伊斯兰时期诗人，写部落的荒原生活。

② 引自阿诺德著名的文章《当代批评的功能》（1865）。

的研究[1]，研究内容是关于意大利、西班牙、英国和德国对法国文学施加的影响；英国批评家也必须对自己国家的文学做同样的事情。在英国文学发展的每一个阶段，批评家实际上都或多或少被迫要观察海岸线那头的情况。他陪同乔叟一起进行朝圣之旅，听了朝圣者们的故事吗？南方土地的香气弥漫于徽章旅馆(Tabard Inn)，这种香气又在去坎特伯雷途中将他的思想吹送到但丁、彼得拉克和薄伽丘的意大利那里。他看到了德雷克和弗罗比舍(Drake and Frobisher)强悍的船组人员在英吉利海峡卸下西班牙人的财富，听到了伟大船长们谈话中夹杂着的从菲利普二世(Philip II)英勇的臣民那里学来的短语吗？塞万提斯和洛佩·德·维加(Lope de Vega)的西班牙在他眼前升起，伊丽莎白时代英格兰新的物质和精神财富使他乘上了商业或想象的翅膀，飞到加的斯(Cadiz)热闹的港口和西班牙贵族的宫殿。优雅的绅士们身侧佩着西班牙长剑，嘴上说着西班牙成语，穿着西班牙品味的衣服，在伊丽莎白时期伦敦狭窄和肮脏的街道上来回走动。简陋的剧院里回响着西班牙的典故。若不是因为英国人和西班牙人海上残酷的争斗，以及英国人惧怕西班牙人的宗教势力的干涉，英国的赫利孔山(England's Helicon)[2]也许会更多地染上西班牙阳光的璀璨，而不是意大利落日的余晖。但是现在的批评家站在查尔斯二世(Charles II)的白厅，或威尔(Will)咖啡房的休息室，或走进因最近重新装修而严重伤害了清教徒们的剧院。到处都一样，西班牙的成语和礼仪已经被遗忘。在宫廷里，白金汉(Buckingham)和其他人用法语装点他们的夸夸其谈；在威尔的咖啡房里，德莱顿大肆赞扬着拉辛押韵的悲剧；剧院装饰着莎士比亚所不熟悉的、华而不实的舞台布景，里面坐满了中场休息时絮叨着法国批评的观众，他们以同样的热情为粗鄙的下流行为和形式的对称鼓掌。很快，英国的波瓦洛尽可能地带着异域的法国文化走进了英国的温室。很快，宫廷、法官和议会精致的不道德使得怀疑主义在少数依然引导英国民族命运的人中间蔓延开来，这种怀疑主义从博林布鲁克(Bolingbroke)发展到伏尔泰，再从伏尔泰到革命党人。我们不需要与批评家一起去魏玛，也不需要和他一起探索德国如何影响了英国对法国和法国大革命的反感。他已经证明，我们国家文学的历史不能仅用英国的原因去解释，就像英国的语言或民族的起源也不

---

① 《外国文学史》(巴黎，1880)。——作者注

② 希腊山名，文艺女神缪斯所在地。

能如此解释一样。他已经证明，每一个民族文学都是一个中心，本国的力量和国际的力量一起被这个中心吸引。感谢他给我们提供这个视角，让我们看到，英国文学的发展过程中广泛、多样、微妙的互动；这是用比较的方法研究文学的一个方面，但是，尽管有其明显的广泛性，也仅仅只是它的一方面。民族文学的成长不仅是内在的，它也受到外来的影响；用比较的方法去研究这种内在发展比研究外在发展更具吸引力，因为前者不是模仿，而更多的是一种进化，这种进化直接依赖社会原因和物理原因。

因此，研究者将转向民族发展的内在社会或物理原因，以及这种发展的不同阶段对文学产生的影响，将其当做科学研究的真正领域。他将看到社会生活从宗族或部落的小圈子向外的扩张，其中拥有的是与狭小范围相适应的情感和思想，他们粗犷的诗歌表达了深厚的兄弟情谊和薄弱的个体观念。他将看到，在驱逐了宗族集体主义的封建主义社会，孤立的生活增强了个人情感，这种情感反映在个人英雄主义的歌曲中；在社会结构的这种变迁之下，人类生活、自然生活与动物——例如封建诗歌中的马、猎犬、鹰——的生活都产生了新面向。然后他将看到城市中一种新的集体生活的兴起，在城市的街道上，宗族排他性的情感消失了，封建个体巨大的重要性也消失了，个体和集体人物出现了新形式，戏剧取代了早期的集体吟唱和酋长大厅里的歌声。接下来，场景切换到了君主的宫廷里。在这里，城市和诸侯们的情感是中心；在这里，对古典模式的摹仿补充了不断增长的民族统一的影响；在这里，文学在如伊丽莎白或路易十四等人的赞助下，产生了伟大的文学作品，反映了一个更加广阔的社会和更深刻的个体性，这是前所未有的。看到社会进化对文学产生如此的影响，研究者无论如何都不会将他的视野局限在一个国家。他将意识到，如果英国有宗族时代，那么欧洲也有；如果法国有封建诗歌，那么德国、西班牙和英国也有；尽管城镇的兴起在很多方面影响了全欧洲的文学，然而这些影响却有一些共同之处；欧洲各民族的中央集权制也同样如此。在欧洲不同国家，追溯基督教、法律机构或公民大会对散文发展的影响，你很快就会发现，内部的社会进化在文学语言和思想中的体现是何其相似；任何对文学的精确研究都应该从对语言的研究转到对使得语言和思想达到足以支持文学发展的条件的研究，这一点又是何其重要；这种研究必定是深刻的比较和对比研究。但是，在追溯这种内部进化对一个民族诗歌与散文的影响时，我们不能低估可能遭遇的困难。我们首先就必须承认，这种进化经常是模糊不清的，或是被对外国模式的模仿全部掩盖。现在，我们就来看看这种模仿的一个例子。

罗马和俄罗斯的例子足以证明，当外在的影响超过了一定的限度，很可能将文学从它从属的团体的产物转化成一种舶来品，仅值得将之作为一种间接依赖社会生活的人为制造品进行科学研究。如果一种语言工具形成、一个社会中心建立、一个使文学阶级能够依赖于其自身创作的机会来临，而且有一种强大的民族思想潮流，或完全对外国和古代模式漠然无知，只有这样才能够阻止模仿作品的产生，这种模仿作品的材料和结构不管多么异于其从属团体的特点，却可以从最多样的社会风气、最迥异的社会环境和属于完全不同时代的个性观念中借鉴而来。当一个文明程度较低的民族中有教养的少数人了解到已经历过许多文明等级的人创造的文学模式，并且这些人看来能够使他们免去在民族文学上升时重复相同的耗时耗力的劳作时，这种事情尤其有可能发生。罗马的模仿性文学，正如大家所熟知，就是这种借鉴的例子。俄罗斯文学在一段时期内似乎注定要追随法国模式，正如罗马曾经密切地追随希腊一样。大家很容易就看出，对法国模式的这种模仿掩盖了俄罗斯生活真正的民族精神，以轻视的无知掩盖了俄罗斯野蛮的历史，并在文学中用俄罗斯—法国派(Russo-Gallic clique)的反复无常取代了俄罗斯民族的发展。在一个社会生活曾经(现在仍然如此)很大程度上基于“米尔”这种公社组织，或者村庄集体的俄罗斯，高度个人化的法国文学成为了一个很受喜爱的摹仿对象，俄罗斯的民歌则完全被淡忘。而现在，俄罗斯民族文学的精神正在复兴，整个欧洲的社会研究也在兴起，人们终于开始研究俄罗斯民歌了。俄罗斯对法国的摹仿体现在康捷米尔王子(Prince Kantemir，1709—1743)的作品中，他曾经被称为“俄罗斯的第一个作家”，他是孟德斯鸠的朋友，他的书信和讽刺作品摹仿了布瓦洛和贺拉斯；也体现在雷门洛索夫(Lemonosoff，1711—1765)的作品中，他是“俄罗斯第一个古典作家”，沃尔夫(Wolff)的学生，莫斯科大学的创建者，俄语的改革者，他试图通过对彼得大帝和伊丽莎白的学术颂词去填补真正的演讲辞的空白，这种演讲辞只有自由集会才能够提供，他还尝试过写作纪念伟大沙皇的史诗《彼得之歌》(*Petreid*)，摹仿法国抒情诗人和品达的颂诗；[①]或者是索马罗科夫(Soumarokoff)的作品中，他为伊丽莎白建立

① 无疑，阿尔汉格尔港口渔民的儿子确实为创造民族文学立下了功劳，特别是他将教会的古斯拉夫语从口语中分离出来；虽然雷门洛索夫有很强的民族倾向，但他的作品还是受法国影响。——作者注

的圣彼得堡剧院改编或翻译高乃依、拉辛、伏尔泰的剧作，正如普劳塔斯和特伦斯当初将希腊戏剧引进罗马一样。正如在罗马，旧式的家族情感和希腊人的个体化精神之间存在矛盾，罗马的贵族领袖们很乐意将古老的家庭生活情感与沉闷的格律替换为希腊的文雅思想与和谐韵律。在俄罗斯，大受宫廷和贵族欢迎的法国个人主义与俄罗斯公社和家庭的社会情感之间也存在矛盾。俄罗斯思想最古老的丰碑——僧侣内斯特（1056—1116）的纪事（Chronicle）和《伊戈尔之歌》（*Song of Igor*）——不太可能吸引到如《诗歌集》（*Builinas*）和民间歌谣之类的模仿者；这个从未经历过西方封建主义和骑士诗歌、从未听说过文艺复兴和宗教改革的民族，开始模仿西方的进步，这种进步，正如罗马对希腊思想的模仿一样，已经被证明对民族文学是个致命的威胁。俄罗斯以其对家庭的情感和对沙皇的忠诚而被称为欧洲的中国，在这片国土上，法国以及随后的德国和英国的影响清晰地表明，因为模仿作品与社会生活的脱节，一个对文学秉着科学态度的研究者将要面临的巨大困难。但是，随着俄罗斯的民族生活逐渐成为俄罗斯文学的真正源泉，表明任何依靠模仿外国的文学都缺乏真正的活力。

因此，文学发展的这些内部和外部的方面是比较探究的对象，因为文学不是阿拉丁的宫殿，一眨眼的工夫就有一只看不见的手将其建成，文学是其原因可被确定与描述的实质性结果。那种将文学看成是由天才，而不是生活于其时代、地域的语言和思想工作者所创作出来的超然作品的理论，以及另一个与之相近的理论，即认为想象超越空间和时间的联系，极大地掩饰了科学和文学的关系，结果使两者皆受其害。但是“伟大人物的理论”是自杀式的；因为，将历史和文学分裂成传记，并由此阻碍了辨别出任何有序发展的谱系，这不仅在逻辑上将已知事物减化为“杰出的天才”，而且将所有具有个性的男女们降低到未知、毫无根由（这里我觉得还是默默无闻、默默无为比较通顺，未知、毫无根由的状态不好理解）的状态——实际上，这将会导致对人类知识的绝对否定，无论这种知识是有限的还是无限的。另一方面，宣称想象受到人类经验限制的理论也同样教条化，不能驳斥想象超越于空间和时间（例如，柯勒律治告诉我们，“莎士比亚存在于时间之外，正如斯宾塞存在于空间之外”）的理论，只有我们将要涉足的比较研究才能对后者进行反驳或确证。

这些研究的中心是个体与团体的关系。正如由属于不同社会状况的文学间的比较揭示的那样，在这种关系经历的有序变化中，我们找到了将文学视作能够进行科学解释的主要原因。当然，艺术和文学批评还有其他非常有趣的阐释角度，如物理性质的角度、动物生命的角度等。但是单从这些角度，我们不能深入窥见文学创作的奥秘。因此，稍作修正，我们将社会生活从宗族到城市，从城市到国家，再从城市国家到全世界人类的逐渐扩张，作为比较文学研究的合理步骤。

世界文学[①](1899)

勃兰兑斯*
李玉婷　译

《世界文学》的编辑希望我能谈几点有关世界文学的看法，我恐怕没法给出满意的答复。我所了解到的是，“世界文学”最先由歌德提出，但对于歌德当时使用它的语境是什么样的，就不甚清楚了，只是隐约记得歌德预见性地提出“世界文学”是为了针对更早期的民族文学。

如果不提歌德这位伟大的创见者，问我什么是世界文学，我想大家首先想到的一定是那些自然科学领域中的先驱和创始人。比如，巴斯德、达尔文、本生和赫姆霍兹（Helmholtz）[②]的著作肯定属于世界文学，因为这些作品直接适用于全人类，丰富了人文科学。还有一些旅行游记，如斯坦利或南森的著作，毫无疑问也属于世界文学。

照此，一些历史学家们的著作，即使是其中最伟大的，在我看来也并不都属于世界文学，因为它们的主题相对缺少决断性（less final），便不可避免地带有一种强烈的个性色彩，因而就更容易形成与同时代其他作家相似的个人风格。还有一些著作，如卡莱尔的《克伦威尔传》，米什莱的《法国史》，或是蒙森的《罗马史》，虽皆出自学识渊广的才学大家之手，但严格来讲也不能算是学术作品，顶多算是艺术作品中不可获缺的佳作，这些作品的译著让它们广为欧美各国所知晓。因为当人们提及世界文学时，想到的主要还是各种形式的纯文学。

---

* ［丹麦］格奥尔格·勃兰兑斯（Georg Brandes）

① 本文最初以“世界文学”为题发表在德文期刊 *Das litterarische Echo*（1899）2：1。由苏源熙（Haun Saussy）译为英语。

② 赫姆霍兹（1821—1894），德国物理学家、生理学家。——译者注

时间本身会对过去的文学作品做出评断。在浩如烟海的文学作品中,只有为数不多的几位作家和屈指可数的几部作品能成为世界文学。人们耳熟能详的作品中,比如《神曲》和《唐吉诃德》就不只是属于意大利和西班牙文学。除了这些世界名著,还有无数作品,虽不为世界所晓,但在自己的国家备受珍视、喜爱和敬仰,世代颂读。莎士比亚的著作属于世界文学,而与他同时代的马洛则只属于英国文学。同样,克洛普施托克只属于德国文学,柯勒律治只属于英国文学,而斯洛瓦茨基(Slovacky)[①]也只属于波兰文学。只要牵扯到世界,他们都无缘其中。

再者,我们需要注意到前现代向现代发展过程中的一个重要变化:现如今外语学习更为普及高效,翻译的势头迅猛非凡。翻译在德国文学中发挥了巨大的作用,这在其它语言中是无法企及的。

翻译会有遗漏,但有一点不可否认,那就是作家们来自哪国,说什么语言,很大程度上决定了他们能否赢得世界声誉,争得一定的认可。法国作家们在这方面占了先机,尽管使用法语的人只占五分之一。一个作家一旦在法国出了名,他便立即扬名世界。紧随其后的是英国和德国的作家,他们若是成功了,依靠巨大的公众力量,便可为世界所知晓。也只有来自这三个国家的作家可以指望他们的原著能被全世界的知识分子直接阅读。

相比英、法、德三国的作家,意大利和西班牙的作家就没那么走运了,尽管他们的著作在国外也许有不少读者。在俄罗斯,情况则不然,好在俄罗斯还有几百万人口可以弥补一下。

很显然,不论是谁,若是使用芬兰语、匈牙利语、丹麦语、荷兰语、希腊语或是类似的语言写作,想要争得世界名誉是基本没有优势可言的。因为在这场名誉之争中,他缺少一样重要武器——语言,这对于一名作家,可以说是他的全部。

母语最能表现作品的艺术价值。这一点,大家都同意。说到这里,或许有人会反驳:"那翻译呢?"坦白讲,若不是还有那么一点点需求,真看不出翻译到底有什么用途,它会遗漏原作语言的艺术性,这恰恰是作家借以证实自己实力的根本。一个作家对自己的母语掌握得越是熟通灵巧,他的作品在翻译中遗漏缺失的就越多。

---

① 尤里柳斯·斯洛瓦茨基(Juliusz Slowacki,1809—1849),波兰浪漫主义诗人。原文写作 Slovacky。——译者注

翻译永远无法做到尽善尽美,这就是为什么一名使用世界通用语言写作的六流作家会比一名二流作家更知名,仅仅是因为后者语言的使用者不足百万。关于这一点,只要是熟知大国与小国文学的人都会同意的,尽管这对于一些大国的读者们来说一时难以接受,他们顶多承认抒情诗不易翻译,总是会缺失很多。通常情况下没有人愿意翻译抒情诗,因为结果总是得不偿失。可想而之,那些通过其它语言阅读歌德诗歌的人会发现歌德的诗歌并无可敬之处。法国人压根没法想象维克多·雨果和勒贡特·德·列尔(Loconte de Lisle)的诗能够被译成外语。大多数人认为散文翻译中的缺失没有那么严重,这也是不对的。虽然散文翻译从表面看起来没有诗歌翻译那么难,但其翻译的难度同样不可小觑,因为诗歌翻译中那些关于措辞、韵律以及独具匠心的表达等显见的难题在散文中完全消失不见了。译作远非原作的复制品那么简单。

提及某些艺术处理上乘的译著,有人会对译者崇敬备至。即使这样,他们也不会否认作家们因各自不同的出身在追求世界声名的过程中遭遇不平等的待遇。

我们会发现一些作家,如易卜生,使用小语种来写作,同样声名远播,其中有些作家的作品甚至远不及易卜生的作品。所以什么才是决定性的,是作家现在的名声,还是在同辈人中的口碑?作家和作品在世界文学中的地位有可能亘古不变么?乐观地讲,也许是的。但在我看来,世界名声根本不能用来衡量一位作家的好坏。

首先,有些作家虽声名大噪,但并非实质名归。如果他们的写作水平恰巧契合当时的普遍文化或共同的大众品位,再加上他们又来自主流群体,就很容易出名。乔治·俄内(Georges Ohnet)[①]的书随处可见。像他这样一位作家,想要抓住公众的注意力,不能只是一副温文尔雅的姿态,他还得间接迎合一下主流的偏见,比如,针对某个平庸无奇的见解发表一通粗劣肤浅的评论,以示对皇权、教权和贵族的偏见的抵抗。还有一些作家,毫无艺术修养和文学技艺,却自命不凡,通过攻击那些同时期最伟大的艺术家、诗人或者思想家而造势出名,对他人品头论足,哗众取宠。这种行为引起世界他国广泛关注,而这位同

① 乔治·俄内(1848—1918),法国著名的小说家,反对布兰德斯推崇的现实主义。19世纪80年代,他写了一系列多愁善感、充满激情的小说,并集成单本的《生活之战》(*Life's Battles*)。

道人也随之被纳入世界文学之列了。

其次,有时候似乎全然是种巧合,有一些一流作家生前身后都寂寂无名。

从我熟悉的作家中就可以找到现成的例子。在所有19世纪丹麦的作家中,只有一人享誉世界,他就是克里斯蒂安·安徒生。这在丹麦引起一片哗然,因为在我们的印象中,安徒生只是众多作家中的一位,并没有什么特别的。他不是最伟大的作家,连一流或二流之辈都算不上,即使在死后,恕我多言,他也不算是。作为一位思想家,他的思想无足轻重,毫无影响力。说他天资聪颖,童心未泯,这倒没什么错。就因为他那几篇通俗易懂的童话故事被广为传颂,他便被归为世界文学之中了。

在丹麦至少有十几位与安徒生同时期的作家比他重要,而且不论是作为诗人或是作家,他们的个人素养都不比安徒生差,但他们的作品从未被翻译过。虽然如此,他们在自己的故土却是名声显赫,备受珍视,甚至被奉若神明。在斯堪的纳维亚半岛北部以外,有谁知道保罗·缪勒(Paul Möller)这个在丹麦被视为英雄的人物?有谁知道约翰·路德维希·海伯格(Johan Ludvig Heiberg)?在丹麦和挪威他可是高雅品趣的风向标。又有谁知道克里斯蒂安·温特(Christian Winther)这个19世纪30年代至50年代丹麦最伟大的抒情诗人?他可要比安徒生更受大家喜爱、唱颂和崇敬。

说这么多,我无非是想要关注那些真正伟大的作品。索伦·奥贝·克尔凯郭尔是斯堪的纳维亚半岛北部最伟大的思想家,在欧洲大陆却无人知晓。大家会以为克尔凯郭尔也会像几个世纪前的帕斯卡一样在欧洲基督徒中一呼百应,但事实上他在世界文学中毫无席位。尽管对于这位已故的哲学家来说无足轻重,但对于世界文学来说却是莫大的损失和遗憾。哪怕只有《致死的疾病》《生命的阶段》《基督教的训练》这几本书能够为世界所知晓都是件好事,可惜终是事与愿违。

我们有必要认清一个事实,那就是大多数人悟钝识愚,只有有限的识断力。对这些人来说,优秀的作品只能是阳春白雪,曲高和寡。他们唯有跟随着高声吆喝的市场小贩和道貌岸然的江湖术士的游说,追捧"成功"之作,逢迎时髦之风。而只为一时取悦众人的作品是不可能永久地归于世界文学之中的。

就我所知,目前在欧洲几乎没有算得上一流的诗人和作家。最棒的也无法与已故的伟人相比,就连英国的吉普林和意大利的邓南遮都比上不。但有一点是可以肯定的，他们绝对要比他们伟大的先驱们名声显赫很多。

我们这个时代出现了一些史无前例的事情，准确地讲是因为作家们能够预见他们的作品能否为世界所晓和广泛阅读。他们开始为一些看不见、摸不着的公众写作，这着实损害了文学的创作。爱弥尔·佐拉（Emile Zola）就是一个例子。他那套著名的系列小说《卢贡—马卡尔家族》是写给法国人的，因而在内容上做了细致具体的处理。成名之后，他又创作了三部曲《三名城》——《鲁尔德》《罗马》《巴黎》，这次是为世界读者而作，读者群也较之前更为抽象，所以，不管是在秘鲁或是芝加哥，莎拉·伯恩哈特（Sarah Bernhardt）[①]都可以表演三部曲。一位作家想要产生巨大的影响力，他必须密切关注周围的环境，积极活跃于自己的故土，还要对自己同胞的发展阶段了然于心，他要为他们而写作。想要写出全世界都能理解的作品，就得牺牲掉自己的长处和力道，作品也就毫无原汁原味了。要不是提起这些太令人作呕，我可以举出好几位伟大的作家，看看他们是如何靠着崇洋媚俗，先在自己的国家发迹，之后又名扬世界的。追求世界名誉和世界文学之位并非易途。

另一方面，很显然，我们也不应该像有些好事的作家那样，只着眼于街景市巷的琐碎生活，似为市街邻里而写作。

歌德创造“世界文学”一词时，人文主义与世界主义仍然是人人敬畏的思想。到了19世纪末期，一股愈发强盛和狭隘的民族情绪让这些思想退避无踪。今天，文学变得越来越民族主义。但我相信民族主义与世界主义并不冲突。世界文学的未来会更令人关注，越是强调民族身份，就越具有个性特点，即使是艺术同样具有国际化的一面，因为那些直接为世界所写的作品根本无法称之为艺术品。真正的艺术作品应该像座无坚不摧的堡垒，而非一座自由出入的空城。

译者简介：李玉婷，新疆工程学院基础部，讲师，北京语言大学首都国际文化研究基地博士生。

基金来源：本文为2013年教育部人文社会科学研究新疆项目“二十世纪上半叶欧洲游记中的新疆形象与书写策略研究”（项目编号：13XJJCZH002）的阶段性成果之一。

① 莎拉·伯恩哈特（1844—1923），法国女演员，凭借演出经典剧作开始她的表演生涯。19世纪80年代，因在各地巡回演出流行戏剧，而成为国际知名人物。

什么是比较文学?[①] (1903)

盖里*
李玉婷　译

大约十年前,我斗胆公开发表了一份关于成立比较文学协会的请求,提请大家注意这一协会可能要进行的工作是以往任何一个英、美的学术机构,英文的期刊或系列出版商从未承担过的。我当时的想法是这样的,当然我现在仍然持有同样的看法,那就是文学和文学评论的标准不单单可以在美学理论中发现,还可以在推进科学探究并且不断被科学探究所纠正的理论中找到。没有任何一个人可以独自从众多的文献中收集足够的哪怕是只用来归纳一种文学类型特征所需的材料。但是有一个协会或许可以相对充分地对文学的特性逐一进行比较研究,在这个协会中每一个成员都必须致力于利用他所熟知的第一手资料去研究某一特定文学的类型、类别、运动或者主题。久而久之,不管这一文学类型或文学运动曾在哪里存在过,它的性质和历史都有可能被观察到。经过一段时间的观察,通过将结果系统化,我们可能会得到一些具有普适性的学术成果,这也许是有关某些分类现象的基本属性特征,也可能会得到一些关于不同文学构成要素和种类的起源及发展的规律。这样,文学评论的基础便相应建立起来,有趣和有益的是,构成这个根基的不是某一民族和某一学派的实践,也不是零星的美学理论,而是经过科学判定的文学的普遍特征。将基于某些

---

* [美]查尔斯·美尔斯·盖里(Charles Mills Gayley)

① 本文出自 *The Atlantic Monthly* 92(1903),pp. 56—58。该文于1973年再版,收录在 Hans-Joachim Schultz 与 Phillip H. Rhein 合编的 *Comparative Literature: The Early Years*. Chapel Hill: University of North Carolina Press,1973,79—105.

特别假设（由布瓦洛、维达（Vida）、普顿汉（Puttenham）、西德尼（Sidney）、高乃依、莱辛或者亚里士多德提出的）基础之上的评论标准作为普遍标准，并将它们应用到它们的提出者都不熟悉的类型、类型的各种变体、文学运动或主题上去，是不合乎逻辑的，也是没有历史依据的。但仍有些独断专行的人继续这么做。一切理论都是灰色的（*Alle Theorie ist grau*）。[①] 关于戏剧的标准，我们不能只考虑希腊戏剧，或是欧洲戏剧，而是应该将所有的戏剧都仔细考虑一番，不论这些戏剧出自哪里——欧洲、秘鲁或中国，又或者源于土著人或是文明人，我们还要考虑这些戏剧在各个历史阶段的发展情况。唯有通过这样的比较模式才可能得出值得信赖的戏剧标准。这些标准有些是普遍适用的，还有一些则需要依赖于不同的历史语境。其它的文学类型、运动、氛围（moods）、形式或主题，以及最终作为一个整体的文学的性质和规律也是这样的。我们当前使用的美学判断标准是根据心理推测提出的，这其中有些偶尔能够与实际相符，但更多情况下是完全没有历史经验可究的，因而这些标准必须随着科学知识的推进不断更新和拓展。

现在，这一梦想似乎有望得以实现。协会很快会成立，而期刊已经处于运作中。就在几个月前规划它的首刊时，我问自己："'比较文学'这个术语对我来说到底是什么呢？"我给出了这样的回答：可能回答得不是那么完全，我认为比较有趣的一点是比较文学产生了一种与以往不同的学科研究方法，如果没有其他理由的话。自此之后伍德柏里（Woodberry）[②]教授便开始在《比较文学期刊》[③]上讨论这一方法，关于他那些意义深远、富有诗意的论言，我会在适当的时候再提。

那么，什么是"比较文学"呢？关于这个名称本身，我必须说，直到1886年，波斯奈特教授[④]在一卷有趣而有启示性的书名中，将它用作文学的比较研究，我才第一次知道它的存在。这一名称显然是仿效诸

---

① 原文为德文 *Alle Theorie ist grau*，源自歌德的名言"一切理论都是灰色的，只有生活之树常青"。

② 乔治·爱德华·伍德柏里（George Edward Woodberry，1855—1930），美国文学批评家，诗人。——译者注

③ George E. Woodberry，"Editorial"，载 *Journal of Comparative Literature* 1(1903)，第3—9页。该文再版于 Hans-Joachim Schultz 与 Phillip H. Rhein 合编的 *Comparative Literature*，207—214。

④ 参见波斯奈特《比较文学》一书，第六章。

如博普(Bopp)[①]的"比较语法""比较解剖学""比较生理学"和"比较政治学"这些词的命名法而创造的。如果创造这个词只是为了表达对于一门学科或是一种方法的观点,那就无可厚非了。在波斯奈特的书出现之前,卡雷(Carriere)和德国的其他学者对比较文学历史(*Vergleichende Literaturgeschichte*)已经讨论得相当多了;法国人和意大利的学者不仅讨论了比较方法、比较规则、比较文学史(*l' histoire comparée des littératures*)和比较历史(*la storia comparata*)等,还通过文学方法的途径讨论了 *la littérature comparée*, *litteratura comparata*(比较文学)[②]。在都灵和热那亚,早在这一不太贴切的名称出现之前,比较文学研究就已经被列在了这些标题之下了。对,这的确是一个误称,用"比较的"来形容一个比较对象是很荒谬的。但是既然这一名称有自我名表之用,我们不妨暂缓考虑用什么更好的名称,要是我们能更加充分地明确这一研究的内容是什么,不论它被称作什么,都能够被普遍地理解。

[卡雷在考察了波斯奈特和前人的定义,以及这一学科在欧美国家开展的第一批课程的情况之后,说道:]

考察的对象可以囊括美国语言学期刊和协会的工作。然而,关于"比较文学"的学术内涵,正如我之前所说的那样,它同时依赖于国内和国际的历史语境,或多或少明显采用了比较的、逻辑的和历史的方法,以文学概念的整体性(solidarity)作为前提和结果,并试图构想和证实出一个关乎文学运动、类型和主题发展的理论,这种发展可能是纵向演进的(evolution),也可能是横向排列的(permutation)。考虑到这些主要因素,无论文学以哪种形式表现出来,学者们都会很自然地对它的普遍特征进行求证和系统地梳理。比如,通过归纳戏剧、史诗或者抒情诗的特征我们可以得到有关诗歌的"微观"(ideographic)或普遍特征;我们还可以得到一些"动态"(dynamic)特征,这些特征描述并区分了一些主要的文学运动,诸如古典主义运动和浪漫主义运动等;同时还有一些"主题"(thematic)特征,这些特征解释了为什么有些重要的主题、形势和情节能够持续存在和不断改进。关于文学的成长

① 博普(Franz Bopp,1791—1867),德国语言学家,与 R. K. 拉克斯、J. 格林同是历史比较语言学的创始人。——译者注

② 法语 *la littérature comparée* 和意大利语 *litteratura comparata* 均为"比较文学"之意,表明当时法国和意大利都有名为"比较文学"的研究。——译者注

和发展,我们观察到有两种截然不同的学说:一种是演化(evolution)学说,它试图按照生物学原理去解释文学的进程;另外一种我更愿意称它为排列(permutation)学说。既然文学如它的组成材料语言一样,不是一个有机体,而是一个合成的媒介,是某个社会的产物和表达方式,我认为第一种学说必然存有疑问。它肯定是不可用的,除非它被我们前面说过的比较的科学方法证实过了。

要问19世纪文学方面有什么新发现,理论上基本没有,但在学科和事实上则有很多,而且非常重要。早在17世纪,培根(Bacon)就提出了"文学的整体性"(solidarity of literature)一说,他在《学术的进展》中这样写道:"在同样的城邦或者王国中,学问的程度更多地取决于大学的秩序和机构设置,因此如果欧洲的大学之间比现在拥有更多的共同信息的话,那会比现在先进许多。……正如天性促成了家庭中的手足情谊,机械艺术(arts mechanical)拉近了团体中的朋友情谊,对于上帝的信仰增添了国王和主教之间的教友情谊。长此以往,联系到我们在'启迪之父'或'光之父'的敬称中奉予上帝的父亲身份,学问和启示之间便自然具有一种犹如兄弟密友般的关系。"[①]培根是英国那一时期文学类别的奠基人,民族文学刚被纳入比较研究不久,该文学类别便衍生出文学统一的概念。也是培根首次倡导了评论研究的原生法,即按照因果关系研究文学的过程、运动、影响、关系、变化、消亡、复兴;他还强调文学形式和类型的灵活性,这些观点对于将文学理解为一个不断成长的事物是非常有必要的。但是培根并不是眼前这一运动的唯一先驱者。英国、德国、法国和意大利的学者们,其中不乏但丁、斯卡利格尔(Scaliger)和西德尼这等大家,都或多或少预见过文学的整体性、排列理论或演化理论,只是有些比较粗略,有些则极富科学见地。在英国,韦伯(Webbe)、普顿汉(Puttenham)、米尔斯(Meres)、本·琼森(Ben Jonson)、埃德蒙·博尔顿(Edmund Bolton)等人为培根的思想形成做了铺垫。与此同时,培根的思想又得到了斯特林伯爵(Earl of Stirling)(在*Anacrisis*[②]一文中大量隐示了文学研究的比较方法)、戴夫南特(Davenant)(*Preface to Gondibert*[③])、考利(Cowley)

---

① 引自弗朗西斯·培根爵士的《科学的进步》(1605)一书。培根是英国著名的政治家、哲学家和科学家。

② 原文名为 *Anacrisis: or, A Censure of Some Poets Ancient and Modern*,有"严词责问,严讯"之意。——译者注

③ 原文名为 *Preface to Gondibert, an Heroic Poem*(1651/1673),是史诗剧 *Gondibert* 的序,表达了戴夫南特的评论态度。——译者注

(倡导分析和历史的方法)和极富洞见的评论巨子德莱顿(在*Heads of an Answer to Rymer*[①]中坚持一种历史的逻辑的文学判断标准,强调要认识到文学类型的发展、社会环境准则与国家的差异,相应采用的标准也需考虑到文学环境的多样性和逐步适应的需要)等人很好的继承。我认为最值得认可的人应该是约翰·丹尼斯(John Dennis)(之前他从未获得过应有的认可),在其《评布莱克默的〈亚瑟王子〉》和《现代诗歌的进步与改革》中,丹尼斯要比任何一位先辈更为明晰地预见到19世纪早、中期宗教理念对文学排列的影响。正因如此,沙夫茨伯里(Shaftesbury)、本特利(Bently)、斯威夫特、沃顿兄弟、赫德、艾迪森、哈勒姆(Hallam)、卡莱尔和德·昆西等作家无需待到20世纪,就可以体会到比较文学在一个或几个发展阶段之后的内涵。

在德国,如维茨教授所言,赫德和席勒或许是比较文学最早的奠基人。然而他们可得好好感谢波德莫尔(Bodmer)和布莱廷格(Breitinger)以及1740年瑞士学派的其他学者,还有鲍姆加登的《美学》(1750)和温克尔曼(Winckelmann)提出的将历史的方法运用至艺术研究的思想。我们还不能忘了歌德、里克特、施莱格尔兄弟(Schlegels)以及格维努斯、伯克、保罗和埃尔茨(Elze)为文学科学做出的贡献。说到这里,我们很想知道这个系脉为比较文学学者留下了哪些可以发挥创造的地方。

到了法国,在斯卡利格尔的《诗学》以及约阿希姆·杜·贝莱(Joachim du Bellay)(最伟大的文学历史比较学者之一)的《保卫与发扬法兰西语言》(1549)以降的著作中,我们同样可以找到很多从不同方面探讨学科方法的思想。克劳德·法伽(Claude Fauchet)的《语言起源与法国诗歌的汇编》(*Recueil*)(1581),帕斯奎尔(Pasquier)的七星诗社(the Pléiade)[②]条约,梅雷(Mairet)的《西尔瓦尼尔》(*Sylvanire*)的前言以及早期高乃依与法兰西学院和主教间的对抗,这些都表明了这个正在缓慢走向成熟的研究方法的发展情况。拉宾(Rapin)的《古

---

① *The Heads of an Answer to Rymer* 是1677年Dryden对Rymer的*The Tragedies of the Last Age*所做的评注。之后以打乱的顺序刊发在Johnson的*Life of Dryden*(1779)中。——译者注

② 七星诗社,是由七位法国诗人组成的,代表16世纪法国人文主义贵族作家的诗歌团体。这个团体里的成员均为诗坛新秀,除龙沙(Pierre de Ronsard)、杜·贝莱和巴伊夫(Jean-Antoine de Baïf)三位主要成员外,还有杜·芒(Jacques Pelletier du Mans)、贝洛(Rémy Belleau)、若代尔(Etienne Jodelle)和蒂亚尔(Pontus de Tyard)。——译者注

今诗学》(*Poètes anciens et modernes*)(1674)不仅试图将亚里士多德的《诗学》运用到现代实践中,还试图让现代人明白某些诗歌的特质是经久不衰的。拉宾的思想在17世纪引起了共鸣,特别是在当时英国的德莱顿和他的圈子中。与拉宾几乎同期,圣埃弗尔蒙(Saint-Evremond)就已经清楚地认识到文学历史的科学重要性以及比较的方法在评论中的优势所在。早在1657年,德马雷·德·圣索尔兰(Desmarets de Saint Sorlin)将诗理解为社会和宗教机构的喉舌,在距其九年之前,戴夫南特[①]提过相同的观点,整整两百年之后卡雷又做了更为精湛的阐述。一些人将佩罗特(Perrault)、丰特内尔(Fontenelle)、达西埃夫妇(the Daciers)、拉·封丹、费内隆,还有稍年轻些的《书籍的战争》(*Battle of the Books*)中的英雄们都看作是比较文学方法的奠基人,这是极其怪异的,因为早在他们之前已经有很多学者,如上文提到过的,包括法国的七星诗社,英国的阿瑞俄帕戈斯山学会(Areopagus)[②]都曾表述过类似的思想。为什么要举这么多例子呢?我相信,有了这些例子,大家轻而易举便可了解到,今天比较文学这个术语下所涵盖的各种学说或理念以及很多方法,除了达尔文的进化理论以外,早在1830年之前就被前人所预见。不朽的圣伯夫(Sainte-Beuve)和他的那些"周一讨论"(Monday chats)收集了许多有价值的方法和理论,为今天使用的很多理论和方法注入了动力。不过在他之前已经有了杜博斯(Dubos)、巴托(Batteux)、伏尔泰(Voltaire)、卢梭(Rousseau)、狄德罗(Diderot)、拉哈普(La Harpe)、斯塔尔夫人(Madame de Staël)、夏多布里昂、甘格纳(Ginguené)、巴乌尔-洛尔米安(Baour-Lormian)、司汤达、雨果、维耶曼(Villemain)等一众预言家。

上面列举这么多的历史见证人并不是为了质疑今天这门所谓"比较文学"的学科,而是为了确认它的研究范围和发展前景。这些见证人的努力表明,我们需要一门探求事物本质的科学。他们的职责在于对一门学科进行全面详尽的预测,直到与这门学科有关的基础(propaedeutic)科学都发展成熟了,这门学科才能被认定为一门科学。

---

① 参见 Davenant, *Preface to Gondibert, an Heroic Poem*(1651/1673)。——译者注

② 1579年,斯宾塞接受了莱斯特伯爵提供的职位,并开始同诗人菲利普·西德尼、爱德华·戴尔(Edward Dyer)交往。在当时,这些人同哈尔维、丹尼尔·罗杰斯(Daniel Rogers)、托马斯·德兰特(Thomas Drant)等组成了一个非正规的知识分子学会。这个学会被称为阿瑞俄帕戈斯(Areopagus)山,主要讨论法律、哲学和阿瑞俄帕戈斯诗歌等问题。——译者注

文学理论的初期阶段(experimental stage),凭借其悠久的历史、学者们的坚持不懈和坚定的信念已经证明,如果经验成熟,比较文学必然会发展成为一门有价值的科学。这些初期阶段的努力至少帮助我们划清了研究领域,即文学的相对性,并且暗示了文学统一性理念的实质和意义,从而预示了精神群体的实质和意义;同时,认识了一种比较方法的过程,并将之应用到了极个别调查对象上,比如,题材和来源的历史;另外,还将归纳的评论准则应用到了艺术和文学类比上。然而,从另一方面讲,比较的方法,从实质上来说,并非大家所想的那么具有科学性。我们对于其所应用的对象,以及文学类型对这些对象的决定作用、它们的现状和特征以及它们先前所处的文学环境等了解得不清楚,事实也不够充分。早期的学者压根没有立定一个理论来详细阐述文学的发展过程,基本连推测都没有。正因如此,有关民族的或国际的文学运动以及这些运动发起氛围的研究就无法进行。试问一门科学的社会基础和心理学基础还没有建立好,这门科学又怎么可能建立起来呢?

如今,史学方法的进步以及心理学、社会学、语言学和人种学研究的发展都为这一学科提供了评论手段,这是先辈们从未获知的,而且还提供了大量具有启发性的外部新素材。文学作为一个单位不再是假设的概念,这一点已经通过民族历史的比较被证实了。我们可能无法证实一个处于演进过程的想法,但将这个想法进行排列一定可以行得通,这一点大家都认同。诗作不再被视为诗人灵感的结晶。文学伴随着社会的普遍需要和表达能力这些产生它的实体一起发展,并且会因种族、地形和社会的环境而异,因作者个人所遗传的或后天养成的不同特征而变化。一门有关文学产生的科学必须要分析文学的构成因素,还要弄清这些因素的运行规律。唯一可能的表达模式或渠道是由一个恒定不变的因素来决定的,举例来说,抒情诗、叙事诗和戏剧诗是诗歌领域里不可或缺的主要类型。而其它的不恒定因素则决定了这些类型本身是易于改变的。当然,我所指的是环境,即先前和当前的思想状况、社会倾向、艺术时尚,以及被称之为作者的联盟体(associational congeries)。只要生理和心理的表达模式可以诉诸客观历史的分析,作者的创作环境以及其艺术作品能够通过归纳的方法得以研究,无论这种环境对他的艺术创作有无直接影响,只要它们的本质可以通过其它相关的社会产物(例如语言、宗教和政府)得到解释和表达,那么我们所说的这门学科就是合乎科学的。另外,试验心理学、人类学、人种学,或者普通艺术史等一旦证明了环境因素在科学性上具有认可权时,它们会立即变成对所谓的"文学"这一社会现象进行比较调查的工具。因此,现在这个称之为比较文学的文学科学,会在以前的文体学或者诗学(它们在很大程度上是传统的,推断性的)的基础上继续得到改进,并且取代作者们的任意搭构(capricious matching)、静态过时的历史观以及缺乏基调的评估。

尽管这门科学必须将纯主观的成分排除在考虑对象之外,将推测的或者名曰"判断"的方法从评论和历史中去除,但没有必要将那些不明数目、虚构想象的东西弃之不顾。它的目标是依据历史的顺序和科学的因果关系(不论是自然的、生物的、心理学的或是人类学的)去探索那些迄今为止没有得到解释的事物,减少其中明显不合理或具有玄幻的(magical)成分,进而不断减少使用古旧的神启式的(inspirational)或超然的(ecstatic)方式来分析。我们只需停止将科学与艺术混为一谈。我们不再称历史为 Clio[①],称法律为 the tables of the Mount[②],或者称医学为 the Apollo-born sage of Epidaurus[③]。尽管我们认可科学的权威,但我们依然尊重这些天才,如希罗多德、马歇尔(Marshall)和劳伦斯。文学科学吸纳了迄今为止文学史所产生的最好的方法:德莱顿、黑格尔和泰纳的分析评论方法,席勒(在他无与伦比的关于素朴的诗与感伤的诗中所表达的)和歌德(在《论德意志建筑艺术》和《诗歌和真理》中表达的)的心理学方法和文化方法,圣伯夫和阿诺德在比较学科上所做出的努力。另外,正如我曾说过的,它尽可能地利用各种成果和方法以及可以直接帮助缔造者——人类了解自己的各种科学。同时,文学发展的过程在一定程度上基于并借鉴其它那些人类意识记录、伦理学、宗教和社会的历史;它从一些还不太具有科学性但是正在向着科学性发展的理论中收集线索。一般来说,这些理论有艺术的、美学的、生理学的、心理学的,甚至还有推测性的,但推测性的理论

---

① Clio:克利俄,是希腊神话中缪斯之一,历史女神。——译者注

② The tables of the Mount:源于 The Sermon on the Mount,意指登山宝训,即《圣经·新约·马太福音》第五章至第七章里,由耶稣基督在山上所说的话,这一段话被认为是基督徒言行的准则,也被视为公民的法律基础。——译者注

③ the Apollo-born sage of Epidaurus:药神。Epidaurus 是古希腊阿尔戈利斯的古镇,医药之神阿斯克勒庇俄斯的神庙所在地。——译者注

结果必须是基于那些历史考量过的事件，比如温克尔曼的例子[①]。用这样的方式进行文学研究的更为直接的好处是越来越多的知识因素进入了世界文学并且决定它的发展，包括它的各种成因、环境、运动和倾向，简言之，即它的规律。还有一个好处就是会产生一种诗学，它不仅能够发现历史的主调(historical accent)，而且能够(在这种主调无论是因发于异乡而屡遭鄙视，或是由于生于当代而被过度赞扬的情况之下)欣赏这种社会主调(social accent)。反之，这一文学的新科学也会去阐明那些产生它的科学，反应出个体精神(soul)和社会精神的发展过程，解释神秘难解的民族意识或种族精神，或者可能消解它。总之，它将会永远地辅助于比较伦理学左右。

以上就是我对比较文学的看法。接着，我想谈谈该如何称呼这门科学，但在这之前，我们先来看看它对于新期刊——《比较文学期刊》的编辑们意味着什么。伍德伯里教授在第一期期刊中发表了一篇既富学术性又有诗意的评论，探讨了比较文学的定义，宣布了文学圈的方法、范畴和理论，大体上如我们所构想的那样。只是显然他没有将文学运动包含在比较调查的对象里面，在形式的范畴中他似乎将一些基础的、一般的表达模式，如抒情诗和戏剧等，趋同于那些外在的、多少有些传统并且可以互换的外部标志，比如头韵和韵脚。因而，他也就没能将文学类型或文学模式的比较研究与特定的时期相结合，这在我看来还是很重要的。不过，问题并不大。他对文学研究的进程的预测仍然是鼓舞人心的。他说："形式的研究应当得出一个评论准则，那将意味着一个新的更伟大的古典主义……正如研究形式需要从结构上着手一样，研究主题应当从情绪上揭示心灵的本质。"他接着说道："浪漫主义这个所有文学的生命，只有在情绪(temperament)和激情(moods)中才能找到它的栖息之地。我们的远大目标便是，在展示那些人类命运得以实现的精神统一体中，揭示这些必要的形式，即美丽心灵的生命激情(vital moods)。"真正的文学学者一定同意以上的观点。然而，有一点可能会令大家感到奇怪，那就是伍德伯里教授似乎忽略了展望文学理论的发展前景。我认为这绝非偶然，它表示了对像布吕奈尔的进化论的拒斥，但并没有否定所有的发展理论。各种文

---

① 温克尔曼(Johann Joachim Winckelmann，1717—1768)，德国考古学家与艺术学家。他根据零散的资料，建立了一套研究古代艺术的体系。他的主要著作《古代美术史》成功地把无数文物整理出一个头绪，并展示了通过古代文物去理解古代文化的方法。——译者注

学运动产生于“蕴纳文学生命的生命激情”，随着个人、种族、全人类的“美丽心灵”逐渐加深和变宽，这种文学生命也会发生变化。因此，我在伍德伯里教授的沉默中找到了有关文学排列理论的依据。我还很高兴地注意到，他坚持主张国际关系和国际影响的研究只是比较文学研究的对象之一。如果探讨的是种族心理或人类心理中文学的成因和规律的话，某一单个的文学研究可能也会同样具有科学的比较的性质。表面上看，这只是个微小的方法论问题，但其实对于我们理解这一学科非常重要。

既然现在的这个名字是造错了，而且具有误导性，那么这门学科应该称为什么呢？如果不是因为传统的偏见，文体学（stylistics）应该可以被认定是一个具有科学品质的术语，它应涵盖关于各种写作类型的历史和理论。根据老一点的命名原则，作者的个性和写作目的、思想观念以及文学类型和形式的客观特征，所有的这些都属于风格（style）的要素。因而，埃尔兹、伯克、马斯（Maas）和其他人才把风格定义为语言的表达形式和方法。文体学是关于风格的普遍理论，这一普遍理论又很自然地被划分为关于散文风格的理论，又叫修辞学，和关于诗歌风格的理论，又叫诗学。我不推荐“文体学”这一词。因为其猜测的性质和布冯（Buffon）的那句陈腐而又不可靠的名言——“风格即个人本身”[①]，旧的文体学受到传统的限制。另一方面，所谓的比较文学给各种写作的研究带来了一种科学客观的和历史的方法。它自身吸收了更古老的文体学中具有客观性和历史性的那些部分，并在纯科学的基础上摒弃或证实先前的理论。比较文学是从文体学向文学科学发展的一种过渡，要不是美学已经通过科学的步骤和历史的经验得到恰当的命名、发展、检验和纠正的话，它也可以在比较文学中找到发展的空间。

脱离了现代心理学、人类学、语言学，以及社会、宗教和艺术，比较科学是没法研究文学与先前文学之间的关系的，更不可能研究文学与其组成成分之间的关系。否则，我们的研究在很久以前就被称为比较语文学了，不过这一名称已被语文学科的一个较年轻的分支篡用了。要是这一学科按照惠特尼（Whitney）[②]教授所写的那样进行，它可能

① 原文为 Style is of the individual。

② 惠特尼（William Dwight Whitney，1827—1894），美国语言学家，耶鲁大学梵语教授和比较语言学教授。——译者注

确实可以用来命名不同国家文学的比较研究。比较文学是对语文学中文学方面的再肯定，不仅是因为它被语言学的发展所淹没了，还因为它依赖于语言学的发展，所以很久以来它根本不被认为是语文学。只有在德国，语文学研讨会中仍会研究所宣称的音韵学和语言的历史，还会研究一些有关语言作为民族精神或者更广泛的人类精神的表达的文学方面的问题。如果依照科学的方法，所有关于起源和发展的研究，不论是针对一种现象，还是多种现象，都一定是具有比较的性质，既然如此，我们没有必要非得用我们所说的这个特定的形容词来描述文学科学的特征。除了比较的方法，还有其它更多的方法进入了这一学科，但它不仅仅是一种方法，更是一个关于联系和发展的理论，它的研究材料既有纵向排列的，又有横向排列的。今天的比较文学，是基于上文提过的那些科学，依照科学的方法来进行，是个不折不扣的文学语文学。与语言文字学或者言语学相对，比较文学是从起源上和历史上着手，运用比较的方法来研究作为一个整体的文学以及作为一个社会个体的产物的文学，不论其观点是具有民族性的，还是具有普遍适用性的。我们欢迎各学术部门和学术期刊致力于研究这一学科所关心的问题，但是文学的语文学不是而且不能够凭借某一独立的学术部门或者某一具体的期刊的能力和工作来衡量的，尽管后者可能做得非常优秀，像这样的我们要给予成功的祝福。不管是古代文学，还是现代文学，这一新学科已俨然是所有文学进行科学研究的工具和方法，不仅存在于研究它们与它们所存在、运动、创造的社会精神的普遍关系中，而且也存在于研究它们之间的个体关系中。我们将现在这个所谓的比较文学发展得越好，那么每一种文学反过来就能够越快地用文学语文学来解释它自己。

合理的古典研究[①](1908)

白璧德[*]
张沛　张源　译

旧人文主义——这在今天的牛津大学仍可见到——具有许多令人称羡的地方，但它至少在某些方面已经变得过时而不足以适应时代的要求。正像我们在沃尔特·佩特(Walter Pater)那里所看到的，旧人文主义有时将会导致超美学的(ultra-aesthetic)、享乐主义的生活态度，即退回到自己的象牙塔中、仅仅在古典文学中寻求精致慰藉的那种倾向。不过，这种英国式人文主义的毛病在于它过分把古典作家处理为孤立的现象，未能以更加广阔的、有机的方式将它们与当代生活联系起来。这样，古典文学作品需要注入新的生命和兴趣不可能指望通过重振旧人文主义来完成，而是要在研究古典作品时更广泛地应用比较和历史的方法。在此我们得赶快补充一句，这些方法必须为观念所渗透并通过绝对价值感(a sense of absolute values)而得到加强。特别是对拉丁语这样的语言来说，它的文学完全是从古希腊文学衍生而来的，并且又对现代世界产生了千丝万缕的影响，任何对个体作家的单纯割裂研究都完全不足以说明问题。确实，每个作者的作品首先都应当就其自身的具体情形单独加以考虑，但同时也应当把它们作为古代与现代世界一脉相承的发展链条上的环节而予以研究。

只有让美国的学者从内心真正感到这个传统的连续性，我们才有可能以或许是最有效的方式在他心中树立起他所明显缺乏的对历史的正当感受与敬意。如果说，其他国家的弊端在于过分尊崇它们的历

---

* ［美］欧文·白璧德(Irving Babbitt)

① 本文选自白璧德：《文学与美国的大学》第5章“合理的古典研究”，张沛、张源译，北京大学出版社，2011年，第101—105页。

史，那么，今天美国的失误则显得过分地沉迷于当下了。在美国各城市的中心地区，没有任何像罗马万神殿或巴黎圣母院那样的标志性建筑拔地而起默默对抗廉价、喧闹的时尚风潮。继承于18世纪的人性可完善理论，到晚近的进化论，特别是美利坚民族自身的历史经验，所有这些因素都联合起来在普通美国人的意识中隐秘地发挥着作用，于是他们几乎是出于本能地相信目前的十年比前一个十年要好，而每一个世纪都比上一个世纪有进步；在文化积累的过程中，首先他必须认识到运动未必都意味着进步，而衡量文明程度的标准不在于新建摩天大厦的数量。摆脱对于当下的奴从状态，这可以算作研究古典文学所带来的一项主要好处。不幸的是，肤浅的现代主义思想（modernism）使许多人完全疏离了古典，并往往打消人们（甚至是古典学者）克服最初困难所必需的信心与热情。

在美国人所有表面活动的中心确实常常萦绕着这样一种模糊的意识：说到底他的生活可能不够深刻、不够有尊严；但他很少把上述不足的原因成功地追溯到以下这些方面，即：他的生活缺乏底蕴和前景，而且他自身对过往历史也没有一种正确的感受——正如有人曾经正确指出，这种感受比其他任何感受都更好地构成了文明人和野蛮人的区别。前面已然说过，就古典研究而言，这种感受不是依靠各自为政的研究得来，而是通过说明这些作家作品和现代生活有着千丝万缕的联系、古代生活和现代生活之间并没有人类心灵所无法跨越的鸿沟。这样一来，古典文学教师的重要职责之一，就是跨越鸿沟、充当连通古希腊—古罗马世界与现代世界的桥梁。如果他希望自己能够合格完成这一任务，那么无论多少准备或多么丰富的文化素养都不为过。这需要他在了解古代的世界和文学之外对现代世界和现代文学差不多也有同样程度的了解。一名理想的古典文学研究者，除非他有能力在各个源流中理清古希腊和古罗马思想——按照麦克思·缪勒（Max Muller）的说法，这一思想像火一样在现代文学的血脉中奔腾流淌——的主要脉络之前，是不应该沾沾自喜而止步不前的。以维吉尔（Vigil）为例，要研究他不仅需要熟悉古典时期的“维吉尔”，也需要熟悉后来的那个“维吉尔”——诱导中世纪想象的那个魔幻“维吉尔”、作为但丁向导的那个“维吉尔”等等——乃至丁尼生（Tennyson）通过阿维罗伊（Averrhoes）等阿拉伯学者对中世纪和现代欧洲思想所产生的巨大影响，如果他研究的作家是欧利庇得斯（Euripides），那么他应该知道欧氏在哪些方面影响了现代的欧洲戏剧；他应该有能力对欧利庇得斯的《希波吕托斯》（*Hippolytus*）与拉辛（Racine）的《菲德拉》（*Phèdre*）之间的异同做出比较。如果他研究的内容是斯多葛思想，那么他应该能用斯多葛派的"完善"理想来对照圣波拿文都拉（St. Bonaventura）和圣托马斯·阿奎那（St. Thomas Aquinas）等基督教作家所称的"完美生活"理想。在关注迄今所有研究成果的同时，他也不能忽略用希腊语和拉丁语写作的教父文学名篇，这些著作表明了古代思想是通过何种方式过渡为中世纪思想与现代思想的。上面为数不多的几个信手拈来的例子都向我们说明，比较方法（comparative method）的应用可以是多么的广阔而富有成效。

同样，如果用更加自由的方法来代替目前使用的历史主义方法，古典研究的价值该会增加多少啊！我们是在更广泛的意义上使用"历史主义"一词的；它所指的不单单是对古代文明中产生的事件加以分门别类，而是对那些导致古代社会盛衰沉浮的不同原因进行调查研究。孟德斯鸠并没有提供古罗马命运变迁的最新观点。我们所说的这种研究并不妨碍许多现代科学理论的应用，但其结果却远远不限于抽象的科学旨趣；它们会为我们解决这个时代的问题提供指导和榜样。如果对古人的教导置若罔闻，我们就有可能在国家生活中兴致勃勃地"用最新式的方法犯下最古老的罪孽"。对古代共和国的历史进行冷静的反思，这会促使我们对自身所面临的众多危险保持一份警醒。这或许能治愈我们那种廉价的乐观主义思想。不管怎样，它也许能让我们意识到马基雅弗利（Machiavelli）所清醒地认识到的那种倾向，即一个国家有可能从繁荣昌盛轻易地滑向堕落（*Et in vitium fortuna labier aequa*）。这里只需举出一个例子就足够了：有效地组织学习西赛罗（Cicero）的通信将会对理解当代政治与古罗马政治产生多么大的帮助啊！

观念史的研究[1](1936)

洛夫乔伊*
张传有　高秉江　译

观念史学家的另一部分工作,如果他想要认识那些在更大的思想运动中真正起作用的因素的话,那就是追寻那种可以被称作哲学语义学的东西。这种哲学语义学也就是对一个时期或一种运动中的神圣语词和短语的一种研究,用某种观点去清除它们的模糊性,列举出它们各种各样的含义,考察在其中由模糊性所产生的混乱结合的方式,这些模糊性曾影响到各种学说的发展,或者加速某一流行的思想由一个向另一个,或许正好是向其反面不知不觉地转化。由于其模糊性,单纯的语词很有可能作为历史的力量而产生某种独立的活动。一个专名,一个用语,一个公式,因为它诸多意义中的一个意义,或者它所暗示的思想中的一种思想,与某一时代流行的信仰、价值标准以及口味相投而得以流行或被人们所接受。由于这些专名、短语、公式中的别的意思,或者暗示的言外之意,并没有为运用它的人们清晰地区分开来,而逐渐成为其意义中的起支配作用的成分,它们也就可能有助于改变信仰、价值标准以及口味。"Nature"(本性)这个词,几乎不用说,它就是最极端的一个例子,是哲学语义学研究中含义最丰富的一个对象。

我们将涉及的这类"观念",比起我至今一直在讲的那些观念要更确定更明白,因而更容易有信心去加以分离和认同。它存在于被早期欧洲最具影响力的哲学家所明白阐示的某种单一特殊的命题或"原则"之中,以及那些作为,或曾被设想为它的推论的进一步的命题之中。正如我们将会看到的,这种命题是意欲对人们自然会问及的哲学

---

* ［美］亚瑟·洛夫乔伊(Arthur O. Lovejoy)

① 选自同作者《存在巨链》导论,张传有、高秉江译,商务印书馆,2015年,第18—24页。

问题所作的回答——反思这一问题的思想迟早是会提出来的。这证明对某些别的原则来说，有一种自然的逻辑上的密切关系，这种关系起初是在反思某些极为不同的问题的过程中发展，结果和它胶合在一起。这类观念以及构成它们历史的过程的特性，并不需要用一般词句来作进一步的描述，因为下面的一切将说明它。

第一[①]，它下一步就是穿越不止一个历史领域——最终实际上是穿越全部历史领域，即单元—观念以各种重要性出现于其中的那些无论是被称为哲学、科学、文学、艺术、宗教还是政治的历史领域，去追溯历史学家如此离析出来的每一个单元—观念。这样一种研究的先决条件需要某种设定概念的工作，需要某种明白地或暗地里进行预设的工作，需要某种精神习惯的作用，或某种特殊主题或论证的操作，如果这种研究的本性和它的历史作用必须被充分理解，必须通过人的反思生活的一切阶段——在这种生活中，这些工作自身显现出来——或是通过像历史学家的智力所允许的那些阶段，对它们连续地加以追溯。这种研究被这样的信念所激励，即认为有许多领域是相通的，这些领域比我们通常认识到的其中的一个领域要多得多。相同的观念常常出现（而且有时相当隐蔽）在理智世界最多种多样的领域之中。例如，园艺美化（*landscape-gardening*）是看似最无关哲学的东西，然而，至少在某一点上，园艺美化的历史是任何真正哲学的近代思想史的一个部分。那种所谓“英格兰花园”的时尚，1730 年以后是如此迅速地在法国和德国流行起来，正如莫奈特（M. Mornet）和别的人所表明的，这种时尚是浪漫主义，或某种类型的浪漫主义楔入其中并逐步扩大其影响。这种时尚本身——无疑，部分表现了对 17 世纪过分刻板的园艺形式的口味的自然逆反，部分也是对各种由伏尔泰、普雷沃（Prévost）[②]、狄德罗以及胡格诺派的报刊撰稿人曾在荷兰介绍过的英国园艺风格的普遍狂热的一种分支。但是，在园艺方面的兴趣的变化应该是一个开端——我不敢保证说，它是一切艺术口味变化的原因，是整个世界趣味变化的原因，然而它是一种先兆，是综合原因中的一个。在被称之为浪漫主义的多方面的东西中的一个方面不可能不精

---

① 此处原文为“第二”或“其次”，但在前文中没有找到“第一”或“首先”，由于是讲演，这种情况的出现是常有的，因此，我们把它改为“第一”，以下类推。——译者注

② 普雷沃（Prévost d’Exiles，1697—1763），法国多产小说家，代表作为《曼侬·莱斯科》。——译者注

确地归之于对世界是一个(在大的规模上的)“英格兰式的花园”(*Englischer Garten*)的信念。17 世纪的上帝,像他的园丁一样,总是按几何学原理工作。浪漫主义的上帝是这样一个上帝,在他的宇宙中,事物疯狂地生长且不加整理,按照它们全部丰富的多样性的自然形态生长。对不规则的喜爱,对充满理智的东西的反感,向往逃进(*échappées*)朦胧的远方——这些最终侵入欧洲人的理智生活的各个方面,使他们 18 世纪早期最初的近代形象,大规模地以快乐花园的新型风格出现。这就使探求它们成长和传播的连续阶段并不是不可能的了。

因而,当观念史——就它能以现在时和陈述语气来谈及而言——是一种力图进行而未完成的历史综合时,并不意味着它仅仅是一种由别的历史学科聚合而成的东西,更何况它还渴望成为一个可以理解的统一体。它仅仅和历史中的某一组因素有关,而且只是就它们可以被视为与那些通常被看作理智世界的分离部分中起作用的东西有关而言。它特别对过程感兴趣,通过这个过程,其影响由一个领域扩展到另一个领域。我不能不认为,即使这样一个规划只是部分地实现,也该做许多事,以给许多不连贯的、因而缺少理解的事实提供一个必需的统一的基础。这有助于打开围墙大门(put gates through the fences),在劳动专门化和分工后,在值得赞赏的努力之中,这种围墙曾树立于我们大多数大学的各个院系之间,这些院系的工作应该经常保持联系。我心目中特别是指哲学系和近代文学系。大多数的文学教师或许乐意承认,曾影响了人们的想象力和情感以及行为的那些观念,应该加以研究——我决不是说,它们可以被孤立地享有——主要是因为它的思想内容,因为对文学史的兴趣大多是作为对观念运动的一种记录——而在严肃的反思文学中的那些观念当然大部分都是淡化了的哲学观念——也就是改变了其形态,从伟大的哲学体系所散播的种子中成长起来的观念,而这些哲学体系自身或许已经不再存在了。但是,我认为,由于缺乏合适的哲学训练,研究者甚至专业的文学史家,当他们碰到这种观念时也常常不认识它,至少不知道它的历史世系,它的逻辑含意和言外之意,它在人类思想中的其他表现形式。所幸这种情况很快就会改善。另一方面,那些研究和教授哲学史的人有时几乎对那种不是穿着哲学大礼服——或盛装——的观念不感兴趣,而且总是不理睬在非哲学世界那一边的人们所做的工作。但是,观念史学家,当他最经常地寻求某种概念或假定在某种哲学的或宗教的体系,或科学理论中的最初起源时,他将寻求它在艺术中,尤其在文学中最有意义的表现。因为正如怀特海所说的:“正是在文学中,人类具体的见解才得到其表达。因此,当我们希望发现一代人的内心思想时,我们必须考察文学,特别是在它的较为具体的形式中进行这种考察。”正如我所认为的——虽然我没有时间去为这一观点辩护——正是通过对一而再、再而三出现的主要观念的最初分辨和分析,而且通过把它们之中的每一个观念视为在许多场合中不断出现的单元,文学的哲学背景才能最好地得到说明。

第二,和那种所谓比较文学研究一样,观念史表达了一种抗议,即对由于各种民族和语言所造成的对文学以及某些别的历史研究的传统划分所产生的结论的抗议。有某些好的和明显的理由说明,由于政治体制和政治运动的历史必须以某种方式打碎成更小的单元,所以它将按照国别的方式来加以区分;但是即使历史探究的这些分支最近在精确性和成就方面得到显著的进步,这也是由于为了理解彼国的诸多事件、倾向或政策的真实原因,而不断增长的对此国中事件、倾向或政策的研究之必要性的认识。在文学史的研究中——不说哲学史的研究,因为在那里这种做法已经逐渐被放弃——依据语言来分科是认识到专门化之必要性的最好方式,而这却远非是自明的。现存的划分的图式部分地说是一种历史的偶然事件,是大多数外国文学教授首先是作为语言学大师这种时代的一种遗风。一旦对文学的历史研究被设想为一种彻头彻尾的关于因果过程的研究——甚至是某种关于故事迁移的相对琐碎的研究,它就必定会不再顾及这种民族和语言的界限了,因为没有什么比不顾那些界限而去研究大部分过程更为确定的了。如果教师的作用或者高年级大学生的培养会被某些主题,或某些思想类型之间的诸种精神的亲缘关系所决定的话,那么,至少我们不能肯定英国文学、法国文学或德国文学的教授们是否会被取代。我们不应该有关于文艺复兴的教授,关于中世纪后期的教授,关于启蒙运动的教授,关于浪漫主义时期的教授以及诸如此类的教授。无疑,从总体上看,一个16世纪后期的典型有教养的英国人和一个法国人及意大利人之间在基本观念和风格及道德气质上的共通性,比起当时的英国人和1730年或1830年或1930年的英国人之间的共通性来,要更多一些——正如一个普通的新英格兰人和一个1930年的英国人之间比起一个1630年的新英格兰人和他的现在的后裔之间,显然有着更多的共通之处一样。因此,如果在历史学专家中,他的用于理解他所处理的东西的专业综合能力是令人满意的话，人们就可以貌似有理地论证说，这些研究按照时代或者该时代的某些群体来加以划分，比起依照国家、种族或语言所作的划分来，要更加恰当一些。我并非认真地主张对大学人文学各系加以重新组合，在这方面显然有实际困难，但是这些困难几乎不涉及被研究的事实中的真正分裂，当这些事实不得不涉及支配性的范畴、信念、风格以及理智的时尚的历史时，其中极少数有可能涉及真正的分裂，正如弗里德里希·施莱格尔很早以前说过的那样："*Wenn die regionellen Theile der modernen Poesie, aus ihrem Zusammenhang gerissen, und als einzelne für sichbestehende Ganze betrachtet werden, so sind sie unerklärlich. Sie bekommen erst durch einander Haltung und Bedeutung.*"（"如果现代诗歌的各个地域性的部分从它们的相互关联中割裂出来，并作为单独自存的整体来考察的话，那么它们就是不可解释的。它们只有通过相互之间才获得支持和意义。"）

总体文学、比较文学与民族文学[①](1942)

韦勒克　沃伦*
刘象愚　邢培明　陈圣生　李哲明　译

我们已将文学研究分为文学理论、文学史和文学批评三方面加以阐述。现在，我们将采用另外一种划分原则，以便给比较文学、总体文学和民族文学下一个系统的定义。“比较文学”这个名称带来不少麻烦，毫无疑问，这也是这个重要的文学研究方式迄今尚未取得预期的学术成就的原因之一。马修·阿诺德翻译了安培(J.-J. Ampère)使用的“比较历史”(histoire comparative)这一用语，他显然是第一个在英语中使用这个名称的人(1848年)。法国人比较喜欢维尔曼(A. F. Villemain)在更早的时候用过的名称。1829年，维尔曼模仿居维叶(G. B. Cuvier)在1800年用过的“比较解剖学”(Anatomie comparée)这个名称，提出了“比较文学”(littérature comparéé)这一术语。德国人则称之为“比较文学史”(vergleichende Literaturgeschichte)。[②]但是，这两个不同形式的形容词都不能完全说明问题，因为，比较是所有的批评和科学都使用的方法，它无论如何也不能充分地叙述文学研究的特殊过程。不同文学之间——甚或文学运动、作家和作品之间——在形式上的比较，在文学史上很少作为中心议题，但是像格林(F. C. Green)的《小步舞》(*Minuet*)[③]这样的书，却对法国与英国18世纪文学的各个方面进行了比较，它不但说明一个民族与另一个民族在文学发

---

* ［美］勒内·韦勒克(René Wellek)；［美］奥斯汀·沃伦(Austin Warren)

① 本文选自韦勒克、沃伦：《文学理论》，刘象愚等译，江苏教育出版社，2009年，第40—49页。

② 参见F. 巴登斯贝格：《比较文学：名称与实质》(载《比较文学杂志》第1期，1921年，第1—29页)。

③ 参见F. C. 格林：《小步舞》，伦敦，1935年。

展方面的共同点和类似之处，而且指出其差异的方面。

实际上，“比较文学”这个名称过去指的是，而且现在仍然指的是相当明确的研究范围和某些类型的问题。它首先是关于口头文学的研究，特别是民间故事的主题及其流变的研究以及关于民间故事如何和何时进人“高级文学”或“艺术性文学”的研究。这类问题可以归入民俗学。民俗学是一门重要的学问，它仅仅部分地涉及美学上的问题，因为它所研究的是一个民族的全部文化，包括他们的服饰、风俗、迷信和工具以及各种技艺等。但是，我们必须承认这样一个观点，即口头文学的研究是整个文学学科的组成部分，因为它不可能和书面作品的研究分割开来；不仅如此，它们之间，过去和现在都在继续不断地互相发生影响。无须提及像瑙曼（H. Naumann）这样抱极端看法的民俗学者①（他们认为后期的口头文学绝大部分都是“堕落的文化财富”[gesunkenes Kulturgut]），我们也能看出上层阶级的书面文学对口头文学有深刻的影响。另一方面，我们必须认识到，很多基本的文学类型及主题都起源于民间文学，我们还有充分证据说明，民间文学的社会地位有所提高。然而，骑士传奇及行吟诗人的抒情歌谣并入民间传说，也是一个不容置疑的事实。虽然这种看法会使浪漫主义者对人民的创造力及民间艺术的深远渊源的信仰发生动摇，然而我们所知道的流行民谣、神话及传说往往起源较迟，而且来自上层阶级的文学。但是，对于每一个想了解文学发展过程及其文学类型和手法的起源和兴起的文学家来说，口头文学研究无疑是一个重要的领域。不幸的是，口头文学研究迄今仍局限在研究主题及其从一个国家到另一个国家的流播和演变上，也就是说，仍然局限在对现代文学素材的研究上。②但是，近来的民俗学者越来越把注意力转向模式、形式和手法的研究，转向文学格式的结构形态的研究，转向对故事的讲述者、叙述者及听众等方面的研究，这样就为将他们的研究工作紧密地纳入文学这门学问的总概念铺平了道路。③ 虽然研究口头文学有其特殊问题，即传播

---

① 参见 H. 瑙曼：《原始民族社会的文化》，耶那，1921 年。

② J. 希克的《哈姆雷特式故事总集》（五卷本，柏林，1912—1938 年）所搜集的世界各国的类似故事，与对莎士比亚的研究是不相干的。

③ 这里与 19 世纪 70 年代的 A. N. 维谢洛夫斯基的著作、后来 J. 波利夫卡论俄国童话故事的著作以及 G. 盖斯曼关于南斯拉夫史诗的一些论著中的说法是相符的。

与社会背景等问题,[①]但是,它的基本问题无疑是和书面文学共同的,而且,口头文学与书面文学之间的连续性也从来没有中断过。现代欧洲文学的学者们常常忽视了这些问题而蒙受不利,而斯拉夫国家及斯堪的纳维亚国家的文学史家们——在这些国家里,民间传说不是现在还存在,就是不久以前还存在——与这些研究的关系则更为密切。但是,用"比较文学"这个名称来指口头文学的研究实在太不确切。

"比较文学"的另一个含义是指对两种或更多种文学之间的关系的研究。这一用法是以已故的巴登斯贝格(F. Baldensperger)为首,聚集在《比较文学评论》(*Revue de littérature comparée*)刊物周围的盛极一时的法国比较文学学派确立的。这一学派有时机械地,有时又十分巧妙地着重探讨像歌德在法国和英国或莪相(Ossian)[②]、卡莱尔(T. Carlyle)和席勒(F. Schiller)在法国的威望和渗透以及影响和声誉等问题。这一学派发展了一套方法学,除收集关于评论、翻译及影响等资料外,还仔细考虑某一作家在某一时期给人的形象和概念,考虑诸如期刊、译者、沙龙和旅客等不同的传播因素,考虑"接受因素",即外国作家被介绍进来的特殊气氛和文学环境。总之,已经积累了许多证据可以说明文学,特别是西欧文学的高度统一性;并且,我们对文学作为"外贸"方面的知识也大大增加了。

但是,人们承认,"比较文学"这样的概念也存在它自己的特殊困难。[③] 看来,从这类研究的积累中无法形成一个清晰的体系。在研究"莎士比亚在法国"和研究"莎士比亚在18世纪的英国"之间,或者在研究"爱伦·坡对波德莱尔(C. Baudelaire)的影响"和研究"德莱顿对蒲柏的影响"之间没有方法论上的区别。文学之间的比较,如果与总的民族文学相脱节,就会倾向于把"比较"局限于来源和影响、威望和

---

① 参见P.波格提列夫和R.雅柯布逊(R. Jakobson):《民间故事——一种特殊的创作形式》(*Donum Natalicium Schrijnen*,〔荷兰〕乌德勒支,1929年,第900—913页)。该文似乎过分强调民间文学与高级文学的区别。

② 莪相(Ossian)传说为3世纪左右的苏格兰吟游诗人,主要活动在爱尔兰、苏格兰等地。18世纪60年代,麦克弗森(J. Macpherson)出版了一系列诗,称为《莪相集》,因此轰动一时,但学者们后来断定为麦克弗森之伪作。这些诗作在风格上沉郁、浪漫,表现了对自然的恋慕,对欧洲不少诗人产生了影响,下文所谓莪相风格即指此,第六章中还要谈及麦克弗森伪作莪相诗的问题。——译注

③ 参见B.克罗齐:《比较文学》,载《美学问题》,巴黎,1910年,第73—79页;R.韦勒克:《比较文学的危机》,载《国际比较文学协会第二次会议论文集》,W. R.弗里德里希编,教堂山,第一期,1959年,第149—159页。

声誉等一些外部问题上。这类研究不允许我们分析和判断个别的文艺作品，甚至还不允许我们考虑其整个复杂的起源问题，而是把主要精力或者用于研究一篇杰作引起的反响，如翻译及模仿，而这些仿作又往往出自二流作家之手，或者用于研究一篇杰作产生前的历史及其主题和形式的演变和传播。这样构想的"比较文学"，其重点是在外表上；近几十年来这种类型的"比较文学"的衰落反映出普遍不赞成把重点放在纯粹的"事实"上，或放在来源和影响上的倾向。

然而，第三种概念避免了上述弊病：把"比较文学"与文学总体的研究等同起来，与"世界文学"或"总体文学"等同起来。这些等式同样也产生了一定的困难。"世界文学"这个名称是从歌德的"Weltliteratur"翻译过来的，似乎含有应该去研究从新西兰到冰岛的世界五大洲的文学这个意思[①]，也许宏伟壮观得过分不必要。其实歌德并没有这样想。他用"世界文学"这个名称是期望有朝一日各国文学都将合而为一。这是一种要把各民族文学统一起来成为一个伟大的综合体的理想，而每个民族都将在这样一个全球性的大合奏中演奏自己的声部。但是，歌德自己也看到，这是一个非常遥远的理想，没有任何一个民族愿意放弃其个性。今天，我们可能离这样一个合并的状态更加遥远了；并且，事实可以证明，我们甚至不会认真地希望各个民族文学之间的差异消失。"世界文学"往往有第三种意思。它可以指文豪巨匠的伟大宝库，如荷马、但丁、塞万提斯、莎士比亚以及歌德，他们誉满全球，经久不衰。这样，"世界文学"就变成了"杰作"的同义词，变成了一种文学作品选。这种文选在评论上和教学上都是合适的，但却很难满足要了解世界文学全部历史和变化的学者的要求，他们如果要了解整个山脉，当然就不能仅仅局限于那些高大的山峰。

"总体文学"这个名称可能比较好些，但它也有不足之处。它原是用来指诗学或者文学理论和原则的。在近几十年里，梵·第根(P. Van Tieghem)想把它拿过来表示一个与"比较文学"形成对照的特殊概念。[②] 根据他的说法，"总体文学"研究超越民族界限的那些文学运

① 参见歌德：《与爱克曼谈话录》(1827年1月31日)、《艺术和上古时代》(1827年)、《纪念版著作》(第三十八卷，第97页)。

② 参见梵·第根：《文学史上的综合：比较文学和总体文学》，载《历史综合杂志》，第31期，1921年，第1—27页；R.佩希：《总体文学》，载《美学杂志》第28期，1934年，第254—260页。

动和文学风尚，而“比较文学”则研究两种或两种以上文学之间的相互关系。但是，我们又怎么能够确定例如莪相风格是“总体文学”的题目，还是“比较文学”的题目呢？我们无法有效地区分司各特（W. Scott）在国外的影响以及历史小说在国际上风行一时这两种情形。“比较文学”和“总体文学”不可避免地会合而为一。可能最好的办法是简简单单地称之为“文学”。

无论全球文学史这个概念会碰到什么困难，重要的是把文学看作一个整体，并且不考虑各民族语言上的差别，去探索文学的发生和发展。提出“比较文学”或者“总体文学”或者单单是“文学”的一个重要理由是因为自成一体的民族文学这个概念有明显的谬误。至少西方文学是一个统一的整体。我们不可能怀疑古希腊文学与古罗马文学之间的连续性，西方中世纪文学与主要的现代文学之间的连续性，而且，在不低估东方影响的重要性，特别是圣经的影响的情况下，我们必须承认一个包括整个欧洲、俄国、美国以及拉丁美洲文学在内的紧密整体。这个理想是由 19 世纪初期文学史的创始人，如施莱格尔兄弟（A. W. Schlegel and F. Schlegel）、布特韦克（F. Bouterwek）、西斯蒙第（S. Sismondi）和哈勒姆（H. Hallam）等人设想出来并且在他们力所能及的范围内实现的。[1] 但是，由于后来民族主义的进一步发展，加上日趋专业化的影响，形成用日益狭隘的地方性观点来研究民族文学的倾向。然而，到 19 世纪后半期，全球文学史的理想在进化论的影响下又复活了。早期从事“比较文学”工作的是民俗学者和人种史学者，他们主要是在斯宾塞（H. Spencer）的影响下研究文学的起源、口头文学的不同形式以及早期史诗、戏剧和抒情诗的产生等课题。[2] 然而，进化论在现代文学史上却没有留下多少痕迹，显然它把文学的演变描绘得与生物的进化过分相似，从而失去了信誉。全球文学史的理想也随之衰

---

① 参见 A. W. 施莱格尔：《关于戏剧艺术与文学》三卷本，海德堡，1809—1811 年；F. 施莱格尔：《新旧文学史》，维也纳，1815 年；F. 布特韦克：《诗史和 13 世纪末的口头文学资料》十三卷本，哥丁根，1801—1819 年；S. 西斯蒙第：《南欧文学》四卷本，巴黎，1813 年；H. 哈勒姆：《15、16、17 世纪文学导论》四卷本，伦敦，1836—1839 年。

② 在德国，于 1860 年创办《人类心理学杂志》的 H. 斯坦特尔，似乎最先将进化论原理系统地用于文学研究；在俄国，维谢洛夫斯基对“进化论的诗学”做过广博的探讨，他是斯坦特尔的学生；在法国，进化论思想也是很明显的，如 E. 梅利尔所著的《喜剧史》（两卷本，1864 年）就采用了进化论的观点，布吕纳季耶（F. Brunetière）将进化论思想应用于近代文学；英国 J. A. 西蒙兹也是如此。

落。可喜的是近年来有许多迹象预示要复活总体文学史编纂工作的雄图。库提乌斯(E. R. Curtius)的《欧洲文学和拉丁中世纪》(1948年)以惊人渊博的学识从整个西方传统中找出其共同的习俗和惯例，奥尔巴赫(E. Auerbach)的《论模仿》(1946年)是一部从荷马到乔伊斯的现实主义史，对其间各个不同作家作品中的文体风格做了敏锐的分析。这些学术上的成就冲破了已经确立的民族主义的樊笼，令人信服地证明：西方文化是一个统一体，它继承了古典文化与中世纪基督教义丰富的遗产。[①]

这样，一部综合的文学史，一部超越民族界限的文学史，必须重新书写。从这个意义上来研究比较文学将对学者们掌握多种语言的能力提出很高的要求。它要求扩大眼界，抑制乡土和地方感情，这是不容易做到的。然而，文学是一元的，犹如艺术和人性是一元的一样。只有运用这个概念来研究文学史才有前途。

在这个庞大的范围内——实际上等于全部的文学史——无疑会有一些有时与语言学方法平行的分组方法。首先有按欧洲三大语系分组法——日耳曼语系文学、拉丁语系文学和斯拉夫语系文学。从布特韦克起，直到奥尔希基(L. Olschki)试图把拉丁语系文学全部写到中世纪时代为止，学者们经常从紧密的相互关系上去研究各种拉丁语系文学。[②] 日耳曼语系文学用比较法进行研究，通常仅限于中世纪早期，当时人们还能强烈感到总的条顿文明之中的相近性。[③] 尽管波兰学者一贯反对，但是，斯拉夫语系在语言上的亲缘关系，再加上共有的民间传统乃至格律形式上的传统，看来还是构成了共同的斯拉夫语系

---

① 《欧洲文学和拉丁中世纪》(波恩，1948年；英译本，纽约，1953年)；《论模仿：西方文学中描绘现实的方法》(波恩，1946年；英译本，普林斯顿，1953年)，参见R.韦勒克在《肯庸评论》第16期，1954年，第279—307页上对此书做的评述以及E.奥尔巴赫本人的论文《再论模仿》，载《罗曼语系研究》第65期，1953年，第1—18页。

② 参见L.奥尔希基：《中世纪的浪漫主义文学》，维尔帕克—波茨坦，1928年；收录于瓦尔泽尔(O. Walzel)：《文学研究手册》第一卷。

③ 参见A.荷依斯勒：《古日耳曼诗歌》，维尔帕克—波茨坦，1923年，也收在瓦尔泽尔的《手册》之中，这一节写得很精彩。

文学的基础。[①]

主题和形式、手法和文学类型的历史显然是国际性的历史。虽然我们的大多数文学类型是从古希腊文学和古罗马文学流传下来的,但是,它们在中世纪时代却经历过较大的修改和增补。甚至格律学的历史虽然和每一种语言体系紧密相连,也仍然是国际性的。此外,现代欧洲的伟大文学运动及风格(文艺复兴时期的风格、巴洛克艺术风格、新古典主义、浪漫主义、现实主义、象征主义等)都远远超越了民族的界限,尽管这些风格的成果在各民族间有重大的区别。[②] 它们在地理上的扩散也可能不尽相同,例如,文艺复兴时期的风格深入到波兰,但没有扩散到俄罗斯或波希米亚;巴洛克艺术风格遍及整个东欧,包括乌克兰,但几乎没有触及俄国本土。在时间顺序上也可能有相当大的区别:巴洛克艺术风格在东欧的农民文化中一直存在到 18 世纪末为止,而当时西方已经经历过启蒙运动,如此等等。总的来说,19 世纪的学者将语言障碍的重要性过分地夸大了。

这种强调是因为浪漫主义(大多在语言方面)的民族主义和现代有组织体系的文学史的兴起之间有着非常紧密的联系。这种情况今天还继续存在着,因为教授文学和教授语言实际上是一回事,美国尤其如此。其结果是在美国和英国、德国和法国文学的学者之间特别缺乏接触。他们各有其完全不同的特征,使用不同的方法。毫无疑问,这种割裂有一部分是无法避免的,因为大多数人只生活在一种单一的语言环境中。然而,如果仅仅用某一种语言来探讨文学问题,仅仅把这种探讨局限在用那种语言写成的作品和资料中,就会引起荒唐的后果。虽然在艺术风格、格律,甚至文学类型的某些问题上,欧洲文学之间的语言差别是重要的,但是很清楚,对思想史中的许多问题,包括批评思想方面的问题来说,这种区别是站不住脚的;在同类性质的材料

① 参见 J. 马塞尔:《斯拉夫文学》三卷本,布拉格,1922—1929 年。该书是全斯拉夫文学史的最新尝试。在《斯拉夫评论》第四卷中讨论了建立斯拉夫比较文学史的可能性。在 R. 雅柯布逊的《比较斯拉夫文学的核心》(收录于 H. 兰特编《哈佛斯拉夫研究》,第一卷,第 1—71 页)一文中,提供了斯拉夫文学共同性的有力根据;D. 谢切夫斯基的《比较斯拉夫文学纲要》(波士顿,1952 年)做了同样的论证。

② 参见洛夫乔伊(A. O. Lovejoy):《论对浪漫主义的鉴别》,载《现代语言学会会刊》第 29 期,1924 年,第 229—253 页,收录于《思想史论文集》,巴尔的摩,1948 年,第 228—253 页;H. 佩尔在《法国的古典主义》(纽约,1942 年)一书中竭力辩明法国古典主义与其他新古典主义的明显区别;帕诺夫斯基(E. Panofsky)在《文艺复兴与复古》(载《肯庸评论》第 6 期,1944 年,第 201—236 页)中赞成传统的文艺复兴概念。

中划取横断面是人为的，说明不同民族意识形态相互影响的思想史用某一种文字（英文、德文或法文）写成只是一种偶然的情况。过分注意某一国家的本土语言，对研究中古时代的文学特别有害，因为在中古时代，拉丁文是欧洲最重要的文学语言，而欧洲在智力活动上是一个联系十分密切的整体。英国的中古时代文学史如果忽视大量的拉丁文和盎格鲁—诺曼底文著作，就会在论及英国的文学情况及其总的文化时给人以假象。

这里推荐比较文学当然并不含有忽视研究各民族文学的意思。事实上，恰恰就是"文学的民族性"以及各个民族对这个总的文学进程所做出的独特贡献应当被理解为比较文学的核心问题。这个问题没有以明晰的理论加以研究，却被民族主义感情和种族理论弄模糊了。如果无视英国文学对总体文学的确切贡献（这是一个有吸引力的问题）可能就会导致观点上的改变，甚至对主要作家的评价的改变。在每个民族文学内部也有类似的问题，即如何判断各地区文学和各城市文学对整个民族文学所做的确切贡献。纳德勒（J. Nadler）自称能够识别每个德国部落和地区的特征及其在文学上的反映，像他这种夸张的理论不应该吓住我们去考虑这些迄今很少运用任何事实和任何有条理的方法进行调查研究的问题。[①] 有不少文章谈到新英格兰、中西部及南部在美国文学史上的作用，多数文章论及了地方主义，但它们都只不过是表示虔诚的希望、地方的自尊心以及对中央集权的不满而已。任何客观的分析都必须将作者的祖籍、作品的出处、背景等社会问题和自然景色的实际影响、文学传统、文学风尚等问题加以区别。

如果我们必须断定同一种语言的文学都是不同的民族文学（像美国文学和现代爱尔兰文学就肯定是那样），那么，"民族的界限"问题就显得特别复杂了。哥尔斯密（O. Goldsmith）、斯特恩（L. Sterne）和谢立丹（R. B. Sheridan）为什么不属于爱尔兰文学，而叶芝和乔伊斯却属于爱尔兰文学？像这种问题就需要做出回答。是否有独立的比利时文学、瑞士文学和奥地利文学？要确定从什么时候开始在美国写的文

---

① 参见 J. 纳德勒：《德语系统和德国本土的文学史》（三卷本，赫根斯堡，1912—1918年；第4版改称《条顿族的文学史》，四卷本，柏林，1938—1940年）、《柏林人的罗曼蒂克》（柏林，1921年）、《文学史的方法论》（载《尤弗利昂》第12期，1914年，第1—63页）；H. 冈贝尔：《诗歌和民族性》（收录于《文学哲学》，柏林，1930年，第43—49页，但该文解释含混）。

学作品不再是“英国殖民地”文学而变成独立的民族文学，这并不很容易。是仅仅根据政治上的独立这个事实，还是根据作家本身的民族意识，还是根据采用民族的题材和具有地方色彩，或者根据出现明确的民族文学风格来确定？

只有当我们对这些问题做出了明确的同答时，我们才能写出不单单是从地理上或语言上区分的各民族文学史，才能确切地分析出每一个民族文学是怎样成为欧洲传统的一部分的。全球文学和民族文学互相关联，互相阐发。遍及欧洲的习俗在其中每个国家里都有所增色：各个国家中都有向外传播的中心，还有特立独行的大人物把一个民族的传统与另一个民族的传统分开来。能够描写这种传统或那种传统的确切贡献就等于懂得许多在全部文学史上值得懂得的东西。

古典文学与现代民族文学[1]（1949）

海厄特*
王晨　译

翻译这门被忽略了的艺术是文学的重要元素，比我们大多数人想象的重要得多。它一般不会创造出伟大作品，却经常有助于伟大作品的诞生。在杰作辈出的文艺复兴时期，它显得尤为重要。

最早将一种语言转换成另一语言的文学翻译可以上溯到公元前250年，兼谙希腊和罗马文化的诗人李维乌斯·安德罗尼库斯（Livius Andronicus）将荷马的《奥德赛》翻译成拉丁语，作为希腊语诗歌和传奇的教材。（按照传统观点，几乎与此同时，由72位拉比组成的翻译团将部分希伯来经文翻译成希腊语，供散居在巴勒斯坦之外，忘记了希伯来语和阿拉米语的犹太人使用。不过这个版本的初衷并非艺术，在教育史上也算不得伟大的里程碑。）李维乌斯·安德罗尼库斯的翻译试图在不同的语言和文化框架内重塑一件艺术品，这是一次严肃的尝试，并且取得了部分成功。它是数以十万计的此类尝试中的第一次。

我们今天的教育体系很大程度上要归功于李维乌斯。希腊人只研究自己的文学，它多变、新颖而优雅，也许他们真的不需要别的什么了。但罗马本族的文学和文化却是粗俗和幼稚的：于是从公元前3世纪起，罗马人开始拜希腊人为师。从此之后，学习和翻译某种异国文化语言成了每个欧洲民族教育体系中的重要部分，它们的学术标准也与之建立起密切的联系。当所有受过教育的罗马人都能同时用希腊语和拉丁语交流和写作时，罗马文学和思想迎来了自己的最高峰。维

---

*　［美］吉尔伯特·海厄特（Gilbert Highet）

①　选自同作者《古典传统：希腊—罗马对西方文学的影响》第6章、第19章，王晨译，北京联合出版公司，2015年，第84—86页、第363—364页。标题为编者所拟。

吉尔的诗歌、普劳图斯和塞内卡的戏剧、西塞罗的演说词和哲学都不是罗马的，而是像我们经常称呼它们的那样，是希腊和罗马的完美融合。当西罗马帝国遗忘了希腊语，它的文化也就衰亡和凋零了。此后，在整个黑暗时代，文化火种的传承者是少数除了母语还懂另一种语言的人，比如僧侣、教士和学者，他们不仅懂得盎格鲁—撒克逊语、爱尔兰盖尔语或者原始法语，还掌握了拉丁语。随着双语潮流在中世纪和文艺复兴时期的流行，欧洲文化得以加深和扩展。文艺复兴的缔造者很大程度上是一些不仅使用母语还用拉丁语，有时甚至是希腊语相互交流的团体。如果哥白尼、拉伯雷、莎士比亚、伊丽莎白女王和洛伦佐·德·美第奇不懂拉丁语，如果他们不是像其他许多人那样乐于使用它或是受到它的鼓舞，我们也许只能把文艺复兴的拉丁语风潮看作是学究们的装腔作势。但历史证据是充分和明确无疑的。希腊—罗马传统与近代欧洲文化在文艺复兴时期的融合创造了一个伟大的时代，在思想和成就上堪与历史上希腊精神和罗马力量的那次结合相媲美。

从此，每个开化的欧洲民族的文化在很大程度上都要依赖学校里教授的某种外语，通过翻译、模仿和赶超，它们对本民族文学施加了持续的影响。另一种语言并不一定是拉丁语或希腊语。俄国人从德语获益，德国人则受益于法语。关键在于另一种语言必须是一种富饶文化的载体，以便扩展被国土锁闭的思想，避免下意识地把地方观念看成美德。学习拉丁语和希腊语最主要的理由在于掌握了这两种语言的人能够接触到我们这个世界上最崇高和富饶的文化。

翻译的思想价值如此显而易见，以至于常常被人忽略。没有哪种语言和民族可以自给自足。它的思想必须得到其他民族思想的补充，否则就会扭曲和枯萎。对英语和其他语言而言，我们所拥有的许多最伟大的理念是通过翻译引进的。英语民族的核心书籍就是译本——虽然当发现《圣经》是用希伯来语和拉丁语写成，然后经过了学者团队的翻译时，许多人会大吃一惊。除了专家，我们没有必要去阅读许多伟大的书籍的原本，它们的译本已经把一些基本的理念灌输进了我们的头脑：比如欧几里得（Euclid）的《几何原本》（*Elements*）、笛卡尔（Descartes）的《方法论》（*Discourse on Method*）、马克思的《资本论》和托尔斯泰的《战争与和平》。

翻译在艺术和语言上的价值几乎与它在思想领域的价值同样重要。首先，翻译过程经常会为译者的母语带来新的词汇。这是因为大多数翻译是从一种词汇丰富的语言转化成一种较为贫瘠的语言，译者必须凭借勇气和创新对后者进行扩充。现代民族语——如英语、法语、西班牙语等等——从几乎没有什么书面文字的口头方言演变而来，受地域所限，主要用于满足日常需要，很少被用于学术目的。因此，与拉丁语和希腊语相比，它们显得幼稚、缺乏想象和简陋。在它们被用于文学创作不久，人们就开始对其加以丰富，使其更具表现力。最安全和直接的做法是借鉴现有的文学语言，引入拉丁语词汇。通过从拉丁语和希腊语吸收词汇来扩充西欧语言是进入文艺复兴前最重要的准备活动之一。它的执行人主要是译者。

民族主义或者说人民崇拜为现代思想带去了许多有价值的新内容，并帮助摧毁了许多令人无法忍受的压迫。但作为比民族文明更崇高的理想，人类文明正受到民族主义的致命威胁。如果人们更重视美国小说、英国诗歌、法国批判、德国哲学、俄国音乐和玻利维亚科学，而不是把人类作为整体(或者若干相互关联和合作的大型团体)，致力于发扬和提高他们的总体思想，那么人类很可能会沦落为一大堆彼此无法理解和相互敌视的部落。

我们也不可能一一分析所有在某种程度上受到希腊和罗马的启示从而为这个时代做出贡献的作家和艺术家。甚至无法一一提及他们的名字。其中一些虽然鲜为人知却非常有意思，比如奥地利剧作家格里帕尔策(Grillparzer，1791—1872)，他的成名作是以阿耳戈号英雄为主题的三部曲。他还创作了一组表现对自己时代失望的优美抒情诗，组诗的标题《黑海悲歌》(*Tristia ex Ponto*)借鉴了奥维德被流放时创作的哀歌。另一些则来自某些处于主流边缘的民族，用母语再现了其他地方率先觉醒的灵感。比如波兰诗人卡兹米尔·布罗津斯基(Casimir Brodzinski)和卡耶坦·柯兹米安(Kajetan Kozmian)，他们将波兰乡间的精神注入了忒奥克里托斯式的田园诗和维吉尔式的牧歌之中。又如齐格蒙特·克拉辛斯基(Zygmunt Krasinski)，他的剧作《伊吕狄翁》(*Irydion*)描绘了希腊对罗马人的反抗——就像荷尔德林笔下的许佩里翁反抗土耳其人那样。还有一些人不如歌德、夏多布里昂、济慈和其他我们在上文提到的作家那样富有创造力。也有人出于各自不同的理由故意拒绝受到希腊和罗马的影响，尽管他们也经常感受到古典传统的力量。贺拉斯在法国遭遇了许多错误的敌意，他被认为煽动了布瓦洛，并把文学规则强加给人们。而布莱克虽然一直把希腊雕塑作为其版画的模板和灵感，却曾经以启示录的口吻高呼“古典作品！让欧洲因战争而荒芜的是古典作品，而非哥特人或僧侣！”——除了作为对吉本的反驳，这句话几乎没有什么意义。

一个充满创造力的时代意味着有大量强大的精神力量相互交汇，让彼此变得更加强大和丰富，获得更大的活力。革命时期就是这样一个时代。我们看到，它不是反古典的，而是比之前的时代更深入地浸淫于古典精神之中。希腊和罗马文化的潮流只是众多塑造了它的力量之一，但这股潮流非常强大、丰富而饱含营养。在它的激励下，年轻的作家和思想家们开始致力于政治自由、宗教解放和唯美至善。他们开始追求感官和精神之美，追求外界自然之美，后者既非死亡又非像动物那样活着，而是超人力量和美丽精神的栖居之所。它让某些人逃离了这个物质主义和压迫的可憎世界——并且像我们将要看到的那样，在整个19世纪继续发挥这样的功能。它启发某些人去效法心灵和肉体平衡的生活理想，就像希腊诗歌中所传唱或者希腊雕塑所彰显的那样。而通过对古代遗迹的研究，某些最伟大的人物更深刻地意识到文明是连续的成就，这是人类生命的核心真理。

《比较文学》序言[1](1951)

卡雷*

李玉婷　译

最近,比较文学在法国很热门,这既鼓舞人心又令人深感不安。(自解放[2]以来,在索邦大学登记的论文已超过两百篇。)如此激进的狂热恐怕会造成学科的杂乱无章。因此,我们必须要感谢马·法·基亚对当前形式的评估。他清晰的陈述既是一种澄清,又是一种警告。

首先,我们需要重新厘清比较文学的概念。[3]它可不是无论何时何地,随便将什么东西都放在一起比较。

比较文学不是文学的比较,也不是简单地在外国文学的研究中移入对古代修辞家的平行对比研究,如高乃依与拉辛之间,或伏尔泰与卢梭之间,等等。更不是整天思忖着丁尼生(Tennyson)[4]与缪塞(Musset)[5],狄更斯与都德之间的异同。

比较文学是文学史的一个分支:它是对跨国界精神关系的研究,

---

* [法] 让-玛利·卡雷(Jean-Marie Carré)

① 出自 M.-F. Guyard: *La Littérature comparée*, Paris, 1951. 由 David Damrosch 译为英文。

② 1945 年,盟军将法国从德国的占领中解放出来。6 年后,卡雷写了这篇序言,正好与序言结尾处的军事用语相呼应。

③ 第一个概述性的阐述是 1921 年由费尔南德·巴尔登斯伯格(Fernand Baldensperger)在第一期的 *Revue de littérature comparée* 中提出的。

④ 丁尼生(Alfred Tennyson, 1809—1892),19 世纪英国著名诗人,曾于 1850 年获得桂冠诗人的称号。——译者注

⑤ 缪塞(Alfred de Musset, 1810—1857),19 世纪法国浪漫主义四大诗人之一。——译者著

即存在于拜伦和普希金、歌德和卡莱尔、瓦尔特·司各特和维尼(Vigny)[1]之间，存在于分属不同民族文学的作家的作品、灵感，甚至生平履历之间的实际关系。

这个研究分支基本不考虑作品的原始价值，而是首要考虑每个民族和作家对他们借来之作所施予的各种改变。谈起影响，大家通常想到的是阐释、反应、抵制和冲突。但瓦雷里（Valéry）却这样写道："博采众长以自成，为最原创、最适宜。但此一过程需要细细品读与咀嚼。狮子消化羔羊，才得以成长为狮子。"

再者，进行影响研究或许有点操之过急了。因为它的过程不易操作，时常带有欺骗性。不过还是会有人经常冒险去衡量一些不可量定之物。相比较影响研究，比较可靠的是去研究作品的成功史、作家的成名史、伟人的命运，或是各民族间的、各种游记、想象间的相互诠释，即我们如何看待对方，比如，英国人与法国人，法国人与德国人等。

最后，比较文学不是总体文学。[2] 它最终可以导向那里，一些人认为它一定会导向总体文学。但这些宏大的平行事件，或者说是同时发生的事件，如人文主义、古典主义、浪漫主义、现实主义、象征主义等，可能会变得过于程式化，天马行空，削弱成一些抽象的、任意的概念，或只是个术语。总体文学可能会为这些事件开辟道路，但比较文学已等不及将这些宏大事件综合待解了，因为运动是在前进中证实自我的。所以我们要做的是让前进的步伐更规范有序，而不是排着参差不齐的队列散漫前行。关于这点，马·法·基亚会在本书里为我们指明道路。

---

① 维尼(Alfred de Vigny,1797—1863),19世纪法国浪漫主义四大诗人之一，剧作家和小说家。——译者注

② 美国大学中教授总体文学课程。

语文学与世界文学[1](1952)

奥尔巴赫*
靳成诚　译
范晶晶　校

Nonnulla pars inventionis est nosse quid quaeras.[2]

一

如果我们依然像歌德所做的那样，将"世界文学"(*Weltliteratur*)这个词同时指向过去和未来的话，那么现在是追问这个词到底还能有什么意义的时候了。作为世界文学的场域，我们的星球并不仅仅关涉着物种意义上的普遍性与人性；相反，地球将人性看作是它的成员之间富有成果的交流的产物。世界文学有一个福祸相依的预设(*felix culpa*)：即人类按照不同的文化分成许多支系。然而，今天人类的生活却在变得日益标准化。强制推行一致性的做法最初起源于欧洲，如今依然在进行中，其结果便是所有独立的传统都遭到了破坏。不可否认，民族意志比以往任何时代都要强烈和喧嚣，但是就每一个民族而言，其所推进的现代生活的标准和方式却全然是一致的；所以对不带

---

* ［德］埃里希·奥尔巴赫(Erich Auerbach)

① 英译者注：摘自《百周年评论》，1969年第十三卷，第1—17页。英译者为梅尔·赛义德与爱德华·萨义德。该文原题为"Philologie der Weltliteratur"，收录在瓦尔特·穆施克与埃米尔·施泰格主编的《世界文学：弗里茨·斯特里希教授70华诞祝寿文集》(伯尔尼，佛朗克出版社，1952年，第39—50页)中，此书为纪念弗里茨·斯特里希的论文集。斯特里希教授是《歌德与世界文学》(1946)一书的作者，这部著作与《摹仿论》一样都是在战争期间写成的。

② 摘自奥古斯丁：《首七卷问答录》导言(*Quaestiones in Heptateuchum, Prooemium*)。意为"对于求索者来说，事先知道自己要追寻的是什么可不是一件小事"。——译者注

偏见的旁观者来说，民族存在的内在基础正在朽烂。欧洲诸文化一直以来都得益于彼此之间富有成效的相互联系，并且也一直从对自身价值的自觉意识中获得支持，这些文化因此依然保持了它们的独立性。尽管如此，即使在这些文化中间，抹平差异性的进程仍然在以前所未有的速度进行。总之，举目所及，标准化都处在统治地位。所有的人类活动都正在被集中到欧洲—美国或俄国—布尔什维克这两个模式中，当它们和构成伊斯兰、印度和中国传统基础的基本模式相对照的时候，不管在我们看来它们是多么伟大，这两个模式之间的差异相对来说其实是极其微小的。如果人类能够禁受得住如此有力而又迅速的集中化进程——虽然为此的精神准备一直很薄弱——那么人们将不得不使自己适应在一个标准化的世界里的生存，适应一种单一的文学文化、有限的几种文学语言乃至于一种单一的文学语言。与此同时，世界文学这个观念在被实现的同时也就被摧毁了。

如果我估计得没错的话，就其强制性和对群众运动的依赖性而言，目前的这个局面是歌德所没有预料到的。因为歌德很乐观地回避思考那些被后来的历史证明是无可避免的事情。他偶尔也承认我们的世界中那些令人沮丧的趋势，然而那时还没有人能够猜到这样一个令人不快的可能性会被实现得如此彻底和出人意料。歌德的时代虽然的确短暂，但是我们中间的老一代人却真的经历了这个时代的逝去。自从欧洲的民族文学从拉丁文明中赢得自我意识，并认识到自身相对于拉丁文明的优越性以来，已经过去了将近五百年；而我们历史主义（historicism）意识的苏醒至今不过勉强有两百年的时间，而正是这种意识使得我们有可能形成“世界文学”的概念。一百二十年前逝世的歌德，通过他自己的榜样和他的作品，对历史主义的发展和由之衍生出的语文学研究做出了决定性的贡献。然而，在我们这个时代，历史主义意识在世界上已经没有多少实际意义了。

尽管歌德式人文主义的时代确实如白驹过隙一般，但是它却不仅在当时产生了重要的影响，而且也开启了许多持续至今并仍在发展分化的事业。到歌德晚年的时候，可供研究的世界文学的数量已经比他出生时要多得多；然而，和我们今天能够见到的世界文学相比，那个数量依然很小。我们关于世界文学的知识得感谢历史主义的人文研究所赋予那个时代的冲动；那种人文研究所关心的不仅仅是外在的材料发掘和研究方法的发展，除此以外，还有对材料与研究方法的洞察和评估，只有这样，一种人类的内在历史（inner history）——统一在其多样性之下的人类概念正是因此被创造的——才能付诸笔端。自从维柯和赫尔德[①]以来，这种人文研究一直是语文学的真正目的：正是因为这个目的，语文学才成为了人文学科中主导性的分支。语文学在其身后描画出了艺术、宗教、法律与政治史，并将自己分别编入其中，织成某些确定的目标和被普遍达成的秩序的观念。由此在学术和综合研究上所取得的成就，对当下的读者来说已经毋庸赘言了。

这样一种活动在环境和前景都完全改变的情况下继续下去还有意义吗？我们不应过分强调这种活动确实在继续，并且还在广泛传播这个简单的事实。因为一种习惯或制度一旦形成总会持续很长时间，特别是当那些认识到了生命的境遇发生了根本变化的人们常常既没有准备好又无法将他们的认识转化成实际行动的时候。从少数具有突出才能和原创性的年轻人对语文学和历史主义研究热情的投入中我们仍然能够看到希望。我们可以希冀这些年轻人对这份工作的本能不会辜负他们，并且这项研究也依然和当下、未来有关，这样想无疑是令人鼓舞的。

在科学的组织和指导下对现实的研究充斥了并且统治了我们的生活；如果愿意为之命名的话，它是我们的"神话"——我们并不拥有另一种具有如此普遍有效性的事物。历史是关于现实的科学，最直接地影响我们，最深刻地扰动我们，并且最有力地迫使我们产生自我意识。历史是唯一一种能让人类以其整全性(totality)站在我们面前的科学。通过历史的注脚，我们不但可以理解过去，还可以理解普遍局势的演进；历史因而将当下也包括在内了。上一个千年的内在历史是人类获得自我表达的历史：而这便是语文学这门历史主义学科的研究对象。这段历史包含着对人类大胆而又强力的跃进的记录——向着关于其自身境况自觉意识的跃进、向着实现其天赋潜能的跃进；这种跃进的最终目标(即便以其当下这个完全碎片化的形式)在很长一段时间内几乎都是不可想象的，然而尽管过程曲折，它看上去依然像是在按计划进行。我们的存在所能胜任的一切富有张力的关系都被包含在这个过程中了。一个逐渐展开的内在梦想，用它的广度和深度

① 英译者注：关于赫尔德，请参看本卷中所选的文章。启蒙时代的哲学家詹巴蒂斯塔·维柯在他的《新科学》(1725)一书中主张人类的历史与制度必须用世俗的而非神学的术语来理解。维柯的计划，以及他对法律和文学语言的密切关注，深深地启发了奥尔巴赫；参看他的论文《维柯与审美历史主义》，《美学与艺术批评》1950 年第 8 期，第 110—118 页。

给予旁观者以勃勃的生气，让他能够在目睹这幕戏剧的同时变得充实，从而与自己天赋的潜能和谐共处。这样一种景观的消失——其表象完全是建立在展示和诠释之上的——将是一种无可挽回的贫困化。诚然，只有那些还没有彻底遭受到这个损失的人才会注意到这种贫乏。即便如此，我们仍然必须在力所能及的范围内不惜一切地去阻止这样一个严重的损失的发生。如果我在这篇文章开始时对未来的思索还有几分可信的话，那么收集素材并将其转化为一个能够持续发生效力的整体便是一项紧迫的任务了。我们基本上还是能够完成这项任务的，这不仅是因为我们所拥有的供我们使用的材料非常之多，更主要地是因为我们还继承了对这项工作来说不可或缺的历史透视主义(historic perspectivism)意识。我们之所以还拥有这种意识，是因为我们正在经历历史的多样性，而如果没有这种经验，这种意识恐怕就会很快失去其现实的具体性。同样，在我看来，我们生活在一个反思性历史学能够最充分地实现自身潜能的时代(Kairos)[①]；而接下来的许多代人是否还属于这样一个时代是值得怀疑的。我们已经受到一个非历史性的教育体制所酿成的贫困化的威胁；而且这个威胁不仅存在，还宣称要统治我们。不管我们是什么，我们都是在历史中生成的，也只有在历史中我们才能保持现在的样子并由之向前发展：展示这一点以便使它能够不被遗忘地穿透我们的生活是语文学家的职责所在，因为他们的领域正是由人类历史所构成的那个世界。在阿达尔伯特·施蒂夫特(Adalbert Stifter)所著《夏日般的初秋》(*Nachsommer*)"路径"一章的末尾，一个人物说道："最高远的期望是，设想当人类结束在地球上生活的岁月之后，一个精灵会来考察并总结一切人类艺术从孕育到消亡的全过程。"不过施蒂夫特所谈论的只是美术，而且我也不相信现在可以讨论人类生活的终结。但是把我们的时代说成是一个发生了决定性转变的时代却是正确的，在这场转变中一种迄今为止独一无二的考察似乎正在变得可能。

这个世界文学的概念及其语文学比起它们的前辈来显得没那么活跃和实际，也没那么关乎政治。现在不像以前，再也没有人谈论不同民族间的精神交流，也没有人谈论风俗的改良和种族间的和解了。这些目标一部分没有达到，一部分被历史的发展取代了。某些杰出的

---

① Kairos这个希腊词指的是一个有利的时段或者机会，与单纯的年代相对；在基督教神学中，这个词逐渐被用来特指危机重重的时代以及事物新秩序的降临。——英译者注

个人，抑或是一些具有高度修养的小团体，在这些目标的指引下一直在享受有组织的文化交换：他们并将继续这样做下去。不过，这种活动对于文化和不同民族之间的和解几乎毫无用处：因为它无法承受相左的既定利益所带来的风暴——正是从这种风暴中诞生了高强度的宣传活动——因而它的成果也就立即烟消云散了。只有在政治发展的基础上将不同的成员事先融洽地整合到一起，他们之间的交流才会有效果。这样一种文化上的对话有内在的一致效果，增进相互理解并服务于同一个目标。但是对那些没有被整合到一起的文化来说，在一片令人不安的（对一个有歌德式理想的人文主义者而言）普遍和睦中，矛盾依然会长久存在（例如那些在不同民族国家身份之间的矛盾），除非反讽地完全借助强力来磨合，否则矛盾还是得不到解决。本文所宣扬的世界文学的概念——关于分享一个共同命运的不同背景的概念——并不寻求影响或改变已经开始发生的一切，尽管这可能和期待相反。我所说的世界文学概念承认世界文化正在被标准化这个无可避免的事实，但是它依然希望向那些身处富于成果的多样性的晚期阶段的人们准确地——这样自己才可能得到保存——并且自觉地说明和阐述文化融合这项关乎命运的事业：这样一来，像这样被说明和描述的融合会成为他们的神话。通过这种方式，过去一千年间整个的精神运动才不会消逝。现在推测这项努力未来会有什么效果是不会有什么结论的。我们的任务是为这样一种效果创造可能性。我们现在只能说，对于像我们这个时代的转型时期来说，效果可能会非常重大。这种效果很可能也会帮助我们更从容地接受我们的命运，使得我们不再憎恨反对我们的人——即便当我们被迫摆出敌意的姿态时也是如此。由此看来，我们的世界文学概念与它的前辈一样地人性，关乎人文主义；对历史的内化理解——它是这个世界文学概念的基石——与之前的理解并不相同，但后者正是在前者的基础上发展而来，而没有前者后者是不可想象的。

二

上文已经提到，我们在根本上有能力进行世界文学的语文学研究，因为我们掌握着无限量的材料，其数量还在稳定增长中，而且我们拥有从歌德时代的历史主义那里继承来的历史透视主义意识。可是无论这项工作的前景看起来多么充满希望，实践起来困难依旧十分巨大。对于某个个人来说，为了洞悉世界文学的材料并进而建立一个充分的相关论述，他必须亲自掌握那些材料——至少也要掌握其中的主要部分。然而，由于材料、方法和观点的过分丰富，那种意义上的掌握已经事实上变得不可能了。我们所拥有的文学来自世界的各个角落，时间跨度长达六千年，大约用五十种文学语言写成。今天为我们所知的许多文化在一百年前还不为人知；过去为我们所知的许多文化其实我们还都是一知半解。至于那些数百年间学者们已经最了然于胸的文化时代，相关的新发现是如此之多，以至于我们关于这些时代的概念已经被彻底地改变——一些全新的问题也随之而出现。在所有这些困难之上，还得再加上这一考量：一个学者不应该只关心某个特定时代的文学，他还必须研究这种文学赖以发展的条件；他必须将宗教、哲学、政治、经济、绘画以及音乐都纳入考虑范围；其中每一个学科都必须有持续的活跃、独立的研究。越来越具体的专业化由此应运而生了；专业的方法被发展出来，以至于在每一独立领域——甚至在某一领域的各个专业观点中——都形成一种深奥难懂的语言。这还不是问题的全部。异域的、非语文学的或科学的方法和概念也开始在语文学中崭露头角：社会学、心理学、某些种类的哲学以及当代文学批评构成了这些外部影响中的首要部分。这样一来，所有这些因素都必须被吸收和重组，即便公平地说这样做只能表明其中某个因素对于语文学是无用的。如果一个学者不将自己始终局限在某个狭窄的专业领域或与一小群志趣相投的同事共享的概念世界之中，那么他的生活就会受到各种对他的印象和断言的困扰：让这个学者来公平地对待这些困扰几乎是不可能的。不过，将自己局限在某一专业领域的做法正变得越来越不能令人满意。例如在我们的时代，要成为一个普罗旺斯专家，只掌握直接相关的语言学、考古学和历史事实几乎是不可能做好的。另一方面，有些专业领域已经变得如此繁杂，以至于要花一生的时间才能够精通。举例来说，这样的领域有：但丁研究（这几乎不能被称作一个"专业领域"，因为公平地说，研究但丁事实上会把你带到任何地方）、宫廷传奇以及与之相关（但又很成问题）的三个子议题：宫廷爱情、凯尔特问题和圣杯文学。又有几个学者能够在其中一个领域真正做到游刃有余？还有任何人能够继续谈论一种学术的、综合的世界文学的语文学吗？

今天某些人确实在总体上对欧洲材料拥有高屋建瓴的把握；然而，据我所知，他们都属于两次世界大战之前成长起来的那一代人。

这些学者不会那么容易地被取代,因为自从他们那一代人以来,对希腊语、拉丁语和《圣经》的学术研究——这是后来资产阶级人文主义文化的主干——在几乎所有的地方都崩坏了。如果从我自己在土耳其的经历来推断,那么我们很容易注意到在非欧洲的然而同样古老的文化中发生的相应变化。原来在大学里(英语国家的研究生阶段)可以被视为理所当然的能力,现在必须通过在那里学习才能获得;而且经常发生的情况是,这种学习不是太晚了就是不充分。此外,大学或者研究生院的知识重心也发生了转移,更偏重最新潮的文学和批评;而且当学术界对更早的时代怀有兴趣时,他们关注的也大多是巴洛克时代这样的历史时段——可能是因为处于现代文学偏见和大杂烩的范围之内最近才被重新发现。如果整体历史对我们能有什么意义,那么很显然我们一定得从自己时代的境况和心态出发来理解它。但是一个天资聪慧的学生无论如何都具有他自己时代的精神并被这个精神所占据:在我看来,他应该不需要学术上的指导来掌握里尔克、纪德或者叶芝的作品。不过,为了理解古代世界、中世纪和文艺复兴的语言传统和生活方式,也为了学习和了解、探索更早历史时期的方法和手段,他确实需要指导。当代文学批评所呈现的复杂问题与分类范畴始终意义重大,这不仅仅因为这些问题和范畴本身常常很精巧并能有所启发,也因为它们表达了这个时代的内在意志。尽管如此,其中只有一部分可以在历史主义的语文学研究中被直接利用,或是被当作真实传递的概念的替代品。这些问题和范畴大多过于抽象和模棱两可,而且经常带有过于个人化的偏见。它们加强了大学一年级新生(以及二年级学生)经常陷入的那种诱惑:即想要通过对抽象分类概念的具体介绍来掌握大量材料;这导致将研究对象消解为对一些虚无缥缈的问题的讨论,并最终变成仅仅是关于术语的戏法。

尽管这些学术趋势看起来令人不安,但是我并不认为它们真的具有危险性,至少对那些真诚而有才华的文学研究者来说并非如此。再者,有些有天赋的人能够自己设法获得任何历史或者语文学研究所必需的材料,还可以在面对知识界的时髦潮流时采取恰如其分的开明而自主的态度。这些年轻人在许多方面都拥有胜过自己前辈的非同寻常的优势。在过去的四十年间,各种事件扩展了我们的知识视野,关于历史和现实的新见解被揭示,关于人类间历史进程(interhuman processes)结构的观点也得到了丰富和更新。我们参与了(而且仍在切实地参与着)一堂关于世界历史的实践研讨课;因而,我们对历史事务的洞见和概念式能力也得到了相当程度的发展。这样，许多以前在我们看来是晚期资产阶级人文主义杰出语文学成就的优秀作品，今天在问题设置上就显得不够实际和具有局限性了。今天的人在此面对的情况就比四十年前要简单一些。

但是综合（synthesis）的问题该如何解决呢？一个人一生的时间似乎连做好准备工作都显得太短促；而一群人有组织的工作也不是解决之道，哪怕有组织的团体工作在其他方面都很有用处。我在这里谈论的历史性的综合，尽管只有建立在对材料的学术掌握的基础上才有意义，但它却是个体直觉的产物，因而也只能期待在个人身上发现。如果这种综合能够尽善尽美，我们就能同时获得一项学术成就和一件艺术作品。甚至一个出发点（德语：Ansatzpunkt，英语：point of departure）的发现——我会在后面再谈这个问题——也是一个关于直觉的问题：所谓的综合，如果要实现其潜能，就必须以某种统一而又联想丰富的方式来进行。毫无疑问，这项工作所取得的真正可观的成就要归功于某种统摄性的直觉；而为了达到其效果，历史性的综合还必须额外具有一件艺术作品的外表。文学艺术必须拥有"自为的自由"的传统抗议——这意味着不受科学真理的束缚——几乎再也无人提及。因为历史材料正如今天所自我呈现的那样，为想象力在选择、提问、组合和成型方面提供了足够的自由。事实上我们可以说科学真理对语文学家来说是一种有益的限制；因为它保存并保证了"现实"中的或然性，于是逃离现实的巨大诱惑（不论是通过琐屑的粉饰还是通过虚幻的变形）受到了挫折，因为现实是或然性的评判标准。此外，我们还要考虑到综合性的内在历史书写的需要，正如欧洲文学艺术传统是一个谱系（Genos）一样，古典时代的历史编撰也是一个文学谱系；与之类似，德国古典主义和浪漫主义创造的哲学—历史学批评也在奋力寻找属于自己的文学艺术的表现形式。

三

这样一来我们又回到了个人。个人如何才能达到综合呢？在我看来，个人当然无法通过百科全书式的材料收集做到这一点。一个更加宽广的视野，而不仅仅是事实的堆积，是一个不可或缺的条件，但是这种视野应该在整个过程的一开始就非刻意地取得，而且要以本能的个人兴趣作为自己唯一的指导。不过最近几十年的经验已经向我们证明：在某个领域中，那种为努力穷尽大部头的通论类书籍所进行的材料积累，不管这些通论类书籍是关于一个民族的文学、一个伟大的时代还是一种文学谱系，都几乎不可能导向综合和体系。困难之处不仅在于材料之冗繁几乎无法被单一个人所掌握（这似乎必须群体合作），也在于材料本身的结构。对材料的传统分类方法，不论是年代学的、地理学的还是类型学的，都不再适用，也无法保证任何有力和统一的进步。因为上述分类方法所涵盖的领域与达到综合所要应付的问题领域并不重合。甚至在我看来，关于某个重要人物的专著——许多这类作品都极为出色——是否适合充当我一直在谈论的那种综合的出发点都很值得怀疑。当然，由单个人物体现的生命统一性的完整和实在并不逊色于任何其他方式，而且这种统一性也总是优于人为的构造；但同时这种统一性最终是无法把握的，因为它会逐渐转变为非历史性的绝境，而这往往是个体的最终归宿。

在成就了一种综合性历史主义观点的著作中，恩斯特·罗伯特·库尔提乌斯最近关于欧洲文学与拉丁中世纪的书①是最让人印象深刻的一部。在我看来，这本书的成功要归功于这一事实：尽管书的标题是全面性的、整体性的，但它却是从一个事先规定清楚、几乎有些狭隘的单一现象——学院修辞传统的传承——来展开的。尽管此书组织的材料汗牛充栋，但其最出色的章节却并不仅仅是众多条目的堆积，而是从少量条目向外的辐射。总的说来，本书的主题是古代世界在拉丁中世纪的传承，以及古典文化所采取的中世纪形式对新的欧洲文学的影响。面对如此概括而又全面的一个意图，作者最初束手无策，站在一大堆繁杂而无法归类的材料前，在其计划的最初阶段只能对一个如此宽泛的题目进行概述。如果真要机械地收集材料——比如说以一系列单个作家为线索，或者以整个古代世界在中古几个世纪间的接续传承为线索——仅仅是略述这一大块材料的梗概就会让任何规划意图成为不可能。只有通过发现并立即明确界定一个现象，使之足够全面与核心来充当出发点（在这里是修辞传统，特别是主题[topoi]），库尔提乌斯的计划才能实现。我这里并不是在讨论库尔提乌斯对出发点的选择是否令人满意，抑或它在就库氏本人意图而言的诸多可能选择中是否是最佳者；正是因为人们可以质疑库尔提乌斯的出发点难

① 即 *Europäische Literatur und lateinisches Mittelalter*（《欧洲文学与拉丁中世纪》），初版于 1948 年。——译者注

堪重任，才应该更加赞赏最后达到的成就。因为库尔提乌斯的成就必须归功于以下这一方法论原则：为了完成一项艰巨的综合工作，就必须定位一个出发点，或者说一个可以把握问题的入手。对出发点的选择必须以一系列严格界定、容易辨识的现象为标准，对这种现象的解释是一种从内向外的辐射，能够进而整理并解释比其自身领地更加广大的区域。

很久以来，这个方法对学者们来说并不陌生。例如，文体学这门学科长期以来就是用这种方法以一些固定的特定来描述一种风格个性。不过我还是认为有必要强调这种方法的普遍意义——这是唯一一种让我们现在面对一个更宽泛的背景时能综合地、富于联想地写作一部内部历史（history-from-within）的方法。这种方法也能让年轻的学者，甚至是一个初学者，完成同样的目标；一旦直觉发现了一个有希望的出发点，相对来说适量的一般性知识再加上他人的指点就足以胜任了。在阐释这个出发点的过程中，知识的图景也会自然地充分扩大，因为对所需材料的选择是由出发点决定的。阐释的过程因此也是非常具体的，其组成部分非常必要地粘合在一起，由此获得的一切并不会轻易失去，结果在其有规则的展现中具有了统一性和普遍性。

当然，在实践中一般性的意图并不总是先于具体的出发点。有时候我们可能发现某个单独的出发点会消解对普遍性问题的识别和规划。当然，这种情况只有在对问题已经有倾向的前提下才会发生。必须加以说明的是，只凭一般的、综合性的意图或问题是不够的。毋宁说，我们需要寻找的是一种能够部分地被理解的现象，尽可能加以界定和具体，因而可以用技术的、语文学的术语来描述。各种问题会进而由此产生，这样对我们的意图进行规划才变得可行。在另外一些情况下，单独一个出发点是不够的，必须要有好几个才行；不过如果第一个出发点浮现了，其他的也就更容易找到，这尤其是因为它们在属性上必须不仅将自己和其他出发点连接起来，也必须交汇于同一中心意图。因此它是一个专业化的问题，并不是对传统的材料分类模式的专业化，而是针对近在手边的、需要不断重新发现的题目。

出发点可以非常繁多，因此在这里列举所有可能性是不现实的。一个好的出发点，其特质一方面是其具体性和精确性，另一方面是其向外离心辐射的潜能。一个语义学的解释、一个修辞学的比喻、一个句法上的序列、对一个句子的解释或在特定时间与地点所做的一组评论——所有这些都可以成为一个出发点，但是出发点一旦被选定就应该具有向外辐射的能力，这样我们才能借以处理世界历史。如果有人要探究19世纪作家的境况——不管是在一个国家还是在整个欧洲——这种探究就会产生一部我们应该对之心怀感激的有用参考书（假如它囊括了该项研究所必需的一切材料）。这样一部参考书自有其用处，但是如果从作家对受众的某些评论入手，我一直在谈论的那种综合会更容易达到。同理，像不同诗人持续的声望（*la fortuna*）这样的题目只有在找到一个具体的出发点来控制整个主题时方可以展开研究。如果要研究但丁的声誉，各国现存的著作自是不可或缺，但如追溯《神曲》中个别的片段从最早的评注家到16世纪，再自浪漫主义以来的阐释（我要感谢欧文·潘诺夫斯基的这个建议），我们将会看到一部更加有趣的著作，那将是一种真正的精神史（*Geistgeschichte*）。

一个好的出发点必须是精确而客观的；各种抽象的范畴无法胜任这个任务。诸如"巴洛克""浪漫主义""戏剧性""命运观""紧张感""神话"或"时间概念""透视主义"这样的概念都是危险的。如果这些概念的含义在一个特定的语境中被解释清楚了，那么它们是可以使用的；但是作为出发点，它们就过于模糊不清了。因为出发点不应该是一个从外部强加给主题的一般概念，而应该是这个主题自身的有机组成部分。研究对象应该自己发声，这种情况在出发点既不具体也没有得到明确定义时是绝不会产生的。无论如何，许多技巧都必不可少——即便我们可能拥有最好的出发点——以便我们能够专注于研究对象。那些现成却很少适用的概念的吸引力是会骗人的，因为它建立在动听的声音和时髦感的基础之上；它们潜伏待动，准备进入那些与研究对象的活力失去联系的学者们的著作之中。就这样，一部学术著作的作者经常受到引诱而将一些陈词滥调作为真正研究对象的替代品，当然也会有许多的读者受骗上当。既然读者大多易于接受这种替代，让这样的偏离变得不可能就是学者的职责所在。意图达到综合的语文学家所处理的现象包含着自己的客观性，而且这种客观性在综合的过程中绝不能消失——做到这一点是极为困难的。我们当然不能以某个特定事物带来的欣喜和满足作为目标，而应该被整体运动触动和激发。不过一场运动只有在组成它的所有特定事物都被根本掌握后才能以其纯粹形式出现。

据我所知，目前还没有人对世界文学尝试进行语文学的综合；在西方文化中，只能找到一些初步朝此方向开展的努力。但是我们的地球越是变得紧密相连，历史主义的综合就越有必要通过扩展自身活动来平衡这种收缩。让人们意识到他们处在自身历史之中是一项伟大的但也很渺小的工作——这更像是一种弃权，只要我们想到人并不只生活在这个地球上，也生活在这个世界和宇宙之中。但是此前时代敢做的事——为人类在宇宙中指定一个位置——现在看来却是一个遥不可及的目标了。

无论如何，在语文学意义上这个地球都是我们的家，它再也不可能是一个民族国家了。一个语文学家所继承的遗产中，最珍贵和不可或缺的部分仍然是他自己的民族文化和语言。然而，只有当他先与此遗产分隔而后超越之，这个遗产才能真正有效。在这个无可否认已经发生变革的局势中，我们必须回到民族国家产生之前的中世纪文化已经懂得的一个认识：精神（Geist）是没有民族性的。Paupertas 与 terra aliena（贫穷与异域），或者与之类似的事物，我们在沙特尔的伯纳德[①]、索尔兹伯里的约翰[②]、让·德·默恩[③]及许多其他作者那里都可以读到。圣维克托的雨果[④]写道（*Didascalicon* Ⅲ，20）：

> Magnum virtutis principium est... ut discat paulatim exercitatus animus visibilia haec et transitoria primum commutare, ut postmodum possit etiam derelinquere. Delicatus ille est adhuc cui patria dulcis est, fortis autem cui omne solum patria est, perfectus vero cui mundus totus exilium est.
>
> （德行的伟大基础……是为了让经过训练的头脑能够渐进地学习，开始是学习转化那些可见的、转瞬即逝的事物，以便之后能够把它们留在身后。觉得自己的故乡很迷人的人依然是软弱的，觉得各处都是乡土的人是强大的，但是只有觉得整个宇宙都是异乡的人才真正达到了化境。）

雨果写这些话是为了那些有志将自身从对世界的迷恋中解脱出来的人。不过，它对于那些希望找到对这个世界恰当之爱的人来说，也不失为一种解决之道。

---

① 伯纳德，12 世纪法国新柏拉图主义哲学家。——译者注

② 约翰，12 世纪英国教士，沙特尔主教。——译者注

③ 让·德·默恩，14 世纪法国文人，曾续写《玫瑰传奇》。——译者注

④ 雨果，12 世纪法国神学家。——译者注

《欧洲文学与拉丁语中世纪》英文版前言①(1953)

库尔提乌斯*
胡根法 译
范晶晶 校

本人研究的核心领域是罗曼语及其文学。在1914—18年战争之后,我把促使现代法国在德国得到理解视为己任,进行了对罗兰(Rolland)、纪德(Gide)、克洛岱尔(Claudel)、贝驹(Péguy)的研究(《新法国的文学先驱》,*Die literarischen Wegbereiter des neuen Frankreich*,1919);对巴雷斯(Barrès)的研究(1922)和巴尔扎克(Balzac)的研究(1923);对普鲁斯特(Proust)、瓦莱里(Valéry)、拉尔博(Larbaud)的研究(《新欧洲的法国精神》,*Französischer Geist im neuen Europa*,1925)。这个周期以对法国文化的研究(《法国文化入门》,*Einführung in die französische Kultur*,1930)而告终。在那时,我已经开始研究英国和美国的作家。关于T.S.艾略特的论文(含《荒原》的译文)发表于1927年,关于詹姆斯·乔伊斯的研究则发表于1929年。最近25年所发表的研究成果则收入我的《欧洲文学批评文集》(*Kritische Essays zur europäischen Literatur*,1950)一书。它包括关于维吉尔、歌德、弗里德里希·施莱格尔(Friedrich Schlegel)、爱默生、斯蒂芬·格奥尔格(Stefan George)、霍夫曼斯塔尔(Hofmannsthal)、乌纳穆诺(Unamuno)、奥尔特加·加塞特(Ortegay Gasset)、艾略特、

---

* [德]恩斯特·罗伯特·库尔提乌斯(Ernst Robert Curtius)

① 选自*European Literature and the Latin Middle Ages*,trans. Willard R. Trask. New York: Pantheon,1953,reprinted Princeton University Press,1973. 最初发表为*Europäische Literatur und the Lateinisches Mittelaoter*. Bern: A. Francke,1948.

汤因比(Toynbee)的论文。

长久以来，在最令我崇拜的圈子中，维吉尔与但丁一直占有一席之地。从前者到后者，其间的路径是什么呢？这个问题越发使我着迷。问题的答案只能在中世纪的拉丁连续性(Latin continuity)中找到。而这反过来则是欧洲传统的一部分，位于这个传统起点的是荷马，而在其终点的，正如我们今天所见，则是歌德。

这个思想与艺术的传统受到1914—18年战争及其后果的严重冲击，在德国尤其如此。1932年，我发表了论战性的小册子《处在危险之中的德国精神/知识界》(*Deutscher Geist*)。它抨击的是教育的野蛮化和民族主义的疯狂，这些都是纳粹政权的前兆。在这本小册子中，我吁求一种新的人文主义(a new humanism)，它应该把从奥古斯丁到但丁的中世纪统合成一个整体。我曾经受到一部伟大美国著作的影响：爱德华·肯纳德·兰德(Edward Kennard Rand，1871—1945)的《中世纪的奠基者》(*Founders of the Middle Ages*)。

在德国灾难(Germany catastrophe)到来之际，我决定借助对中世纪拉丁语文学的研究，来为中世纪学者的人文主义思想效力。这些研究占据了我15年的时间，其结果就是现在这本书，它出版于1948年。我惴惴不安地把它写了出来，因为我不相信我能够指望它唤起任何反应，它与统治当代思想的任何一种科学的、学术的或者哲学的潮流都是不相符合的。尽管如此，它还是唤来了关注和同情，这对我来说乃是一种惬意的惊喜。

上述诸语应将表明，本人此书并非纯粹学术兴趣的产物，它产生于对保存西方文化的关切。它寻求促进对在文学中显现出的西方文化传统的理解。它试图通过对新方法的应用，来表明该传统在时空中的统一性。在当下知识界的混乱中，展现这种统一性已经变得必要，而不是变得不可能，这让人感到高兴。但此种展现只能藉由普世的(universal)视角才能做到，而这样的角度是由拉丁语文(Latinity)提供的。在维吉尔与但丁之间的十三个世纪中，拉丁语是受过教育的人们的语言。舍此拉丁语背景，中世纪的各方言文学将是不可理解的。在批评我的人中，有一些反对说，中世纪文学的重要现象(如《罗兰之歌》、吟游诗人、戏剧)没有在我的书中出现。或许这些批评者没有读本书的标题。它探讨的是拉丁语中世纪，而非总体的中世纪。关于法国、德国、意大利、西班牙各国方言文学的佳作并不缺乏。本书无意与它们竞争，而意在提供它们并不提供的东西。

在本书的思考当中，若以椭圆比之，拉丁语中世纪是其中一个焦点，而另外一个焦点则是欧洲文学。故而于古代希腊与罗马之处，着墨将会颇多。此外，凡涉及16、17世纪的学派与作品之处，所谈亦多。本人斗胆希望，即便是研究此等时段的专家，亦将在本书中发现一二有用之物。但是，此书非为学者而写，实为文学爱好者而著，换言之，乃是为那些有志于文学之为文学的人而写的。乔治·圣茨伯里(George Saintbury)著《批评史》一书，在其前言中，他说："我的一个朋友，在批评思想方面，既友好，又称职，且具有与我不同的观点。他对我持反对的意见，说我'把文学看作自为之物'。我迫不及待地认可了这个指责，并且宣布，这正是我这本书的先决条件。"当然，文学不可能是绝对孤立的，圣茨伯里很清楚这一点。本书中也将有些现成的东西，如果没有C.G.荣格，我可能无法明白它们；也将会谈及文明史和哲学史中的问题；会提及人文七艺(seven liberal arts)、大学等等。但是，观察的聚焦点始终是在文学上：它的主题、它的技巧、它的生态学、它的社会学。

读者在本书能够找到的信息将是关于：文学这个词从何而来以及它最初有何意义；什么是作家的经典作品；经典作家的观念是如何形成以及如何发展的。本书将考察文学生态学中反复出现的或永恒的现象；"古"与"今"的对立；今天称之为巴洛克(Baroque)而我则倾向于称作风格主义(Mannerism)的反古典主义趋势。诗歌将会在其与哲学及神学的关系中得到考察。对此我要提出的问题是：它通过什么途径理想化了人类生活(英雄、牧羊人)和自然(风景描绘)，以及为此目的它又发展出了什么固定的类型。所有这些以及其他的问题都是我想要称之为文学现象学的开场白。对我来说，这看起来有点不同于今天实践的文学史、比较文学以及"文学科学"(Literaturwissenschaft)[①]。

藉由高空航拍，当代考古学已经取得了令人惊奇的发现。比如，它通过这项技术，已经首次成功地辨认出后期罗马帝国在北非的防御工事系统。一个人，站立在一堆废墟之前的地面上，是无法一览航拍所揭示出的全貌的。但是下一步便是放大航拍照片并将它与一张详细的地图进行比较。本书所应用的文学考察技巧与这种程序具有某

① 实证主义的文学研究(Positivistic literary studies)。

种类比性。如果我们试图一览而拥有西方文学之上下两千年或两千五百年的话，我们就能够做出从一座教堂的尖塔上所无法得到的发现。然而，只有当专家的局部研究（parochialism）提供出认真详细的研究之后，我们才能够做到这一点。可以肯定的是，通常情况下这种研究是欠缺的，而从一个更高的立足点来看，我们发现了一些有望使个体研究取得丰硕成果的工作。只要专业化和整体思索进行结合并相互渗透，各历史性的学科就将取得进步。二者彼此需要，相辅相成。缺乏全局性（universalism）的专业化是盲目的；缺少专业化的博学是空洞的。

但是，就文学领域内对整体的观察而言，圣茨伯里的名言是有根据的："没有现代的古代是一块绊脚石，没有古代的现代则是彻头彻尾、不可救药的愚蠢。"正如本人所说，此书非纯学术兴趣之产物，它产生于极大的迫切之中，成长于具体的历史语境的压力之下。但是，为使人信服，我不得不使用这个科学的技巧，它是一切历史研究的基石：语文学（philology）。对于思想科学而言，它具有与数学之于自然科学相同的重要性。正如莱布尼茨（Leibniz）[①]教导的，世间有两类真理：一方面，是那些仅由理性得出、无需也无法由经验确认的真理；另一方面，则是那些通过经验认可却无法逻辑演证的真理；必然性真理（necessary truths）和偶然性真理（accidental truths），或者如莱布尼茨所表述者，永恒真理与事实真理（*vérités éternelles et vérités de fait*）。事实的偶然性真理只能通过语文学确立。语文学乃各历史性学科的侍女。自然科学会精确地应用它们的方法，本人则已经尝试过以或多或少精确的方式应用语文学。几何学用数字来演示，语文学用的则是文本。但是语文学也应该给出可以证实的结果。

但是，如果本书的主题得以通过语文学的技巧来处理，语文学本身也仍然并非目的，我希望这一点还是清晰的。我们正在讨论的乃是文学，亦即得以在语言中赋形的西方文化的伟大知识和精神传统。它包含不朽的关于美、伟大、信仰的珍宝。它是精神能量的储藏所，通过它，我们可以给我们今日的生活增添趣味和尊贵。

---

① 在启蒙运动诸理性主义哲学家之中，莱布尼茨（Gottfried Wilhelm Leibniz，1646—1716）乃领军人物之一。

比较文学的危机[1](1959)

韦勒克*

沈于　译

世界(或更准确地说,我们这个世界),起码自1914年起就一直处于永久性的危机状态之中。大约自同时开始,文学研究同样也一直因为不同方法间的冲突而四分五裂,只是不那么激烈,不那么引人注目。19世纪学术界确信不疑的观念,简单地相信任何积累起来的事实,希望这些砖可以用于建筑知识的金字塔,相信可以仿照自然科学的模式以因果关系来解释一切——对所有这些观念早已有人提出过反对意见了;在意大利有克罗齐(Croce),在德国有狄尔泰(Dilthy)等人。因此,最近几年不能说有什么特别之处,也不能说文学研究的危机已到了可以解决或可以暂时缓和的时刻。我们的目的和方法仍需要重新检查。在过去十年中,梵·第根、法利奈里、福斯勒(Vossler)、库尔求斯、奥尔巴赫(Auerbach)、伽列、巴尔登斯柏耶以及斯皮泽(Spitzer)等几位大师的过世,实在具有一点象征的意味。

我们至今还不能明确确定研究主题和具体的研究方法,就足以说明我们的研究尚处于不稳定状态。我认为巴尔登斯柏耶、梵·第根、伽列和基亚提出的纲领性意见还没有解决这个基本课题。他们把过时的方法强加于比较文学,使之受制于早已陈腐的19世纪唯事实主义、唯科学主义和历史相对论。

比较文学反对孤立研究国别文学史是一大功绩:它关于连贯一致的西方文学传统由无数互相关联的错综复杂的关系交织为一体这一概念,显然是正确的(并且已找到大量事实证明此观点)。但是,我

---

* [美]勒内·韦勒克(René Wellek)

① 原载张隆溪编:《比较文学译文集》,沈于译,北京大学出版社,1982年,第22—44页。

们怀疑梵·第根试图区别“比较”文学和“总体”文学的尝试能够成功。据他说来，“比较”文学限于研究两种文学之间的相互联系，而“总体”文学关心的是席卷几种文学的运动和风气。这种区分肯定是站不住脚而且难以实行的。例如，为什么瓦尔特·司各特(Walter Scott)在法国的影响算是“比较”文学，而研究浪漫时代的历史小说就属于“总体”文学呢？为什么我们研究拜伦对海涅的影响应该有别于研究在德国的拜伦主义？企图把“比较文学”缩小成研究文学的“外贸”，无疑是不幸的，那样，比较文学在主题方面就会成为一组零散破碎、互不相关的片段，一组随时被打散并脱离开有意义的整体的关系。这种狭隘意义上的比较学者，只能研究来源和影响，原因和结果，他甚至不可能完整地研究一部艺术品，因为没有一部作品可以完全归结为外国影响，或视为只对外国产生影响的一个辐射中心。设想一下在音乐史、艺术史和哲学史研究中规定类似的限制吧！难道会召开一个大会，甚至办一份刊物来专门研究类似的种种问题，如贝多芬在法国的影响，拉斐尔在德国的影响，或康德在英国的影响等等？这些与文学有联系的学科要明智得多，有音乐理论家、艺术史家和哲学史家，但他们并不武断地认为有诸如比较绘画、比较音乐或比较哲学这样的特别学科。人为地把比较文学同总体文学区分开来必定会失败，因为文学史和文学研究只有一个课题：即文学。想把“比较文学”限于两种文学的外贸，就是限定它只注意作品本身以外的东西，注意翻译、游记、“媒介”；简言之，使“比较文学”变成一个分支，仅仅研究外国来源和作者声誉的材料。

不仅想使比较文学有特别的主题材料，而且有特别的研究方法，这种企图失败得甚至更为明显。梵·第根建立了两个标准，据说能使比较文学有别于国别文学的研究。他告诉我们，比较文学关心的是环绕着诗人的神话和传说，它只研究次要的和最次等的作家。但是，研究一国文学的人也完全可以做到这一点：在不大考虑外国的情况下，人们已成功地描述了拜伦在英国或韩波(Rimbaud)在法国的形象，另外，法国的丹尼尔(Daniel)、莫奈(Monet)或德国的约瑟夫·纳德勒(Josef Nadler)已向我们证明，写民族文学史的同时完全可以十分重视昙花一现和久已被遗忘了的作家。

伽列和基亚最近突然扩大比较文学的范围，以包括对民族幻象、国与国之间相互固有的看法的研究，但这种做法也很难使人信服。听听法国人对德国或英国的看法固然很好——但这还算是文学学术研究吗？这岂不更像是一种公众舆论研究，只是对美国之音的节目编辑人以及其他国家的同类组织有用？这只是民族心理学、社会学；而作为文学研究，只不过是过去那种题材史研究的复活。“法国小说中的英国和英国人”比“英国舞台上的爱尔兰人”或“伊丽莎白朝戏剧中的意大利人”，并不见得更好。这样扩大比较文学无异于暗中承认通常的主题搞不出什么结果——然而代价却是把文学研究归并于社会心理学和文化史研究之中。

只是由于梵·第根以及他的前辈和追随者们用19世纪实证主义的唯事实主义观点看待文学研究，把它只作为来源和影响的研究，才造成了这些错误。他们相信因果关系的解释，相信只要把一部作品的动机、主题、人物、环境、情节等等追溯到另一部时间更早的作品，就可以说明问题。他们积累了大量相同、类似、有时是完全一致的材料，但是很少过问这些彼此相关的材料除了可能说明某个作家知道和阅读过另一个作家的作品以外，还应当说明些什么。然而艺术品绝不仅仅是来源和影响的总和：它们是一个个整体，从别处获得的原材料在整体中不再是外来的死东西，而已同化于一个新结构之中。因果解释只能导致“追溯到无限”，此外，在文学中似乎永远不能绝对成功地做到全然符合“有 x 必有 y”这一因果关系的第一要求。我不知道有哪一位文学史家向我们证实了这种必然联系，甚或有能力证实这一点，因为艺术作品是由自由的想象构思而成的整体，如果我们把它分为来源和影响，就会破坏它的完整性和意义，所以孤立地找出艺术品中的原因是根本不可能的。

来源和影响这一概念当然使从事比较文学研究的十分精明的学者们感到不满。例如，路易·卡扎米昂(Louis Cazamian)在评价伽列的《歌德在英国》一书时，就看出“无法证明某一行动就造成某一差异”。他论证说，伽列先生仅仅由于司各特翻译了《葛茨·冯·白里欣根》，就说歌德“已间接导致了英国的浪漫主义运动”是不对的。[①] 但是卡扎米昂只能做出接近不断变化的观点的姿态，这观点自柏格森(Bergson)时代以来就已为人熟悉了。他主张研究个人或集体心理，在他看来，这种心理学是关于英国国民精神节奏变化的一种复杂而且无法检验的理论。

同样，巴尔登斯柏耶在给第一期《比较文学评论》所写的纲领性导

① “歌德在英国，关于影响问题的几点意见”，《日尔曼评论》，1921年第12期，第374—375页。

言中，便认识到执意追溯文学主题历史的文学研究是没有出路的。他承认，主题永远不可能促成一系列清晰完整的作品的产生。他也反对布鲁纳季耶(Brunetière)提出的死板的进化主义。但他只能代之以一个建议，即应扩大文学研究范围，使之包括次要作家，也应该注意与作家同时期的评价。而布鲁纳季耶太注重名著了。“我们怎么知道盖斯纳(Gessner)曾在总体文学中起过作用，德杜歇(Destouches)曾比莫里哀更吸引德国人，德利叶(Dellie)在他活着的时候曾被认为是最完美无缺的诗人，就像后来的维克多·雨果那样，怎么知道人们曾经认为赫利奥多洛斯(Heliodorus)在古代文学遗产中和埃斯库罗斯(Aeschylus)一样重要?”(第24页)巴尔登斯柏耶的补救办法又是注意次要作家，注意以往流行的文学趣味的风尚。这意味着一种历史相对主义：为了写出“客观”的文学史，我们就应当研究过去的标准。比较文学应当“置身于幕后而非前台”，好象在文学中，表演似乎并不重要。像卡扎米昂一样，巴尔登斯柏耶也表示同意柏格森的变化、无休止的运动的观点，还引用一位生物学家的话为这个“普遍变化的领域”作陪衬。在他的宣言的结论部分，他断然宣称比较文学是一种新人文主义的前奏。他要求我们弄清伏尔泰的怀疑主义、尼采对超人的信仰以及托尔斯泰的神秘主义是怎样传播的：要了解为什么在一国里被尊为经典的书，在另一国却会被当作学究气太浓的著作而遭拒绝；为什么在一国遭人贬低的作品，在别处却备受推崇。他希望这些研究将为混乱的人类提供一个“较为明确的共同价值的核心”(第29页)。但是为什么旁征博引地探究了某些思想在地理上的传布，就算明确了人类文化遗产的定义呢？而且，即使这个关于共同核心的定义十分正确并被人普遍接受，难道这就意味着真正的新人文主义吗？

过去50年中实际进行的“比较文学”研究的心理和社会动机存在着一种矛盾状态。比较文学的兴起是为反对大部分19世纪学术研究中狭隘的民族主义，抵制法、德、意、英等各国文学的许多文学史家们的孤立主义。最初发展比较文学的学者们往往是站在各国之间的交叉路口上，或至少是站在一国边界上的人们。路易·贝兹(Louis Betz)生在纽约，父母是德国人，曾求学并执教于苏黎世。巴尔登斯柏耶原籍洛特林根，并在苏黎世度过具有决定意义的一年。恩斯特·罗伯特·库尔裘斯是亚尔萨斯人，坚信德法之间需要更好的互相了解。阿尔图洛·法利奈里是生在当时还处于异族统治之下的特兰托的意大利人，并曾在因斯布鲁克任教。但是，这种想作为各民族之间的协调因素的真诚愿望,却常常被当时当地狂热的民族主义所淹没和歪曲。阅读巴尔登斯柏耶的自传《生活在他人之间》(1940 年,实际写于 1935 年),我们会感到他的每一行动都是基于一种强烈的爱国情绪:1914 年在哈佛挫败德国的宣传,1915 年在哥本哈根拒绝会见勃兰兑斯(Brandes),1920 年赴解放了的斯特拉斯堡,对这一切他都颇感自豪。伽列论《歌德在英国》的书中有一篇前言,论证说歌德属于全世界,而作为莱茵河的儿子,尤其属于法国。第二次世界大战后,他写了《法国作家与德国幻象》一书,力图表明法国人如何抱着关于两个德国的幻想,而最后总是上当受骗。库尔裘斯认为自己的第一部著作《新法兰西的文学先驱》(1918)是一个政治行动,是给德国的指导。在 1952 年为新版写的后记中,库尔袭斯宣布他从前对法国的认识是一个幻想。罗曼·罗兰并不是他曾经想象过的新法兰西的喉舌。库尔裘斯也像伽列一样,到头来发现了一个"幻象",不过这次是法国的幻象。甚至在那本早期著作中,库尔裘斯已为自己认为的好欧洲人的概念下了定义:"我只知道有一种好的欧洲人:他尽力把握本民族的精神,同时又尽力从一切方面,从其他民族精神的独特性中吸取养料,不管是友好的民族还是敌对的民族。"[①]他提出一种文化上的强权政治:一切都为壮大本民族的力量服务。

我的意思不是说这些学者的爱国主义不好或者不对甚或是不高尚的。我完全承认公民的职责,承认我们必须在我们时代的斗争中作出决定,明确选择立场。我也知道曼海姆(Mannheim)的认识社会学,他的《意识形态和乌托邦》,并且懂得,弄清楚了动机并不能就使一个人所做的事情失去意义。我要把这些人同纳粹德国的败坏学术研究的卑鄙家伙或者俄国的政治教条主义者们明确区别开,后者有一个时期曾宣布"比较文学"为禁忌,任何人要撰文说明普希金的《金鸡》取材自华盛顿·欧文的一篇故事,都会被斥为"向西方磕头的无根基的世界主义者"。

尽管如此,法、德、意等国的比较文学研究有许多基本上出于爱国主义动机,结果成了一种记文化账的奇怪做法,极力想尽可能多地证明本国对别国的影响,或者更为巧妙地证明本国比任何别国能更全面地吸取并"理解"一位外国名家的著作,想借此把好处都记在自己国家

① 《二十世纪的法国精神》,柏林,1952 年,第 237 页。

的账上。基亚先生为大学生写的小册子里列的图表，近乎天真地表现出了这一点：表中专门留有空格子准备列入尚未有人写出的论龙沙在西班牙，高乃依在意大利，帕斯卡(Pascal)在荷兰的影响等论文。[①]甚至在美国也能发现这种文化扩张主义，总的说来，美国不大受这种影响，一半是因为它可供吹嘘的东西本来就不多，一半也是因为它不大关心文化政治学。可是，一部多人合作，写得很好的《美国文学史》(R.斯彼勒，W.李普等人合编，1948 年)，仍然不假思索地宣称陀思妥耶夫斯基是爱伦·坡乃至霍桑的追随者。一位最纯粹的比较文学学者法利奈里在为《巴尔登斯柏耶纪念文集》(1930 年)写的一篇题为"文学影响与民族隔阂"的文章里，描述了这种情况。他非常中肯地批评了计算文化财富，详尽划分诗歌中的债主和欠债人的荒唐举动。我们忘了"诗和艺术的命运只能在内心生活以及灵魂的隐秘的和谐中得以完成"[②]。西纳尔(Chinard)教授在他的一篇有趣的文章中，非常适时地提出了文学比较中的"无债"原则，并引用了拉伯雷(Rabelais)关于没有债主和欠债人的理想社会的一段十分精彩的话。[③]

题材和方法的人为的划分，关于来源与影响的机械的概念，文化民族主义的促进因素，不管这种民族主义是多么气度宽宏——在我看来，这些似乎就是比较文学历时长久的危机的症状。

这三个方面都需要进行彻底的调整。"比较"文学和"总体"文学之间的人为界限应当废除。"比较"文学已成为专指超越某一种民族文学界限的文学研究的特定术语。抱怨这个术语在语法上有毛病，坚持要把它换成"文学的比较研究"这种说法，并没有多大用处，因为人人都懂得那个简略说法的意思。"总体"文学这个术语至少在英语里还没有流行开来，这可能是因为它仍带有指诗学和理论的陈旧含意。我个人希望我们能够只简单地说文学研究或文学学术研究，希望像阿贝尔·蒂博德(Albert Thibaudet)提出的那样，只有文学教授，正如有哲学教授和历史教授，却不会有英国哲学史教授，即便那位教授完全可能对某个时期或国家，甚至对某一位哲学家有专门研究。幸好我们还没有英国 18 世纪文学教授或歌德语言研究教授。而我们这个学科

① M-F 基亚，《比较文学》，巴黎，1951 年，第 124—125 页。

② "歌德在英国，关于影响问题的几点意见"，《日尔曼评论》，1921 年第 12 期，第 273 页。

③ "法—美关系研究中的比较文学和思想史"，选自《国际比较文学学会第二届大会论文集》，弗里德利希编，第 2 卷，恰佩希尔，1959 年，第 349—369 页。

的命名是一个纯粹在学术研究方面作出规定的问题。重要的是把文学学术研究作为不受语言限制的统一学科这个观念。因此我不能同意弗里德利希(Friederich)的观点,即比较学者“不能也不敢侵犯其他领域”,也就是研究英、法、德和其他各国文学的学者们的领域。我也不明白怎样才能遵循他的劝告,不“相互侵入他人领域”[①]。在文学研究中并没有所有权,也没有公认的“既得利益”。人人都有权研究任何一个问题,即使这只是一种语言的一部作品,甚至有权研究历史或哲学或别的任何题目。当然他很可能受专家的批评,但这也是他必须经受的考验。我们比较学者绝不想阻止英国文学教授研究乔叟取自法国文学的材料,或者阻止法国文学教授研究高乃依取自西班牙文学的材料等等,因为我们也想不受阻碍地发表研究各国民族文学问题的论著。人们过份强调了专家的“权威”,其实他们可能只是比较了解出版物的情况,或有一些文学以外的知识,却不一定具有非专门家的鉴赏力、敏感和眼界,而后者更为广阔的视野和敏锐的眼光完全可以弥补缺少多年专门研究的不足。在我们的研究中,提倡更大的灵活性和理想的广泛性与冒昧或傲慢毫无联系。对于具有自由思想的人来说,一块块用栅栏围起来,挂着“非请莫入”牌子的专有地是极令人厌烦的。只有在比较文学的正统标准理论家们宣扬并实行的一套陈旧而局限的方法内才会产生这类狭隘观念,这些理论家们以为“事实”应像金块一样去开采,一旦勘探出来,我们就有权用界碑标出自己占有的土地。

但是真正的文学学术研究关注的不是死板的事实,而是价值和质量。正因为如此,文学史和文学批评之间并没有区别可言。即便最简单的文学史问题也需要作出判断。即便说拉辛影响了伏尔泰,或赫尔德影响了歌德,为了使这些话有意义,也需要了解拉辛和伏尔泰、赫尔德和歌德各自的特点,因此也需要了解他们各自所处的传统,需要不停地考虑、比较、分析和区别,而这种种活动都基本上是批评活动。没有选择标准,不描绘人物特点并对之作出评价,就无法写出文学史。否认批评的重要性的文学史家们,自己就是不自觉的批评家,而且往往是承袭传统标准、承认传统声望的人云亦云的批评家。不借助批评原则就无法分析、总结和评价一件艺术品,尽管可能只是不自觉地应用这些原则,而且原则本身也可能含糊不清。诺曼·弗斯特尔(Nor-

---

① 《比较文学与总体文学年鉴》,第 4 卷,1955 年,第 57 页。

man Foerster)在一部仍切实可用的小册子《美国学者》中,非常中肯地说文学史家"要做史学家必须先做批评家"[①]。在文学学术研究中,理论、批评和历史相互协作,共同完成中心任务:即描述、解释和评价一件或一组艺术品。比较文学,至少在正统的理论家们那里,一直回避这种协作,并且只把"事实联系"、来源和影响、媒介和作家的声誉作为唯一的课题。现在它必须设法重新回到当代文学学术研究和批评的主流中去。因为一直困于方法和方法学的讨论,冒昧地说,比较文学已成为一潭死水。我们可以想一想,本世纪中目的和方法不大一样的许多学术和批评的运动及流派——意大利的克罗齐及其追随者们,俄国的形式主义及其在波兰和捷克的分支和发展,在西班牙语国家中引起强烈反响的德国精神史和文体学研究,法国和德国的存在主义批评,美国的"新批评派",受容格(Jung)的原型理论启发而兴起的神话批评,甚至还有弗洛伊德精神分析学或马克思主义:不管它们的局限和缺点,都共同联合起来反对仍在束缚比较文学研究的外在唯事实论和原子论。

今天的文学研究首先需要认识到明确自己的研究内容和重点的必要性。必须把文学研究区别于常常被人用以代替文学研究的思想史研究,或宗教和政治的概念和情感的研究。许多研究文学,尤其是研究比较文学的著名学者其实并非真正对文学感兴趣,他们感兴趣的是公众舆论史、旅行报告、民族性格的概念等等——简言之,在于一般文化史。他们从根本上扩大了文学研究范围,使它几乎等于整个人类史。但是,文学研究如果不决心把文学作为不同于人类其他活动和产物的一个学科来研究,从方法学的角度来说就不会取得任何进步。因此我们必须面对"文学性"这个问题,即文学艺术的本质这个美学中心问题。

如果这样理解文学研究,则文学作品本身将必然成为问题的焦点,我们也会认识到,在研究艺术品与作者心理的关系或与作者的社会环境的关系时,我们是在研究不同的问题。我已说明可以把艺术品设想为一个符号和意义的多层结构,它完全不同于作者在写作时的大脑活动过程,因此也和可能作用于作者思想的影响截然不同。在作者心理与艺术品之间,在生活、社会与审美对象之间,人们正确地认为有所谓"本体论的差距"("ontological gap")。我把艺术品的研究称为"内在的",而把研究它同作者的思维,同社会等等的关系称为"外在

① 见恰佩希尔 1929 年版,第 36 页。

的”。可是这个区别并不意味着应忽略甚至蔑视产生作品的诸关系，也不意味着内在的研究仅仅是形式主义或不适当的唯美主义。经过仔细考虑才形成的符号和意义分层结构的概念，正是要克服内容和形式分离这个老矛盾。艺术品中通常被称为“内容”或“思想”的东西，作为作品的形象化意义的世界的一部分，是融合在艺术品结构之中的。否认人和艺术的关系，或在历史与形式研究之间设立障碍，与我的用意毫无共同之处。虽然我向俄国的形式主义者和德国的文体学家学习，但我却不愿把文学研究局限于声音、诗句、写作手法的研究，或局限在语言成分和句法结构方面，我也不愿把文学与语言等同起来。按照我的理解，可以说这些语言成分构成了两个底层层面；即声音层和意义单位层。但从这两者产生出情境、人物和事件的“世界”，这个“世界”绝不同于任何一个单一的语言成分，更不同于任何外部装饰形式的成分。在我看来，唯一正确的概念是一个断然“整体论”的概念，它视艺术品为一个多样统一的整体、一个符号结构，但却是一个有含义和价值，并且需要用意义和价值去充实的结构。相对论的好古主义和外部形式主义都是使文学研究失去人情味的错误尝试。文学研究不可能而且也不应该把文学批评排除在外。

如果理论和批评以及批评史能发生这样一种摆脱旧观念束缚的变化，能进行这样一种调整，动机问题也就迎刃而解了。我们仍然可以当一个好爱国者，甚至民族主义者，但却不再理会那种计较谁赊谁欠的体系了。文化扩张的幻想可能消失，正如希望通过文学研究成果解决世界争端的幻想也可能消失一样。在美国，我们站在大洋彼岸注视整个欧洲，比较容易采取某种超脱态度，不过必须以脱离根基和精神上的流放为代价。然而我们一旦把文学不是当作争夺文化威望的论战中的一个论据，不作为外贸商品，也不当成民族心理的指示器，我们就将获得人类能够获得的唯一真正的客观性。它将不是纯粹中性的唯科学论，也不是冷冰冰的相对主义和纯历史主义，而是直接接触对象的本质：引向分析并最终引向价值判断的冷静而又专注的凝神观照。我们一旦把握住了艺术与诗的本质，它战胜命运、超越人类短促的生命而长存的力量，还有它那创造一个想象的新世界的能力，民族的虚荣心也就会随之而消失。那时出现的将是人，普遍的人，各地方、各时代、各种族的人，而文学研究也将不再是一种古玩式的消遣，不再是各民族之间赊与欠的账目清算，甚至也不再是相互影响关系网的清理。文学研究像艺术本身一样，成为一种想象的活动，从而成为人类最高价值的保存者和创造者。

比较文学的定义和功用[①](1961)

雷马克[*]
张隆溪　译

一

比较文学是超出一国范围之外的文学研究,并且研究文学与其他知识和信仰领域之间的关系,包括艺术(如绘画、雕刻、建筑、音乐)、哲学、历史、社会科学(如政治、经济、社会学)、自然科学、宗教等等。简言之,比较文学是一国文学与另一国或多国文学的比较,是文学与人类其他表现领域的此较。

这一定义[②]大概能被美国大多数比较文学研究者们所接受,但在很重要的一部分比较学者当中却可能引起争议,我们姑且把这部分学者概称为"法国学派"[③]。这类意见分歧有些是根本性的,还有些是强调的重点不同,为了澄清这类分歧,我们最好先讨论一下我们这个定义的第一部分,然后再讨论第二部分。

尽管美国"学派"和法国"学派"都赞同我们的这一部分定义,即比较文学是超出国界的文学研究,但在实际应用当中,他们各自强调的重点却有一些重要差别。法国人较为注重可以依靠事实根据加以解决的问题(甚至常常要依据具体的文献)。他们基本上把文学批评排斥在比较文学领域之外。他们颇为蔑视"仅仅"作比较、"仅仅"指出异

---

* [美]亨利·雷马克(Henry Remark)

① Newton P. Stallknecht and Horst Frenz (ed.), *Comparative Literature: Method and Perspective*, London: Feffer & Smons, Inc., 1971, pp. 1—17. 张隆溪译,原载张隆溪编:《比较文学译文集》,北京大学出版社,1982年,第1—16页。

② 本文故意选择了描述性和共时性的方法,而不是历史和发展的描述。

③ 法国学派的代表人物有这样一些重要的学者,已故的巴尔登斯柏耶、伽列、阿扎尔、梵·第根,还有巴达伊昂(Marcel Bataillon)、德弟扬(Charles Dédéyan)、罗蒂埃(Henri Roddier)、蒙迪亚诺(Basil Munteano)、基亚等等。梵·第根、伽列和基亚是制定当代法国比较文学理论和方针的主要人物。

同的研究，伽列和基亚甚至认为影响研究也太模糊，太不明确，而宁愿要我们集中研究接受、媒介、国外旅行、一定时期内一国文学中反映出的对另一国的态度等等问题。这两位学者和梵·第根不同，他们对欧洲文学大范围的综合研究也表示怀疑，认为那容易导致肤浅，导致不可靠的简单化和站不住脚的玄想。

这种保守态度的根子显然在实证主义。在我们看来，法国人对文学研究“可靠性”的要求现在已经显得陈腐了，正如柏尔（Peyre）指出的那样，这个时代要求更多（而不是更少）的想象力。的确，影响问题是很微妙的问题，它要求研究者有极广博的知识和精巧的手段，而过去的一些努力在这两方面都还不足。有不少关于影响研究的论文过于注重追溯影响的来源，而未足够重视这样一些问题：保存下来的是些什么？去掉的又是些什么？原始材料为什么和怎样被吸收和同化？结果又如何？如果按这类问题去进行，影响研究就不仅能增加我们的文学史知识，而且能增进我们对创作过程和对文学作品本身的理解。

影响研究如果主要限于找出和证明某种影响的存在，却忽略更重要的艺术理解和评价的问题，那么对于阐明文学作品的实质所做的贡献，就可能不及比较互相并没有影响或重点不在于指出这种影响的各种对作家、作品、文体、倾向性、文学传统等等的研究。纯比较性的题目其实是一个不可穷尽的宝藏，现代学者们几乎还一点也没有碰过，他们似乎忘记了我们这门学科的名字叫“比较文学”，不是“影响文学”。赫尔德与狄德罗①、诺瓦利斯与夏多布里昂②、缪塞③与海涅、巴尔扎克与狄更斯、《白鲸》④与《浮士德》、霍桑的《罗杰·马尔文的葬礼》与德罗斯特—许尔索夫的《犹太人的山毛榉》⑤、哈代与霍普特曼⑥、阿

---

① 赫尔德（Johann Gottfried von Herder，1744—1803），德国哲学家、诗人和批评家，“狂飙突进”运动的领袖人物之一。

狄德罗（Denis Diderot，1713—1784），法国启蒙思想家，唯物主义者和文学批评家，百科全书派领袖。

② 诺瓦利斯（Novalis，1772—1801），德国浪漫派诗人。

夏多布里昂（Francois René de Chateaubriand，1768—1848），法国浪漫派诗人和作家。

③ 缪塞（Alfred de Musset，1810—1857），法国浪漫派作家，诗人和戏剧家。

④ 《白鲸》（*Moby Dick*），美国作家梅尔维尔（Herman Melville，1819—1891）著名的长篇小说。

⑤ 霍桑（Nathaniel Hawthorne，1804—1864），美国作家，其代表作是长篇小说《红字》。

德罗斯特—许尔索夫（Annette Elisabeth Droste-Hülshoff，1797—1848），德国女诗人，《犹太人的山毛榉》（*Die Jdenbuche*）是她的一个短篇小说。

⑥ 霍普特曼（Gerhart Johann Robert Hauptmann，1862—1946），德国戏剧家、诗人和小说家，曾获1912年诺贝尔文学奖。

佐林[①]与阿那托里·法朗士、巴罗哈[②]与斯汤达、哈姆松与约诺[③]、托马斯·曼与纪德[④]，不管他们之间是否有影响或有多大影响，都是卓然可比的。[⑤]

伽列和基亚对比较文学中大规模的综合颇感怀疑。在我们看来也过分拘谨了。我们必须综合，除非我们宁愿让文学研究永远支离破碎。只要我们有雄心加入人类的精神生活和情感生活，我们就必须随时把文学研究中得出的见解和成果集中起来，把有意义的结论贡献给别的学科，贡献给全民族和全世界。匆匆忙忙下概括判断的确是危险的，但人们往往借口有这种危险而畏缩不前。“我们必须等所有的材料都收集完全。”可是我们明明知道，所有的材料永远也不可能收集完全。哪怕有一代人确实做到把关于某个作家或某个问题的所有材料都集中起来了，这些“事实材料”也一定而且应当会被不同的一代代人作出不同的解释。学术研究必须适当地审慎，但却不应该被不现实的求全责备弄得一事无成。[⑥]

法国人幸而在实践中不像在理论上那么胆小和严守教条。[⑦] 比较文学有许多方面，尤其在比较研究的重大学术成果方面，大概大部分

---

① 阿佐林（Azorin，1873—1967），西班牙作家和批评家。

② 巴罗哈（Pio Baroja Y Nessi，1879—1956），西班牙作家，他的《生存斗争》三部曲颇为著名。

③ 哈姆松（Knut Hamsun，1859—1952），挪威小说家，曾获 1920 年诺贝尔文学奖。
约诺（Jean Giéno，1895—1970），法国小说家，作品富于田园风味。

④ 纪德（André Gide，1869—1951），法国作家，曾获 1947 年诺贝尔文学奖。

⑤ 在估量偶然巧合的可能性与实际影响的可能性时. 比较学者可以学习民俗学家的技巧，因为民俗学家在研究民间传说的主题时早就面临这样的问题了。许多民间传说研究都是典型的比较研究。

⑥ 此段中有几句话是引自我为弗里茨·钮贝特（Fritz Neubert）的《比较文学研究》写的书评，见《现代语言论坛》第 39 期（1954），第 154—155 页。

⑦ 甚至在理论上，我们也见到某些摇摆的迹象。基亚在他著作中后来写道，近来出现了一个更多强调文学的审美鉴赏的运动（见第 121 页）。他还承认，影响研究和大范围综合研究尽管容易流于浮泛，却是必要的（第 77、108—109 页），甚至认为“巧合”研究也有一定地位（第 24 页）。梵·第根虽然把“巧合”的比较排除在比较文学之外，却又有点武断地把它们归在“总体文学”一类（第 174 页）。近来更有些法国学者（贝莫尔、艾金伯勒等）对法国比较学派的传统目标提出挑战，不仅著书立说，而且在第一届法国比较文学大会（波尔多，1956）和第二届国际比较文学大会（查普希尔，1958）上展开论战。此外，在后面这次大会上，像弗拉彼耶（Frappier）、罗蒂埃、蒙迪亚诺、埃斯卡庇（Escarpit）这样一些著名代表，也都在捍卫法国比较学派传统的基本优点的同时，承认过去和将来仍可能出现的弊病，并提出他们的方法的一些新的应用方式，其中也采用了“美国学派”的某些原则。

应当归功于法国人或在法国受训练的学者。戴克斯特(Texte)的《卢梭与文学世界主义的起源》、巴尔登斯柏耶的《歌德在法国》和《法国移民中思想的传播》、伽列的《歌德在英国》、阿扎尔(Hazard)研究欧洲启蒙运动全貌的精彩专著等等,不过是法国人综合研究中的少数几个例子,这类研究的特点是处理比较和影响的问题十分妥贴灵敏,对文学价值和个人气质的特点了解得细致入微,并且极善于把观察得来的大量结果归纳进总体发展的清晰的轮廓当中。梵·第根和基亚的比较文学导论的法文著作本身就是切实可用的综合著述。另一方面,美国学者们必须注意,不要仅仅因为法国人似乎特别注重某些比较研究的项目(如研究接受、各国文学互相之间所持的态度、媒介、旅行、作者阅读外国文学作品的情况等)而排斥或忽略别的项目,就随便地放弃法国人喜欢研究的那些问题。[①]

我们的定义的第二部分是关于文学与其他学科领域之间的关系,在这个问题上,我们遇到的不是强调重点的不同,而是"美国学派"与"法国学派"之间阵线分明的根本分歧。梵·第根和基亚的著作是直到目前为止[②]对比较文学领域进行全面评述的仅有的两部书,他们都没有在书中讨论文学与其他领域的关系,甚至根本没有提到这些领域(如艺术、音乐、哲学、政治等等)。在巴尔登斯柏耶和阿扎尔主编《比较文学评论》(*Revue de littérature comparée*)的许多年里,这份杂志的季刊书目根本就不包括这类研究项目。这一方针在后来的编者手中也一直保持未变。在美国则恰恰相反,比较文学课程以及出版物(包括书目),一般都包括这一类研究领域。

法国人对于各门艺术的比较当然也感兴趣,但是他们并不认为这类比较属于比较文学的范围。[③] 这种看法是有历史原因的。五十多年以来,比较文学只是由于既把更大范围的文学结合在一起,又谨慎地严格限制在文学的范围之内,方才得以冲破学院式分门别类的死板界限,在法国各大学里取得一个明确而显著的地位。敢于超越民族文学界限的教员和学生本来就已承受额外的压力。法国人似乎担心,再加上一个

① 在美国,理论和实践也并不完全一致。可以说大多数美国学者,包括研究比较文学的学者,不管他们是否固守一定的批评理论,都多多少少是沿着传统的历史路线从事实际研究的。

② 此文作于 1961 年。

③ 在 1956 年 3 月于波尔多举行的第一届法国比较文学大会上,蒙迪亚诺把文学与其他艺术的关系归入"总体文学"(见《总体文学与思想史》,1957 年版,第 25 页)。

去系统研究文学与其他领域关系的任务，会被说成是华而不实，不利于比较文学作为一门可敬而且的确受人尊敬的学科为人们所接受。[①]

在这里还应当考虑一个与此有关但更为根本的反对意见，即认为比较文学作为超越民族界限的文学研究以及比较文学作为对超越文学本身界限的各种分枝的研究，两者之间缺少逻辑的联系。[②] 另外，比较文学这个术语在地理方面的含义虽然较为具体，美国学派的概念意味着各种体裁上的分支，却又引出在划分界限方面一些严重的问题，而这些问题是美国学者们不大愿意正视的。

如果浏览一下巴尔登斯柏耶和弗里德利希编的《比较文学书目》中的大量标题，尤其是第一卷中有关"一般总论""主题学"和"文学体裁"的部分以及第三卷中关于"文学潮流"的一章，人们会很难看出有什么严格的选择标准。我们在这里所说的，仅仅是那些按其标题或按其内容说来，都不是从地理意义上所谓比较性的书或文章（只偶有例外），这些书或文章之所以被列入这本《书目》，必定是由于考虑到它们的题材的原因。例如，在"个别主题"和"集体主题"的名目下，我们可以找到大量在一国文学之内表现爱情、婚姻、妇女、父与子、儿童、战争、各种职业等等的作品。这类作品之所以能包括在一本比较文学的书目里，难道可以说是由于我们在处理文学与"主题"这两个不同的领域吗？但主题是文学的有机部分，它们是内在而非外在的因素。在"文学体裁"和"文学潮流"的名目下，我们可以找到研究美国小说、德国教育小说（Bildungsroman）、1898年代西班牙的一代人等等的著作。但是，叙述文学体裁、运动和某国的一代人的文章，即便属于总论的性

① 意大利人和英国人关于比较文学的概念非常接近法国人的思想。英国的比较文学研究似乎在更重视中世纪文学这一点上不像法国人那样狭隘，尽管法国人把古代和中世纪排除在比较文学之外的最初立场在最近十五到二十年间已经有所改变（见扬·弗拉彼耶著《中世纪文学与比较文学：研究与方法问题》，载国际比较文学学会第二届大会《论文集》，查普希尔，1959，第一卷，第25—35页）。尽管意大利比较学者们一般遵循法国的典范，但无疑在克罗齐的影响下，毫不犹豫地强调文学的审美方面。德国的倾向则与美国一样，非常注重文艺批评。日本长期以来遵循法国传统，现在却开始转向美国。关于各国比较文学研究状况的详细情形，可参看《比较文学与总体文学年鉴》、《比较文学史研究问题》第一、二两卷、《比较文学评论》1953年1月至3月一期，以及各届大会的《论文集》。

② 对美国比较学者说来，这种"缺少逻辑的联系"并不是实际问题，因为他认为把"文学与艺术""文学与音乐"等等归入比较文学，以及美国学者们认可的"文学内部的类比"方法，两者之间有一种根本的联系：在两种情况下，比较（不管是"纯"比较或是有因果联系的比较）都能揭示出文学的内在或潜在的特征。

质，本身也算不得是比较文学。体裁、运动、“派别”、一代人等等概念，本身就包含在我们关于文学和文学史的概念之中，它们是文学以内而非文学以外的概念。我们认为，如果接受《书目》那种过于松弛的标准，那么文学研究与批评当中的几乎任何东西只要稍加一点说明，都可以够格成为“比较文学”。比较文学要是成为一个几乎可以包罗万象的术语，也就等于毫无意义了。[①]

假如的确存在某一题目的“比较性”难以确定的过渡区域，那么我们将来必须更加严格，不要随便把这种题目算做比较文学的范围。我们必须弄确实，文学和文学以外的一个领域的比较，只有是**系统性**的时候，只有在把文学以外的领域作为确实**独立连贯的学科**来加以研究的时候，才能算是“比较文学”。学术性研究不能仅仅因为它们讨论了必然反映在全部文学里的人生与艺术某些固有的方面，就划入“比较文学”的范畴。文学不反映这些方面，还能反映什么别的方面呢？一篇论莎士比亚戏剧的历史材料来源的论文（除非它的重点放在另一国之上），就只有把史学和文学作为研究的两极，只有对历史事实或记载及其在文学上的应用进行了系统比较和评价，只有在合理地作出了适用于文学和历史这两种领域的结论之后，才算是“比较文学”。讨论金钱在巴尔扎克的《高老头》中的作用，只有当它主要（而非偶尔）探讨一种明确的金融体系或思维意识如何渗进文学作品中时，才具有比较性。探讨霍桑或梅尔维尔的伦理或宗教观念，只有涉及某种有组织的宗教运动（如加尔文教派）或一套信仰时，才可以算是比较性的。描述亨利·詹姆斯小说中某个人物，只有在根据弗洛伊德（或阿德勒、容格等）的心理学理论把这个人物的轮廓勾画得条理清晰之后，才能算属于比较文学的范畴。

在记住了上述这一点之后，我们却又要走向包罗更广的“美国派”比较文学观念了。我们当然得努力设立和保持一套起码的标准来划出我们这个领域的范围，但我们却也不能过于注重比较文学理论上的统一，以致忘记了比较文学甚至更重要的实际作用。我们所理解的比较文学还不是一个必须不顾一切地建立起自己一套严格规则的独立学科，而是一个非常必要的辅助学科，是连贯各片较小的地区性文学

---

① 《比较文学评论》的季刊书目也造成同样的混乱。在一份比较文学书目里，为什么要包括《盖哈特·霍普特曼作品中的叙述形式》或《二十世纪英国小说中的对话》这类篇目呢？（见第33期第148—149页，1959年1月至3月一期）

的环节，是把人类创造活动本质上有关而表面上分开的各个领域联结起来的桥梁。对于比较文学的理论方面不管有多少分歧，关于它的任务却总是意见一致的：使学者、教师，学生以及广大读者能更好、更全面地把文学作为一个整体来理解，而不是看成某部分或彼此孤立的几部分文学。要做到这一点的最好方法，就是不仅把几种文学互相联系起来，两且把文学与人类知识与活动的其他领域联系起来，特别是艺术和思想领域；也就是说，不仅从地理的方面，而且从不同领域的方面扩大文学研究的范围。

二

有几种领域和术语与此较文学很接近甚至重合，如民族文学、世界文学和总体文学等。把它们的含义弄清楚，对于明确比较文学术语的界限是十分必要的。

民族文学与比较文学的研究方法并没有根本的区别，例如，拉辛与高乃依的比较和拉辛与歌德的比较，在方法上并没有根本的不同。但是，比较文学研究中处理的某些问题却超出了民族文学研究的范围，如大的方面有不同文化之间的接触或冲突，小的方面有与翻译有关的种种问题。民族文学研究中其他一些固有的问题在比较文学研究中显得有些不同，似乎占据着更重要的地位，如研究时尚、成功、接受、文学影响、游记和媒介等。

即使从地理上说来，有时也很难在民族文学和比较文学之间划出严格的分界。属于不同民族但却用同一种语言写作的作家应该怎么办呢？乔治·萧伯纳与门肯[①]的比较，或奥卡西[②]与田纳西·威廉斯[③]的比较，也许可以毫不犹豫地算是比较文学，但我们回到殖民时代的英美文学时，正像韦勒克(Wellek)指出的那样，界限就不那么明确了。梅特林克和凡尔哈伦是用法语写作的比利时人，研究他们与法国象征派的密切联系可以算是比较文学吗？用英语写作的爱尔兰作家或用瑞典语写作的芬兰作家又该怎么看呢？研究尼加拉瓜作家鲁本·达利奥(Rubén Darío)在西班牙文学中的地位，或瑞士作家凯勒(Gott-

---

① 门肯(Henry Louis Mencken，1880—1956)，美国作家、批评家和杂志编辑，曾著有论萧伯纳戏剧的专著。

② 奥卡西(Sean O'Casey，1880—1964)，爱尔兰剧作家。

③ 田纳西·威廉斯(Tennessee Williams，1911—1983)，美国剧作家。

fried Keller)和梅耶尔(Conrad Ferdinand Meyer)、奥地利作家史蒂夫特(Adalbert Stifter)和霍夫曼斯塔尔(Hugo von Hofmannsthal)在德国文学中的突出地位(更不用说里尔克和卡夫卡这样更复杂的情况),都会遇到同样的难题。应当在多大程度上考虑正式加入国籍的影响呢?就其对他们文学作品产生的影响说来,T. S. 艾略特加入英国国籍与托马斯·曼加入美国国籍肯定是不同的。

与此相反,也有些作家属于同一个民族,但却用不同的语言或方言来写作。威尔士文学与英语文学、低地德语文学与德语文学、佛兰芒语文学与(比利时的)法语文学、西西里语文学与意大利语文学、乌克兰语文学与俄语文学、巴斯克语和加泰隆语文学与西班牙语或法语文学,它们之间的关系提出了一系列必须逐一加以解答的问题。我们认为一般说来,如果要把这种过渡性质的题目归于比较文学,就必须提出明确证据,说明是在探讨语言、民族性或传统之间重大的差异。

大多数比较学者都承认这些问题的复杂和互相混淆,但又一致认为这类难题毕竟是不常见的,也没有严重到足以混淆民族文学研究和超出民族文学界限的研究。

在比较文学与世界文学[1]之间,既有程度上的差别,也有一些更基本的差别。比较文学包括空间、时间、质量和感染力方面的因素。它(从地理上来说)像世界文学一样,也牵涉到空间因素,但往往更严格,虽然不一定必须如此。比较文学往往探讨两个国家,或不同国籍的两个作家,或一个作家和另一个国家之间的关系(例如法德文学关系、艾伦·坡与波德莱尔、歌德作品中的意大利等等)。口气更大的"世界文学"这个术语则意味着研究全世界,一般是指西方世界。

"世界文学"也包含着时间的因素。获得世界声誉通常需要时间,"世界文学"一般也只包括经过时间检验证明其伟大的文学。因此,"世界文学"这个术语不常包括当代文学,而比较文学至少在理论上可以比较任何可比的东西,不管这作品是古还是今的。然而必须承认,在实际当中许多甚至大多数比较文学研究,都是探讨已经获得世界声誉的过去时代的文学家们。我们已经和将会做的工作,大部分实际上

---

① "国际文学"和"全球文学"与世界文学基本上是同义词,但却没有被广泛接受。荷兰学者 J. C. 布兰特·柯斯丘斯(J. C. Brant Corstius)在他的《晨光中的露斯》(采斯特,1957年版,第149—170页)中,出色地叙述并评论了"世界文学"这一术语从古代经赫尔德和歌德直到20世纪的发展过程。

是比较的世界文学。

因此,世界文学主要研究经过时间考验、获得世界声誉并具有永久价值的文学作品(如《神曲》《唐·吉诃德》《失乐园》《老实人》《少年维特之烦恼》等),或者不那么显著地,研究在国内获得极高评价的当代作家(如福克纳、加缪、托马斯·曼等),这类作家当中不少只是名重一时(如高尔斯华绥、玛格丽特·米切尔、莫拉维亚、雷马克等)。比较文学却不受这种限制。已经完成的有启发性的比较研究,还有许多可以完成的这种研究,都是以二流的作家为研究对象的,这些作家往往比大作家们更能代表他们时代的局限性特色。这类研究应包括曾经被认为是伟大作家或名噪一时的作家们(如里洛、盖斯纳、柯泽布、仲马父子、斯克利勃、苏德尔曼、彼奈洛①等),或者那些名声从未传到国外去,但其作品能说明文学趣味中某些全欧倾向的小说家们(仅以德国作家为例,就有像弗里德利希·德·拉·莫特—福凯、查哈利亚斯·维纳、弗里德利希·斯彼尔哈根、马克斯·克雷采等人)。

此外,某些在世界文学尚未完全承认的第一流作家特别适于比较文学研究。比较文学事实上很可能有助于他们成为世界文学中的重要作家。近来被西方"发现"或复活(或正在复活)的过去时代的作家,有唐恩、布莱克、荷尔德林、毕希纳、纳瓦尔、罗特里芒②和梅尔维尔。

---

① 里洛(George Lillo,1693—1739),英国剧作家,18世纪时颇负盛名,他的作品对狄德罗和莱辛的市民悲剧曾发生过积极的影响。

盖斯纳(Solomon Gessner,1730—1788),瑞士诗人和画家。他的诗对欧洲文学曾发生较大影响。

柯泽布(August von Kotzebue,1761—1819),德国剧作家,他写的喜剧和歌剧在19世纪曾大受欢迎,贝多芬,舒伯特、韦伯等大音乐家都曾为他写的歌剧谱曲。

仲马父子,即法国作家大仲马(Dumas pére,1802—1870),《三个火枪手》的作者,及其子小仲马(Dumas fils,1824—1895),《茶花女》的作者。

斯克利勃(Augustin Eugéne Scribe,1791—1861),法国歌剧作家。

苏德尔曼(Hermann Sudermann,1857—1928),德国剧作家和小说家。

彼奈洛(Sir Arthur Wing Pinero,1855—1934),英国剧作家。

② 唐恩(John Donne,1572—1631),英国诗人,"玄学派诗人"的主要代表。

布莱克(William Blake,1757—1827),英国18世纪大诗人。

荷尔德林(Johann Christian Friedrich Hölderlin,1770—1843),德国诗人,被认为是古典派与浪漫派之间过渡阶段的代表人物。

毕希纳(Georg Büchner,1813—1837),德国剧作家,著有《丹东之死》等剧。

纳瓦尔(Gérard de Nerval,1808—1855),法国早期浪漫主义作家,著有《火的女儿》等小说,并将歌德的《浮士德》译成法文。

罗特里芒(Lautréamont,1846—1870),法国作家。

其他同样应当得到国际注意的作家们，还在等待着在他们自己的国家之外获得同样的承认，如西班牙的埃斯普龙塞达（Espronceda）、拉腊（Larra）、加尔多斯（Galdós）、阿佐林、巴罗哈；德国、奥地利和瑞士的赫尔德、赫伯尔（Hebbel）、凯勒、特拉克尔（Trakl）、霍夫曼斯塔尔、黑塞（Hesse）；匈牙利的裴多菲；罗马尼亚的克利央伽（Creanga）、埃米内斯库（Eminescu）、萨多维亚努（Sadoveanu）；丹麦的雅各布森（Jens Peter Jacobsen）和伊萨克·狄奈森（Isak Dinesen）；瑞典的弗罗丁（Fröding）；挪威的奥勃斯特费尔德（Obstfelder）；还有薇拉·卡塞（Willa Cather）等等，这样的名单是开不完的。波罗的海国家的文学、（除俄国以外的）斯拉夫文学以及西方传统之外的文学，都几乎还没有研究过，它们一定有许多令人惊异的文学宝藏。

空间、时间、质量和感染力的因素构成世界文学和比较文学之间程度上的差别。但还有一些更基本的差别。首先，美国派的比较文学观念包括研究文学与其他领域的关系，而世界文学却不包括这类研究。其次，甚至关于比较文学较严格的“法国派”定义（按照这种定义，研究的材料与世界文学的一样是纯文学的）也有一套特殊的方法，而世界文学却没有。比较文学要求作品、作家、流派或主题切实地与另一个国家或另一个领域的作品、作家、流派或主题相比较；而许多论述如屠格涅夫、霍桑、萨克雷和莫泊桑等人的文章收集成一本，完全可以称为《世界文学人物集》而不包括任何相互比较，或偶尔有一点比较。韦伯斯特辞典给“比较”一词下的定义是：“通过现象的比较进行系统研究……如比较文学。”

在美国各大学里现在有许多分析各国优秀文学巨著的课程，大多数是通过翻译阅读这些巨著，也出版了为这种课程准备的文选。这些课程和课本应该，而且一般也的确是被称为属于“世界文学”而非“比较文学”的范畴，因为阅读的作品一般是作为一部部著作加以研究的，并没有（至少没有十分）系统地作比较。要把这种课程或课本变成真正比较性的，在选择的作品可以加以比较的条件下，就完全要由教员或编辑者来决定了。

比较文学研究不必在每一页上，甚至不必在每一章里都作比较，但总的目的、重点和处理都必须是比较性的。[①] 目的、重点和处理的验证既需要客观的判断，也需要主观的判断。因此，在这些标准之外就不可能也不应该再制定什么刻板的规则。[②]

“总体文学”这个术语已被用来指与译成英文的外国文学有关的课程或出版物，或更泛一些，指不能方便地归入某一类的东西和似乎使研究某一民族文学以外作品的人感兴趣的东西。有时它是指“总”的文学潮流、问题和理论，或者是指美学。归入这个范畴的有涉及几国文学的作品集或评论文集（如许多历史和评论著作的选集，像拉尔德(Laird)编的《从文学看世界》，希普勒（Shipley）编的《世界文学辞典》和《文学百科全书》等）。应当记住，总体文学和“世界文学”一样，也没有规定一种比较的研究方法。尽管“总体文学”课程和出版物可以为比较研究提供很好的基础，它们本身却不一定有比较性。

“总体文学”这一术语的模糊不清在美国似乎反而有益无害。然而法国学者（巴黎大学的）保罗·梵·第根提出的精确得多的“总体文学”定义，尽管在法国之外没有得到广泛承认，却值得我们注意。[③] 在他看来，民族文学、比较文学和总体文学代表三个联结的层次。民族文学处理限于一国文学之内的问题；比较文学一般处理涉及两种不同文学的问题；总体文学则专门研究更多国家之内的发展，这些国家往往构成整体单位，如西欧、东欧、欧洲、北美、欧美、西班牙和南美、东方等等。打个形象的比喻，民族文学是在墙里研究文学，比较文学跨过

---

① 奥古斯特·威廉·冯·史勒格尔开拓性的《戏剧艺术和文学讲演集》(1808)可以做一个例子。这本集子可以归入比较文学并不是因为他在第一卷中论及古希腊和罗马文学，在第二卷中论及意大利、法国、英国、西班牙和德国文学，他的演讲即便是独立地讨论这些国家的文学，也能为比较文学提供丰富的养料。它们之所以是比较文学，是因为例如在第一讲里，他就不仅比较了希腊和罗马戏剧，而且比较了古典和浪漫戏剧，并论及西班牙、葡萄牙和德国戏剧，因为他在讨论如意大和和法国文学时，不断回过去引证古代文学，因为他利用一切机会进行总的比较（比较英国和西班牙的戏剧文学、西班牙与葡萄牙、法国与德国的戏剧文学等），因为他随时想着戏剧总的两极（悲剧与喜剧、诗剧与舞台剧、“庄与谐”等等）；因为他在可能的地方总是把注意力引向美术等等。但是他书中并不是每一章都可以（或有必要）贴上“比较”的标签，例如，第十一讲仅限于法国，第十三讲仅限于英国。

② 彼得生(Julius Petersen)提出一个有趣的观点，认为关于外国文学的任何研究，只要有意无意地利用了作家自己民族环境中得出的标准，就有一定的比较意义（见《诗的科学》，柏林，1939年版，第一卷，第7页）。这种说法很有道理，但是，我们若要得出任何标准，那么文学研究的比较角度显然应该是明白的，而不是暗示的。

③ 有时，梵·第根使用另一个术语“综合文学”。

墙去,而总体文学则高于墙之上。[1] 在比较文学研究中,民族文学仍是基本因素,是研究的支撑点;在总体文学研究中,民族文学就只是提供一些国际性潮流的例证。按梵·第根的意见,研究卢梭的《新爱洛伊斯》在文学中的地位是属于民族文学的一部分;讨论理查逊[2]对卢梭《新爱洛伊斯》的影响的论文应属于比较文学;而综评欧洲的感伤小说则是总体文学。梵·第根本人写了不少著作来说明他的总体文学观念,《文艺复兴时代的拉丁文学》《文艺复兴以来的欧美文学史》《前浪漫主义》《欧洲浪漫主义》和《莎士比亚在欧洲大陆》等。这类综合研究还有库尔提乌斯(Curtius)的《欧洲文学与拉丁中世纪》、法利奈里(Farinelli)的《拉丁世界中的浪漫主义》、弗里德利希的《比较文学纲要》以及阿札尔杰出的两本连贯的著作《欧洲思想,1680—1715》和《十八世纪的欧洲思想》。

梵·第根的定义至少引出一个问题。像他那样把比较文学规定为限于两个国家的比较研究,而两国以上的研究则为总体文学,这不是武断而且机械吗?为什么理查逊和卢梭的比较算是比较文学,而理查逊、卢梭和歌德的比较(这是数年以前埃利希·斯密特进行过的)就算是总体文学呢?难道"比较文学"这个术语就不能包括任何数目国家文学的综合研究吗(弗里德利希的《比较文学纲要》则认为可以包括这类研究)?

梵·第根在规定他那几个明确范畴时,大概想的不是逻辑上连贯的单位,而是必要的分工。一个学者要恰当地描述哪怕是一国文学的一个时期或一个方面,首先就得读通大量的创作及历史和批评论著,这些书籍数量之多使我们不可能期望这同一位学者再研究一国或多国文学。同样,梵·第根担心专攻比较文学的学者们由于兴趣、气质和寿命等原因,大概不可能积累和综合两国文学以上的研究。因此,需要第三组学者来把民族文学和比较文学的研究成果综合为总体文学。

除了这种假定是否切实可行之外,再考虑到学术研究总喜欢个人

[1] 这一定义是德利耶尔(Craig La Drière)教授在1950年12月于纽约举行的美国现代语言学会比较文学分会上的发言中提出的,后经他加以发挥,发表在国际比较文学学会第二届大会的《论文集》中,见第一卷,第160—175页。

[2] 理查逊(Samuel Richardson,1689—1761),英国小说家,他的书信体小说《帕米拉》和《克拉丽莎》开创了感伤小说的传统,对后代许多小说家都产生了极大影响。

进行，这些规定可能产生的问题就很明显了。比较文学和总体文学的学者们不得不限于组织别人的研究成果（这本身已是一项极艰巨的任务），而这种工作必然使他们容易与文学作品本身失去接触的机会，很容易把文学处理得机械、肤浅和没有人情味。梵·第根自己的著作毫无疑问就免不了这样的危险。另一方面，阿扎尔在他那两部综合研究的著作中，则出色地做到了阐明一个时代的精神（早期启蒙运动和理性主义）而又不是干巴巴的没有血肉。

我们认为，在研究民族文学、比较文学和总体文学的学者之间进行刻板的分工既不实际，又无必要。[①] 研究民族文学的学者应当认识到扩大自己眼界的必要并设法做到这一点，并且不时地去涉猎一下别国的文学或与文学有关的其他领域。研究比较文学的学者则应时常回到界限明确的民族文学的范围内，使自己更能脚踏实地。美国和其他国家研究比较文学最优秀的学者们正是一直坚持这样做的。

三

上面讨论过的几个术语都不是完全明确的，它们之间总有些重合的地方。不过民族文学与比较文学的定义以及它们之间的区别，还是比较清楚实用。我们虽然赞成包罗更广的美国派比较文学观念，但却主张用比以前更严格的标准，更仔细地检查认为属于这一领域的各项研究题目。世界文学如果是指出类拔萃、获得了国际声誉的成功的作品，便是一个切实有用的术语，但绝不能泛泛地用它来代替比较文学或总体文学。我们希望尽可能避免使用总体文学这个术语。至少在目前，这个术语的意义太不明确了。我们可以用同义词来代替它表达我们的意思：即根据不同情况用比较文学、世界文学、翻译文学、西方文学、文学理论、文学结构，或就用文学等词来代替它。

① 弗里德利希提出的折衷建议因为完全是人为的主观意见，同样是不能接受的。他建议研究比较文学的学者们可以在教学工作中限制在“法国系统”之内，但在研究工作中可以随便采用“美国派观点”（“美国的比较文学史”，载《比较文学史研究问题》，第二卷，弗里茨·恩斯特与库尔特·怀斯合编，杜宾根，1958 年版，第 186 页）。

比较不是理由：比较文学的危机[①](1963)

艾田伯[*]
罗芃　译

两个“流派”

美国同行邀请我参加查佩尔希尔会议，福特基金会提供了经费。然而，由于美国的签证问题，我未能在重要的时刻出席。这种政治文化的侵犯使我深感遗憾，尤其是因为假如我能够在会上宣读我准备的学术报告，“美国学派”和“法国学派”比较学家之间在会上也许就不至于如此剑拔弩张，留巴科耶娃女士也就不至于这样振振有词地说：美国观点和法国观点之间的分野一年比一年明显，甚至有了一条越来越深的鸿沟。

两个“流派”——或者毋宁说倾向——在甚至最基本的问题上意见不合，这一点谁也不否认。但是倘若认为法国派是铁板一块的正统派，那么未免失之简单了。说到思想的解放，谁也比不上巴塔庸(Marcel Bataillon)先生，他现在正主编《比较文学评论》。为了强调自己的办报精神，他聘请了一个编委会，不但有各方面的法国学者，如杜利(Marie-Jeanne Durry)、萨拉耶(Jean Sarrailh)、波米耶(Jean Pommier)、罗迪埃(Henri Roddier)、瓦基纳(Jacques Voisine)、法布尔(Jean Fabre)和埃斯卡比(Robert Escarpit)，而且有国外各方面的代表：沙利埃(Gustave Charlier)、弗里德利希(Werner P. Friederich)、哈兹费尔德(Helmuth Hatzfeld)、拜雷格利尼(Carlo Pellegrini)、西蒙

* [法] 勒内・艾田伯(René Etiemble)

① 此篇译文原刊登在《国外文学》1984年第2期，北京大学出版社。

(Franco Simone)、舒尔克(Fritz Schalk)。他这样暗示法国学派对外国人，甚至对美国人不意气用事大概是最巧妙的了。被邀请参加编委会，我很诧异。他的意思不是说比较文学诸家今后都可以在《评论》上各抒己见吗？就像里尔大学教授瓦基纳(Voisine)先生在最近一期《比较文学学报》[1]上说的那样："比较文学在法国现有的讲台上各立门户。新的视野已经打开，斯拉夫国家、东方国家开始吸引研究者的注意。如果人们对这种状况没有感到欢欣鼓舞，而指责一些人试验新方法是对正统的背离，那么这大概是对比较文学没有多少热诚的缘故。"不少人认为我就是一个"背离正统"，却没有遭到像样谴责的人。（雷马克先生就是按照他的方法这样断定的。他把我说成法国比较文学的"捣蛋鬼"，推测说"任命一个逆子贰臣勒内·艾田伯在巴黎大学比较文学的讲席任教是一个相当重要的信号"。）所以我必须说明，我只是以一个自由射手的身份来讲话[2]，绝不代表法国的同行。

历史主义和批评主义

确实，虽然有人竭力调和，但是，比较文学目前在世界上仍然划分为，有时甚至是分裂为好几派，其中至少有两派彼此势不两立。一派认为，比较文学既然是和历史研究同时或者几乎同时进行的（孟德斯鸠和伏尔泰就是例证，他们喜欢研究历史，在此范围内他们同时也提出了若干比较文学的原则），那么它就只应该是，至少说只能是文学史的一个分支，这里说的是通常所谓最完全的"史话式"的、按照我的说法就是完全的琐闻逸事式的意义上的文学史。另一派认为，即使两国文学之间没有历史的联系，也可以对它们各自所运用的文学体裁进行比较。用哈佛大学比较文学教授海托尔(James Hightower)的话说，"即使不去考虑直接影响的可行性"[3]，文学的比较也不但是可行的，而且是平行的。

历史主义派

其中一派有这么一些人，他们自以为并自诩在比较文学中运用了

---

① 指日本比较文学会的刊物《比较文学学报》。

② 自由射手多为个人行动，引申义为完全个人的，不受任何约束的。

③ Even when the possibility of direct influence is ruled out.

朗松[①]的历史方法，但他们总是忘记了最基本的一点，那就是对这位最正统文学史的奠基人来说，历史方法远不足以构成文学教学的核心，它只应该也只能打开一条理解的途径。这在那本统治法国教学半个世纪的《法国文学史》中是写得明明白白的。可是很遗憾，人们对这部书的旨趣一直没有弄清楚。不知道人们到底读过这本书的序言没有？下面这段话很值得我们深思："如果治文学不是为了修身养性，亦非为了赏心悦目，而是另有他求，那我就弄不懂了。欲执教者无疑需通晓系统的知识，治学需遵循一定的方法。不揣冒昧地讲，较之一般好文学之辈须有更加严格、更加精确，抑或更加科学的概念。然则有两点切不可忘记：一、教学生而不特别陶冶学生的文学情趣，此等先生实属劣等……二、为学者之前须先有对文学之兴味，否则万不能教好学生。"这里写得很清楚："为学者之前。""诗之友"，这是人文学者普雷伏特(Jean Prévost)形容自己的话，他不但译过西班牙语、英语、德语、现代希腊语的诗，而且靠着一位学者的帮助，参考几种蹩脚的法文译本，翻译了一些中国诗。《诗之友》(*L'Amateur de poèmes*)这部十分成功的作品使他得以跻身比较文学传言者也就是服务者的行列——这是在这样的范围里说的——这位忠于朗松律条、曾在里昂以《司汤达的创作》为题，进行了一次引人注意、十分出色的论文答辩的作家对几位中国诗人爱得"发疯"(这是他书中的原话)。

半个世纪以来，朗松之最无能因而也是最顽固的追随者盗用朗松主义的名义，对他们来说，好像这位先师的理论原则是无关紧要的，搜罗无意义的传记材料，诸如琐闻逸事、细微行状之类，倒是比较文学家的主要工作；说到底，他们这些人的功夫也就仅此而已。法兰西学派有几位代表人物把这种歪曲了的朗松方法机械地运用到比较文学中。在朗松的思想里，公允准确的历史研究只是文学研究、作品欣赏的前导(同时使一般文学爱好者免受轻率批评的影响。勒麦特[②]和其他许多专栏评论家就是这种轻率批评突出的、令人寒心的代表)。而这些人头脑发热，竟然企图把文学研究，甚至包括比较文学研究，都限制在历史研究的范围之内。伽列这样聪明的专家在去世前不久为基亚的

---

① Gustave Lanson(1857—1934)，法国著名文学史家。

② Jules Lemaître(1835—1914)，法国作家、批评家。主张批评家个人对作品的兴趣在批评中的作用，因此他的批评带有较大的主观性。然而本文作者说他的批评是轻率的，也未免失之轻率了。

《比较文学》所作的序言中就说了许多这样的糊涂话。继巴尔登斯柏耶和梵·第根之后，伽列也想确定比较文学的研究内容。他的话恰好说明什么是法国的正统观念："比较文学是文学史的一支：它研究国际的精神联系，研究拜伦和普希金，歌德和卡莱尔，司各特和维尼间的事实联系，研究不同国家文学的作家在作品、题材甚至生活方面的事实联系。"

"比较文学并不特别重视作品本身的价值，它所注重的是每个民族、每个作家借鉴其他文学时所作的改造……最后，比较文学不是在美国讲授的总体文学，它可以成为总体文学，在某些人看来，它也应该是总体文学。但是，各种主要的平行论[同步论（synchronismes）也一样]，诸如人道主义、古典主义、浪漫主义、写实主义、象征主义，由于过分系统，在空间和时间上过于广泛，弄不好就流于抽象、任意或者词藻堆砌。这些重要的综合研究，比较文学固然可以为它们做准备，但是却不能从中指望什么。"我并不是说伽列的话全是错的。我在蒙彼利埃时任教 18 世纪末欧洲的早期浪漫主义课（préromantisme）。为了证明伽列上述观点的荒谬（说到底，这些观点大多是文学史家杜撰或者整理出来的），我从文学史家的教本中把可以列举的词句都收拢来：自然、景色——心灵状态、爱情——激情、劫数、感觉、时光的流逝、衰败。总之，囊括无遗，然后我讲了一堂道地的保守观点的课，临下课时我说："需要指出，关于欧洲早期浪漫主义我所引的话全部出自中国，从公元前的屈原到宋朝的诗人之口。"我这样做，一方面表示赞成伽列的谨慎，一方面表示同意这种观点：作家、流派或者文学体裁之间事实联系的历史并不能包括比较文学的全部内容。因为，如果我能用公元前和公元后 1 至 12 世纪中国诗人的话说明 18 世纪欧洲早期浪漫主义的全部问题，那显然是因为到处都有文学形式、体裁不变的东西。一句话，因为到处都有人，都有文学。

批评派

这也就是说，美国的韦勒克以及其他许多人是对的。他们认为，比较文学历史的研究和文学的比较研究并不相吻合。文学是人类加给自己自然语言的形式体系，文学的比较研究不应该局限于事实联系的研究，而应该尝试探讨作品的价值，对价值进行判断（为什么不这样做），甚至可以——这是我个人的意见——参与提出价值，这些价值将不会像我们现在依靠它们生活或者因为它们而每况愈下的价值那样缺乏依据。

和伽列一样，我认为比较文学目前还很幼稚，它既不同于歌德的世界文学（Weltliteratur）[①]，也不同于美国的总体文学（General Literature）[②]，也不同于苏联同行阿尼西莫夫（Anissimov）最近告诉我莫斯科科学院正在编纂的世界文学。然而我又想，比较文学应该朝这个方向做准备。和韦勒克一样，我认为，如果法国学派和苏联学派很有理由加以重视的历史研究不着眼于使我们终于能够专门地谈论文学，甚至谈论一般的文学、美学和修辞学，那么比较文学就注定永远也不能成其为比较文学。因为，德·托雷（Guillermo de Torre）很有根据地提出怀疑，在所有流行的学科中唯一和歌德所谓的世界文学大致吻合的究竟是不是比较文学："唯一和世界文学领域相接近的范畴可能并不是比较文学。"[③]因为它含有一般化，也就是雷同这么一层意思，因为谨小慎微的史家总是惧怕"总体文学"这个提法，所以大概不会有人对托雷表示不理解。但是大概也不会有人不理解巴塔庸先生怀疑"总体文学"这个提法时所表现出来的另一层顾虑："比较仅仅是我们用比较文学这个并不能很好地表达其内容的那个学科的一个方法。我常常想，用'总体文学'是否更恰当些。可是我立即发现采用这样一个新的术语会带来麻烦，它会使人想到要研究的是一般特征，而不再是生动的作品间的具体联系。"

理想的比较学者

希望正确地理解我的意思。我的意思不是要把历史学从我们的教学中剔除出去。就像有些人说的，我们已经置身于急流之中，历史从各个方面挤促、挤压着我们，经常还压迫着我们。从历史的角度，起码对时空范围内充分的"事实联系"进行考察，我以为对每个比较学者来说都是合适的，甚至是必须的。我所说的比较学者应该善于分析档案资料，善于收集阅读各种不起眼的杂志。希望他不但具有历史学修养，而且具有社会学修养；倘若具有全面的文化修养当然更求之不得。

---

① 德文，意为世界文学。

② 总体文学，亦译作一般文学。

③ Si el único territorio que se acerque al dominio entrevisto de la Wiltliteratur no sería él de la literatura comparada.

他最好不光懂得他所偏爱的那个时期的美术、音乐的一般知识。在我们这个过分专业化的时代，搞一门学科的人，至少搞我们这门学科的人最好能认识到如今人们所追求的、时尚称之为“交叉科学”的东西的重要性，这些东西在我童年时称为一般文化，或者索性更简单地称之为文化。是的，我希望我们的比较学者学识尽可能渊博，我甚至希望他们有百科全书式的学者那样的，如狄德罗那样的雄心大志。如果说参加 18 世纪哲学运动的两个人：孟德斯鸠和伏尔泰讲了一些有影响的话，预见到了一些比较文学的原则，这绝不是偶然的。伏尔泰在《论史诗》一文中想把主要是属于史诗的因素，即一个贯穿始终的、简单的、重大的、有意义的动作，同那些能够随民族性格、历史的机缘、作家的想象而变化的因素，譬如情节的选择、奇迹的性质，这种或那种神奇力量的干预区别开来。孟德斯鸠也是根据这个正确的思想，从这种或那种语言的语调出发，推论出适合这种或那种语言范围的诗歌的特点：这种语言偏爱短长格或短长—短短长格的格律，那种语言偏爱长短格或长短短格的诗歌。在好几个学科里，我都认识百科全书式的学者，而且这是在 20 世纪中叶，在我们的学科里这样的学者多多益善。倘若没有百科全书学者的才能，根据一般的规律，我以为大可不必去搞比较文学。

我同时希望比较学者有鉴赏力，会欣赏。希望他学到的全部知识只不过为他后来阅读作品指出方法，使他与那些一无所知或者所知甚少的人相比能够有更深的理解，获得更大的愉悦，更多的快感。我希望他像朗松寄希望于文学史家那样的成为诗歌、戏剧或者小说的爱好者。所以 1958 年的查佩尔希尔会议是可喜可贺的，在这次会议上美国学派的好几位学者回到“比较文学”中多次表达的观点上来，有力地重申了经常为比较学者忽视的批评的意义。韦勒克先生和我一样没有忘记“比较文学”中是有比较的，但是，对于有人遗忘了文学，他却比我宽容得多。

我这样讲并不意味着我赞成好几个美国人在纯批评或者自命纯批评的影响下，对我们学科中凡可能是被他们轻蔑地叫着“实证主义”的经验均加以拒绝。他们的借口是因为文学是人类想象的产物，所以是不可能——照他们的说法——加以分析的。举例说，假如梅仑(Malone)先生仅仅嘲笑那些借口研究来源、影响，堆砌一大堆言之无物的历史学或者社会学废话的人，我就会完全同意他的看法！不论怎样研究来源，都无法说明为什么在不同的情况下，山羊可以变成狮子、老虎、豹子，甚至双色石花巨蟒。可是，当对“实证主义”的批评涉及纯粹美学的时候，我就不敢苟同了，因为我认为美学尚有许多精确的研究工作要做，这一点在1937年巴黎第二届美学和艺术科学大会上表现得很突出。极而言之，不久以后最优秀的比较学者应该是这样的人：一方面具有百科全书式的才能，懂得几门2000年左右世界上重要的书写语言；另一方面对于文学美具有深切的感受。巴尔登斯柏耶、伽列、阿扎尔各显其能，都尝试写了一些并非学术性质的作品：巴尔登斯柏耶作诗，伽列写游记，阿扎尔对我说过他想写小说；在威维埃身上，诗人和教授的角色同样出色。如果说法国比较学首推巴塔庸先生，那么这非但是因为他的学识，而且因为他翻译的《塞莱斯蒂娜》、《土耳其游记》(*Viaje de Turquia*)①是堪称艺术品的。文学的成分是词……

一个比较学者倘使缺乏对文学疯狂的热爱，缺乏创作经验，那他至少必须具备鉴赏力。文学既然是由词、句、段、章节、幕、场、诗句、诗节组成的，那么，当词受到外来词汇和结构的影响时，比较文学就应该对词、对词之间的关系感兴趣。语言各有其特点，然而自从地球上有了人类以来，语言就是相互污染的，既然如此，比较文学为什么要忽视语言的这种相互作用，忽视这种相互作用对文学产生的益处(或者弊端)呢？16世纪，法国的人文主义者曾经进行了抵制法语希腊化和意大利化的斗争。18世纪，何塞·德卡达尔索(José de Cadalso)在《卡尔塔·马卢埃卡斯》中机智地嘲笑了“法国化”的同胞。20世纪，阿根廷、秘鲁、墨西哥的语言专栏作家谴责法语词句又一次“侵入”西班牙语，使西班牙遭到损害。现在的报刊、电视，明天的国际电视，这些东西的传播危险地改变着语言的结构和语言交流的性质。我们不要沙文主义和民族主义——这些东西与我们格格不入，可是我们可以像留巴科耶娃在布达佩斯会议所讲的，希望比较文学有利于我们更好地理解各国的文学，再说又何尝不可以希望它有利于我们更好地理解各国的文学呢？各种语言彼此之间的大量作用，譬如美国语言对法语的作用，法语和美国语言对德语的作用之所以值得仔细研究，不就是因为这种研究可以保护使各国文学经久不衰的东西么？1959年埃申考瓦(Enver Esenkova)在伊斯坦布尔发表《土语中法语的影响》(*Türk*

① 前者为西班牙15至16世纪间著名对话体小说，后者未详。

dilinde Fransiz tesiri），对16世纪以来法语的语音、语法、语义对土耳其语词汇的影响进行了考察，他写的是比较文学。而且，与有些人一心想了解某法国作家是否真的在柏林有了情妇、这个情妇对作家有哪些德国式的举动相比，说他的著作是比较文学还更准确些。

因此，当我在巴黎大学花费几年时间和三门课时来研究现代各种不规范的法语时，我并不认为这有辱于比较文学，这些法语我给它们取名为“大西洋的萨比尔语”[①]，这是殖民化的产物。

不过我们已经到了非殖民化的时代，所以应该研究殖民者的语言在多大程度上影响了殖民地的文学，反过来，殖民地的语言在多大程度上影响了殖民者的文学。各种类型的国家都曾经长期沦为殖民地，所以从两种语言与文学作品创作的关系中研究这两种语言应该列入我们的计划了，而不应该仅仅从统计学、心理学、教育学的角度进行研究。

比较文体学太受忽视

文学既然是由词、句写成的，那么依我看来，应该作为我们研究基础的东西：比较文体学，我们却研究得太少了。幸好差不多就在一般文体学的研究重新受到大学教授们重视的同时，它的分支比较文体学在欧洲也开始有著名人士把它运用到比较文学中来。一套比较文体学文集刚刚由狄迪埃出版社出版，头两集是厚厚的两大卷。基尔斯基（Boleslaw Kielski）先生差不多同时在罗兹发表了《法语和波兰语的文体学比较》（*Strukura jezyków francuskiego i polskiego swietle analizy porównawczej*）。希望看到更多的这一类著作问世，希望不仅仅是纯语言学家来从事这方面的写作；纯语言学家往往缺乏对语言美的敏感。社会主义世界的比较学者在比较文体学方面都颇有造诣——特别是阿列克谢耶夫（Alexeiev）和日尔蒙斯基（Zirmounski）两位先生，所以看来比较文学正在回到正确的道路上来。但愿它不要再背离这条道路。

---

① 萨比尔语是曾经流行于地中海一带的多种语言的混合语。

比较文学的定义[1](1973)

韦斯坦因*
刘象愚　译

作为比较文学的一本导论，这部书的一个基本任务是给“比较文学”这个术语下一个定义，这一定义必须能够恰当地说明文学研究中这个特殊的分支。在尝试下定义的时候，我们愿意在自己限定的研究范围内取一条中间道路，即在法国学派的正统代表们(以梵·第根、卡雷和基亚为主)所持的相当狭隘的概念和所谓的美国学派的阐释者们所持的较为宽泛的现点之间取中。我之所以作这样的选择，并非因为我希塑禁锢我们这一学科——它还远未达到成熟阶段——而是因为要对极为丰富的材料作系统的研究，过犹不及。

在一个极端，我们已经有卡雷下的定义。他在为基亚的《比较文学》所作的简短序言中写道：

> 比较文学是文学史的一支：它研究国际间的精神关系，研究拜伦和普希金，歌德和卡莱尔，司各特和维尼之间的事实联系，研究不同文学的作家之间在作品、灵感，甚至生平方面的事实联系。(第 5 页)

这样，我们就得把比较文学作为文学史的一支来讨论，卡雷把这样的归类视为理所当然。那么，就让我们暂且来考虑一下他强调的“事实联系”。

如果回顾一下十九世纪末的实证主义风气及风行一时的比较研

---

* [美]乌尔利希·韦斯坦因(Ulrich Weisstein)

① 本文选自同作者《比较文学与文学理论》第 1 章，刘象愚译，辽宁人民出版社，1987 年，第 1—26 页。标题为编者所加。

究和文学史编写方面的大致情形，就不难明了，卡雷所强调的事实，很明显是指那些可以分辨的、可以量度的联系和影响。当时，人们对民俗学与主题学方面的事实联系特别感兴趣。但在今天看来，这种对事实的强调要么已经过时，要么就必须补充。如果文学研究降格为一种材料的堆砌，那就丧失了它的尊严，因为这样文学艺术品的美学价值就不再受到重视了。

由于某些原因（最重要的是，不可避免地缺乏完全的连续性），本世纪法国学派的宗师巴尔登斯柏格强烈反对民俗学式的搜集材料的做法。他认为这种做法完全忽略了作家个人的、创造性的因素，忽略了作家的个性、主动性和独创精神。正如他所说："比较文学中的整整一支被这种民俗学或题材史（Stoffgeschichte）所吸引，而这种民俗学或题材史代表着一种对于题材而不是艺术更感兴趣的探讨方式，它更关注的不是文学匠人的创造性而是那些遗留下来的、尚未被发掘的材料。"梵·第根紧步这位前辈的后尘，采取了类似的观点，把民俗学从比较文学中排除了出去——因为民俗学的产品大抵是集体创作，即便象童话、神话、传说和圣徒行传等算得上是文学，也只是无名氏的作品——他强调说：

> 这是民俗学，不是文学史，后者是通过艺术作品看到的人类精神的历史。前者是主题学的一个分支，在此类研究中，人们考虑的仅仅是题材及其从一个国家向另一个国家的流传和演变。其本质就是要保持非个人的性质。在这样一种无名氏生产的传统中，艺术不起任何作用，而比较文学却要研究作家个人所产生的作用和影响。（第89页）

这种态度至少部分地说明了巴黎大学长期以来排斥古代和中世纪文学的原因，尽管他们这样做从未提出过理论上的依据。因为那些时代的作品（例如荷马式的史诗或《尼伯龙根之歌》），其作者总是难于确定的：

> 比较文学的主要目的……是研究各种不同文学作品之间的相互关系。按照这些一般术语的概念，它包括——这里仅指西方世界——希腊和罗马文学之间的相互关系、现代文学（中世纪以来的）对古代文学的借鉴、各种现代文学之间的相互联系。最后一个领域是三者中最广泛、最复杂的，按照比较文学通常的含义，

> 这一领域属于它研究的范畴。(梵·第根[1],第57页)

今天这个时代已经懂得把精力集中在纯文学的研究上,懂得把原始材料的研究和创作心理学看作文学研究的辅助项目而不是主要领域。在这样的时代,无须赘言,上述立场已经不攻自破,古代和中世纪文学理应被接纳到比较文学的研究领域中来。

卡雷与他的许多前辈和同辈学者相反,认为研究文学的影响是危险的,因为研究者不得不时时处理难于确定的因素。因此他警告学生和同事们说:"影确研究可能有许多坏的倾向,这种研究不易把握,往往容易诱人上当,因为研究有时要和无法正确估量的东而打交道"(基亚[2],第6页)。他接着说,较为稳妥和结实的研究是对"作品成功的历史、作家的声誉、文学巨匠的后世、各族人民之间的相互解释、旅行和幻象(mirages)的探索:英国人和法国人,法国人和德国人是怎样相互看待的?……"从文学的观点看,我们发现自己在这里被引上了一条通向社会学的大道,人们沿着这条道路,只要研究作品的生存、作家的声誉(艾金昂伯尔宁愿称之为"神话")、各民族按照文学的文献材料相互看到对方的形象,就能达到目标。

韦勒克拒绝接受这种比较文学的伪文学观念。他在严厉驳斥卡雷的文章中指出,从方法学上说,这样一种替代是很难令人信服的,因为"卡雷和基亚要求的对民族神话的比较心理分析"不是"文学研究的一部分",而是"属于社会学或者一般历史的一个题目"。我赞同这一观点,特别是因为基亚本人提供了理解这一方法的钥匙。在谈到文类学(对文学类型所作的理论和历史的研究)时,他使用的基本上是超文学妁术语:

> 要研究一个文学类型的命运需要有力的分析、一种非常严格的历史方法和真正的心理学的眼光。这样的研究决不会枯燥无味,它归根到底能够成为也应该成为一个道德家的著述。这儿比较文学像通常的情形一样扩展到比较心理学中了。(第20页)

"人们所看到的外国"是基亚这本著作的第八章(也就是最后一章)的题目。在这一章中,他在较宽广的背景上描述了比较文学的前景。由于看到这一学科在当时的发展变化,这位法国学者迫切感到需

---

① 《比较文学》,下同。
② 《比较文学》,下同。

要对自己的立场作一些修正，因此便在这本书1961年修订版的后记中，对法国学派的"叛逆"艾金昂伯尔和埃斯卡庇所持的观点作了解释。然而，该书的缺陷业已形成，因此在某些方面已无法弥补了。这样，西蒙·冉奈对现代法国文学中出现的美国式形象的全面述评就似乎显得不合时宜，因为当时他们的方法学基础已经不再起作明了。

如果说，把比较文学仅仅限制在对"事实联系"作孤立研究没有什么结果的话，那么，另一个极端——贬低事实联系，抬高纯类似的研究——在我看来则超越了科学所允许的正当目标。我原则上赞成雷马克的宽大胸怀，即"法国人对文学研究'可靠性'的要求已经显得陈腐了，这个时代要求……更多（而不是更少）的想象力"。但是我也想强调这种宽大胸怀的不足，即使冒被人称作叛逆的危险。考虑到这种追逐单纯平行类似已经存在和潜在的过头的情形，我们就不应该忘记巴尔登斯柏格的警告。这位《比较文学杂志》的创办者，在大约五十年前曾提出如下见解：

> 仅仅对两个不同对象同时看上一眼就作比较，仅仅靠记忆和印象的拼凑，靠主观臆想把一些很可能游移不定的东西扯在一起来找类似点，这样的比较决不可能产生论证的明晰性。

卡雷像他的许多同事一样，要把这样的类似研究从比较文学中驱逐如去，而梵·第根则仅仅是在这类研究指向一个共同的潮流时才承认它们。不过他虽然承认这种研究，却认为它更应属于总体文学两不是范围较小的比较文学。

再说一次：我赞赏雷马克的热情，但在采取措施以防滑入仅作思辨的无底深渊之前，却不希望放弃学术研究可靠性的坚实基础。我不否认有些研究是可以的，例如艾金昂伯尔提倡的音韵、例像、肖像插图、文体学等方面的比较研究，但却对把文学现象的平行研究扩大到两个不同的文明之间仍然迟疑不决。因为在我看来，只有在一个单一的文明范围内，才能在思想、感情、想象力中发现有意识或无意识地维系传统的共同因素。这些共同的因素如果差不多同时发生，就被看作有意义的共同潮流，即便超越了时空的界限，也常常形成一种令人惊异的粘合剂，例如在颜色形容词的感情价值、自然风光的观念，或者个人或集体的心理诸方面，甚至在缺乏共同"时代精神"的领域中。这样，像里尔克和马卡多或者里尔克和斯蒂文斯[①]之间的比较研究（这类研究在我们的大学中极为流行）从比较文学的角度才较易辩护，而企图在西方和中东或远东的诗歌之间发现相似的模式则较难言之成理。

东亚和欧洲的诗歌之间的比较究竟可以达到多么深的程度，艾金昂伯尔这位熟悉东西方传统的年长学者带着明显的天真向我们作了这样的说明："比较研究诗歌的结构（不管这些诗歌所属的文明之间有没有历史联系）大概能够使我们确定诗的'必备'条件"（艾金昂伯尔[②]，第102页）。然而，这些条件最多能追索到归纳成常识的一些基本性质，诸如"什么时候，在什么情况下，小说不成其为小说了"之类问题的答案。因此，对于《阿卡狄亚》[③]的编辑吕迪格所持的纲领性意见，我基本赞同，虽然略有保留。他申明，他的这份期刊"将不讨论那些仅仅建立在思辨基础上，在比较文学日趋巩固的时刻很可能损坏其声誉的一切非历史的平行比较"。

让我们再一次简要地回顾一下"事实联系"的问题：看起来极明显，这些事实上的联系主要与文学史家有关。这样，我们这一学科既然自愿把自己限制在这类事实关系的研究中，那就只能属于比较的文学史的范围了。但在现阶段的学术研究中，这种观点已经失去了进步性，德国人使用这一术语的变化说明了这一点。从《阿卡狄亚》的描述性副标题可以很清楚地看出，人们喜欢用"比较文学研究"（Vergleichende Literaturwissenschaft）这个新称取代涵义狭窄的"比较文学史"（Vergleichende Literaturgeschichte）这一旧称，这成了一时的倾向。只有脑中充满了德国语文学观念的老一代学者——像古罗马文化专家韦尔纳·克劳斯在对东柏林科学院发表的讲演题目中那样——仍然坚持使用旧称。从伊瓦玛利亚·纳克发表在《魏玛评论》上的关于第四届国际比较文学大会情况的报道中可以看出，政治上的因素也可能起一定的作用。

在人们较熟悉的语言中，这一学科的名称与它处理的内容和使用的研究方法并不总是一致的。英国学者波斯奈特早在1901年发表的

① 里尔克（Rainer Maria Rilke，1875—1926），著名德国诗人，对20世纪西方诗歌影响甚大。马卡多（Antonio Machado，1875—1939），西班牙诗人和戏剧家。斯蒂文斯（Wallace Stevens，1879—1955），美国诗人。

② 《比较不是理由：比较文学的危机》，下同。

③ 《阿卡狄亚》（*Arcadia*），德国学者办的一份比较文学杂志。

一篇文章中就抱怨说，“比较文学”（来自法语）这一术语仅指明研究对象而不说明采用的方法。这样，他感到有必要，如他所说，“暂时使用这一标明内容的名称，代替尚未创造出的、标明研究这些内容的方法的名称”。法文术语“比较文学”（littérature comparée）及其意大利、西班牙、葡萄牙语的对应术语，从语义学的角度看都不能令人满意，即便考虑到这个事实，即它们都是受自然科学的启示（比较解剖学等）创造出来的。英文术语“可比较的文学”（comparable literature，等于“比较文学”comparative literature）和“被比较的文学“（literature compared，即法文“比较文学”littérature comparée）只不过是“一个民族文学作品与另一个或几个民族文学作品的比较”之类名称的缩写而已。像荷兰语的术语（Vergelijkend literatuuronderzoek）一样，德文的术语具有较宽的描述性。

首先应该强调，“文学研究”（Literaturwissenschaft）比“文学史”（Literaturgeschichte）有较大包容量。除文学史的研究外，它还包含了文学批评、理论和诗学。但它排除了美学，把美学算作哲学的一个分支，只是用文学来说明一些已定的法则。韦勒克和沃伦在《文学理论》第四章中，以较长篇幅探讨了这些分支的分野和范围，作了如下概述：

> 在文学“本体”的研究范围内，对文学理论、文学批评、文学史三者加以区别显然是最重要的。首先，认为文学基本上是一系列依年代次序而排列的作品的观点，与那种认为文学是历史进程上不可分割的一部分的观点是有所区别的。其次，关于文学的原理及判断标准的研究，与关于具体的文学作品的研究——不论是作个别的研究，还是作编年的系列研究——二者之间也要进一步区别。要把上述的两种区别弄清楚，似乎最好还是将“文学理论”看成是对文学的原理、文学的范畴和判断标准等类问题的研究，而将对具体的文学作品的研究看作“文学批评”（其批评方法基本上是静态的）或“文学史”。（第 30 页）①

根据这一意见，“比较文学”这个部分就必须进一步分成“比较文学史”“比较文学批评”“比较文学理论”三个小分支。以这一方式来界定我们的这一学科，比较 A. W. 施莱格尔与柯尔里奇或者亚里士多德

① 此处引文与《文学理论》1977 年版略有不同。

与高乃依(《论三一律》的作者)显然就可以和仔细探索豪普特曼与托尔斯泰之间的关系相提并论,同样被看作比较文学的研究。在1973年,只有书呆子才相信人们必须——像比较文学的正统理论家们二三十年前所要求的那样——避免一切"批评",因为它要求人们必须作出价值判断。

在假定比较是关于不同民族文学作品之间的比较研究的时候,我们还没有特别指明伴随这种比较需要什么样的条件。现在应该来补上这个遗漏,首先要界定作为整个链条上的各个环节,即民族文学、比较文学和世界文学。此外,为圆满起见,还可以再加上总体文学这一术语。正如我们已经看到的那样,梵·第根已把总体文学纳入大学的课程中,并赋予它一种特别的比较文学上的含义。

首先,"民族文学"这一术语应该从和比较文学有所关联的角度来界定,因为从本质上说,民族文学指那些形成比较文学基础的基本单元。这样,就要讨论一个国家的文学究竟是怎样构成的,作为一个实体它的界限在哪里,是根据政治—历史的标准来界定它呢,还是根据语言的标准。经过周详的思索,我们的结论是应该按语言的标准。因为在时间的进程中和在历史环境的压力下,政治的涵义和范围比语言的涵义和范围变化要快得多。我们不妨从近来的历史中取一例来说明:1945年德国的分治,把有共同文化背景、文学传统、语言统一的一个民族粗暴地分成两个政体。但是直到这种分裂二十多年以后的今天,人们很难毫不犹豫地把德意志联邦共和图和德意志民主共和国的文学作品的比较称为合格的比较研究。

政治因素在比较文学中无关到何种程度,可以从作家的国籍、居留地等相对无关紧要的情形见出。人们只要想想30和40年代德国流亡作家所遭遇的命运就可以清楚。例如,亨利希·曼逃亡到法国,成了捷克公民,最后在美国度过了临终前的十年。难道因为他的历史—地理环境的变迁,就应该把他当作一个德/法/捷/美作家吗?显然不应该。然而,由于他和法国的亲缘关系,他对法语的透彻理解,他在著名的《亨利四世》中选择了法国题材,我们能够在他的作品中十分清晰地辨认出一种有选择的"高卢精神",该作品的后一部分中充塞着法国式的短语、表达法、段落甚至章节。在另外一些作家身上,两种语言的背景更为分明。里尔克和葡萄牙诗人费尔南多·裴索亚都同时精通两种不同的语言和文学传统。像这样的人实际上正是比较研究的合适对象。

如果我们按照多数理论家的意见，赞成采纳语言的标准而不是政治和地理的标准的话，就一定会遇到别的困难。例如，法国文学是否也应该包括那些用法语创作的比利时、瑞士、加拿大和非洲的作家呢？这一问题令人踌躇不前。德国文学的情形也同样，它是否要包括奥地利文学以及那些讲德语的瑞士作家（如马克斯·弗利希和迪伦马特）和围绕着马克斯·勃洛德和卡夫卡的布拉格学派的成员呢？我们该怎样分辨欧洲大陆上的西班牙文学和中南美（巴西除外）文学，或者属于同一文化传统、共同以阿拉伯文学为宝藏的埃及文学，以及伊拉克文学、叙利亚文学、黎巴嫩文学和沙特阿拉伯文学呢？

在这个问题上，沃尔夫冈·封·艾西德尔在他的评述一百三十种文学的一卷本著作前言中提出的观点是值得考虑的。他说明，书中提到的各种文学"主要是根据语族"命名的，而语族"与民族不一致"，"只有在少数例外的情况下，才根据宗教或种族的体系"来命名。按照他的观点，书中论及的每个实体的基本特点之一就是，它"或多或少具有一个明显的相貌，这一相貌只有在总体上与别的文学作比较时才变得清晰可辨"。

上述的每一个问题都构成了一种特殊的情况，要求谨慎地按照历史环境和文学史家通用的标准作出解答。对于那些可望成为比较学者的人来说，研究同一民族文学的几种历史是特别有教益的。因为他将会因此发现比较是确定界限的一种实用工具。作为例子，我们可举出一种在法国文学史家中通行的实践，梵·第根对此有如下的说明：

> 在法国，民族统一性相当古老，对这种统一性的认识又相当深刻、生动，因此决定这一问题时往往要经过艰苦摸索，有时还表现出可笑的怯懦。基于明显的理由，我们把日内瓦的卢梭、萨瓦[①]的迈斯特当作法国作家。一般来说，我们接受维奈特、谢勒、罗德和契布利兹等瑞士作家，接受罗登巴赫和维尔哈伦这两位比利时作家，因为他们或多或少倾向于巴黎，以该地作为他们文学活动的中心。但我们却把托福尔留在瑞士文学中，把卡米耶·勒蒙尼埃留在比利时文学中，因为他们自愿地呆在各自的故国。为了合乎逻辑，我们必须把左拉对勒蒙尼埃的影响算作比较文学的研究

① 萨瓦（Savoy），法国、瑞士、意大利边境的一个地区，原分属三国，后归法国。

题目。同样，研究日内瓦和沃德[1]的浪漫主义，研究法国文学对加拿大、海地等地的法语文学的影响，也是比较文学的题目。（第58页）

正在发展中的非洲国家的文学往往是用西方语言写成的，比较学者当然也应该把这种文学考虑在内。这里又一次出现了这样的问题，即一种特别的世界观或者一种特殊的地方色彩，是否可以产生民族文学的特色？

这里提出的问题不仅是个纯学术问题，而且在实际运用中具有现实意义，这一点，阅读巴尔登斯柏格和弗利德里希合作的《比较文学书目》的人将看得很清楚。在这本书目中，弗利德里希的故乡瑞士和巴尔登斯柏格的故乡阿尔萨斯占据特别显要的位置，而奥地利和加拿大却被分别"附属"在德国、法国和英国文学中。

出于一种误入歧途的方法学上的纯粹癖，把爱尔兰文学从英国文学中分离出来的做法也同样是成问题的。因为只要变戏法就可以按照非文学的原则把像斯威夫特、叶芝和萧伯纳[2]这样的作家的艺术根基拔除。英国与美国文学的近亲关系造成了一个有特殊重大意义的问题，这里的情况是，两个国家或民族最迟从19世纪早期开始就在文化上（因此也就在文学上）分道扬镳了。所以虽然他们继续使用同一种语言（少数民族的语言不计在内），但大家基本上公认他们各自的文学作品属于"民族的"范围，应该理所当然地被认作比较研究的对象。

选择语言的差异作为标准，来判断一种情形应属于特殊的语文研究的范围，抑或是比较文学研究的范围，可以从扫视一下某些国家的状况获得支持。这些国家政治上独立而语言上分裂，因此缺乏一种排他性的民族语言，像瑞士（在谈到该国的全部文学产品时，弗朗索瓦·约斯特宁愿用"瑞士文学与学问"，而不愿用"瑞士文学"）、印度和苏联充满了讲不同语言的少数民族，就属于此类，例如，戈特弗里德·凯勒和夏尔·费德南·拉姆兹[3]之间的比较可以顺理成章地纳入比较文学

---

① 沃德（Vaud），瑞士的一个地区。

② 斯威夫特、叶芝和萧伯纳均出生、成长在都柏林，倘将爱尔兰文学从英国文学分出，他们自然就要被纳入爱尔兰文学。

③ 戈特弗里德·凯勒（Gottfried Keller，1819—1890）和夏尔·费德南·拉姆兹（Charles Ferdinand Ramuz，1878—1947）均系瑞士作家，但前者用德语创作，后者用法语创作。

的范围，这在大多数西方读者看来似乎该是不言而喻的。对于用不同的印度语言（如印地语、孟加拉语、乌尔都语、泰米尔语）创作的作品之间的研究，和用俄罗斯语、乌克兰语、爱沙尼亚语、拉脱维亚语、格鲁吉亚语、布里亚特语、吉尔吉斯语（这里仅举出其中的一部分，他们都自称有各自的文学传统）创作的苏联作品之间的研究也应作如是观。

即便在基本上是单一语言的民族中，像法兰西和英格兰，仍然存在着“外国的”混合物和孤岛，它们和国语之间的关系很可能使一种真正的比较分析显得必要。这里我们想到 19 世纪普罗旺斯诗人弗利德里克·米斯特哈尔。梵·第根说：“我们的文学史中不能给他留位置，无论是什么位置。要考虑他与法国作家的关系，人们就得转向比较文学。”（第 170 页）我们也想到了苏格兰诗人彭斯。路易·卡扎米安说，他在文学上的国籍是“半外国的”。

彭斯的例子说明，即使是用我们通常所谓的方言（即那种不为使用标准国语讲话、书写的同胞所理解或轻易理解的语言）写就的文学作品，也可以为比较学者提供良好的机会。不过人们应该谨记，“方言”和“国语”之间的边界是相对流动的。在缺乏严格的科学鉴别方法的情况下，必须用实际的方法测定一件作品的可理解性，来决定它究竟属于哪一个范畴。从方法学上说，值得提出的是弗利茨·罗特用低地德语所写的小说和爱德华多·德·菲利波用西西里方言所写的喜剧就须被认为是外国作品，因为它们要想真正吸引全体国民，就需要分别被翻译成标准德语和标准意大利语。但这里我们又似乎进入了一个死胡同，因为没有任何人会坚持认为，例如罗特的《乌特·德·施特洛姆提德》、豪普特曼的戏剧《织工》的原本以及路德维希·托马[1]的令人捧腹的、以巴伐利亚方言写的《费尔舍信札》不是德国民族文学中的一部分。

在强调比较文学中语言标准及其重要性的时候，我们必须注意，只要关系到某种特定语言的“有机”发展过程中的不同阶段，就须审慎从事。例如盎格鲁—撒克逊语或古高地德语就属于这种情况。虽然今天的英国人或德国人都必须像学习一种外语一样来学习它，但比较

① 罗特（Fritz Reuter，1810—1874），著名德语方言作家之一，作品多有浓郁的地方色彩。豪普特曼（Gerhart Hauptmann，1862—1946），德国剧作家，代表作《织工》，以西里西亚方言写成。托马（Ludwig Thoma，1867—1921），德国作家，以巴伐利亚方言创作小说和戏剧。

用古英语、中古英语和现代英语所写的作品(例如比较《贝奥武甫》、乔叟的《坎特伯雷故事集》和狄更斯的小说)就不应认为属于我们这一学科的范围。

我已经用不少篇幅说明,当人们力图界定民族文学的实质、分辨各种不同文学的疆界,并探索其相互关系时会出现什么样的问题。现在需要看一下比较文学和总体文学在术语上与概念上的关系。正如我们所想的那样,比较文学和总体文学之间的区分是人为的,在方法学上没有什么意义。梵·第根在他那本书的第三和最后部分给"总体文学"(意味着总体文学史)下了定义。按他的观点,比较文学只能是"两种成分之间的二元关系,不论这两种成分是两部作品,两位作家,或两组作品,两组作家或两种文学整体"(第170页)。另一方面,包含三种或三种以上成分的文学现象则属于总体文学。总体文学"处理几种文学共同的事实,如它们之间的相互关系,或者类似(在偶然的一致中)"(第174页)。克劳德·毕修瓦与安德烈·罗梭在他们最近出版的一本手册中并不完全拒绝这一区分,但却明智地把总体文学限定在包括非事实联系的研究范围内(毕修瓦、罗梭[1],第95页)。

正如韦勒克所指出的那样,梵·第根本人实际上也未能在上述术语的含义之间画出清晰的界限。他在《比较文学的概念》一文中说:

> (比较文学)现在已经是一个确立的、被人们所理解的术语,而"总体文学"则不是。"总体文学"过去一直意味着诗学、文学理论,梵·第根先生则试图赋予它一种新的、特殊的意义。今天这两种意义都没有确立。梵·第根先生对"比较文学"和"总体文学"作了如下的区分:前者研究两种或两种以上(原文如此!)的文学之间的关系,而后者主要研究国际的文学运动。但是人们怎么能断定,例如,莪相主义,是"总体文学"的题目,还是"比较文学"的题目?人们无法正确区分司各特在国外的影响和历史小说的盛行一时究竟属于何者。"比较文学"和"总体文学"必然是相互交织的。(《年鉴》[2],2,1953,第5页)

梵·第根在"总体文学"之下开列了一些要研究的国际文学潮流的题目(第176页),其中有:彼特拉克主义,卢梭主义,盛极一时的精

---

① 《比较文学》,下同。

② 《比较文学和总体文学年鉴》,下同。

神史和思想史问题(例如我文主义、启蒙运动、感伤的时代等),蔓延广阔的文学运动如自然主义和象征主义,所谓的艺术或文体的共同形式(类型)如十四行诗、古典悲剧和乡村小说。但是在第二部分第二章中,他又把文体和类型的问题作为比较文学的问题来处理,这样,他就暗暗地取消了二者之间的人为界限。我们还应该记住,梵·第根上述题目中有些归入理智史(问题史)的范围更合适。但是,只要把文学现象与哲学的、宗教的、科学的现象截然分开,只要把思想史作为一个辅助的而不是独立的领域来讨论,上述区分还是站得住的。

基亚公然违背他的导师的事实充分说明,梵·第根的这一定义是有缺憾的。基亚在他的那本著作的第七章里以"国际上的各种大思潮:思想、学术、感情"为题,悲叹这种不纯的观念,把它作为一种必然有害的理论。他还讪笑这位前辈方法上的错误:

> 梵·第根建议把"总体文学"称作比较的高级形式,这种形式超越二元的文学关系,以国际的(最少是欧洲的)的观点来看待思想史或思想潮流之类的问题。(但是)按照他的观点,"总体文学"也包含了真正的文学事实:类型的、形式的和主题的历史。本书小心地避开了理论方面的争论,这种争论在这一领域中往往是无益的。……对那些不了解情况或者不关心这场字面争论的目击者必须指出……如果"总体文学"这一术语要有任何意义的话,这种意义也恰恰适用于本章所讨论的比较的方法。(第96页)

从民族文学上升到比较文学,再从比较文学上升到梵·第根的"总体文学",现在该来谈谈"世界文学"(world literature)了。这一术语像它在外语中的相应术语(法语的 littérature universelle,德语的 Weltliteratur)一样,比"总体文学"(General Literature)争论要少一些,但是仍然有一些解释上的分歧。在现在的论述中,不可能将它可能有的各项意义和细微差别一一举出(读者如有兴趣,可参阅本书的书目中列出的有关这一题目的丰富的文献)。这里,我们仅涉猎它与比较文学有关或重叠的那几层意义。

从弗里茨·施特利希编写的有关这一题目的评述可以看出,歌德把"世界文学"看作一个历史现象,它与过去最近的社会、政治、技术方面的发展关联,又受"极端动荡的时代"和"极大改善了交际手段"的现状的制约。不过这种"极端动荡的时代"是拿破仑的遗产,"因为所有的民族都在最可怕的战争中混杂在一起,然后才恢复到自己原来的状态”,他们“意识到曾经观察并吸收了许多自己不熟悉的东西”,开始感到“某种从前不知道的精神需要”。

这样,由于一切实际的理由,歌德的“世界文学”仅仅意味着不同的民族(或者更确切地说,住在欧洲不同国家中的当代作家)应该“互相关注,互相理解,如果他们不愿意互相友爱的话,至少应该学会互相容忍”。歌德真诚地希望民族文学的独特性在互相交流与互相认知的过程中得以维持。他明确地宣称“不同的民族具有相似的思想是毫无问题的”。通过世界范围的广泛接触,一种和谐就会在个别文学中随之产生——不过不是以一种总体层面的形式。1827 年 10 月 12 日,歌德在写给友人舒尔皮茨·布瓦塞莱的信中说:“我希望看到,当一个民族中占主导地位的差异通过别的民族的观点和判断被消除时,我们所说的世界文学就可能产生。”

歌德明智地避免声称普遍的一致性。相反,他极度痛恨这种文化上的“急进的共和生义”。由于宣传工具可怕的效率,我们今天正面对着这种急进共和主义的必然后果。可以肯定,在胸襟狭隘的民族主义的时代,文学的世界国籍(世界主义)应该受到欢迎。但是,把它推向极端的做法是无论如何应该避免的。作为比较文学的一个研究目标,世界主义总是占有一席特殊的地位(特别是在法国人的研究中),因为它是我们这一学科繁荣成长的故土。梵·第根曾经强调指出欧洲文化发展中的四个世界主义时代:

> 在中世纪,宗教信仰与拉丁文化——宗教传说、骑士传说、世俗传说的巨大宝库——的一致性在西方所有的牧师和犹太教士之间创造了无数接触点,使他们认为自己是属于同一座神圣的人类之城的公民。在十六世纪,文艺复兴提供了伟大的希腊、罗马思想家的思想这一共同的源泉,把各国所有具有共同理想、接受同样教育的人文主义者和那些力图通过模仿古人来和古人竞争的所有作家紧密地联系在一起。在十八世纪,法语的广泛传播造成全欧上层社会对法国作家的崇敬和赞赏……相似的文学趣味和哲学思潮把文人团结起来,使所有民族的大众沐浴在理性的世界主义的光辉中。最后,在十九世纪,在革命、战争、大批移民……的影响下,在历史与哲学研究的影响下,特别是在浪漫主义思潮的冲击下,许多批评家认为现代欧洲文学是一个整体,它的各个部分形成了对照或相似。(第 26 页)

在卢梭的启示下，塞巴斯廷·梅西埃把世界主义的概念运用到文学上，约瑟夫·戴克斯特随即在文学史编写中给予它全面的地位。但是作为比较文学的一个分支，这一现象(1964 年国际比较文学学会弗利堡会议的参加者对它给予了特别的重视)应该以审慎的态度来对待，因为它具有明显的政治气味。另一方面，在文学社会学中，世界主义戴着渊博的假面具。对这一点，弗利堡会议论文集的读者都看得很清楚。

由于歌德的"世界文学"强调国际接触和文学之间富有成果的关系，阻止取消民族文学自己的特色，它对我们的学科是极为有用的。我们之所以这么说，还因为这一概念要求集中探讨媒介的作用。在这个问题上，法国和法国以外的比较学者，长期以来一直对译者、旅行者、移民、持不同政见的流亡者、沙龙以及旨在促进文学作品国际交流的期刊的活动和作用极感兴趣。

到此为止，我们对内涵丰富多彩甚至有些雄心勃勃的世界文学的概念，还决不能说已经解说穷尽。为了小心起见，我还注意到这一概念的另一层意思，这在美国和我们的学术界是相当普通、相当流行的，即其延伸的含义，用以指一切时代和世界各地的杰作。在世界文学课、大学一年级文学课、名著欣赏课或人文科学课上，我们在不同程度上专门介绍并讲解这些伟大的作品。为了避免将"世界文学"的这一用法与歌德的用法混淆，这种情况下是否可以用"经典作品"来取而代之，按 T. S. 艾略特的说法，这类"经典作品"应不排斥像《埃涅阿斯记》和《神曲》等一部分富有创造力的独特作品。而按马修·阿诺德的说法，我们应该把"世界公认的最好作品"包括在这一范围内。在方法学上有意义的是，我们在教学中，极少以真正比较的方式去介绍这些杰作，往往只在那些与文学类型和主题相关的环节(例如讲现代小说或现代小说中的反英雄之类的课程)上，才使用比较的方法。不仅如此，杰作的讲解常常在对文化史作一般介绍的幌子下，成为合作努力的一部分。这种实践阻碍了真正的比较研究。

在结束这一术语的讨论时，我还必须提到它作为"世界文学史"的缩略语的用法。这一用法正如将比较文学用作文学"比较的历史"和将总体文学用作"文学的总体历史"一样，世界文学史必须理解成世界上所有文学的历史，而不论这些文学的范围及其历史的与美学的重要性有多大。然而，因为在全球的规模上，大国的文学较之小国的文学更流行，更为人熟悉，因此，国际比较文学学会在其正式的文件中，把强调较年轻的、不太幸运的兄弟民族的文学的作用(往往是媒介作用)

当作自己的一项特殊任务。1961年乌特利支会议上宣读的相当一部分论文就是讨论这一题目的。

尽管这一术语要以极为广博的知识和丰富的资料为前提，仍然不乏对其作全面述评的文章（参看《比较文学书目》中所列的大量文章）。最近对它作翔实评述的是科斯提乌斯的《撰写世界文学史》。这位荷兰学者提请人们注意这样的事实，即他所仔细考察过的绝大多数观点是分析式的，这些观点中的多数是以地理的、语言的或编年的标准来研究文学的。金德勒版的《世界文学》给我们提供了一个有说服力的例证，虽然只用了一章的篇幅来讨论印度的多种文学。这样的研究过程很容易使读者混淆，妨碍人们对均衡的价值作出公允的评估。

以这样的方法，即以对构成一个传统的各种文学之间的相互关系作综合考察的方法来写世界文学史的尚属罕见。最近用这种方法作出重大努力的是弗利德里希和马娄合作的《比较文学纲要：从但丁到奥尼尔》，但这本书却决不能说是完全成功的。所以，直到最近，科斯提乌斯还提出如下的责难：

> 除上所述，十分明显的是，用综合的方式写一部世界文学史的时间尚未到来。把“世界文学”这一术语与文学史的编写联系在一起是有困难的。显然，这一术语不能按照歌德的意思去理解，即把它理解为文学中实现世界主义的有利条件。因为世界文学的历史既不是世界主义文学的初步阶段，也不是那种文学的历史。我们也不能把它看作世界名著的同义语。世界文学的历史不能把这一概念用作一个有机的原则，因为我们还不具备这个任务要求的知识。也许我们最好还是谈文学的历史。

然而在过去的五年中，这一领域又出现了新的发展。国际比较文学学会计划编写一部欧洲各种语言的比较的文学史。目前这一规划即将拿出初步的成果。当然这一规划能否彻底实现尚有待时间来证明，但我们可以说，最少它的初步阶段——即对不同时代、潮流和国际运动作分析研究的一套丛书——将在可见的未来完成。

在讨论梵·第根提出的总体文学的概念时，我们曾进入一个边缘地带。这是一块学术上的无人之地，处于文学本体与其他学术领域之间。这些领域或是倾向文学的方向，或是由文学以不同的方式反映出来。对比较学者有相当吸引力的一个重要的边缘地带叫做思想史，它把纯文学与哲学、神学及其他抽象思维的系统模式联系起来。因为文学是一个储藏的宝库,一种传达理智价值的工具,在每种文化中都占据一中心位置,因而充满了活跃的、离题的地带,所以,研究文学的人,不论他是不是个比较学者,都必须确定这些地带的准确位置。基于明显的实际理由,比较学者还必须决定,他是赞成法国人关于这一学科的严谨的概念,还是赞成由雷马克解释的较为宽泛的观点:

> 比较文学是超出一国范围之外的文学研究,并且研究文学与其他知识和信仰领域之间的关系,包括艺术……哲学、历史、社会科学、自然科学、宗教等等。简言之,比较文学是一国文学与另一国或多国文学的比较,是文学与人类其他表现领域的比较。(斯托克奈西特、弗兰茨[①],第3页)

为简洁起见,我将暂时略过文学与其他艺术(音乐、绘画、雕刻、建筑、舞蹈、电影等)互相阐发的有关问题,因为我将在本书的最后一章来谈这一题目,并将谈到歌剧剧本、寓意画、电影剧本等半文学类型。这里,我们可以先说几句。鉴于文学是一种艺术,是非功利主义的、积极创造的产物,因此它与其他缪斯管辖下的领域有某种自然的亲缘关系,那么,说一些共同的因素(它们又会为比较提供一个坚实的基础)存在于使用不同媒材的各种艺术领域之间,就是合乎情理甚至很有可能的了。仅仅由于这一理由,我就倾向于把纯文学与其他艺术之间相互关系的研究称为"比较的研究",特别是在它们之间确实存在着联系和互相交融的现象时,如在瓦格纳的综合艺术品中,或在论及具有多方面才能、用两种或多种不同媒材进行创作的艺术家时。我的同道中有些纯粹派,希望把比较文学严格地限制在文学的范围内。对他们来说,如果我答应永远把文学作为起点和目标,也许可以消除疑虑。弗利德里希建议我们把学术研究与教学分开,以便抚慰我们语文学家的良心,但即使如此,我仍然怀疑这种分法是否明智。

在我看来,在文学和非美学的或基本上非美学的"人类的其他表现领域"如哲学、社会学、神学、历史编写学和纯科学或应用科学之间的研究,答案很不简单。在作出任何结论之前,人们可以提出文学究竟是怎样构成的这个看似天真的问题。艾西德尔在他的《世界文学》导言中简要地谈到这个问题(他指出,在中世纪拉丁文中,至少从圣·杰洛姆开始,文学主要用来指世俗的作品,而一切神圣的作品都被称

① 斯托克奈西特和弗兰茨合编:《比较文学的方法和角度》,下同。

作宗教经典)。埃斯卡庇在为尚未出版的《国际文学术语辞典》撰写的条目中提出了这一问题,他提得颇有意义。

这里,对这一术语的词源及其意义的历史演变,我们只能作一个概略的探讨。至少,下述诸点是肯定的:在英语和法语巾,"文学"一词原来是"学问"(learning)或"博学"(erudition)的意思。例如,伏尔泰谈到夏普兰[①]时,就说他有"渊博的学问"(une littérature immense)。直到18世纪,研究的焦点才从主观的人转到了客观的作品上。但即便在这一较晚的发展阶段,文学所包括的还是所有的出版物,不管它们在实质上是什么类型的作品(在英、法、德诸语言中,"文学"常常用来指那些非文学的作品)。在18世纪,非功利性的作品常常被称为"诗"(poesy)或诗类。直到19世纪,才将实用性作品与非实用性作品作了系统的区分。只有当这种区分获得了普遍性的时候,"文学"才能获得其真正的含义。正如雷蒙·格诺在《七星百科辞典》的序言中告诉我们的,"在搞技术的人们逐渐把他们的专业提到科学这一高度"的时代,"文学是与功能性地使用书面语言完全不同的写作方式"。但我们不应忘记,直到世纪之交,诺贝尔文学奖还多次授予那些杰出的自然科学家和哲学家呢。

由于今天把文学分成"科学的"和"美学的"两部分已是既定的事实(当然也有一些两可的清况,如科幻小说),二者之间相互关系的关键就是如何在方法学上作出区分。可以这样说,这一领域,如同理智领域一样,有时往往不能划出准确的界限。因为我们不可避免地会碰到一些杂交的类型,例如历史小说、散文、日记、自传以及其他文学或类文学的类型。对这些类型,人们的兴趣正在恢复。说得更具体一点,例如,我们应该如何界定克尔恺郭尔[②]的《非此即彼》呢?当代至少有一位批评家把这部作品说成心理爱欲小说;我们又应该如何划定卢梭的《忏悔录》、歌德的《诗与真》、纪德的日记,拉布吕耶尔[③]的《品格论》和蒙田的《散文集》呢?我们能够把研究弗洛伊德对法国超现实主义者的影响算作一个文学的题目吗?或者该把它算作一个"比较的"题目呢?在德国的文化史上,一般认为尼采也是个诗人。这不仅因为

① 夏普兰(Jean Chapelain,1595—1674),法国学者,批评家,法兰西学院院士。倡导古典主义,对龙沙、布瓦洛等人影响较大。

② 克尔恺郭尔(Soren Kierkegaard,1813—1855),丹麦哲学家。

③ 拉布吕耶尔(La Bruyère,1845—1696),法国作家。

他写过诗，他的散文风格具有文学性，而且因为他对许多德国作家和非德国作家产生过很大的影响（例如青年纪德、邓南遮、亨利希·曼和托马斯·曼兄弟）。但是对于神秘主义者迈斯特·艾克哈特和雅可布·伯麦[①]、哲学家叔本华和柏格森来说，"诗人"这顶帽子恐怕就戴不上。在许多情况下，康德、休谟和亚里士多德的著作都显得专业性太强，不宜在文学史中给以显著位置。

和德国人比起来，法国人的精神生活较一致，较完整（因为在法国，几乎所有的著述都按照文体风格的标准去衡量）。因此，他们把笛卡尔和蒙田、巴斯卡尔、柏格森都看作重要的文学作者，而在大多数英国文学史著作中，我们却极难找到约翰·洛克和约翰·斯图亚特·穆勒的名字。从理论上讲，文学研究要想引起足够的重视，就必须不再去研究非文学的现象，而集中探讨文学现象。但是在实际中，有时又不可避免地要把研究的范围扩展到自己的界限之外。例如，研究布莱希特的教育剧（Lehrstück）和卢克莱修的具有教育意义的长诗《物性论》（*De rerum natura*），就会出现这种情况。

显然，在比较文学作品和非文学作品时，浅薄比附的闸门常常会被冲开，文学史家或批评家常常会发现，他们对自己力图与文学作比较研究的学科并不很了解，缺乏这方面富有见解的第一手资料。雷马克建议把这一归属尚未确定的无人之地纳入比较文学的范畴，完全是出于好心的假定，即认为在任何情况下，人们都能够也必须分清实用的标准和系统的标准，换言之，"我们必须明确，文学与其他学科的比较只有在这种比较是系统的，同时对文学之外的那一学科的研究也是系统的时候，才能算是'比较文学'。"然而雷马克所引的一些例子说明，这种观点在方法上是站不住脚的。此外，在比较文学的历史上，无论是法国学派还是美国学派，它们的代表人物中没有一个是赞成这一观点的。

例如，几乎没有比较学者会赞成这样的观点，即研究莎士比亚戏剧的历史渊源，在"历史编写和文学两者都是研究的重点时"会变成比较的；研究巴尔扎克《高老头》中金钱的作用，"如果其主要的兴趣在一个有机的金融体系或一套观念中渗透着文学的精神"时，也会变成比较的。显而易见，前者是英国文学史家和批评家关注的题目，而后者

① 艾克哈特（Meister Eckhart，1260—1327），德国神秘主义者。伯麦（Jacob Boehme，1575—1624），德国神秘主义哲学家，主要著作有《伟大的神秘》。

则只能是传奇学者和经济史学家感兴趣的问题。用一个浮士德式的隐喻来说，我以为把研究领域扩展到那么大的程度，无异于耗散掉需要巩固现有领域的力量。因为作为比较学者，我们现有的领域不是不够，而是太大了。我们现在所患的是精神上的恐泛症。

从长远来看，提倡作历史/语言研究的安全性，和雷马克提倡的发挥"更多的想象力"并不矛盾，反倒可以协调一致。考虑到这一点，我首先要讨论的是方法上较为稳妥的"影响"问题（第二章）和文学声誉问题（第三章）。翻译和译者，以及由此关联的一切媒介问题，显然是这一学科的重要问题，应该加以论述，但只能在影响和接受的基点上来讨论。关于这方面的资料，我请读者参阅近二十年来大量文献中有关的论述。随后的几章谈文学分期（第四章）、文学类型的历史和理论（第五章）以及新近复兴的主题学（第六章）。和比较文学有关的一个主要的理论问题，是各门艺术间的相互关系，这个问题将在第七章集中探讨。附录一用较长的篇幅讨论了我们这一学科的历史，附录二则简略地谈了有关目录学（书志学）的形势。关于口传（民间）文学的研究、平行类似的研究（最近有一篇完备的博士论文讨论它）和音韵，文体诸方面的比较研究，本书未列专章。所有这些以及其他问题，将在必要或有机会时随时随地加以讨论。

比较文学：作为文学哲学[①](1974)

约斯特*
杨绮　译

“世界文学”与“比较文学”并非是等同的概念。前者乃是后者的先决条件，它为研究者提供原料和资料，研究者则按评论和历史原则将其分类。因此，比较文学可以说是有机的世界文学，它是对作为整体看待的文学现象的历史性和评论性的清晰描述。比较文学家不只是把各国的重要作品收入自己的书单以备阅读并加以分析，他还要从有意义的文学事件中发现相互间的联系，并力图在思想总史和美学总史中为作者指派一个位置。他不仅要把这些作品并列，而且还要把它们等同起来。文学对比较文学家来说，并不是一连串的单个作品，而是一种混合物，一个复合体，是一组作品，是作品的总和。这个学科来源于文化上的现实：事实上的或观念上的相互结合的情况使各民族文学之间有了联系。记住这一基本事实的学者把比较文学设想成为文学批评的“新工具”。

今天，比较文学的一般的和衍生的原理，至少在理论上，已被学术界广泛接受。欧洲文化——它包括一切用欧洲语言表现的民族文化——组成了一个不可分割的整体，这早已得到承认。但是西方评论界仅是出于对外来文化和语言的无知，仍然不愿意将所谓的外洲文学收入“文学全集”。在对文学创作的本质理解、特征解释和评价标准各方面，中国、日本、近东、西印度群岛和非洲都能同欧洲任何地区一样作出贡献。即使在远东，限于一国之内的阐释学时代已经过去了。在

---

* ［美］弗朗索瓦·约斯特(Francois Jost)

① 选自同作者《比较文学导论》(*Introduction to Comparative Literature*)第1部分第三章，杨绮译，湖南文艺出版社，1988年，第22页、第32—33页。标题为编者所加。

西方，人们普遍认为把詹姆斯和普鲁斯特分开，便无法对他们进行充分的研究和理解。坡和波德莱尔，司各特和曼佐尼，阿尔菲耶里和席勒，豪普特曼和米勒同样也是如此。稍有探索精神的人在研究克洛卜施托克的《救世主》或拉封丹的《寓言诗》时，没有不提到弥尔顿或伊索的。在那些由懂文学的人担任行政领导的大学中，托尔斯泰和斯丹达尔，萧伯纳和斯特林堡，奥尼尔和皮兰德娄并不总是安排在不同的系或讲堂里讲解的。人们花费很大力气检查文学躯体上的疤痕，然而，经过更仔细的分析，往往发现人们会注意到的那些疤痕原来只不过是一种“装饰”。

比较文学代表一种文学的哲学，一种新人文主义。它的基本原则是相信文学现象的整体性，否定文化经济中的闭关自守，并且由此认识到一个新的价值论的必要。“民族文学”鉴于自己专断狭窄的观点，无法构成一个能说清问题的研究领域：因为在文学史和文学批评中国际的来龙去脉已经成了定律。比较文学不仅是一门学科，它还具有文学的全面观点、文学世界的全面观点，是人文主义的生态学，是文学的世界观，在文化领域具有广泛而全面的远见。自古以来，理想的教育是“全面的爱好”(stadium generale)；中世纪建立的大学叫做“普遍”(Universitas)。20世纪的大学被改变成了“多种多样”(Di versitas)。比较学注定要在文学领域里恢复振兴古代精神，把多种多样恢复成普遍，实际上，还不仅是恢复原状，因为比较学意味着废除一切野蛮现象(barbaricum)，不管是古代的还是现代的。在《人性的——过于人性的》一书中“时代的幸福”这一节里，尼采描绘了一个人类现在能思索的新的智力水平。人类不仅享用着所有过去的文化及其成果，而且距离产生可称作普救论的神奇力量不远。而早些时候的文化目前只能作自我欣赏。全世界分担着一样的文学股权，追求着相同的文学目标。人类文化史出示了具有共同中心的各种圈子中的经典形象，第一批形象是家庭的和部落的，随后是国家的，人类的形象则必然不得不把其余的一切都包括起来，而比较文学乃是总的历史发展的必然结果。

比较文学的未来[①](1989)

谢弗勒*
王炳东　译

M.-F.基亚在其第六版的教科书(1978年,第6页)导言中写道:"我很担心[……]比较主义想面面俱到,反而什么也不是了。"这个用心良苦的告诫值得一切比较学家牢记心中。比较文学有雄心宏图,而从事比较文学的学者都承认甚至强调它既是不可缺少的但同时也是乌托邦式的……U.维斯泰因毫不害怕地把他在《加拿大比较文学杂志》(*Canadian Review of Comparative Literature*)(1984年第2期,第167—192页)发表的一篇文章命名为《我们从何处来?现在何处?欲往何处?比较文学永恒的危机!》

1. 比较主义的疆界

比较学家知道他们不能与皮科·德·拉·米兰多拉(Pic de la Mirandole)[②]比高低,也不可能成为那样的人:如果他们有时也会有些非分之想,他们从来也没有想过要涉猎所有可知知识领域(*de omni re scibili*)。他们的研究范围的确非常广阔,但却不乏指示路标和界线。

a) 有没有比较主义"排斥"的领域?在文学科学的领域,分工是根据目标和方法来进行的。比较学家不主张主要研究创作者与其作品的关系——这是其他专家的事——因而一点也不会走向发生学的研究或者使用探求个人心灵的方法;他们自然也会提及或者突出集体的

* [法]伊夫·谢弗勒(Yves Chevrel)

① 选自同作者《比较文学》结论,王炳东译,商务印书馆,2007年,第177—182页。原标题为"学科的未来"。

② 皮科·德·拉·米兰多拉,意大利文艺复兴时期著名人文学家、哲学家,知识渊博,善于采众家之长形成自己独特的学说。——译注

幻觉(fantasmes collectifs),通过作者的个人遭遇(比如说与异己(l'étranger)的相遇)来解释文本的某一方面,但应指出个人不是比较学家关注的中心。

b) 比较学家的依赖性。比较学家对文学各门科学应该互相支持这点怀有很大的期待。如果他们希望能够做出自己应有的贡献,他们知道他们应该极大地得益于他们研究的不同文学的有关专家。这一方面涉及人文科学方面的组织工作——特别在如何容易得到可靠的资料方面,也关系到获得信息的愿望和能力。这里说的依赖性应理解为一种相互依赖。

c) 比较主义是否有其固有的理论?这是比较学家自己多次提出过的问题,这可能是U.维斯泰因提到的构成“永恒危机”的敏感因素当中的一个。看来比较学家在目前无论如何还不可能提出文学的一种理论(这里的文学应理解为全部的文学产品)。但是如果说还不存在研究对象的一种理论,那么有没有研究方式自身的一套理论呢?比较学家可能更愿意说的是方法(见下面第2节)。

d) 比较学家的根基。任何人,不管他从事何种文学对象的研究工作,总是根植于某种文化中,既有其群体的文化(有时是继时或同时的几个群体的文化),也有他个人铸造的文化。比较学家势必要和其他文化发生关系;由于他亲自从内心深处去体验和经历这些文化,这样也许能够保证他会拥有理解人类行为的多样性和相对性的秉赋。

2. 一种方法的前途

G. 迪梅齐尔在其他人之后也喜欢提醒人们说,方法就是“人们已经走过的道路”。因而比较学是建立在一种根本的方法论理念的基础上:对“文学”事实的认识可通过寻找其中差别并使之与已知事实建立联系的方法而得到加深。这种基本的考虑势必会带来至少三个后果:

a) 比较文学原本就是一门横向研究的学科。与一些主张全面探讨某一确定领域的学科不同,比较文学更多的是采取跨领域的研究方法:不同的语言区域、文学和艺术、文学和历史等等。

b) 比较文学强调分析/综合/分析/再综合等过程。这种方法不是比较文学所独有的(它是许多智力活动的基础),但对比较学家来说,它是绝对必要的。他从事的研究工作的主要目标是,根据开始时至少是属于两个不同系列的众多事实提出一个临时性的综合。但是回过头来看看他研究过的对象之一应该是他要经常考虑的问题,与此同时他还应该时刻怀有寻找其他可能的对象或系列的强烈愿望：总体性的构筑仍然还是个难题。

c）比较文学提出了参照体系的问题。作为一种智力活动，比较学有赖于善于强调一些参照体系以便根据研究的观点来理解这部或那部作品的能力：即把研究的观点客观化并以此来论证其合理性。

这里抽象描述的操作方法，正是比较学家从事的那类研究工作所应用的方法。这种研究可以是一些专题著作——要知道任何比较专题著作至少应有两个对象，即在时间和空间上备受限制的著作，也可以是一般性的研究工作。勒南（Renan）在《科学的前途》一书中曾经认为，在他称之为"人类的科学"中，由于有那么多的内容需要去认识并且使别人认识，专题著作实在是再合适不过了；对于比较学家来说，具体反映在采用至今仍然未过时的"X 和 Y"的最低公式。在勒南著作发表一个世纪以后，我们敢冒风险进行更大规模的研究工作吗？比较学严格应用他提出的方法的程度，也正是比较学的疆界之一。

3. 问题的来来？

一个疑问自始至终都贯穿着本书：何谓文学？以文学性或诗学性来给文学下定义无非是回避问题，或者使之局限于对作品的表面即文本的分析。如果说探讨一个文本的构成和运作不无好处的话，那么探讨作品和其他作品在这个或那个社会里的地位也是很有好处的。但就"文学"事实提出的各种问题不应成为不断困扰、妨碍人们在阅读和研究文本中取得进步的带有抑制作用的问题。比较文学由于对自己本身提出质疑而扮演了一个恼人的学科的角色，而由比较学家，还有其他专家来扮演这个角色或许是很恰当的。但比较文学也应有助于更好地认识、也许更好地利用每个人由于其自身的根源而拥有的文化遗产：认识别人不意味着丧失自已的根基，而应看成是更好地认识自身根源的机会。这可以说是作为大学学科的比较文学的功能之一。

4. 一种伦理的未来？

这个词可能显得有些雄心勃勃，但它却说明了另一个问题：为何要成为比较学家？

比较学家的伦理是一种不断发现的伦理——是否应该说是一种探险精神？比较学研究是没有藩篱的，而入地狱也绝对不会是他人！如果说比较学有雄心的话，那就是努力对珍惜人类精神的各种表现的人道主义的一种现代形式做出贡献。如果提醒人们说民族主义、排斥异己、种族主义——仅提这三种无时不在的威胁——往往起源于只有无知才能解释的对别人的蔑视，这能说是荒谬的吗？在今天，人道主义意味着每个人都乐于去发现一切文化的价值，而文学可以特别让人们去接触这些价值。我们也许正在看到全球性（总算是）人道主义的曙光……

J. 格拉科(J. Gracq)曾经不无善意地以辛辣的口吻提到比较学者“是疆界的破坏者，他们在老死不相往来的两岸之间架设桥梁——即使有时更多是为了将来的前景而不是为了当前的交通需要”(《标志字母》(*Lettrines*)，Corti 出版社，第 154 页)。架设桥梁，也就是承担改变人们已经习以为常的景色的风险；比较学的实践不可能不破坏既成的观念和狭隘的信念。

伯恩海默报告：世纪之交的比较文学[①](1993)

伯恩海默[*]
王柏华　译

关于标准和学科

这是为美国比较文学学会提交的第三篇“学科标准报告”，并依照相关规定予以公布。第一篇报告发表于1965年，是以哈里·列文为主席的委员会撰写的，第二篇报告发表于1975年，其作者是以托马斯·格林为主席的委员会。这两篇报告所描述的比较文学的景象几乎一模一样。格林报告大力捍卫列文报告为抵御已露端倪的挑战所提出的标准，其实并没有给比较文学提出多少新的目标和可能性。列文和格林报告都十分明确地表达了盛行于50年代、60年代和70年代的学科概念。许多今天比较文学学会的会员都从当时的比较文学系获得其博士学位，而那些系正是坚持了两报告所确立的标准。但是，这批比较学者如今身处的历史、文化和政治语境以及他们所面对的问题都已发生了如此明显的变化，以至领域中的实践已经使它发生了变形。我们的报告将在这个已发生深刻变化的语境之中来面对标准问题。

为了阐明我们观察到的学科演化的方向，我们首先对前两个报告做一简要分析。两报告都把二战之后比较文学在我国的迅猛发展归结于一种新的国际主义视野，按照格林报告的说法，它试图“在更大的

---

* ［美］查尔斯·伯恩海默(Charles Bernheimer)

① *Comparative Literature in The Age of Multiculturalism*. The Johns Hopkins University Press，1995，pp. 39—47. 王柏华译，选自《比较文学与世界文学》第一辑，商务印书馆，2004年，第19—28页。

语境之内追索母题、主题和类型,以及对文类和模式做更宽泛的理解”。这种扩展文学研究视域的动力很可能来自这样一种愿望:面对欧洲文化近来被四分五裂,试图证明它本来是统一的。尽管如此,视野的扩展并没有时常延伸到欧洲以及可追溯到古代文明的欧洲高层文化谱系的范围之外。事实上,比较文学研究往往容易强化民族—国家的认同感,也就是把它视为以民族语言为民族根基的想象的共同体。

对民族和语言认同的关注显然妨碍了列文和格林报告对标准观的认识。它们提出,为捍卫本学科的精英性,必须有标准,用列文报告的话说,本学科“专为高素质的学生开放”,并严格限制在具有良好的语言系和图书馆的大型综合性大学。格林注意到,这种精英论“在过去的 10 年里似乎是一个令人满意且可行的理想,随着历史的迅猛变化,无论是好是坏,如今已受到挑战”。然后,他提出了抵制变化的理由。他这样写道:“我们有理由担心,从总体上看,这些趋势在降低我们的学科赖以生存的基本价值观。一旦任由标准日趋下滑,将无法控制。”

最大的威胁直接指向比较文学的精英形象的根基,即以原文阅读和教授外语作品。格林批评世界文学课的教师不懂原文而越来越多地使用译文。使用译文的现象在列文和格林报告中都受到谴责,虽然列文承认,“只要在比较文学课程中有相当大的比例在运用原文,那么也允许对一些偏僻的语种使用译文,如果连这也不允许,就未免过分纯粹了。”这个陈述让我们看到了比较文学的传统国际主义观在多大程度上仍自相矛盾地坚持以少数欧洲民族文学为主导。欧洲是经典原创作品的原产地,是比较文学最恰当的研究对象;所谓的偏远文化是本学科的外围,因此可以使用译文来研究。

按照格林的意思,比较文学的另一个威胁是跨学科项目的增多。虽然他说我们应当欢迎这个发展趋势,并以谨慎的措辞强调说:“我们也必须谨防学科的交叉导致学科的松弛。”这里的“交叉”之于学科的严格正如“译文”之于语言的纯粹。它试图努力把比较工作限制在单一学科的范围之内,并试图防止发生任何从一个学科扩展或移动到另一学科的杂乱现象。正如比较文学容易助长各种民族统一体的确立,即使它把它们跟其他民族统一体联系起来;同样,它也容易加重学科之间的各种边界,即使它跨越了这些边界。

透过格林报告的字里行间,我们似乎可以读出对比较文学的基本价值构成的第三大威胁：比较文学系在70年代越来越明显地成为（文学）理论研究的舞台。尽管理论研究在英文系以及法文系发展壮大，但比较学者凭借懂外文的优势不仅能阅读有影响的欧洲理论家的原著，而且可以阅读这些理论家所分析的哲学、历史和文学作品的原著。按照比较文学的传统观点，这个发展趋势的问题在于文学的历时研究将丧失原有的地位，让位给基本上共时的理论研究。对于席卷比较文学领域的理论化趋势，格林暗含指责地说："比较文学作为一门学科要始终不变地依赖历史知识。"

格林报告所表达出的对变化的焦虑表明，早在1975年，比较文学领域已经开始让一些权威人士感到陌生和不安了。于是，他们认为确立和加强标准是学科的必要保障。可是，自格林报告发表至今，17年来学科所面临的危险有增无减，按照本届委员会的看法，现有的学科标准已经不再符合目前的实际。因此我们感到，如果不重新确立学科的目标和方法，就无法负责任地提出我们的标准。我们不以抽象意义上的学科未来为依据，而是以全国许多院系和项目已经追循的方向为依据。

领域的更新

战后以来的表面上的国际主义始终坚持严格的欧洲中心论，最近，它已经受到来自多方面的挑战。面对学科实践之间日益明显的相互渗透，以往那种颁布一套标准有助于确立一个学科的观念已经瓦解。使用传统比较模式的有价值的研究仍在进行，可是，那些模式属于一个早在1975年就感到需要自我捍卫并已受到攻击的学科。如今的比较空间已大大扩展，涉及以下诸多方面：以往需要不同学科来研究的艺术产品之间的比较，那些学科的各种文化产品之间的比较；西方文化传统（包括高层的和大众的）和非西方文化传统之间的比较；殖民者进入前和进入后的殖民地文化产品之间的比较；被性别文化确定为女性特征（feminine）和男性特征（masculine）之间的比较，或不同性别倾向如所谓异性恋和同性恋之间的比较；种族和民族表意模式的比较；意义表达的解释学与对其生产和流通模式的物质论分析之间的比较，等等。在这个广阔的话语、文化、意识形态、种族和性别领域，上述扩大文学语境的方式大大有别于以作者、民族、时期和文类为依据的旧的文学研究模式，以至于"文学"这个词已不再能有效描述我们的研究对象了。

在这个飘摇不定迅猛发展的社会文化环境中，许多学者开始重新反思这个比较领域，并感到与这个被称作“比较文学”的实践有一种越来越不自在的关系。他们感到被疏远了，因为这些实践从思想上和体制上仍与一套旧标准联系在一起，而从他们的实际方法和兴趣来看，那套标准所确立的学科已经难以辨认了。这种疏远感可以从一些迹象中看出来。例如，有许多学者所做的工作符合扩大了的比较文学的定义，但他们不属于任何比较文学机构，也不是比较文学学会的会员。另一个迹象是，有许多学校开始讨论是否可以在“比较文学”这个院系和项目名称后面增加一个“和文化研究”“和文化批判”或“和文化理论”之类的词，以表明旧的称谓已经不够用了。可是，这一类名称还没有被广泛采用，我们感到，这大概是因为，人们普遍认为这些新的阅读和语境化方式应该被合并到本学科的内在肌体之中。在本报告的以下部分，我们希望以理由来证明，这种合并能够使比较文学走向人文学科的前沿，生产出更多的学术成果。

研究生项目

1. 文学现象已不再是我们学科的唯一焦点。如今，文学被作为复杂、变幻而且经常有矛盾的文化生产领域内的各种话语实践中的一种。这个领域向跨学科观念提出了挑战，甚至让我们相信，各学科是一种历史建构，为的是把知识领域包拢在职业专家可以驾驭的范围之内。素有喜好跨越学科界限之名的比较学者如今进一步扩大机会，从理论上来研究被跨越的界限的本质，并参与到重新给它们划定界限的工作之中。这表明，在若干基本的调整之中，比较文学系不应当再把眼睛仅仅盯在高层文学话语上，应当考察造就了一个文本及其高低的整个话语语境。因此，作为研究对象的文学，其生产可以被比作音乐、哲学、历史或法律等类似话语系统的生产。

我们建议扩展研究领域——有些院系和项目其实已经这样做了——并不是要让比较研究放弃对修辞、诗体韵律等形式特征的细致分析，而是建议文本的精确阅读应当同时考虑到意义生产的意识形态的、文化的和体制的语境。同样，那些更传统的跨学科工作，如兄弟艺术门类之间的比较，应当在一个新的语境中展开，也就是要反思每个门类的意义制作的优势策略，包括它内部的理论分歧以及它所运用的媒介的物质性。

2. 懂外语仍然是我们学科的一个根本的存在理由。比较学者总是那些对外语特别感兴趣的人，他们通常具备掌握外语的技能并有本事时刻享受使用外语的乐趣。这些素质应当继续在我们的学生中培养，而且，应当鼓励他们开拓语言视域，至少掌握一门非欧洲语言。

系与系之间的语言要求不必求同。我们感到，最低应当要求学生用原文掌握两种文学，两门良好的外语阅读知识，而且，对于那些更古老的领域如欧洲、阿拉伯或亚洲文化，应当掌握一门古代“经典”语言。有些系现在仍要求三门外语和一门古典语言。许多系要求三种文学知识。无论怎样，外语要求的价值不应当仅限于文学意义的分析，应当扩大它的语境，理解母语发挥的各种作用：创造主体性，建立认识论模式，想象共同结构，形成民族观念以及表达对政治和文化霸权的抵制和适应。而且，比较学者还应当警惕民族文化内部（within）的深刻差异，它为比较、研究和批评理论的探索提供了基础。这些差异（和冲突）表现为各个方面如地区、种族、宗教、性别、阶级和殖民或后殖民状况。从理论上说，比较研究最适宜考察，这些差异以什么方式与语言、方言、特殊用法（包括行话和俚语）上的差异以及双语或多语混杂及其混杂方式结合起来。

3. 我们必须继续强调精熟外语的必要和独一无二的益处，与此同时，也要减轻对翻译的敌视。事实上，翻译可以被视为一种范式，以理解和解释不同话语传统之间的交叉这个更大的问题。应当说，比较文学的一个课题就是解释在不同文化、媒介、学科、体制的价值系统之间的翻译中丢失了什么、收获了什么。而且，比较学者应当承担一个责任，也就是要确定他或她是在什么地点和时间上来研究这些实践的：我在哪里说话，从哪个传统出发，或反对哪个传统？我怎样把欧洲或南美洲或非洲翻译到一个北美洲的文化现实中，甚至把北美洲翻译到另一种文化语境中？

4. 比较文学应当积极参与经典形成的比较研究和对经典的重新思考。还应当把一部分精力用在经典文本的非经典阅读上，也就是以各种观点去阅读，如对立的、边缘的或次要的观点。这一类阅读最近在女性主义和后殖民理论中成绩突出，它们补充了对经典形成过程——在一种文化中文学价值是如何被创造和维持的——的批评考察，也激发人们去进一步扩展经典。

5. 比较文学系还应当在进一步更新英美（Anglo-American）和欧

洲视野的语境方面发挥积极作用。这并不意味着放弃那些视野，而是对它们的主导地位提出质疑和抵制。这个任务或许需要深入地重新估价我们对学者的自我界定和比较工作的通常标准。例如，在接触不到原文的情况下也不妨教译作，这或许比因为多了传播中介就干脆忽视这些边缘声音要好一些。因此，我们不但认同列文报告的观点（上文已引用），在比较文学课程中要求必须全部采用原文“未免过分纯粹”，我们甚至允许在一些少数族文学课程上大部分作品的阅读都使用译文。（我们应当看到，欧洲内部也存在少数族文学；以欧洲为中心的做法实际上就是以英、法、德和西班牙文学为中心，除了但丁，甚至意大利文学也经常被边缘化。）同理，比较文化研究中的人类学的和民族志的模式，就像来自文学批评和理论的那些模式一样，或许也适用于一些研究课程。系和项目的负责人应当积极从非欧洲文学系等兄弟学科招募教职人员来授课并协助扩展比较文学的文化活动范围。在上述各种实践语境中都应当坚持多元文化论，它不仅是一种政治正确（politically correct）的方式，以获得关于那些我们不想真心去了解的他者的真实信息，而且也是一种工具，以促进对文化关系、翻译、对话和争议的深刻反思。

按照这样的看法，比较文学与文化研究领域正在从事的工作确实有相近之处。但我们应当谨防把自己等同于文化研究领域，后者的大多数研究都是单语种的，而且主要关注当代大众文化的具体问题。

6. 比较文学应当包括媒介之间的比较，从早期的手抄本到电视、超文本和虚拟现实。多个世纪以来，书这种物质形式一直是我们的研究对象，如今它正在计算机技术和交流革命中发生变化。作为跨文化反思的优势领域，比较文学应当在它们不同的认识论、经济和政治语境中分析文化表达的各种物质可能性，无论是现象上的还是话语上的。关注中心的扩展使我们的研究对象不仅包括图书制作业，而且包括阅读和写作的文化场所和功能以及新型交流媒介的物质属性。

7. 上面所描述的各个要点给教学提出的要求应当在比较文学系和项目所主办的课程、座谈会和其他论坛中加以探讨。应当鼓励来自不同学科的教授加入比较文学教学队伍，以实施协同教学课程（team-teach courses），探讨各领域之间的交叉点和方法论。应当积极支持座谈会，让教师和学生得以共同讨论跨学科和跨文化课题。在这样的语境中，学生和教师队伍中的文化多元也就成了一个可资反思的对象，并可以加强大家对文化差异的敏感。

8. 上述一切都表明，从理论的高度来思考比较文学这个学科的重要性。一个比较学者的专业训练应当为这个思考提供一个历史基础。研究生在进入这个学科的早期阶段，甚至在一年级，就应当必修一门文学批评史和文学理论课。这门课应当阐明一些重大问题是如何产生的，是如何在世纪中发生变化的，要让学生了解必要的背景，以便在它们的历史语境中评估当代论争。

本科生项目

1. 既然研究生项目发生了变化，本科生课程也自然要从视野上反映出这些变化。例如，比较文学课程应当不仅教“大书”，还应当让学生知道一本书是怎样在一种文化中被奉为“伟大”之作的，也就是说，是什么兴趣一直在维护和被用来维护这个标签。一些高级课程可以时常把课堂讨论引向目前的一些论争，如欧洲中心论、经典的形成、本质主义、后殖民主义以及性别研究等。在教学中可以利用课堂上的新的多元文化构成来激发学生对这类问题的讨论。

2. 专业必修课应当提供多种方案，供学生选择。目前许多机构采用以下组合方案：(a) 两门外国文学，要求两门外语；(b) 两种文学，其中之一可以是英语母语文学；(c) 一门非英语母语文学和另一学科。为了有准备地进入欧洲文化基质之外的翻译问题，应该鼓励学生学习阿拉伯语、印地语、日语、汉语或斯瓦希里语。比较文学系和项目将需要支持这些语言的课程，将不得不寻求把这些文学纳入本科生项目的途径。

3. 本科生项目应当提供一些研究欧洲和非欧洲文化关系的课程，要求所有专业的学生都来选修。这一类课程和比较文学的其他课程应当使学生从理论上反思实现这类研究所需要的方法。本科生的课程也需要有当代文学理论的内容。

4. 无论学生是否懂外文，比较文学课的教师应当不断提到他们正在讨论的译文的原文。而且，应当在这些课程中增加对翻译理论和实践的讨论。

5. 比较文学教师需要提醒自己和他们的学生对学科之外的其他相关领域保持警觉，如语言学、哲学、历史、媒介学、电影研究、艺术史、文化研究等，并鼓励他们超越学科界限，自由转移和跨越。

结论

我们感到，比较文学正处在其历史发展的一个关键点上。既然我们的研究对象受制于民族界限和语言使用，它从来就没有固定性，比较文学需要重新自我界定就一点不奇怪。目前的时刻正有利于做这样的回顾，因为文学研究正朝着多元文化的、全球的和跨学科的课程方向发展，这个趋势本身就具有比较的性质。比较文学的学生具有位置上的优势，他们懂外文，正在接受文化翻译的训练，擅长跨学科对话，熟悉各种理论，这使他们可以利用当代文学研究的广阔空间。我们的报告在课程设置方面提出了一些指导性意见，希望能扩展学生的视野，激励他们从多元文化的角度去思考问题。

可是，最后还有几句警告。虽然我们相信这里所界定的"比较"代表未来的趋势，但目前经济的飘摇不定暂时阻挡了许多大学和院校的发展步伐。预算紧张使文学系的需要趋于保守，在这种情况下，就更迫切地要求比较文学系的学生在基本的民族文学方面表现出坚实的训练。鉴于目前就业市场难以预料，比以往任何时候都更为重要的是，学生在研究生学习之初就要及时思考他们将面临的职业前景，教师要在他们学习的每个阶段就如何塑造他们的职业身份给他们提供参考意见。这个建议并不代表以玩世不恭的态度向市场妥协，而是认识到我们正处在一个过渡时期，比较学者需要对自身所处的变幻中的经济和社会政治图景保持警觉。

总之，我们感到，我们为本领域所提倡的新方向将使它保持在人文学科研究的前沿，同时，我们也期待未来发展向它提出的挑战。

一种新的比较文学[①](2006)

爱普特*
雷鸣　译

为了重新思考“9·11”之后人文学科中的批评范式，带着对语言和战争、克里奥尔化问题、“翻译中的”语言地图绘制、世界经典和文学市场的转变、加强的信息翻译技术的影响等方面的特别强调，我一直试图为新的比较文学构想一种以翻译为支点的计划。我从尝试重新思索20世纪30年代比较文学学科在伊斯坦布尔的“创建”开始。我用列奥·施皮策(Leo Spitzer)和埃里希·奥尔巴赫(Erich Auerbach)的作品作为代表，这些著作曾为早期迭出的流亡中的全球人文主义定义。我以一些对语文学的反思结束。当其被用来锻造一种没有民族特征的文学可比性的时候，语文学通过将自身命名为翻译(translatio)而为语言的自我认知行为命名，使语言之外的东西(如“上帝”、乌托邦、自然、脱氧核糖核酸DNA、表现主义的联合领域理论)能够被理解。

通过提出构成其学科命名的翻译过程，比较文学打破了民族名和语言名之间的同构关系。正如吉奥乔·阿甘本(Giorgio Agamben)所观察到的(指爱丽丝·贝克-何(Alice Becker-Ho)对吉卜赛俚语的判断，她认为，由于人们视吉卜赛民族没有国家或固定居所，所以吉卜赛俚语不成其为语言)，“事实上，我们丝毫不知道什么是一个民族或一门语言。”(*Means without Ends*,64)[②] 对于阿甘本来说，吉卜赛的例子

---

* ［美］艾米莉·爱普特(Emily Apter)

① 出自 *The Translation Zone*: *A New Comparative Literature*. Princeton: Princeton University Press,2006,pp. 243—251. 注释为作者所加。

② Giorgio Agamben, *Means without Ends*: *Notes on Politics*, trans. Vincenzo Binetti and Cesare Casarino. Minneapolis: University of Minnesota Press,2000.

反映出语言命名所处的摇摆不定的根基。通过断言"吉卜赛人之于一个民族,正如俚语之于语言",阿甘本揭示出,标准的语言名称就是为了遮蔽"所有的民族都是团伙和贝类(coquilles),所有的语言都是行话和俚语"这一事实的似是而非的尝试(65,66)。对于阿甘本,反对被国家结构所牵制的语言(如卡塔兰语、巴斯克语、盖尔语),或反对被民族的血统和根源神话所牵制的语言,可能会提出令人信服的"语言纯粹存在的伦理经验"(68)。阿甘本总结:"只有在任意一点上打破语言存在、语法、民族和国家的关联,思想和实践才能胜任迫近的任务。"(69)

萨缪尔·韦伯(Samuel Weber)进行了一种相似的对于民族语言和名义上的语言谬误的剖析,带着对翻译更直接的针对性,他指出:

> 翻译在其间跃动的语言系统被指定为"自然的"或"民族的"语言。然而,这些术语毫不精确、毫不令人满意……这些术语的不精确与它们试图包括的语言多样性成正比……寻找能准确地为个体语言所归属的类别命名的通用术语很困难,这显示出更大的问题——确定赋予这些语言相对的统一性或相似性的原则,假设这种原则真的存在的话。①

比较文学响应了韦伯的寻求个体语言所归属的通用术语的号召。就其自身而言,它起到抽象的通用性或统一标志的作用,与维特根斯坦的原始记号(Urzeichen)(elemental sign 基本标志)——在命名过程中探询民族主体和语言主体的培植②(forçage)——相类似。我们在"译自美洲语"(traduit de l'americain/translated from the American)这种表达中知道了这种"培植",这种表达充分体现出通过令一种不存在的语言与一个国家或民族的名称一致的做法而使其产生的过程。当然,并没有一种叫做"美洲语"的、有自身语言规则和协议的标准语言。"美洲语"或许指的是(在唯名论的意义上)语言的一个可能的世界,但它既不是被北美英语使用者用来指称他们习语的术语,也不是一个合理的民族记标(nation-marker)。(正如让-卢克·戈达尔(Jean-Luc Godard)最近所说的:"我真想找另外一个词代替'美洲人'。当有人说'美洲人'时,他们指的是那些住在纽约和洛杉矶之间

---

① Samuel Weber, "A Touch of Translation: On Walter Benjamin's 'Task of the Translator,'" in *The Ethics of Translation*, eds. Sandra Bermann and Michael Wood. Princeton: Princeton University Press, 2005, 66.

② 园艺学意义上的"强制",就像植物被强制提早开花的时候一样。

的人，而不是那些住在莫得维的亚和圣地亚哥之间的人。"①）作为一种语言名，"美洲语"含蓄地将西班牙语置于"外语"状态，尽管数百万美洲人声称西班牙语是他们的母语。一种新的比较文学会戳穿这种为了语言领域的权力和尊重而使出的花招。一种新的比较文学寻求成为以语言多样性和幻影中的跨民族性为特点的语言世界的名称。

在《关系的诗学》（*Poétique de la relation*）中，爱德华·格里桑（Edouard Glissant）认可语言的跨民族运动，他认为命名的不稳定性从属于地缘诗学（geopoetics），他用一种包含了多种语言特异性或一些连锁的小世界——每一个都是一个诗歌模糊性中心——的世界系统代替了古老的中心—边缘模式。格里桑的"全天下"（tout-monde）范式建立在德勒兹（Deleuze）和瓜塔里（Guattari）的非辩证的、本体内在性之上。这种范式提供了一种绝境（aporetic）共同体的模式，在这种共同体中，小世界（也许以解域的加勒比地区为模型）通过克里奥尔语和以抵抗债务为中心的互利共生政策而横向连接。格里桑预测，"全天下主义（toutmondisme）"超越"第三世界主义（tiermondisme）"的那一天，也就是说，当民族形式让步于无所不在的全球所有克里奥尔人的时候，克里奥尔语将会"变为世界语"②。在格里桑的基础上，《克里奥尔化颂歌》（*Eloge de la crcolité*）的作者们将克里奥尔化想象为"折射并重组的世界，一个在单一能指中的所指漩涡：一种整全"，他们认为："全部的克里奥尔化知识将会为了艺术，完全为了艺术而得以保留。"③正如皮特·霍华德（Peter Hallward）曾指出的："民族的损失是……克里奥尔人的收获。"④

基于克里奥尔语预示着语言的后民族主义和非自然化的单语制的来临（表明单语制是一种人工的对语言输送和转化的抑制），据说它也许象征着一种基于翻译的新的比较文学。像我在本书中论述的那样，尽管克里奥尔语已经成为一个综合性的题目，可以任意地应用于

① Jean-Luc Godard in interview with Manohla Dargis, "Godard's Metaphysics of the Movies," *New York Times*, Nov. 21, 2004, Arts and Leisure, 22.

② Edouard Glissant, *Poétique de la relation*. Paris: Gallimard, 1990, 88.

③ Jean Bernabé, Patrick Chamoiseau, Raphael Confiant, *Eloge de la créolité*. Edition bilingue français/anglais, trans. M. B. Teleb-Khyar. Paris: Gallimard, 1989, 88—90. Emphasis in italics as appears in the original.（如原版一样用斜体字强调。）

④ Peter Hallward, "Edouard Glissant between the Singular and the Specific," in *The Yale Journal of Criticism* 11: 2(1998), 455.

杂种性、杂交(métissage)、跨文化相遇的平台,或者应用于文学史批评方式的语言,它同样也成为了创伤缺失的同义词。带着中东通道和人贩子与种植园主粗暴要求的标记,克里奥尔语带有与19世纪中国的洋泾浜语翻译相似的耻辱历史。在苏源熙(Haun Saussy)的评价中,对于语法学家来说,中国的洋泾浜语翻译展示出“不完整性……目标语言中的日常讲话和它所代表的源语言中犹豫的、发音错误的或过多的讲话之间的不平等关系”。按照苏源熙的理解,瓦尔特·本雅明(Walter Benjamin)神圣的、行间的翻译理想提供了重新评价洋泾浜语的可能性,因为行间的词对词的直译使译文充满了空洞:“洋泾浜语代表了语言的不可通约性,或者说它使语言的不可通约性成了可闻可见的。对汉语这种‘无语法’语言的讨论,给予洋泾浜语极大的代表意义。”①像洋泾浜语一样,克里奥尔语在神圣翻译的伪装之下复原,可以说是一种被赋予完全的绝境的语言。

对德里达来说,这种绝境代表了“嵌在语言自身上的死亡”这一概念性僵局。德里达以“Il y va d' un certain pas”(不包括特定的步骤;他用特定的步伐走过)这个句子开始,他将“pas”与“recumbent corpse(斜倚着的尸体)”,或者说与语言和那种对自身而言是他者的东西之间的限制条件,相联系:②

> 巴别塔,“从其自身和在其自身之内……故乡的陌生人,被邀请的或被召唤的那个……翻译的边界并不跨过多种语言。它将翻译与其自身分离,它将同一种语言内的可译性分离。某种语用学就这样在所谓的法国语言内部刻上了这个边界。”(Aporias,10)

德里达的绝境概念——出现在他异性的“no,not,nicht,kein”(不)中,与《他者的单语制:或本体的修复》(1996)(*Monolingualism of the Other: Or the Prosthesis of Origin*)③中的单语制政策相关。本书中格里桑和阿卜杜勒克比尔·卡提比(Abdelkebir Khatibi)的题

---

① Haun Saussy, *The Great Wall of Discourse and Other Adventures in Cultural China*. Cambridge, Mass.: Harvard East Asian Monographs/ Harvard University Press, 2001,78—79.

② Jacques Derrida, *Aporias*, trans. Thomas Dutoit. Stanford: Stanford University Press,1993,6.

③ 自从“本体的修复”由马提尼克的艾梅·塞泽尔创造出来,“黑人精神”(negritude)一词为其提供了很好的范例,马提尼克的语言是基于多种非洲语言的。

词证实了对理论上的领域——法语区——很少触及的现象。德里达带着挖苦与卡提比在法裔—马格里布(Franco-Magrébin)主体的无国籍状态的称呼问题上争论。这个连字符代表着所有的后独立时期的阿尔及利亚人的民族/语言无归属特点的问题,也包括犹太人、阿拉伯人和法国人虽然相邻却因法语而分离的情况。“这种语言永远不会是我的。”德里达这样说法语。根据他自己的被剥夺民族权的经验,他得出语言是出借给语言使用者共同体的结论。“不可译性保留在(我自己的原则告诉我)习语的诗意的经济中。”(56)与人们可能期待的相反,在德里达的标题《他者的单语制》中,弥补性的“他者”并不是多语制,而是自我(ipseity)内部的绝境,就其本质而言,是一种语言上的疏离。对于德里达来说,不可译性是所有语言名的共同特征。

通过在单语的措辞中置入一个永远优先的他者,德里达的绝境解构了民族主义者的语言名的唯名论。这个绝境将民族之锚从语言名处松开,并在民族名和语言名之间楔入一种主体政策。德里达阻止某一特定语言的特性与某一特定国家的统一体系之间的自动联合,他的绝境近似于逻辑学家的现代唯名论公式“对于任意 X,如果 X 是人,那么它终有一死”中的“X”,这使“所有人都终有一死”的通用限定无效,相对地,也使主语的人的身份成为问题。X 可能是人,也可能不是人,正如讲法语的讲话者 X 可能是,也可能不是法国人。主语的这种偶然性在这里表示出法国的法语使用者组成了在多个法语世界当中的一个可能的法语世界。一旦民族特征被打破,就没有人仍是语言的专属占有者;正如语言像 X—多租契—持有者的所有物一样被分类,语言权利也被更自由地分配了。

废除内部/外部、客人/主人、所有者/租借者的分别,“他者的单语制”提出邻近的语言、民族、文学和语言使用者共同体的可比性。这个“邻近”的概念是从肯尼斯·莱因哈德(Kenneth Reinhard)那里借用的,特别是他对比较文学的列维纳斯式的理解:“比较文学与比较不同……是一种先于相似性的逻辑和伦理的阅读模式,在这种阅读中,文本并不因为相似或相异而被分成各‘家族’,而是根据偶然的邻近、系谱上的孤立和伦理冲突而被划为‘邻里’。”(“Kant with Sade, Lacan with Levinas”)[①]对于莱因哈德,将文本视为邻里会使视角上的谱系学

① Kenneth Reinhard, “Kant with Sade, Lacan with Levinas,” *Modern Language Notes* 110: 4(1995), 785.

和文本间关系形成的网络受到变形失真的干扰。就是说，在文本可以相互比较之前，一个文本必须被认作是他者的一个神秘的邻居，这是一种批评义务的、感恩的、从属性的假设，与影响、时代精神或文化背景无关。(Ibid.,796)语文学传统力主基于共同的语言、比喻、审美趣味和历史轨迹的文本关系，莱因哈德背离了这个传统，他提出了代替这些的“创伤性接近(traumatic proximity)”理论：“先于或超越比较和语境化，我们怎样能够[他问]重新触及一个文本的创伤性接近呢？不对称的代替物(asymmetrical substitution)意味着，文本比较并没有原初的共同基础，而只有原初的、无关系的创伤，阅读中理论和实践之间鸿沟的创伤，仅仅这是回溯时可见的。”(804)莱因哈德的“(比较文学)与比较不同”的观点将问题从语言命名转向了创伤性接近伦理。

“邻近”描述了暴力和爱的创伤性接近，证明在语言和翻译的空缺中有迸发的空洞。这种无关系的空间可以被谴责为亵渎的标志，但是它们同样可以像神圣的不可通约性的标志一样被崇敬。这些绝境与语言如何给自己命名的问题直接相关，因为它们破坏了述语，即动词将某一个名字或名词联合的过程。

如爱德华·萨义德(Edward Said)在他最后的作品中所认为的，非谓语化的困难过程，也被称为世俗批评，是语文学的首要任务之一。在《人文主义和民主批评》(*Humanism and Democratic Criticism*)题献给“语文学的回归”的一章中，萨义德写道：

> 从字面上说，语文学就是对词语的爱，但是作为一个学科，它在多时期的所有主要文化传统中获得了一个准一科学的、知识性和精神性的声望，包括西方和阿拉伯—穆斯林这些架构了我自身发展的传统。
>
> 简要回忆穆斯林传统，从《可兰经》——神的未被创造的词——开始，知识的前提就是对语言的语文学研究(而且“可兰”本身就确实是阅读的意思)。卡里尔·伊本·艾哈迈德(Khalil ibn Ahmad)和西拜维(Sibawayh)的科学化语法出现时，这现象还一直存在，直到教法学(fiqh，伊斯兰教法学)、教法创制(ijtihad)和ta'wil出现，即法学阐释和解释的分别出现。[1]

[1] Edward Said, *Humanism and Democratic Criticism*. New York: Columbia University Press, 2003, 58.

基于语文学，萨义德彻底梳理了12世纪南欧和北非阿拉伯大学的人文主义教育，安达卢西亚、北非、勒旺地区、美索不达米亚的犹太传统，接着讲到维柯和尼采。他称颂在阅读和理解时"根据被看做现实承载的词形"的人文主义，"这种现实是隐藏的、误导的、抗拒的和艰难的。换句话说，阅读的科学就是人文主义知识的至高点。"(58)

《人文主义和民主批评》公开地融入了列奥·施皮策的语文学遗产，(终于有一次是施皮策而非奥尔巴哈！)2002年的文章《居于阿拉伯语中》("Living in Arabic")也一样，这篇文章被建议与施皮策的《学习土耳其语》("Learning Turkish")一起阅读，施皮策和萨义德使"居于"或"学习"一门语言的认识论的逻辑形式暴露出弱点。① 施皮策抓住了土耳其语中语序的本体论意味，他强调一个行动的连续演变("一个接一个")是如何模仿经验的特点的，从而用一种独特的"人和主体的方式"使叙述变得生机勃勃。而萨义德用逐词的分析从关系鸿沟中拾取意义。施皮策被用双引号环绕的表达模式吸引，当事情发生时，这些双引号以某种方式标记出"发生了什么"。土耳其语中的疑问表达，例如"他看没看见我"(He saw me, or did he not?)，"他开没开门"(Did he or did he not open the door?)，被施皮策概括为一种自我疑问的习惯，这种习惯激发了主体性当中自我的一种他者化。他提出，术语"gibi"不管是附属于动词形式，还是仅仅任意使用，都标示出言说者对自己的话失去了确信。"词汇不再代表一个确定事件，而在其内部带有比较的模棱两可。"那么，gibi就被理解为适用于语文学家的言说的一部分，因为它使人注意到每一个词汇是如何使比较性内在化的。与此相似，在他的"语文学的回归"的结论中，萨义德关注作为比较的绝境的"词汇的空间"。他主张，人文主义是一种手段，也许是我们的意识，这意识是为了提供那最终的唯信仰论者，或提供词汇空间之间对立的分析和它们的多种起源，提供它们在生理的和社会的位置中的部署。从文本到已成为现实的或占用或抵制的场所，到传递，到阅读和理解；从私人到公众；从沉默到说明和表达；然后再从头开始，正如我们与我们自己的沉默和死亡相遇——在世上出现的一切是以日常生活、历史和希望为基础的一切，追求知识与正义的一切，也许同样为了自由的一切。(83)

---

① Leo Spitzer, "Learning Turkish," in *Varlik* [Being], Nos. 19, 35, and 37, 1934. Translation by Tülay Atak.

仿佛预见了萨义德一生为了存在主义人文主义流亡词汇的献身，施皮策因为这种方式而高兴：缓和的语法——在土耳其语言说中与“但是”“然而”差不多的术语的大量点缀——为“在艰难生活的重压之下的思考的人”提供恰当的解脱。施皮策主张：“在这种逐渐减弱的语气中，我看到了我们的谦卑。例如，人类精神陷入悲观主义以摆脱麻木，用理性战胜困难。因此，一个如‘但’或‘可’的小词汇，尽管只是表达否定的语法工具，却成为承载着生活重量的情感表现。在这些小词汇中，我们看到挣扎在逆境中的人性。”为了观察逆“死亡”之流而上的“生”，施皮策接下去讲到言说中虚词的微观层面。表怀疑或否定的语法标记起阀门的作用，这个阀门使努力保持生存状态的过程中累积的压力得到释放，从而重拾主体继续生活下去的决心。对于萨义德来说，这些虚词组成了一个创伤的不可通约性的序列，它们勾勒出激进的爱的绝境。萨义德和施皮策似乎进入了轮白状态，他们都将词汇空间看作生活与死亡的“过程”、安居和失去家园的语法。萨义德—施皮策式的语文学预示着翻译的人文主义的到来，这种人文主义假定了土耳其语和阿拉伯语提出的对学科的挑战，它们各自处于由来已久的流亡环境中。土耳其语和阿拉伯语，对于它们中的每一个，提出了现世的神学—诗学的危机。

萨义德在考量阿拉伯语的地位时（我们只能猜测它或许是当时作者正在写作的一本书的主题），尝试用语文学来重新表述那原本神圣的概念（the sacred otherwise）。他好像已经了解了肯尼斯·莱因哈德的信念：像神圣语言一样的无意识背负着“它的奇特欲望和残酷要求的标记”[①]，成功实现了“重新言说或重新标点”一种来自外界的语言的欲望。萨义德处理了“居于阿拉伯语中”这个问题，一个由于经典

① “无意识就像是一个用熟悉的文字写成的没有标点的文本，一种外语，一个神圣的或启示的文本，由于它所言说的话语来自外界、来自他者，背负着它的奇特欲望和残酷要求的标记。分析的阐释工作并不是将它完全翻译，而是重新表述、重新言说和重新标点它的内容：这里，将两个语素或音素分开的停顿或障碍被省略了，那里，一个联想的联结被切断了；或者也许潜意识流中的一个孤立的、顽固的能指，一个话语星群或‘复合结构 complex’中的北极星被置入有意义的动作中，而另一个跌出了循环，如同一个刚固定的、不能言说的引力中心。”Kenneth Reinhard，“Lacan and Monotheism：Psychoanalysis and the Traversal of Cultural Fantasy，” in *Jouvert* 3：12(1999)，7. http://social. chasss. ncsu. edu/jouvert/v3il2/reinha. htm.

(fus-ha)和通俗('amiya)[1]之间的分离而在日常生活中复杂了的任务，而不是回避世俗语言如何处理与神圣语言相邻存在的问题。尽管萨义德文章中清楚的目的之一是改革阿拉伯语，以使其能够更好地解决日常讲话中对经典表达的处理，但看上去他更大的关注是用语文学将阿拉伯语中的原教旨主义属性去翻译化。为了这一目的，他重新在语文学功能上使用术语“al-qua'ida”(例如表示“语法”的词，或语言的“基础”)，正如在《人文主义与民主批评》中，他将“jihad”改换为世俗用法，将其情景化为对“传述世系/伊斯纳德(isnad)”或解释学共同体的承诺：[2]

> 在伊斯兰教里，《可兰经》是神之言，因此，尽管必须被重复阅读，也不可能完全被理解。但是，它用语言写成的事实，使它对于读者来说，首先应当义不容辞地尝试理解它的字面意义，他们早就知道，在他们之前已经有别人尝试了同样的艰巨任务。因此，他者的存在被当作目击者的共同体，对于同时代读者，他们可以通过链条状的方式留存，每一个目击者都不同程度地依赖之前一个。这种相互依靠的阅读系统被称作“传述世系/伊斯纳德(isnad)”。共同的目的就是试图接近文本的依据、它的原则或原理(usul)，尽管总是有在阿拉伯语中称作“伊智提哈德(ijtihad)”的个人投身和不寻常努力的成分。(没有阿拉伯语知识，就很难了解“伊智提哈德(ijtihad)”与现在声名狼藉的“圣战(jihad)”一词源于同样的词根，“圣战(jihad)”并不主要是圣战的意思，而是代表真理的首要的精神活动。)并不奇怪，自从十四世纪开始，就一直有关于是否容许“伊智提哈德(ijtihad)”、在多大程度上容许、在什么限制下容许的激烈争论。(68—69)

正如这一段所强调的，萨义德致力于从阿拉伯语中提取述语“恐怖”作为一种语言名称。但是在寻求这个神圣词语的世俗化过程中，

---

① On the issue of two Arabic languages in one, see Iman Humaydan Younes, "Thinking *Fussha*, Feeling '*Amiya*: Between Classical and Colloquial Arabic," *Bidoun: Arts and Culture from the Middle East*, 2: 1(2004): 66—67.

② “在几年中，我觉得自己除了致力于重新学习阿拉伯语文学和语法之外别无选择。(偶然地，在语法意义上，表示语法的词是复数的‘qawa'id’，这个词的单数形式是现在人们熟识的‘al-qua'ida’，这个词也表示军事基地和规则。)”Edward Said, "Living in Arabic," *Raritan* 21: 4(2002), 229.

萨义德在如何用其他方式命名语言的唯名论的窘境中徘徊。需要打破语言命名于国家、民族、神的术语这种根深蒂固的结构规则，这种需要完善了萨义德的设立语文学的人文主义的想法，语文学的人文主义不再因新帝国主义者的沙文主义而步履蹒跚，不再羞于直接反对神权言说行为的专制独裁，然而，也不再能否认将“生活”看作一种不可译的特异性的想法，这种“天堂的认知”显露出巴别塔的有形伪装或翻译的“来生”①。萨义德的“居于阿拉伯语中”的范式（这种设定排除了它自身，一种神圣语言由两部分——经典（fus-ha）和通俗（’amiya）——组成的逻辑），和施皮策的“学习土耳其语”的范式（刺激了长期的对不翻译的保留），一起拓展了语言如何思考自身的界限，从而重新为翻译问题下的新的比较文学的前景奠定了基础。

---

① “天堂的认知”这个短语与“天堂化”这个概念类似，我在关于萨义德式人文主义的章节中发展了这个概念，马丁·维朗（Martin Vialon）在一篇未发表的关于特劳戈特·福克斯（Traugott Fuchs）的阿卡狄亚式绘画的文章中使用过这个概念，特劳戈特·福克斯是另一位德国流亡者，他在施皮策和奥尔巴赫的指导下，在伊斯坦布尔创建了自己的职业生涯。见《流亡的伤疤：关于历史、文学和政治学的历代志——以埃里希·奥尔巴赫、特劳戈特·福克斯和他们在伊斯坦布尔的圈子为例说明》，我十分感谢马丁·维朗正在进行的关于奥尔巴赫在伊斯坦布尔流亡的丰富研究，也感谢他乐于分享未完成的著作。

下　篇

訄书[1]（1902）

章太炎

今日之治史，不专赖域中典籍。凡皇古异闻，种界实迹，见于洪积石层，足以补旧史所不逮者，外人言支那事，时一二称道之，虽谓之古史，无过也。亦有草昧初启，东西同状，文化既进，黄白殊形，必将比较同异，然后优劣自明，原委始见，是虽希腊、罗马、印度、西膜诸史，不得谓无与域中矣。若夫心理、社会、宗教各论，发明天则，烝人所同，于作史尤为要领。（《哀清史》）

---

① 本书初版于1902年。选自《訄书详注》，徐复注，上海古籍出版社，2000年，第867页。

奏定经学科大学文学科大学章程书后[①](1906)

王国维

今日之奏定学校章程[②],草创之者,黄陂陈君毅,而南皮张尚书实成之。其小学、中学诸章程中,亦有不合于教育之理法者、以世多能知之、能言之,余故勿论。今分科大学之立有日矣,且论大学。大学中若医、法、理、工、农、商诸科,但袭日本大学之旧,不知中国现在之情形有当否?以非予之专门,亦不具论。但论经学科、文学科大学。

分科大学章程中之最宜改善者,经学、文学二科是已。余谓此张尚书最得意之作也。尚书素以硕学名海内,又于政事之暇,不废稽古。观此二科之章程内,详定教授之细目及其研究法,肫肫焉不惜数千言,为国家名誉最高、学问最深之大学教授言之,而于中学、小学,国家所宜详定教授之范围及其细目者,反无闻焉。吾人不能不服尚书之重视此二科,又于其学术上所素娴者,不殚忠实陈其意见也。且尚书不独以经术文章名海内,又公忠体国,以扶翼世道为己任者也,故惧邪说之横流,国粹之丧失之意,在在溢于言表,于此二章程中,尤情见乎辞矣。

---

① 本文最初分两部分发表于《教育世界》1906年第2期、第3期,后收入赵万里编:《王国维遗书》(上海古籍出版社1983年影印出版)第五册《静庵文集续编》,第36—42页。

② 《奏定学堂章程》是清朝政府颁布的关于学制系统的文件,光绪二十九年(1903年),由张百熙、张之洞、荣庆等奏拟。这年为癸卯年,所以又称《癸卯学制》。该章程是中国近代第一个以教育法令公布并在全国实行的学制,它根据初等教育、中等教育、高等教育等几个阶段的划分,对学校教育课程设置、教育行政及学校管理等作了明确规定。它对中国近代教育产生的重大影响,奠定了中国现代教育的基础。《奏定学堂章程》除规定学制系统外,还订立了学校管理法、教授法及学校设置办法等,施行至辛亥革命为止。它包括《学务纲要》《大学堂章程》(附《通儒院章程》)《优级师范学堂章程》《初级师范学堂章程》《实业教育讲习所章程》,以及《各学堂管理通则》《任用教员章程》《各学堂奖励章程》等。

吾人固推重尚书之学问，而于其扶翼世道人心之处，尤不能不再三倾倒也。虽然，尚书之志则善矣，然所以图国家学术之发达者，则固有所未尽焉。今不暇细论其误，特就其根本之处言之如左，以俟当局者采择焉。

其根本之误何在？曰：在缺哲学一科而已。夫欧洲各国大学，无不以神、哲、医、法四学为分科之基本。日本大学虽易哲学科以文科之名，然其文科之九科中，则哲学科裒然居首，而余八科无不以哲学概论、哲学史为其基本学科者。今经学科大学中，虽附设理学一门，然其范围限于宋以后之哲学，又其宗旨在贵实践而忌空谈（学务纲要第三十条），则夫《太极图说》《正蒙》等必在摈斥之例，则就宋人哲学中言之，又不过其一部分而已。吾人且不论哲学之不可不特置一科，又不论经学、文学二科中之必不可不讲哲学，且质南皮尚书之所以必废此科之理由如何。

（一）必以哲学为有害之学也。夫言哲学之害，必自其及于政治上者始矣。数年前海内自由革命之说，虽与欧洲十八世纪哲学上之自然主义稍有关系，然此等说宁属于政治法律之方面，而不属于哲学之方面。今不以此说之故而废直接之政治法律，何独于间接之哲学科而废之？且吾信昔之唱此说以号召天下者，不独于哲学上之自然主义瞢无所知，且亦不知政治法律为何物者也。不逞之徒，何地蔑有？昔之洪、杨，今之孙、陈，宁皆哲学家哉？且自然主义不过哲学中之一家言，与之反对者何可胜道？余谓不研究哲学则已，苟有研究之者，则必博稽众说而唯真理之从。其有奉此说者，虽学问之自由独立上所不禁，然理论之与实行，其间必有辨矣。今者政体将改，上下一心，反侧既安，莠言自泯，则疑此学为酿乱之曲蘖者，可谓全无根据之说也。

（二）必以哲学为无用之学也。虽余辈之研究哲学者，亦必昌言此学为无用之学也，何则？以功用论哲学，则哲学之价值失；哲学之所以有价值者，正以其超出乎利用之范围故也。且夫人类岂徒为利用而生活者哉？人于生活之欲外，有知识焉，有感情焉。感情之最高之满足，必求之文学、美术，知识之最高之满足，必求诸哲学。叔本华所以称人为形而上学的动物，而有形而上学的需要者，为此故也。故无论古今东西，其国民之文化苟达一定之程度者，无不有一种之哲学；而所谓哲学家者，亦无不受国民之尊敬。而国民亦以是为轻重。光英吉利之历史者，非威灵吞、纳尔孙，而培根、洛克也。大德意志之名誉者，非俾斯麦、毛奇，而汗德、叔本华也。即在世界所号为最实际之国民，如我中国者，于易之太极，洪范之五行，周子之无极，伊川、晦庵之理气等，每为历代学者研究之题目，足以见形而上学之需要之存在。而人类一日存此学，即不能一日亡也。而中国之有此数人，其为历史上之光，宁他事所可比哉？今若以功用为学问之标准，则经学、文学等之无用，亦与哲学等。必当在废斥之列。而大学之所授者，非限于物质的、应用的科学不可，坐令国家之高等学府与工场阛阓[1]等，此必非国家振兴学术之意也。夫就哲学家言之，固无待于国家之保护。哲学家而仰国家之保护，哲学家之大辱也。又国家即不保护此学，亦无碍于此学之发达。然就国家言之，刚提倡最高之学术，国家最大之名誉也。有腓立大王为之君，有崔特里兹为之相，而后汗德[2]之《纯理批评》得出版，而无所惮。故学者之名誉，君与相实共之。今以国家最高之学府，而置此学而不讲，断非所以示世界也。况哲学自直接言之，固不能辞其为无用之学，而自间接育之，则世所号为最有用之学，如教育学等，非有哲学之预备，殆不能解其真意。即令一无所用，亦断无废之之理，况乎其有无用之用哉！

（三）必以外国之哲学与中国古来之学术不相容也。吾谓张尚书之意，岂独对外国哲学为然哉！其对我国之哲学，亦未尝不有戒心焉。故周秦诸子之学，皆在所摈弃：而宋儒之理学，独限于其道德哲学之范围内研究之。然此又大谬不然者也。易不言太极，则无以明其生生之旨；周子不言无极，则无以固其主静之说，伊川、晦庵若不言理与气，则其存养、省察之说为无根抵。故欲离其形而上学而研究其道德哲学，全不可能之事也。至周秦诸子之说，虽若时与儒家相反对，然欲知儒家之价值，亦非尽知其反对诸家之说不可。况乎其各言之有故、持之成理者哉！今日之时代，已人研究自由之时代，而非教权专制之时代。苟儒家之说而有价值也，则因研究诸子之学而益明；其无价值也，虽罢斥百家，适足滋世人之疑惑耳。吾窃叹尚书之知之与杞人等也，昔日杞人有忧天堕而压己者，尚书之忧道无乃类是。若夫西洋哲学之于中国哲学，其关系亦与诸子哲学之于儒教哲学等。今即不论西洋哲学自己之价值，而欲完全知此土之哲学，势不可不研究彼土之哲学。异日发明光大我国之学术者，必在兼通世界学术之人，而不在一孔之陋儒，固可决也。然则尚书之远虑及此，亦不免三思而惑者矣。

---

① 阛阓（huánhuì）：街市。

② 汗德：即康德。

尚书所以废哲学科之理由，当不外此三者。此恐不独尚书一人之意见为然，吾国士大夫之大半，当无不怀此疑虑者也。而其不足疑虑也，既如上所述，则尚书之废此科，虽欲不谓之无理由不可得也。若不改此根本之谬误，则他日此二科中所养成之人才，其优于占毕帖括[①]之学者几何？而我国之经学、文学，不至坠于地不已，此余所为不能默尔而息者也。

由上文所述观之，不但尚书之废哲学一科为无理由。而哲学之不可不特立一科，又经学科中之不可不授哲学，其故可睹矣。至文学与哲学之关系，其密切亦不下于经学。今夫吾国文学上之最可宝贵者，孰过于周秦以前之古典乎？《系辞》上下传实与《孟子》《戴记》等为儒家最粹之文学，若自其思想言之，则又纯粹之哲学也。今不解其思想，而但玩其文辞，则其文学上之价值已失其大半。此外周秦诸子，亦何莫不然？自宋以后，哲学渐与文学离，然如《太极图说》《通书》《正蒙》《皇极经世》等，自文辞上观之，虽欲不谓之工，岂可得哉？此外如朱子之于南宋，阳明之于明，非独以哲学鸣，言其文学，亦断非同时龙川、水心及前后七子等之所能及也。凡此诸子之书，亦哲学亦文学，今舍其哲学而徒研究其文学，欲其完全解释，安可得也？西洋之文学亦然。柏拉图之《问答篇》，鲁克来谑斯[②]之《物性赋》，皆具哲学文学二者之资格。特如文学中之诗歌一门，尤与哲学有同一之性质，其所欲解释者，皆宇宙人生上根本之问题。不过其解释之方法，一直观的，一思考的；一顿悟的，一合理的耳。读者观格代[③]、希尔列尔[④]之戏曲，所负于斯披诺若[⑤]、汗德者如何，则思过半矣。今文学科大学中，既授外国文学矣，不解外国哲学之大意，而欲全解其文学，是犹却行而求前，南辕而北其辙，必不可得之数也。且定美之标准与文学上之原理者，亦唯可于哲学之一分科之美学中求之。虽有文学上之天才者，无俟此学之教训，而无才者亦不能以此等抽象之学问养成之，然以有此等学，故得使旷世之才稍省其劳力，而中智之人不惑于歧途，其功固不可没也。故哲学之重要，自经学上言之，则如彼；自文学上言之，则如此。是故不

---

① 占毕：吟诵。帖括：泛指科举应试文章。

② 鲁克来谑斯：即卢克莱修（Lucretius）。

③ 格代：即歌德。

④ 希尔列尔：即席勒。

⑤ 斯披诺若：即斯宾诺莎。

冀经学文学之发达则已，苟谋其发达进步，则此二科之章程，不可不自根本上改善之也。

除此根本之大谬外，特将其枝叶之谬，论之如左：

一经学科大学与文学科大学之不可分而为二也。经学家之言曰："六经，天下之至文"，文学家之言曰："约六经之旨以成文"。二者尚书岂不知之，而顾别经学科于文学科中者，则出于尊经之意，不欲使孔孟之书与外国文学等侏离之言为伍也。夫尊孔孟之道，莫若发明光大之；而发明光大之之道，又莫若兼究外国之学说。今徒于形式上置经学于各分科大学之首，而不问内容之关系如何，断非所以尊之也。且果由尚书之道以尊孔孟，曷为不废外国文学也？貌为尊孔，以自附于圣人之徒，或貌为崇拜外国，以取媚于时势，二者均。窃为尚书不取也。为尚书辩者曰：西洋大学之神学科，皆为独立之分科，则经学之为一独立之分科，何所不可？曰：西洋大学之神学科，为识者所诟病久矣。何则？宗教者信仰之事，而非研究之事，研究宗教是失宗教之信仰也，若为信仰之故而研究，则又失研究之本义。西洋之神学，所谓为信仰之故而研究者也，故与为研究之故而研究之哲学，不能并立于一科中，若我孔孟之说，则固非宗教而学说也，与一切他学均以研究而益明。而必欲独立一科，以与极有关系之文学相隔绝，此则余所不解也。若为尊经之故，则置文学科于大学之首可耳，何必效西洋之神学科，以自外于学问者哉？

一群经之不可分科也。夫"不通诸经，不能解一经"，此古人至精之言也。以尚书之邃于经学，岂不知此义，而顾分经学至十一科者，则以既别经学于文学，则经学科大学中之各科，未免较他科大学相形见少故也。今若合经学科于文学科大学中，则此科为文学科大学之一科，自不必分之至析。夫我国自西汉博士既废以后，所谓经师，无不博综群经者，国朝诸老亦然。且大学者，虽为国家最高之专门学校，然所授者亦不过专门中之普通学，与以毕生研究之预备而已。故今日所最重者，在授世界最进步之学问之大略，使知研究之方法。至于研究专门中之专门，则又毕生之事业，而不能不俟诸卒业以后也。

一地理学科不必设也。文学科大学中之有地理科，斯最可异者已。夫今日之世界。人迹所不到之地殆少，故自地理学之材料上言之，殆无可云进步矣，其尚可研究之方面，则在地文、地质二学，然此二学之性质属于格致科，而不属于文学科。今格致科大学中既有地质科矣，则地理学之事，可附于此科中研究之，若别置一科，不免有重复之弊矣。

由余之意，则可合经学科大学于文学科大学中，而定文学科大学之各科为五：一经学科，二理学科，三史学科，四国文学科，五外国文学科（此科可先置英德法三国，以后再及各国），而定各科所当授之科目如左：

一 经学科科目：（一）哲学概论（二）中国哲学史（三）西洋哲学史（四）心理学（五）伦理学（六）名学（七）美学（八）社会学（九）教育学（十）外国文

二 理学科科目：（一）哲学概论（二）中国哲学史（三）印度哲学史（四）西洋哲学史（五）心理学（六）伦理学（七）名学（八）美学（九）社会学（十）教育学（十一）外国文

三 史学科科目：（一）中国史（二）东洋史（三）西洋史（四）哲学概论（五）历史哲学（六）年代学（七）比较言语学（八）比较神话学（九）社会学（十）人类学（十一）教育学（十二）外国文

四 中国文学科科目：（一）哲学概论（二）中国哲学史（三）西洋哲学史（四）中国文学史（五）西洋文学史（六）心理学（七）名学（八）美学（九）中国史（十）教育学（十一）外国文

五至八 外国文学科科目：（一）哲学概论（二）中国哲学史（三）西洋哲学史（四）中国文学史（五）西洋文学史（六）国文学史（七）心理学（八）名学（九）美学（十）教育学（十一）外国文

摩罗诗力说[1](1907)

鲁迅

求古源尽者将求方来之泉,将求新源。嗟我昆弟,新生之作,新泉之涌于渊深,其非远矣。[2] ——尼佉

一

人有读古国文化史者,循代而下,至于卷末,必凄以有所觉,如脱春温而入于秋肃,勾萌绝朕[3],枯槁在前,吾无以名,姑谓之萧条而止。盖人文之留遗后世者,最有力莫如心声[4]。古民神思,接天然之□宫,冥契万有,与之灵会,道其能道,爰为诗歌。其声度时劫而入人心,不与缄口同绝;且益曼衍,视其种人[5]。递文事式微,则种人之运命亦尽,群生辍响,荣华收光;读史者萧条之感,即以怒起,而此文明史记,亦渐临末页矣。凡负令誉于史初,开文化之曙色,而今日转为影国[6]者,无不如斯。使举国人所习闻,最适莫如天竺。天竺古有《韦陀》[7]四种,瑰

---

① 选自赵瑞蕻:《鲁迅〈摩罗诗力说〉注释·今译·解说》,天津人民出版社,1982年。本篇最初发表于1908年2月和3月《河南》月刊第二号、第三号,署名令飞。

② 尼采的这段话,见于《札拉图斯特拉如是说》第三卷第十二部分第二十五节《旧的和新的墓碑》。

③ 勾萌绝朕:毫无生机的意思。勾萌,草木萌芽时的幼苗;朕,先兆。

④ 心声:指语言。扬雄《法言·问神》:"言,心声也;书,心画也。"这里指诗歌及其他文学创作。

⑤ 种人:指种族或民族。

⑥ 影国:指名存实亡或已经消失了的文明古国。

⑦ 《韦陀》:通译《吠陀》,印度最古的宗教、哲学、文学的经典。约为公元前二千五百年至前五百年间的作品。内容包括颂诗、祈祷文、咒文及祭祀仪式的记载等。共分《黎俱》《娑摩》《耶柔》《阿闼婆》四部分。

丽幽夐，称世界大文；其《摩诃波罗多》暨《罗摩衍那》二赋[①]，亦至美妙。厥后有诗人加黎陀萨（Kalidasa）[②]者出，以传奇鸣世，间染抒情之篇；日耳曼诗宗瞿提（W. von Goethe），至崇为两间之绝唱。降及种人失力，而文事亦共零夷，至大之声，渐不生于彼国民之灵府，流转异域，如亡人也。次为希伯来[③]，虽多涉信仰教诫，而文章以幽邃庄严胜，教宗文术，此其源泉，灌溉人心，迄今兹未艾。特在以色列族，则止耶利米（Jeremiah）[④]之声；列王荒矣，帝怒以赫，耶路撒冷遂隳[⑤]，而种人之舌亦默。当彼流离异地，虽不遽忘其宗邦，方言正信，拳拳未释，然《哀歌》而下，无赓响矣。复次为伊兰埃及[⑥]，皆中道废弛，有如断绠，灿烂于古，萧瑟于今。若震旦而逸斯列，则人生大戬，无逾于此。何以故？英人加勒尔（Th. Carlyle）[⑦]曰，得昭明之声，洋洋乎歌心意而生者，为国民之首义。意太利分崩矣，然实一统也，彼生但丁（Dante Alighieri）[⑧]，彼有意语。大俄罗斯之札尔[⑨]，有兵刃炮火，政治之上，能辖大区，行大业。然奈何无声？中或有大物，而其为大也喑。（中略）迨兵刃炮火，无不腐蚀，而但丁之声依然。有但丁者统一，而无声兆之俄人，终支离而已。

---

① 《摩诃波罗多》和《罗摩衍那》，印度古代两大叙事诗。《摩诃波罗多》，一译《玛哈帕腊达》，约为公元前七世纪至前四世纪的作品，叙诸神及英雄的故事。《罗摩衍那》，一译《腊玛延那》，约为五世纪的作品，叙古代王子罗摩的故事。

② 加黎陀萨（约公元五世纪）：通译迦梨陀娑，印度古代诗人、戏剧家。他的诗剧《沙恭达罗》，叙述印度古代史诗《摩诃波罗多》中国王杜虚孟多和沙恭达罗恋爱的故事。一七八九年曾由琼斯译成英文，传至德国，歌德读后，于一七九一年题诗赞美："春华瑰丽，亦扬其芬；秋实盈衍，亦蕴其珍；悠悠天隅，恢恢地轮；彼美一人，沙恭达纶。"（据苏曼殊译文）

③ 希伯来：犹太民族的又一名称。公元前一三二〇年，其民族领袖摩西率领本族人民从埃及归巴勒斯坦，分建犹太和以色列两国。希伯来人的典籍《旧约全书》，包括文学作品、历史传说以及有关宗教的记载等，后来成为基督教《圣经》的一部分。

④ 耶利米：以色列的预言家。《旧约全书》中有《耶利米书》五十二章记载他的言行；又有《耶利米哀歌》五章，哀悼犹太故都耶路撒冷的陷落，相传也是他的作品。

⑤ 耶路撒冷遂隳：公元前五八六年犹太王画为巴比伦所灭，耶路撒冷被毁。《旧约全书·列王纪下》说，这是由于犹太诸王不敬上帝，引起上帝震怒的结果。

⑥ 伊兰埃及：都是古代文化发达的国家。伊兰，即伊朗，古称波斯。

⑦ 加勒尔：即卡莱尔。这里所引的一段话见于他的《论英雄和英雄崇拜》第三讲《作为英雄的诗人：但丁、莎士比亚》的最后一段。

⑧ 但丁（1265—1321）：意大利诗人，欧洲文艺复兴时期在文学上的代表人物之一。作品多暴露封建专制和教皇统治的罪恶。他最早用意大利语言从事写作，对意大利语文的丰富和提炼有重大贡献。主要作品有《神曲》《新生》。

⑨ 札尔：通译沙皇。

尼佉(Fr. Nietzsche)不恶野人,谓中有新力,言亦确凿不可移。盖文明之朕,固孕于蛮荒,野人[①]其形,而隐曜即伏于内明如华,蛮野蕾,文明如实,蛮野如华,上征在是,希望亦在是。惟文化已止之古民不然:发展既央,隳败随起,况久席古宗祖之光荣,尝首出周围之下国,暮气之作,每不自知,自用而愚,污如死海。其煌煌居历史之首,而终匿形于卷末者,殆以此欤?俄之无声,激响在焉。俄如孺子,而非喑人;俄如伏流,而非古井。十九世纪前叶,果有鄂戈理(N. Gogol)[②]者起,以不可见之泪痕悲色,振其邦人,或以拟英之狭斯丕尔(W. Shakespeare),即加勒尔所赞扬崇拜者也。顾瞻人间,新声争起,无不以殊特雄丽之言,自振其精神而绍介其伟美于世界;若渊默而无动者,独前举天竺以下数古国而已。嗟夫,古民之心声手泽,非不庄严,非不崇大,然呼吸不通于今,则取以供览古之人,使摩挲咏叹而外,更何物及其子孙?否亦仅自语其前此光荣,即以形迩来之寂寞,反不如新起之邦,纵文化未昌,而大有望于方来之足致敬也。故所谓古文明国者,悲凉之语耳,嘲讽之辞耳!中落之胄,故家荒矣,则喋喋语人,谓厥祖在时,其为智慧武怒[③]者何似,尝有闳宇崇楼,珠玉犬马,尊显胜于凡人。有闻其言,孰不腾笑?夫国民发展,功虽有在于怀古,然其怀也,思理朗然,如鉴明镜,时时上征,时时反顾,时时进光明之长途,时时念辉煌之旧有,故其新者日新,而其古亦不死。若不知所以然,漫夸耀以自悦,则长夜之始,即在斯时。今试履中国之大衢,当有见军人蹀躞而过市者,张口作军歌,痛斥印度波阑之奴性[④];有漫为国歌者亦然。盖中国今日,亦颇思历举前有之耿光,特未能言,则姑曰左邻已奴,右邻且死,择亡国而较量之,冀自显其佳胜。夫二国与震旦究孰劣,今姑弗言;若云颂美之什[⑤],国民之声,则天下之咏者虽多,固未见有此作法矣。诗人绝迹,事若甚微,而萧条之感,辄以来袭。意者欲扬宗邦之真大,首在

---

① 这里形容远古时代人类未开化的情景。原作唐代柳宗元《封建论》:“草木榛榛,鹿豕狉狉!”

② 鄂戈理(Н. В. Гоголь,1809—1852):通译果戈理,俄国作家。作品多揭露和讽刺俄国农奴制度下黑暗、停滞、落后的社会生活。作品有剧本《钦差大臣》、长篇小说《死魂灵》等。

③ 武怒:武功显赫。怒,形容气势显赫。

④ 清末流行的军歌和文人诗作中常有这样的内容,例如张之洞所作的《军歌》中就有这样的句子:“请看印度国土并非小,为奴为马不得脱笼牢。”他作的《学堂歌》中也说:“波兰灭,印度亡,犹太遗民散四方。”

⑤ 什:《诗经》中雅颂部分以十篇编为一卷,称“什”。这里指篇章。

审己，亦必知人，比较既周，爰生自觉。自觉之声发，每响必中于人心，清晰昭明，不同凡响。非然者，口舌一结，众语俱沦，沉默之来，倍于前此。盖魂意方梦，何能有言？即震于外缘，强自扬厉，不惟不大，徒增欷耳。故曰国民精神发扬，与世界识见之广博有所属。

今且置古事不道，别求新声于异邦，而其因即动于怀古。新声之别，不可究详；至力足以振人，且语之较有深趣者，实莫如摩罗[①]诗派。摩罗之言，假自天竺，此云天魔，欧人谓之撒但[②]，人本以目裴伦（G. Byron）[③]。今则举一切诗人中，凡立意在反抗，指归在动作，而为世所不甚愉悦者悉入之，为传其言行思惟，流别影响，始宗主裴伦，终以摩迦（匈加利）文士[④]。凡是群人，外状至异，各禀自国之特色，发为光华；而要其大归，则趣于一：大都不为顺世和乐之音，动吭一呼，闻者兴起，争天拒俗，而精神复深感后世人心，绵延至于无已。虽未生以前，解脱而后，或以其声为不足听；若其生活两间，居天然之掌握，辗转而未得脱者，则使之闻之，固声之最雄桀伟美者矣。然以语平和之民，则言者滋惧。

二

平和为物，不见于人间。其强谓之平和者，不过战事方已或未始之时，外状若宁，暗流仍伏，时劫一会，动作始矣。故观之天然，则和风拂林，甘雨润物，似无不以降福祉于人世，然烈火在下，出为地囱[⑤]，一旦偾兴，万有同坏。其风雨时作，特暂伏之见象，非能永劫安易，如亚当之故家[⑥]也。人事亦然，衣食家室邦国之争，形现既昭，已不可以讳掩；而二士室处，亦有吸呼，于是生颢气[⑦]之争，强肺者致胜。故杀机之昉，与有生偕；平和之名，等于无有。特生民之始，既以武健勇烈，抗拒

---

① 摩罗：通作魔罗，梵文 Mára 音译。佛教传说中的魔鬼。

② 撒但：希伯来文 Sātan 音译，原意为“仇敌”。《圣经》中用作魔鬼的名称。

③ 裴伦（1788—1824）：通译拜伦，英国诗人。他曾参加意大利资产阶级民主革命活动和希腊民族独立战争。作品多表现对专制压迫者的反抗和对资产阶级虚伪残酷的憎恨，充满积极浪漫主义精神，对欧洲诗歌的发展有很大影响。主要作品有长诗《唐·璜》、诗剧《曼弗雷特》等。

④ 摩迦文士：指裴多菲。摩迦（Magyar），通译马加尔，匈牙利的主要民族。

⑤ 地囱：火山。

⑥ 亚当之故家：指《旧约·创世记》中所说的“伊甸园”。

⑦ 颢气：空气。

战斗，渐进于文明矣，化定俗移，转为新懦，知前征之至险，则爽然思归其雌[①]，而战场在前，复自知不可避，于是运其神思，创为理想之邦，或托之人所莫至之区，或迟之不可计年以后。自柏拉图（Platon）《邦国论》始，西方哲士，作此念者不知几何人。虽自古迄今，绝无此平和之朕，而延颈方来，神驰所慕之仪的，日逐而不舍，要亦人间进化之一因子欤？吾中国爱智之士，独不与西方同，心神所注，辽远在于唐虞，或迳入古初，游于人兽杂居之世；谓其时万祸不作，人安其天，不如斯世之恶浊阽危，无以生活。其说照之人类进化史实，事正背驰。盖古民曼衍播迁，其为争抗劬劳，纵不厉于今，而视今必无所减；特历时既永，史乘无存，汗迹血腥，泯灭都尽，则追而思之，似其时为至足乐耳。傥使置身当时，与古民同其忧患，则颓唐侘傺，复远念盘古未生，斧凿未经之世，又事之所必有者已。故作此念者，为无希望，为无上征，为无努力，较以西方思理，犹水火然；非自杀以从古人，将终其身更无可希冀经营，致人我于所仪之主的，束手浩叹，神质同隳焉而已。且更为忖度其言，又将见古之思士，决不以华土为可乐，如今人所张皇；惟自知良懦无可为，乃独图脱屣尘埃，惝恍古国，任人群堕于虫兽，而已身以隐逸终。思士如是，社会善之，咸谓之高蹈之人，而自云我虫兽我虫兽也。其不然者，乃立言辞，欲致人同归于朴古，老子[②]之辈，盖其枭雄。老子书五千语，要在不撄人心；以不撄人心故，则必先自致槁木之心，立无为之治；以无为之为化社会，而世即于太平。其术善也。然奈何星气既凝[③]，人类既出而后，无时无物，不禀杀机，进化或可停，而生物不能返本。使拂逆其前征，势即入于苓落，世界之内，实例至多，一览古国，悉其信证。若诚能渐致人间，使归于禽虫卉木原生物，复由渐即于无情[④]，则宇宙自大，有情已去，一切虚无，宁非至净。而不幸进化如飞矢，非堕落不止，非著物不止，祈逆飞而归弦，为理势所无有。此人世所以可悲，而摩罗宗之为至伟也。人得是力，乃以发生，乃以曼衍，乃以上征，乃至于人所能至之极点。

中国之治，理想在不撄，而意异于前说。有人撄人，或有人得撄

---

① 思归其雌：退避潜伏的意思。《老子》第二十四章："知其雄，守其雌。"

② 老子：姓李名耳，字聃，春秋时楚国人，道家学派创始人。他政治上主张"无为而治"，向往"小国寡民"的氏族社会。著有《道德经》。

③ 星气既凝：德国哲学家康德的"星云说"，认为地球等天体是由星云逐渐凝聚而成的。

④ 无情：指无生命的东西。

者，为帝大禁，其意在保位，使子孙王千万世，无有底止，故性解（Genius）[①]之出，必竭全力死之；有人撄我，或有能撄人者，为民大禁，其意在安生，宁蜷伏堕落而恶进取，故性解之出，亦必竭全力死之。柏拉图建神思之邦，谓诗人乱治，当放域外；虽国之美污，意之高下有不同，而术实出于一。盖诗人者，撄人心者也。凡人之心，无不有诗，如诗人作诗，诗不为诗人独有，凡一读其诗，心即会解者，即无不自有诗人之诗。无之何以能够？惟有而未能言，诗人为之语，则握拨一弹，心弦立应，其声澈于灵府，令有情皆举其首，如睹晓日，益为之美伟强力高尚发扬，而污浊之平和，以之将破。平和之破，人道蒸也。虽然，上极天帝，下至舆台，则不能不因此变其前时之生活；协力而夭阏之，思永保其故态，殆亦人情已。故态永存，是曰古国。惟诗究不可灭尽，则又设范以囚之。如中国之诗，舜云言志[②]；而后贤立说，乃云持人性情，三百之旨，无邪所蔽[③]。夫既言志矣，何持之云？强以无邪，即非人志。许自繇[④]于鞭策羁縻之下，殆此事乎？然厥后文章，乃果辗转不逾此界。其颂祝主人，悦媚豪右之作，可无俟言。即或心应虫鸟，情感林泉，发为韵语，亦多拘于无形之囹圄，不能舒两间之真美；否则悲慨世事，感怀前贤，可有可无之作，聊行于世。倘其嗫嚅之中，偶涉眷爱，而儒服之士，即交口非之。况言之至反常俗者乎？惟灵均将逝，脑海波起，通于汨罗[⑤]，返顾高丘，哀其无女，[⑥]则抽写哀怨，郁为奇文。茫洋在前，顾忌皆去，怼世俗之浑浊，颂己身之修能[⑦]，怀疑自遂古之初[⑧]，直至百物之琐末，放言无惮，为前人所不敢言。然中亦多芳菲凄恻之音，而反抗

① 性解：天才。这个词来自严复译述的《天演论》。

② 舜云言志见《尚书·舜典》："诗言志，歌永言，声依永，律和声。"

③ 关于诗持人性情之说，见于汉代人所作《诗纬含神雾》："诗者，持也；持其性情，使不暴去也。"（《玉函山房辑佚书》）在这之前，孔丘也说过："诗三百，一言以蔽之，曰：思无邪。"（《论语·为政》）后来南朝梁刘勰在《文心雕龙·明诗》中综合地说："诗者持也；持人性情。三百之蔽，义归无邪。"

④ 自繇：即自由。

⑤ 屈原被楚顷襄王放逐后，因忧愤国事，投汨罗江而死。

⑥ 返顾高丘，哀其无女：屈原《离骚》"忽反顾以流涕兮，哀高丘之无女"。高丘，据汉代王逸注，是楚国的山名。女，比喻行为高洁和自己志向相同的人。

⑦ 怼世俗之浑浊，颂己身之修能：屈原《离骚》"世溷浊而不分兮，好蔽美而嫉妒"，"纷吾既有此内美兮，又重之以修能"。修能，杰出美好的才能。王逸注："又重有绝远之能，与众异也。"

⑧ 怀疑自遂古之初：屈原在《天问》中，对古代历史和神话传说提出种种疑问，开头就说："遂古之初，谁传道之？"遂古，即远古。

挑战，则终其篇未能见，感动后世，为力非强。刘彦和所谓才高者菀其鸿裁，中巧者猎其艳辞，吟讽者衔其山川，童蒙者拾其香草。[①] 皆著意外形，不涉内质，孤伟自死，社会依然，四语之中，函深哀焉。故伟美之声，不震吾人之耳鼓者，亦不始于今日。大都诗人自倡，生民不耽。试稽自有文字以至今日，凡诗宗词客，能宣彼妙音，传其灵觉，以美善吾人之性情，崇大吾人之思理者，果几何人？上下求索，几无有矣。第此亦不能为彼徒罪也，人人之心，无不泐二大字曰实利，不获则劳，既获便睡。纵有激响，何能撄之？夫心不受撄，非槁死则缩朒耳，而况实利之念，复煔煔热于中，且其为利，又至陋劣不足道，则驯至卑懦俭啬，退让畏葸，无古民之朴野，有末世之浇漓，又必然之势矣，此亦古哲人所不及料也。夫云将以诗移人性情，使即于诚善美伟强力敢为之域，闻者或晒其迂远乎；而事复无形，效不显于顷刻。使举一密栗[②]之反证，殆莫如古国之见灭于外仇矣。凡如是者，盖不止笞击縻系，易于毛角[③]而已，且无有为沉痛著大之声，撄其后人，使之兴起；即间有之，受者亦不为之动，创痛少去，即复营营于治生，活身是图，不恤污下，外仇又至，摧败继之。故不争之民，其遭遇战事，常较好争之民多，而畏死之民，其苓落殄亡，亦视强项敢死之民众。

千八百有六年八月，拿坡仑大挫普鲁士军，翌年七月，普鲁士乞和，为从属之国。然其时，德之民族，虽遭败亡窘辱，而古之精神光耀，固尚保有而未隳。于是，有爱伦德（E. M. Arndt）[④]者出，著《时代精神篇》（Geist der Zeit），以伟大壮丽之笔，宣独立自繇之音，国人得之，敌忾之心大炽；已而为敌觉察，探索极严，乃走瑞士。递千八百十二年，拿坡仑挫于墨斯科之酷寒大火，逃归巴黎，欧土遂为云扰，竞举其反抗之兵。翌年，普鲁士帝威廉三世[⑤]乃下令召国民成军，宣言为三事战，曰自由正义祖国；英年之学生诗人美术家争赴之。爱伦德亦归，著《国

---

① 刘彦和（约 465—520）：名勰，南朝梁代东莞（今山东莒县）人，文艺理论家。他所著《文心雕龙》是我国古代文学批评名著。这里所引的四句见该书《辨骚》篇。

② 密栗：确凿。

③ 毛角：指禽兽。

④ 爱伦德（1769—1860）：通译阿恩特，德国诗人、历史学家，著有《德意志人之歌》《时代之精神》等。

⑤ 威廉三世（Wilhelm Ⅲ，1770—1840）：普鲁士国王。一八〇六年普法战争中被拿破仑打败。一八一二年拿破仑从莫斯科溃败后，他又与交战，取得胜利。一八一五年同俄、奥建立维护封建君主制度的“神圣同盟”。

民军者何》暨《莱因为德国大川特非其界》二篇，以鼓青年之意气。而义勇军中，时亦有人曰台陀开纳（Theodor Korner）[①]，慨然投笔，辞维也纳，剧场诗人之职，别其父母爱者，遂执兵行；作书贻父母曰，普鲁士之鹫，已以鸷击诚心，觉德意志民族之大望矣。吾之吟咏，无不为宗邦神往。吾将舍所有福祉欢欣，为宗国战死。嗟夫，吾以明神之力，已得大悟。为邦人之自由与人道之善故，牺牲孰大于是？热力无量，涌吾灵台[②]，吾起矣！后此之《竖琴长剑》（LeierundSchwert）一集，亦无不以是精神，凝为高响，展卷方诵，血脉已张。然时之怀热诚灵悟如斯状者，盖非止开纳一人也，举德国青年，无不如是。开纳之声，即全德人之声，开纳之血，亦即全德人之血耳。故推而论之，败拿坡仑者，不为国家，不为皇帝，不为兵刃，国民而已。国民皆诗，亦皆诗人之具，而德卒以不亡。此岂笃守功利，摈斥诗歌，或抱异域之朽兵败甲，冀自卫其衣食室家者，意料之所能至哉？然此亦仅譬诗力于米盐，聊以震崇实之士，使知黄金黑铁，断不足以兴国家，德法二国之外形，亦非吾邦所可活剥；示其内质，冀略有所悟解而已。此篇本意，固不在是也。

三

由纯文学上言之，则以一切美术之本质，皆在使观听之人，为之兴感怡悦。文章为美术之一，质当亦然，与个人暨邦国之存，无所系属，实利离尽，究理弗存。故其为效，益智不如史乘，诫人不如格言，致富不如工商，弋功名不如卒业之券[③]。特世有文章，而人乃以几于具足。英人道覃（E. Dowden）[④]有言曰，美术文章之桀出于世者，观诵而后，似无裨于人间者，往往有之。然吾人乐于观诵，如游巨浸，前临渺茫，浮游波际，游泳既已，神质悉移。而彼之大海，实仅波起涛飞，绝无情愫，未始以一教训一格言相授。顾游者之元气体力，则为之陡增也。故文章之于人生，其为用决不次于衣食，宫室，宗教，道德。盖缘人在两间，必有时自觉以勤勉，有时丧我而惝恍，时必致力于善生[⑤]，时必并

---

① 台陀开纳（1791—1813）：通译特沃多·柯尔纳，德国诗人、戏剧家。一八一三年参加反抗拿破仑侵略的义勇军，在战争中阵亡。他的《竖琴长剑》是一部抒发爱国热情的诗集。

② 灵台：心。《庄子·庚桑楚》："不可内于灵台。"

③ 卒业之券：即毕业文凭。

④ 道覃（1843—1913）：通译道登，爱尔兰诗人、批评家。著有《文学研究》《莎士比亚初步》等。这里所引的话见于他的《抄本与研究》一书。

⑤ 善生：生计的意思。

忘其善生之事而入于醇乐，时或活动于现实之区，时或神驰于理想之域；苟致力于其偏，是谓之不具足。严冬永留，春气不至，生其躯壳，死其精魂，其人虽生，而人生之道失。文章不用之用，其在斯乎？约翰穆黎[①]曰，近世文明，无不以科学为术，合理为神，功利为鹄。大势如是，而文章之用益神。所以者何？以能涵养吾人之神思耳。涵养人之神思，即文章之职与用也。

此他丽于文章能事者，犹有特殊之用一。盖世界大文，无不能启人生之閟机，而直语其事实法则，为科学所不能言者。所谓閟机，即人生之诚理是已。此为诚理，微妙幽玄，不能假口于学子。如热带人未见冰前，为之语冰，虽喻以物理生理二学，而不知水之能凝，冰之为冷如故；惟直示以冰，使之触之，则虽不言质力二性，而冰之为物，昭然在前，将直解无所疑沮。惟文章亦然，虽缕判条分，理密不如学术，而人生诚理，直笼其辞句中，使闻其声者，灵府朗然，与人生即会。如热带人既见冰后，曩之竭研究思索而弗能喻者，今宛在矣。昔爱诺尔特(M. Arnold)[②]氏以诗为人生评骘，亦正此意。故人若读鄂谟(Homeros)[③]以降大文，则不徒近诗，且自与人生会，历历见其优胜缺陷之所存，更力自就于圆满。此其效力，有教示意；既为教示，斯益人生；而其教复非常教，自觉勇猛发扬精进，彼实示之。凡苓落颓唐之邦，无不以不耳此教示始。

顾有据群学[④]见地以观诗者，其为说复异：要在文章与道德之相关。谓诗有主分，曰观念之诚。其诚奈何？则曰为诗人之思想感情，与人类普遍观念之一致。得诚奈何？则曰在据极溥博之经验。故所据之人群经验愈溥博，则诗之溥博视之。所谓道德，不外人类普遍观念所形成。故诗与道德之相关，缘盖出于造化。诗与道德合，即为观念之诚，生命在是，不朽在是。非如是者，必与群法僢驰[⑤]。以背群法故，必反人类之普遍观念；以反普遍观念故，必不得观念之诚。观念之

---

① 约翰穆黎(J. S. Mill，1806—1873)：通译约翰·穆勒，英国哲学家、经济学家。著有《逻辑体系》《政治经济原理》《功利主义》等。

② 爱诺尔特(1822—1888)：通译亚诺德，英国文艺批评家、诗人。著有《文学批评论集》《吉卜赛学者》等。

③ 鄂谟：通译荷马，相传是公元前九世纪古希腊行吟盲诗人，《伊利亚德》和《奥德赛》两大史诗的作者。

④ 群学：即社会学。

⑤ 僢驰：背道而驰。《淮南子·说山训》："分流僢驰，注于东海。"

诚失，其诗宜亡。故诗之亡也，恒以反道德故。然诗有反道德而竟存者奈何？则曰，暂耳。无邪之说，实与此契。苟中国文事复兴之有日，虑操此说以力削其萌蘖者，尚有徒也。而欧洲评骘之士，亦多抱是说以律文章。十九世纪初，世界动于法国革命之风潮，德意志西班牙意太利希腊皆兴起，往之梦意，一晓而苏；惟英国较无动。顾上下相迕，时有不平，而诗人裴伦，实生此际。其前有司各德（W. Scott）[①]辈，为文率平妥翔实，与旧之宗教道德极相容。迨有裴伦，乃超脱古范，直抒所信，其文章无不函刚健抗拒破坏挑战之声。平和之人，能无惧乎？于是谓之撒但。此言始于苏惹（R. Southey）[②]，而众和之；后或扩以称修黎（P. B. Shelley）[③]以下数人，至今不废。苏惹亦诗人，以其言能得当时人群普遍之诚故，获月桂冠，攻裴伦甚力。裴伦亦以恶声报之，谓之诗商。所著有《纳尔逊传》（*The Life of Lord Nelson*）今最行于世。

《旧约》记神既以七日造天地，终乃抟埴为男子，名曰亚当，已而病其寂也，复抽其肋为女子，是名夏娃，皆居伊甸。更益以鸟兽卉木；四水出焉。伊甸有树，一曰生命，一曰知识。神禁人勿食其实；魔乃侂[④]蛇以诱夏娃，使食之，爰得生命知识。神怒，立逐人而诅蛇，蛇腹行而土食；人则既劳其生，又得其死，罚且及于子孙，无不如是。英诗人弥耳敦（J. Milton），尝取其事作《失乐园》（*The Paradise Lost*）[⑤]，有天神与撒但战事，以喻光明与黑暗之争。撒但为状，复至狞厉。是诗而后，人之恶撒但遂益深。然使震旦人士异其信仰者观之，则亚当之居伊甸，盖不殊于笼禽，不识不知，惟帝是悦，使无天魔之诱，人类将无由生。故世间人，当蔑弗秉有魔血，惠之及人世者，撒但其首矣。然为基

---

① 司各德（1771—1832）：通译司各特，英国作家。他广泛采用历史题材进行创作，对欧洲历史小说的发展有一定影响。作品有《艾凡赫》《十字军英雄记》等。

② 苏惹（1774—1843）：通译骚塞，英国诗人、散文家。与华兹华斯（W. Wordsworth）、格勒律治（S. Coleridge）并称"湖畔诗人"。他政治上倾向反动，创作上表现为消极浪漫主义。一八一三年曾获得桂冠诗人的称号。他在长诗《审判的幻影》序言中曾暗指拜伦是"恶魔派"诗人，后又要求政府禁售拜伦的作品，并在一篇答复拜伦的文章中公开指责拜伦是"恶魔派"首领。下文说到的《纳尔逊传》，是记述抵抗拿破仑侵略的英国海军统帅纳尔逊（1758—1805）生平事迹的作品。

③ 修黎（1792—1822）：通译雪莱，英国诗人。曾参加爱尔兰民族独立运动。他的作品表现了对君主专制、宗教欺骗的愤怒和反抗，富有积极浪漫主义精神。作品有《伊斯兰的起义》、《解放了的普罗米修斯》等。

④ 侂：寄托，依托。古同"托"。

⑤ 弥尔顿的《失乐园》，是一部长篇叙事诗，歌颂撒但对上帝权威的反抗。一六六七年出版。

督宗徒，则身被此名，正如中国所谓叛道，人群共弃，艰于置身，非强怒善战豁达能思之士，不任受也。亚当夏娃既去乐园，乃举二子，长曰亚伯，次曰凯因[①]。亚伯牧羊，凯因耕植是事，尝出所有以献神。神喜脂膏而恶果实，斥凯因献不视；以是，凯因渐与亚伯争，终杀之。神则诅凯因，使不获地力，流于殊方。裴伦取其事作传奇[②]，于神多所诘难。教徒皆怒，谓为渎圣害俗，张皇灵魂有尽之诗，攻之至力。迄今日评骘之士，亦尚有以是难裴伦者。尔时独穆亚(Th. Moore)[③]及修黎二人，深称其诗之雄美伟大。德诗宗瞿提，亦谓为绝世之文，在英国文章中，此为至上之作；后之劝遏克曼(J. P. Eckermann)[④]治英国语言，盖即冀其直读斯篇云。《约》又记凯因既流，亚当更得一子，历岁永永，人类益繁，于是心所思惟，多涉恶事。主神乃悔，将殄之。有挪亚独善事神，神令致亚斐木为方舟，[⑤]将眷属动植，各从其类居之。遂作大雨四十昼夜，洪水泛滥，生物灭尽，而挪亚之族独完，水退居地，复生子孙，至今日不绝。吾人记事涉此，当觉神之能悔，为事至奇；而人之恶撒但，其理乃无足诧。盖既为挪亚子孙，自必力斥抗者，敬事主神，战战兢兢，绳其祖武[⑥]，冀洪水再作之日，更得密诏而自保于方舟耳。抑吾闻生学家言，有云反种[⑦]一事，为生物中每现异品，肖其远先，如人所牧马，往往出野物，类之不拉(Zebra)[⑧]，盖未驯以前状，复现于今日者。撒但诗人之出，殆亦如是，非异事也。独众马怒其不伏箱[⑨]，群起而交踶之，斯足悯叹焉耳。

---

① 凯因：通译该隐。据《旧约·创世记》，该隐是亚伯之兄。

② 指拜伦的长篇叙事诗《该隐》，作于一八二一年。

③ 穆亚(1779—1852)：通译穆尔，爱尔兰诗人。作品多反对英国政府对爱尔兰人民的压迫，歌颂民族独立。著有《爱尔兰歌曲集》等。他和拜伦有深厚友谊，一八三〇年作《拜伦传》，其中驳斥了一些人对拜伦的诋毁。

④ 遏克曼(1792—1854)：通译艾克曼，德国作家。曾任歌德的私人秘书。著有《歌德谈话录》。这里所引歌德的话见该书中一八二三年十月二十一日的谈话记录。

⑤ 挪亚：通译诺亚。亚斐木，通译歌裴木。

⑥ 绳其祖武：追随祖先的足迹的意思。见《诗·大雅·下武》。

⑦ 反种：即返祖现象，指生物发展过程中出现与远祖类似的变种或生理现象。

⑧ 之不拉：英语斑马的音译。

⑨ 不伏箱：不服驾驭的意思。《诗·小雅·大东》："睆彼牵牛，不以服箱。"

四

裴伦名乔治戈登(George Gordon)，系出司堪第那比亚[①]海贼蒲隆(Burun)族。其族后居诺曼[②]，从威廉入英，递显理二世时，始用今字。裴伦以千七百八十八年一月二十二日生于伦敦，十二岁即为诗；长游堪勃力俱大学[③]不成，渐决去英国，作汗漫游，始于波陀牙，东至希腊突厥[④]及小亚细亚，历审其天物之美，民俗之异，成《哈洛尔特游草》(Childe Harold's Pilgrimage)[⑤]二卷，波谲云诡，世为之惊绝。次作《不信者》(The Giaour)[⑥]暨《阿毕陀斯新妇行》(The Bride of Abydos)二篇，皆取材于突厥。前者记不信者（对回教而言）通哈山之妻，哈山投其妻于水，不信者逸去，后终归而杀哈山，诣庙自忏；绝望之悲，溢于毫素，读者哀之。次为女子苏黎加爱舍林，而其父将以婚他人，女偕舍林出奔，已而被获，舍林斗死，女亦终尽；其言有反抗之音。迫千八百十四年一月，赋《海贼》(The Corsair)之诗。篇中英雄曰康拉德，于世已无一切眷爱，遗一切道德，惟以强大之意志，为贼渠魁，领其从者，建大邦于海上。孤舟利剑，所向悉如其意。独家有爱妻，他更无有；往虽有神，而康拉德早弃之，神亦已弃康拉德矣。故一剑之力，即其权利，国家之法度，社会之道德，视之蔑如。权力若具，即用行其意志，他人奈何，天帝何命，非所问也。若问定命之何如？则曰，在鞘中，一旦外辉，彗且失色而已。然康拉德为人，初非元恶，内秉高尚纯洁之想，尝欲尽其心力，以致益于人间；比见细人蔽明，谗谄害聪，凡人营营，多猜忌中伤之性，则渐冷淡，则渐坚凝，则渐嫌厌；终乃以受自或人之怨毒，

---

① 司堪第那比亚：即斯堪的那维亚半岛。公元八世纪前后，在这里定居的诺曼人经常发动海上远征，劫掠商船和沿海地区。

② 诺曼：即诺曼底，在今法国北部。一〇六六年，诺曼底封建领主威廉公爵攻克伦敦，成为英国国王，诺曼底遂属英国。这一年，拜伦的祖先拉尔夫·杜·蒲隆随威廉迁入英国。至一四五〇年，诺曼底划归法国。显理二世，通译亨利第二，一一五四年起为英国国王。

③ 堪勃力俱大学：通译剑桥大学。

④ 突厥：指土耳其。

⑤ 《哈洛尔特游草》：通译《恰尔德·哈罗尔德游记》，拜伦较早的一部有影响的长诗，前两章完成于一八一〇年，后两章完成于一八一七年。它通过哈罗尔德的经历叙述了作者旅行东南欧的见闻，歌颂那里人民的革命斗争。

⑥ 《不信者》和下文的《阿毕陀斯新妇行》《海贼》《罗罗》，分别通译为《异教徒》《阿拜多斯的新娘》《海盗》《莱拉》。一八一三年至一八一四年间写成，多取材于东欧和南欧，因此和其它类似的几首诗一起统称《东方叙事诗》。

举而报之全群，利剑轻舟，无间人神，所向无不抗战。盖复仇一事，独贯注其全精神矣。一日攻塞特，败而见囚，塞特有妃爱其勇，助之脱狱，泛舟同奔，遇从者于波上，乃大呼曰，此吾舟，此吾血色之旗也，吾运未尽于海上！然归故家，则银釭暗而爱妻逝矣。既而康拉德亦失去，其徒求之波间海角，踪迹奇然，独有以无量罪恶，系一德义之名，永存于世界而已。裴伦之祖约翰[1]，尝念先人为海王，因投海军为之帅；裴伦赋此，缘起似同；有即以海贼字裴伦者，裴伦闻之窃喜，则篇中康拉德为人，实即此诗人变相，殆无可疑已。越三月，又作赋曰《罗罗》(Lara)，记其人尝杀人不异海贼，后图起事，败而伤，飞矢来贯其胸，遂死。所叙自尊之夫，力抗不可避之定命，为状惨烈，莫可比方。此他犹有所制，特非雄篇。其诗格多师司各德，而司各德由是锐意于小说，不复为诗，避裴伦也。已而裴伦去其妇，世虽不知去之之故，然争难之，每临会议，嘲骂即四起，且禁其赴剧场。其友穆亚为之传，评是事曰，世于裴伦，不异其母，忽爱忽恶，无判决也。顾窘戮天才，殆人群恒状，滔滔皆是，宁止英伦。中国汉晋以来，凡负文名者，多受谤毁，刘彦和为之辩曰，人禀五才，修短殊用，自非上哲，难以求备，然将相以位隆特达，文士以职卑多诮，此江河所以腾涌，涓流所以寸析者。[2] 东方恶习，尽此数言。然裴伦之祸，则缘起非如前陈，实反由于名盛，社会顽愚，仇敌窥覗，乘隙立起，众则不察而妄和之；若颂高官而厄寒士者，其污且甚于此矣。顾裴伦由是遂不能居英，自曰，使世之评骘诚，吾在英为无值，若评骘谬，则英于我为无值矣。吾其行乎？然未已也，虽赴异邦，彼且蹑我。已而终去英伦，千八百十六年十月，抵意太利。自此，裴伦之作乃益雄。

裴伦在异域所为文，有《哈洛尔特游草》之续，《堂祥》(Don Juan)[3]之诗，及三传奇称最伟，无不张撒但而抗天帝，言人所不能言。一曰《曼弗列特》(Manfred)，记曼以失爱绝欢，陷于巨苦，欲忘弗能，鬼神见形问所欲，曼云欲忘，鬼神告以忘在死，则对曰，死果能令人忘耶？复

① 拜伦的祖父约翰(1723—1786)，曾任英国海军上将。

② 刘勰关于人禀五才的话，见于《文心雕龙·程器》。五才(材)，古人认为金、木、水、火、土是构成一切物质的基本元素，人的禀赋也决定于这五种元素。寸析，原作寸折，曲折很多的意思。

③ 《堂祥》：通译《唐·璜》，政治讽刺长诗，拜伦的代表作。写于一八一九年至一八二四年。它通过传说中的西班牙贵族青年唐·璜在希腊、俄国、英国等地的种种经历，广泛反映了当时欧洲的社会生活，抨击封建专制，反对外族侵略，但同时也流露出感伤情绪。

衷疑而弗信也。后有魅来降曼弗列特，而曼忽以意志制苦，毅然斥之曰，汝曹决不能诱惑灭亡我。（中略）我，自坏者也。行矣，魅众！死之手诚加我矣，然非汝手也。意盖谓己有善恶，则褒贬赏罚，亦悉在己，神天魔龙，无以相凌，况其他乎？曼弗列特意志之强如是，裴伦亦如是。论者，或以拟瞿提之传奇《法斯忒》（Faust）[①]云。二曰《凯因》（Cain），典据已见于前分，中有魔曰卢希飞勒[②]，导凯因登太空，为论善恶生死之故，凯因悟，遂师摩罗。比行世，大遭教徒攻击，则作《天地》（Heaven and Earth）以报之，英雄为耶彼第，博爱而厌世，亦以诘难教宗，鸣其非理者。夫撒但何由昉乎？以彼教言，则亦天使之大者，徒以陡起大望，生背神心，败而堕狱，是云魔鬼。由是言之，则魔亦神所手创者矣。已而潜入乐园，至善美安乐之伊甸，以一言而立毁，非具大能力，易克至是？伊甸，神所保也，而魔毁之，神安得云全能？况自创恶物，又从而惩之，且更瓜蔓以惩人，其慈又安在？故凯因曰，神为不幸之因。神亦自不幸，手造破灭之不幸者，何幸福之可言？而吾父曰，神全能也。问之曰，神善，何复恶邪，则曰，恶者，就善之道尔。神之为善，诚如其言：先以冻馁，乃与之衣食；先以疠疫，乃施之救援；手造罪人，而曰吾赦汝矣。人则曰，神可颂哉，神可颂哉！营营而建伽兰焉。

卢希飞勒不然，曰吾誓之两间，吾实有胜我之强者，而无有加于我之上位。彼胜我故，名我曰恶，若我致胜，恶且在神，善恶易位耳。此其论善恶，正异尼佉。尼佉意谓强胜弱故，弱者乃字其所为曰恶，故恶实强之代名；此则以恶为弱之冤谥。故尼佉欲自强，而并颂强者；此则亦欲自强，而力抗强者，好恶至不同，特图强则一而已。人谓神强，因亦至善。顾善者乃不喜华果，特嗜腥膻，凯因之献，纯洁无似，则以旋风振而落之。人类之始，实由主神，一拂其心，即发洪水，并无罪之禽虫卉木而殄之。人则曰，爰灭罪恶，神可颂哉！耶彼第乃曰，汝得救孺子众！汝以为脱身狂涛，获天幸欤？汝曹偷生，逞其食色，目击世界之亡，而不生其悯叹；复无勇力，敢当大波，与同胞之人，共其运命；偕厥考逃于方舟，而建都邑于世界之墓上，竟无惭耶？然人竟无惭也，方伏地赞颂，无有休止，以是之故，主神遂强。使众生去而不之理，更何威

① 《法斯忒》：通译《浮士德》，诗剧，歌德的代表作。

② 卢希飞勒：通译鲁西反。据犹太教经典《泰尔谟德》（约为公元三五〇年至五〇〇年间的作品）记载，他原是上帝的天使长，后因违抗命令，与部属一起被赶出天国，堕入地狱，成为魔鬼。

力之能有？人既授神以力，复假之以厄撒但；而此种人，又即主神往所殄灭之同类。以撒但之意观之，其为顽愚陋劣，如何可言？将晓之欤，则音声未宣，众已疾走，内容何若，不省察也。将任之欤，则非撒但之心矣，故复以权力现于世。神，一权力也；撒但，亦一权力也。惟撒但之力，即生于神，神力若亡，不为之代；上则以力抗天帝，下则以力制众生，行之背驰，莫甚于此。顾其制众生也，即以抗故。倘其众生同抗，更何制之云？裴伦亦然，自必居人前，而怒人之后于众。盖非自居人前，不能使人勿后于众故；任人居后而自为之前，又为撒但大耻故。故既揄扬威力，颂美强者矣，复曰，吾爱亚美利加，此自由之区，神之绿野，不被压制之地也。由是观之，裴伦既喜拿坡仑之毁世界，亦爱华盛顿之争自由，既心仪海贼之横行，亦孤援希腊之独立，压制反抗，兼以一人矣。虽然，自由在是，人道亦在是。

五

自尊至者，不平恒继之，忿世嫉俗，发为巨震，与对跖之徒争衡。盖人既独尊，自无退让，自无调和，意力所如，非达不已，乃以是渐与社会生冲突，乃以是渐有所厌倦于人间。若裴伦者，即其一矣。其言曰，硗确之区，吾侪奚获耶？（中略）凡有事物，无不定以习俗至谬之衡，所谓舆论，实具大力，而舆论则以昏黑蔽全球也。[①] 此其所言，与近世诺威文人伊孛生（H. Ibsen）所见合，伊氏生于近世，愤世俗之昏迷，悲真理之匿耀，假《社会之敌》[②]以立言，使医士斯托克曼为全书主者，死守真理，以拒庸愚，终获群敌之谥。自既见放于地主[③]，其子复受斥于学校，而终奋斗，不为之摇。末乃曰，吾又见真理矣。地球上至强之人，至独立者也！其处世之道如是。顾裴伦不尽然，凡所描绘，皆禀种种思，具种种行，或以不平而厌世，远离人群，宁与天地为侪偶，如哈洛尔特；或厌世至极，乃希灭亡，如曼弗列特；或被人天之楚毒，至于刻骨，乃咸希破坏，以复仇雠，如康拉德与卢希飞勒；或弃斥德义，蹇视淫游，以嘲弄社会，聊快其意，如堂祥。其非然者，则尊侠尚义，扶弱者而平不平，颠仆有力之蠢愚，虽获罪于全群无惧，即裴伦最后之时是已。彼当前时，经历一如上述书中众士，特未欷歔断望，愿自逖于人间，如曼

---

① 拜伦的这段话见于一八二〇年十一月五日致托玛斯·摩尔的信。

② 《社会之敌》：即《文化偏至论》中的《民敌》，通译《国民公敌》。

③ 地主：指房主。

弗列特之所为而已。故怀抱不平，突突上发，则倨傲纵逸，不恤人言，破坏复仇，无所顾忌，而义侠之性，亦即伏此烈火之中，重独立而爱自繇，苟奴隶立其前，必衷悲而疾视，衷悲所以哀其不幸，疾视所以怒其不争，此诗人所为援希腊之独立，而终死于其军中者也。盖裴伦者，自繇主义之人耳，尝有言曰，若为自由故，不必战于宗邦，则当为战于他国[①]。是时，意太利适制于土奥[②]，失其自由，有秘密政党起，谋独立，乃密与其事，以扩张自由之元气者自任，虽狙击密侦之徒，环绕其侧，终不为废游步驰马之事。后秘密政党破于土奥人，企望悉已，而精神终不消。裴伦之所督励，力直及于后日，赵马志尼[③]，起加富尔[④]，于是意之独立成[⑤]。故马志尼曰，意太利实大有赖于裴伦。彼，起吾国者也！盖诚言已。裴伦平时，又至有情愫于希腊，思想所趣，如磁指南。特希腊时自由悉丧，入突厥版图，受其羁縻，不敢抗拒。诗人惋惜悲愤，往往见于篇章，怀前古之光荣，哀后人之零落，或与斥责，或加激励，思使之攘突厥而复兴，更睹往日耀灿庄严之希腊，如所作《不信者》暨《堂祥》二诗中，其怨愤谯责之切，与希冀之诚，无不历然可征信也。比千八百二十三年，伦敦之希腊协会[⑥]驰书托裴伦，请援希腊之独立。裴伦平日，至不满于希腊今人，尝称之曰世袭之奴，曰自由苗裔之奴，因不即应；顾以义愤故，则终诺之，遂行。而希腊人民之堕落，乃诚如其说，励之再振，为业至难，因羁滞于克弗洛尼亚岛[⑦]者五月，始向密淑

---

① 拜伦的这段话见于一八二〇年十一月五日致托玛斯·摩尔的信。原文应为："如果一个人在国内没有自由可争，那么让他为邻邦的自由而战斗吧。"

② 土奥：奥地利。

③ 马志尼(G. Mazzini，1805—1872)：意大利政治家，民族解放运动中的民主共和派领袖。他关于拜伦的评价见于所作论文《拜伦和歌德》。

④ 加富尔(C. B. di Cavour，1810—1861)：意大利自由贵族和资产阶级君主立宪派领袖，统一的意大利王国第一任首相。

⑤ 意之独立：意大利于一八〇〇年被拿破仑征服，拿破仑失败后，奥国通过一八一五年维也纳会议，取得了意大利北部的统治权。一八二〇年至一八二一年，意大利人在"烧炭党"的鼓动下，举行反对奥国的起义，后被以奥国为首的"神圣同盟"所镇压。一八四八年，意大利再度发生要求独立和统一的革命，最后经过一八六〇年至一八六一年的民族革命战争取得胜利，成立了统一的意大利王国。

⑥ 希腊协会：一八二一年希腊爆发反对土耳其统治的独立战争，欧洲一些国家组织了支援希腊独立的委员会。这里指英国支援委员会，拜伦是该会的主要成员。

⑦ 克弗洛尼亚岛(Cephalonia)：通译克法利尼亚岛，希腊爱奥尼亚群岛之一。拜伦于一八二三年八月三日到达这里，次年一月五日赴米索朗基。

伦其[①]。其时海陆军方奇困，闻裴伦至，狂喜，群集迓之，如得天使也。次年一月，独立政府任以总督，并授军事及民事之全权，而希腊是时，财政大匮，兵无宿粮，大势几去。加以式列阿忒[②]佣兵见裴伦宽大，复多所要索，稍不满，辄欲背去；希腊堕落之民，又诱之使窘裴伦。裴伦大愤，极诋彼国民性之陋劣；前所谓世袭之奴，乃果不可猝救如是也。而裴伦志尚不灰，自立革命之中枢，当四围之艰险，将士内讧，则为之调和，以己为楷模，教之人道，更设法举债，以振其穷，又定印刷之制，且坚堡垒以备战。内争方烈，而突厥果攻密淑伦其，式列阿忒佣兵三百人，复乘乱占要害地。裴伦方病，闻之泰然，力平党派之争，使一心以面敌。特内外迫拶，神质剧劳，久之，疾乃渐革。将死，其从者持楮墨，将录其遗言。裴伦曰否，时已过矣。不之语，已而微呼人名，终乃曰，吾言已毕。从者曰，吾不解公言。裴伦曰，吁，不解乎？呜呼晚矣！状若甚苦。有间，复曰，吾既以吾物暨吾康健，悉付希腊矣。今更付之吾生。他更何有？遂死，时千八百二十四年四月十八日夕六时也。今为反念前时，则裴伦抱大望而来，将以天纵之才，致希腊复归于往时之荣誉，自意振臂一呼，人必将靡然向之。盖以异域之人，犹凭义愤为希腊致力，而彼邦人，纵堕落腐败者日久，然旧泽尚存，人心未死，岂意遂无情愫于故国乎？特至今兹，则前此所图，悉如梦迹，知自由苗裔之奴，乃果不可猝救有如此也。次日，希腊独立政府为举国民丧，市肆悉罢，炮台鸣炮三十七，如裴伦寿也。

吾今为案其为作思惟，索诗人一生之内閟，则所遇常抗，所向必动，贵力而尚强，尊己而好战，其战复不如野兽，为独立自由人道也，此已略言之前分矣。故其平生，如狂涛如厉风，举一切伪饰陋习，悉与荡涤，瞻顾前后，素所不知；精神郁勃，莫可制抑，力战而毙，亦必自救其精神；不克厥敌，战则不止。而复率真行诚，无所讳掩，谓世之毁誉褒贬是非善恶，皆缘习俗而非诚，因悉措而不理也。盖英伦尔时，虚伪满于社会，以虚文缛礼为真道德，有秉自由思想而探究者，世辄谓之恶人。裴伦善抗，性又率真，夫自不可以默矣，故托凯因而言曰，恶魔者，

---

① 密淑伦其(Missolonghi)：通译米索朗基，希腊西部的重要城市。一八二四年拜伦曾在这里指挥抵抗土耳其侵略者的战斗，后在前线染了热病，四月十九日(按文中误为十八日)在这里逝世。

② 式列阿忒(Suliote)：通译苏里沃特，当时在土耳其统治下的民族之一。拜伦在米索朗基曾收留了五百名式列阿忒族士兵。

说真理者也。遂不恤与人群敌。世之贵道德者，又即以此交非之。遏克曼亦尝问瞿提以裴伦之文，有无教训。瞿提对曰，裴伦之刚毅雄大，教训即函其中；苟能知之，斯获教训。若夫纯洁之云，道德之云，吾人何问焉。盖知伟人者，亦惟伟人焉而已。裴伦亦尝评朋思（R. Burns）[①]曰，斯人也，心情反张[②]，柔而刚，疏而密，精神而质，高尚而卑，有神圣者焉，有不净者焉，互和合也。裴伦亦然，自尊而怜人之为奴，制人而援人之独立，无惧于狂涛而大儆于乘马，好战崇力，遇敌无所宽假，而于累囚之苦，有同情焉。意者摩罗为性，有如此乎？且此亦不独摩罗为然，凡为伟人，大率如是。即一切人，若去其面具，诚心以思，有纯禀世所谓善性而无恶分者，果几何人？遍观众生，必几无有，则裴伦虽负摩罗之号，亦人而已，夫何诧焉。顾其不容于英伦，终放浪颠沛而死异域者，特面具为之害耳。此即裴伦所反抗破坏，而迄今犹杀真人而未有止者也。嗟夫，虚伪之毒，有如是哉！裴伦平时，其制诗极诚，尝曰，英人评骘，不介我心。若以我诗为愉快，任之而已。吾何能阿其所好为？吾之握管，不为妇孺庸俗，乃以吾全心全情感全意志，与多量之精神而成诗，非欲聆彼辈柔声而作者也。夫如是，故凡一字一辞，无不即其人呼吸精神之形现，中于人心，神弦立应，其力之曼衍于欧土，例不能别求之英诗人中；仅司各德所为说部，差足与相伦比而已。若问其力奈何？则意太利希腊二国，已如上述，可毋赘言。此他西班牙德意志诸邦，亦悉蒙其影响。次复入斯拉夫族而新其精神，流泽之长，莫可阐述。至其本国，则犹有修黎（Percy Bysshe Shelley）一人。契支（John Keats）[③]虽亦蒙摩罗诗人之名，而与裴伦别派，故不述于此。

六

修黎生三十年而死，其三十年悉奇迹也，而亦即无韵之诗。时既艰危，性复狷介，世不彼爱，而彼亦不爱世，人不容彼，而彼亦不容人，

① 朋思（1759—1796）：通译彭斯，英国诗人。出身贫苦，一生在穷困中度过。他的诗多反映苏格兰农民生活，表现了对统治阶级的憎恨。著有长诗《农夫汤姆》、《愉快的乞丐》和数百首著名短歌。文中所引评论彭斯的话，见拜伦一八一三年十二月十三日的日记。

② 反张：意即矛盾。

③ 契支（1795—1821）：通译济慈，英国诗人。他的作品具有民主主义精神，受到拜伦、雪莱的肯定和赞扬。但他有“纯艺术”的、唯美主义的倾向，所以说与拜伦不属一派。作品有《为和平而写的十四行诗》、长诗《伊莎贝拉》等。

客意太利之南方，终以壮龄而夭死，谓一生即悲剧之实现，盖非夸也。修黎者，以千七百九十二年生于英之名门，姿状端丽，夙好静思；比入中学，大为学友暨校师所不喜，虐遇不可堪。诗人之心，乃早萌反抗之朕兆；后作说部，以所得值飨其友八人，负狂人之名而去。次入恶斯佛大学[1]，修爱智之学，屡驰书乞教于名人。而尔时宗教，权悉归于冥顽之牧师，因以妨自由之崇信。修黎蹶起，著《无神论之要》一篇，略谓惟慈爱平等三，乃使世界为乐园之要素，若夫宗教，于此无功，无有可也。书成行世，校长见之大震，终逐之；其父亦惊绝，使谢罪返校，而修黎不从，因不能归。天地虽大，故乡已失，于是至伦敦，时年十八，顾已孤立两间，欢爱悉绝，不得不与社会战矣。已而知戈德文(W. Godwin)[2]，读其著述，博爱之精神益张。次年入爱尔兰，檄其人士，于政治宗教，皆欲有所更革，顾终不成。逮千八百十五年，其诗《阿剌斯多》(Alastor)[3]始出世，记怀抱神思之人，索求美者，遍历不见，终死旷原，如自叙也。次年乃识裴伦于瑞士；裴伦深称其人，谓奋迅如狮子，又善其诗，而世犹无顾之者。又次年成《伊式阑转轮篇》(The Revolt of Islam)。凡修黎怀抱，多抒于此。篇中英雄曰罗昂，以热诚雄辩，警其国民，鼓吹自由，挤击压制，顾正义终败，而压制于以凯还，罗昂遂为正义死。是诗所函，有无量希望信仰，暨无穷之爱，穷追不舍，终以殒亡。盖罗昂者，实诗人之先觉，亦即修黎之化身也。

至其杰作，尤在剧诗；尤伟者二，一曰《解放之普洛美迢斯》(Prometheus Unbound)[4]，一曰《煔希》(The Cenci)。前者事本希腊神话，意近裴伦之《凯因》。假普洛美迢为人类之精神，以爱与正义自由故，不恤艰苦，力抗压制主者僦毕多[5]，窃火贻人，受縶于山顶，猛鹫日啄其肉，而终不降。僦毕多为之辟易；普洛美迢乃眷女子珂希亚，获其爱而毕。珂希亚者，理想也。《煔希》之篇，事出意太利，记女子煔希之父，酷虐无道，毒虐无所弗至，煔希终杀之，与其后母兄弟，同戮于市。论

---

① 恶斯佛大学：通译牛津大学。

② 戈德文(1756—1836)：通译葛德文，英国作家，空想社会主义者。他反对封建制度和资本主义剥削关系，主张成立独立的自由生产者联盟，通过道德教育来改造社会。著有政论《政治的正义》、小说《卡莱布·威廉斯》等。

③ 《阿剌斯多》和下文的《伊式阑转轮篇》，分别通译为《阿拉斯特》《伊斯兰起义》。

④ 《解放之普洛美迢斯》和下文的《煔希》，分别通译为《解放了的普罗米修斯》《钦契》。

⑤ 僦毕多(Jupiter)：通译朱庇特，罗马神话中的诸神之父，即希腊神话中的宙斯。

者或谓之不伦。顾失常之事，不能绝于人间，即中国《春秋》[1]，修自圣人之手者，类此之事，且数数见，又多直书无所讳，吾人独于修黎所作，乃和众口而难之耶？上述二篇，诗人悉出以全力，尝自言曰，吾诗为众而作，读者将多。又曰，此可登诸剧场者。顾诗成而后，实乃反是，社会以谓不足读，伶人以谓不可为；修黎抗伪俗弊习以成诗，而诗亦即受伪俗弊习之天阏，此十九栋[2]上叶精神界之战士，所为多抱正义而骈殒者也。虽然，往时去矣，任其自去，若夫修黎之真值，则至今日而大昭。革新之潮，此其巨派，戈德文书出，初启其端，得诗人之声，乃益深入世人之灵府。凡正义自由真理以至博爱希望诸说，无不化而成醇，或为罗昂，或为普洛美迢，或为伊式阑之壮士，现于人前，与旧习对立，更张破坏，无稍假借也。旧习既破，何物斯存，则惟改革之新精神而已。十九世纪机运之新，实赖有此。朋思唱于前，裴伦修黎起其后，掊击排斥，人渐为之仓皇；而仓皇之中，即亟人生之改进。故世之嫉视破坏，加之恶名者，特见一偏而未得其全体者尔。若为案其真状，则光明希望，实伏于中。恶物悉颠，于群何毒？破坏之云，特可发自冥顽牧师之口，而不可出诸全群者也。若其闻之，则破坏为业，斯愈益贵矣！况修黎者，神思之人，求索而无止期，猛进而不退转，浅人之所观察，殊莫可得其渊深。若能真识其人，将见品性之卓，出于云间，热诚勃然，无可沮遏，自趁其神思而奔神思之乡；此其为乡，则爰有美之本体。奥古斯丁[3]曰，吾未有爱而吾欲爱，因抱希冀以求足爱者也。惟修黎亦然，故终出人间而神行，冀自达其所崇信之境；复以妙音，喻一切未觉，使知人类曼衍之大故，暨人生价值之所存，扬同情之精神，而张其上征渴仰之思想，使怀大希以奋进，与时劫同其无穷。世则谓之恶魔，而修黎遂以孤立；群复加以排挤，使不可久留于人间，于是压制凯还，修黎以死，盖宛然阿剌斯多之殒于大漠也。

虽然，其独慰诗人之心者，则尚有天然在焉。人生不可知，社会不可恃，则对天物之不伪，遂寄之无限之温情。一切人心，孰不如是。特缘受染有异，所感斯殊，故目睛夺于实利，则欲驱天然为之得金资；智

---

① 《春秋》：春秋时期鲁国的编年史，记载鲁隐公元年至鲁哀公十四年（前722—前481）二百四十二年间鲁国的史实，相传为孔丘所修。

② 栋：即朞，本意是周年，这里指世纪。

③ 奥古斯丁（A. Augustinus，354—430）：迦太基神学者，基督教主教。著有《天主之城》《忏悔录》等。

力集于科学，则思制天然而见其法则；若至下者，乃自春徂冬，于两间崇高伟大美妙之见象，绝无所感应于心，自堕神智于深渊，寿虽百年，而迄不知光明为何物，又爰解所谓卧天然之怀，作婴儿之笑矣。修黎幼时，素亲天物，尝曰，吾幼即爱山河林壑之幽寂，游戏于断崖绝壁之为危险，吾伴侣也。考其生平，诚如自述。方在稚齿，已盘桓于密林幽谷之中，晨瞻晓日，夕观繁星，俯则瞰大都中人事之盛衰，或思前此压制抗拒之陈迹；而芜城古邑，或破屋中贫人啼饥号寒之状，亦时复历历入其目中。其神思之澡雪[①]，既至异于常人，则旷观天然，自感神閟，凡万汇之当其前，皆若有情而至可念也。故心弦之动，自与天籁合调，发为抒情之什，品悉至神，莫可方物，非狭斯丕尔暨斯宾塞[②]所作，不有足与相伦比者。比千八百十九年春，修黎定居罗马，次年迁毕撒[③]；裴伦亦至，此他之友多集，为其一生中至乐之时。迨二十二年七月八日，偕其友乘舟泛海，而暴风猝起，益以奔电疾雷，少顷波平，孤舟遂杳。裴伦闻信大震，遣使四出侦之，终得诗人之骸于水裔，乃葬罗马焉。修黎生时，久欲与生死问题以诠解，自曰，未来之事，吾意已满于柏拉图暨培庚之所言，吾心至定，无畏而多望，人居今日之躯壳，能力悉蔽于阴云，惟死亡来解脱其身，则秘密始能阐发。又曰，吾无所知，亦不能证，灵府至奥之思想，不能出以言辞，而此种事，纵吾身亦莫能解尔。嗟乎，死生之事大矣，而理至閟，置而不解，诗人未能，而解之之术，又独有死而已。故修黎曾泛舟坠海，乃大悦呼曰，今使吾释其秘密矣！然不死。一日浴于海，则伏而不起，友引之出，施救始苏，曰，吾恒欲探井中，人谓诚理伏焉，当我见诚，而君见我死也。然及今日，则修黎真死矣，而人生之閟，亦以真释，特知之者，亦独修黎已耳。

七

若夫斯拉夫民族，思想殊异于西欧，而裴伦之诗，亦疾进无所沮核。俄罗斯当十九世纪初叶，文事始新，渐乃独立，日益昭明，今则已有齐驱先觉诸邦之概，令西欧人士，无不惊其美伟矣。顾夷考权舆，实

---

① 澡雪：高洁的意思。《庄子·知北游》："澡雪精神"。

② 斯宾塞(E. Spenser，1552—1599)：英国诗人。他的作品反映了资产阶级上升时期积极进取的精神，在形式上对英国诗歌的格律有很大影响，被称为斯宾塞体。作品有长诗《仙后》等。

③ 毕撒(Pisa)：通译比萨，意大利城市。

本三士：曰普式庚[①]，曰来尔孟多夫[②]，曰鄂戈理。前二者以诗名世，均受影响于裴伦；惟鄂戈理以描绘社会人生之黑暗著名，与二人异趣，不属于此焉。

普式庚(A. Pushkin)以千七百九十九年生于墨斯科，幼即为诗，初建罗曼宗于其文界，名以大扬。顾其时俄多内讧，时势方亟，而普式庚诗多讽喻，人即借而挤之，将流鲜卑[③]，有数耆宿力为之辩，始获免，谪居南方。其时始读裴伦诗，深感其大，思理文形，悉受转化，小诗亦尝摹裴伦；尤著者有《高加索累囚行》[④]，至与《哈洛尔特游草》相类。中记俄之绝望青年，囚于异域，有少女为释缚纵之行，青年之情意复苏，而厥后终于孤去。其《及泼希》(Gypsy)一诗亦然，及泼希者，流浪欧洲之民，以游牧为生者也。有失望于世之人曰阿勒戈，慕是中绝色，因入其族，与为婚因，顾多嫉，渐察女有他爱，终杀之。女之父不施报，特令去不与居焉。二者为诗，虽有裴伦之色，然又至殊，凡厥中勇士，等是见放于人群，顾复不离亚历山大时俄国社会之一质分，易于失望，速于奋兴，有厌世之风，而其志至不固。普式庚于此，已不与以同情，诸凡切于报复而观念无所胜人之失，悉指摘不为讳饰。故社会之伪善，既灼然现于人前，而及泼希之朴野纯全，亦相形为之益显。论者谓普式庚所爱，渐去裴伦式勇士而向祖国纯朴之民，盖实自斯时始也。尔后巨制，曰《阿内庚》(Eugiene Onieguine)[⑤]，诗材至简，而文特富丽，尔时俄之社会，情状略具于斯。惟以推敲八年，所蒙之影响至不一，故性格迁流，首尾多异。厥初二章，尚受裴伦之感化，则其英雄阿内庚为性，力抗社会，断望人间，有裴伦式英雄之概，特已不凭神思，渐近真然，与尔时其国青年之性质肖矣。厥后外缘转变，诗人之性格亦移，于是渐离裴伦，所作日趣于独立；而文章益妙，著述亦多。至与裴伦分道之因，

---

① 普式庚(A. C. Пушкин，1799—1837)：通译普希金，俄国诗人。作品多抨击农奴制度，谴责贵族上流社会，歌颂自由与进步。主要作品有《欧根·奥涅金》《上尉的女儿》等。

② 来尔孟多夫(英文 M. Lermontov，俄文 Михаил Юрьевич Лермонтов，1814—1841)：通译莱蒙托夫，俄国诗人。他的作品尖锐抨击农奴制度的黑暗，同情人民的反抗斗争。著有长诗《童僧》《恶魔》和中篇小说《当代英雄》等。

③ 鲜卑：这里指西伯利亚，一八二〇年沙皇亚历山大一世因普希金写诗讽刺当局，原想把他流放此地；后因作家卡拉姆静、茹柯夫斯基等人为他辩护，改为流放高加索。

④ 《高加索累囚行》和下文的《及泼希》，分别通译为《高加索的俘虏》《茨冈》，都是普希金在高加索流放期间(1820—1824)所写的长诗。

⑤ 《阿内庚》：通译《欧根·奥涅金》，长篇叙事诗，普希金的代表作，写于一八二三年至一八三一年间。

则为说亦不一：或谓裴伦绝望奋战，意向峻绝，实与普式庚性格不相容，曩之信崇，盖出一时之激越，迨风涛大定，自即弃置而返其初；或谓国民性之不同，当为是事之枢纽，西欧思想，绝异于俄，其去裴伦，实由天性，天性不合，则裴伦之长存自难矣。凡此二说，无不近理：特就普式庚个人论之，则其对于裴伦，仅摹外状，迨放浪之生涯毕，乃骤返其本然，不能如来尔孟多夫，终执消极观念而不舍也。故旋墨斯科后，立言益务平和，凡足与社会生冲突者，咸力避而不道，且多赞诵，美其国之武功。千八百三十一年波阑抗俄[①]，西欧诸国右波阑，于俄多所憎恶。普式庚乃作《俄国之谗谤者》暨《波罗及诺之一周年》二篇[②]，以自明爱国。丹麦评骘家勃阑兑思(G. Brandes)[③]于是有微辞，谓惟武力之恃而狼藉人之自由，虽云爱国，顾为兽爱。特此亦不仅普式庚为然，即今之君子，日日言爱国者，于国有诚为人爱而不坠于兽爱者，亦仅见也。及晚年，与和阑[④]公使子覃提斯迮，终于决斗被击中腹，越二日而逝，时为千八百三十七年。俄自有普式庚，文界始独立，故文史家芘宾[⑤]谓真之俄国文章，实与斯人偕起也。而裴伦之摩罗思想，则又经普式庚而传来尔孟多夫。来尔孟多夫(M. Lermontov)生于千八百十四年，与普式庚略并世。其先来尔孟斯(T. Learmont)[⑥]氏，英之苏格兰人；故每有不平，辄云将去此冰雪警吏之地，归其故乡。顾性格全如俄人，妙思善感，惆怅无间，少即能缀德语成诗；后入大学被黜，乃居陆军学校二年，出为士官，如常武士，惟自谓仅于香宾酒中，加少许诗趣而已。及为禁军骑兵小校，始仿裴伦诗纪东方事，且至慕裴伦为人。其

---

① 波阑抗俄：一八三〇年十一月，波兰军队反抗沙皇的命令，拒绝开往比利时镇压革命，并举行武装起义，在人民支持下解放华沙，宣布废除沙皇尼古拉一世的统治，成立新政府。但起义成果被贵族和富豪所篡夺，最后失败，华沙复为沙俄军队占领。

② 《俄国之谗谤者》和《波罗及诺之一周年》，分别通译为《给俄罗斯之谗谤者》《波罗金诺纪念日》，都写于一八三一年。当时沙皇俄国向外扩张，到处镇压革命，引起被侵略国家人民的反抗。普希金这两首诗都有为沙皇侵略行为辩护的倾向。按波罗金诺是莫斯科西郊的一个市镇。一八一二年八月二十六日俄军在这里击败拿破仑军队，一八三一年沙皇军队占领华沙，也是八月二十六日，因此，普希金以《波罗金诺纪念日》为题。

③ 勃阑兑思(1842—1927)：通译勃兰兑斯，丹麦文学批评家，激进民主主义者。著有《十九世纪欧洲文学主潮》《歌德研究》等。他对普希金这两首诗的批评意见，见于《俄国印象记》。

④ 和阑：即荷兰。

⑤ 芘宾(А. Н. Пыпин，1833—1904)：通译佩平，俄国文学史家，著有《俄罗斯文学史》等。

⑥ 来尔孟斯(约1220—1297)：苏格兰诗人。

自记有曰，今吾读《世胄裴伦传》，知其生涯有同我者；而此偶然之同，乃大惊我。又曰，裴伦更有同我者一事，即尝在苏格兰，有媪谓裴伦母曰，此儿必成伟人，且当再娶。而在高加索，亦有媪告吾大母，言与此同。纵不幸如裴伦，吾亦愿如其说。[①] 顾来尔孟多夫为人，又近修黎。修黎所作《解放之普洛美迢》，感之甚力，于人生善恶竞争诸问，至为不宁，而诗则不之仿。初虽摹裴伦及普式庚，后亦自立。且思想复类德之哲人勖宾赫尔，知习俗之道德大原，悉当改革，因寄其意于二诗，一曰《神摩》(Demon)，一曰《谟哜黎》(Mtsyri)[②]。前者托旨于巨灵，以天堂之逐客，又为人间道德之憎者，超越凡情，因生疾恶，与天地斗争，苟见众生动于凡情，则辄旋以贱视。后者一少年求自由之呼号也。有孺子焉，生长山寺，长老意已断其情感希望，而孺子魂梦，不离故园，一夜暴风雨，乃乘长老方祷，潜遁出寺，彷徨林中者三日，自由无限，毕生莫伦。后言曰，尔时吾自觉如野兽，力与风雨电光猛虎战也。顾少年迷林中不能返，数日始得之，惟已以斗豹得伤，竟以是殒。尝语侍疾老僧曰，丘墓吾所弗惧，人言毕生忧患，将入睡眠，与之永寂，第优与吾生别耳。……吾犹少年。……宁汝尚忆少年之梦，抑已忘前此世间憎爱耶？倘然，则此世于汝，失其美矣。汝弱且老，灭诸希望矣。少年又为述林中所见，与所觉自由之感，并及斗豹之事曰，汝欲知吾获自由时，何所为乎？吾生矣。老人，吾生矣。使尽吾生无此三日者，且将惨淡冥暗，逾汝暮年耳。及普式庚斗死，来尔孟多夫又赋诗以寄其悲[③]，末解有曰，汝侪朝人，天才自由之屠伯，今有法律以自庇，士师盖无如汝何，第犹有尊严之帝在天，汝不能以金资为赂。……以汝黑血，不能涤吾诗人之血痕也。诗出，举国传诵，而来尔孟多夫亦由是得罪，定流鲜卑；后遇援，乃戍高加索，见其地之物色，诗益雄美。惟当少时，不满于世者义至博大，故作《神摩》，其物犹撒但，恶人生诸凡陋劣之行，力与之敌。如勇猛者，所遇无不庸懦，则生激怒；以天生崇美之感，而众生扰扰，不能相知，爰起厌倦，憎恨人世也。顾后乃渐即于实，凡所不满，已不在天地人间，退而止于一代；后且更变，而猝死于决斗。决斗之

---

① 莱蒙托夫的这两段话，见于他一八三〇年写的《自传札记》。《世胄拜伦传》，即穆尔所著《拜伦传》。

② 《神摩》和《谟哜黎》，分别通译为《恶魔》《童僧》。

③ 指《诗人之死》。这首诗揭露了沙俄当局杀害普希金的阴谋，发表后引起热烈的反响，莱蒙托夫因此被拘捕，流放到高加索。下文的末解，即最末一节，指莱蒙托夫为《诗人之死》补写的最后十六行诗；士师，指法官。

因，即肇于来尔孟多夫所为书曰《并世英雄记》[1]。人初疑书中主人，即著者自序，迨再印，乃辨言曰，英雄不为一人，实吾曹并时众恶之象。盖其书所述，实即当时人士之状尔。于是有友摩尔迭诺夫[2]者，谓来尔孟多夫取其状以入书，因与索斗。来尔孟多夫不欲杀其友，仅举枪射空中；顾摩尔迭诺夫则拟而射之，遂死，年止二十七。

前此二人之于裴伦，同汲其流，而复殊别。普式庚在厌世主义之外形，来尔孟多夫则直在消极之观念。故普式庚终服帝力，入于平和，而来尔孟多夫则奋战力拒，不稍退转。波覃勛迭[3]氏评之曰，来尔孟多夫不能胜来追之运命，而当降伏之际，亦至猛而骄。凡所为诗，无不有强烈弗和与踔厉不平之响者，良以是耳。来尔孟多夫亦甚爱国，顾绝异普式庚，不以武力若何，形其伟大。几所眷爱，乃在乡村大野，及村人之生活；且推其爱而及高加索土人。此土人者，以自由故，力敌俄国者也；来尔孟多夫虽自从军，两与其役，然终爱之，所作《伊思迈尔培》(Ismail Bey)[4]一篇，即纪其事。来尔孟多夫之于拿坡仑，亦稍与裴伦异趣。裴伦初尝责拿坡仑对于革命思想之谬，及既败，乃有愤于野犬之食死狮而崇之。来尔孟多夫则专责法人，谓自陷其雄士。至其自信，亦如裴伦，谓吾之良友，仅有一人，即是自己。又负雄心，期所过必留影迹。然裴伦所谓非憎人间，特去之而已，或云吾非爱人少，惟爱自然多耳等意，则不能闻之来尔孟多夫。彼之平生，常以憎人者自命，凡天物之美，足以乐英诗人者，在俄国英雄之目，则长此黯淡，浓云疾雷而不见霁日也。盖二国人之异，亦差可于是见之矣。

八

丹麦人勃阑兑思，于波阑之罗曼派，举密克威支(A. Mickiewicz)[5]、

---

① 《并世英雄记》：通译《当代英雄》，写成于一八四〇年，由五篇独立的故事连缀而成。

② 摩尔迭诺夫：俄国军官。他在官厅的阴谋主使下，于一八四一年七月在高加索毕替哥斯克城的决斗中，将莱蒙托夫杀害。

③ 波覃勛迭(F. M. von Bodenstedt，1819—1892)：通译波登斯德特，德国作家。他翻译过普希金、莱蒙托夫等俄国作家的作品。

④ 《伊思迈尔培》：通译《伊斯马伊尔·拜》，长篇叙事诗，写于一八三二年。内容是描写高加索人民为争取民族解放、反对沙皇专制统治的战争。

⑤ 密克威支(1798—1855)：通译密茨凯维支，波兰诗人、革命家。他毕生为反抗沙皇统治，争取波兰独立而奋斗。著有《青春颂》和长篇叙事诗《塔杜施先生》、诗剧《先人祭》等。

斯洛伐支奇(J. Slowacki)[1]、克拉旬斯奇(S. Krasinski)[2]三诗人。密克威支者，俄文家普式庚同时人，以千七百九十八年，生于札希亚小村之故家。村在列图尼亚[3]，与波阑邻比。十八岁，出就维尔那大学[4]，治言语之学，初，尝爱邻女马理维来苏萨加，而马理他去，密克威支为之不欢。后渐读裴伦诗，又作诗曰《死人之祭》(Dziady)[5]。中数份叙列图尼亚旧俗，每十一月二日，必置酒果于垅上，用享死者，聚村人牧者术士一人，暨众冥鬼，中有失爱自杀之人，已经冥判，每届是日，必更历苦如前此；而诗止断片未成。尔后居加夫诺(Kowno)[6]为教师；二三年返维尔那。递千八百二十二年，捕于俄吏，居囚室十阅月，窗牖皆木制，莫辨昼夜；乃送圣彼得堡，又徙阿兑塞[7]，而其地无需教师，遂之克利米亚[8]，揽其地风物以助咏吟，后成《克利米亚诗集》[9]一卷。已而，返墨斯科，从事总督府中，著诗二种，一曰：《格罗苏那》(Grazyna)[10]，记有王子烈泰威尔，与其外父域多勒特迕，将乞外兵为援，其妇格罗苏那知之，不能令勿叛，惟命守者，勿容日耳曼使人入诺华格罗迭克。援军遂怒，不攻域多勒特而引军薄烈泰威尔，格罗苏那自擐甲，伪为王子与战，已而，王子归，虽幸胜，而格罗苏那中流丸，旋死。及葬，絷发炮者，同置之火，烈泰威尔亦殉焉。此篇之意，盖在假有妇人，第以祖国之故，则虽背夫子之命，斥去援兵，欺其军士，濒国于险，且召战争，皆不为过，苟以是至高之目的，则一切事，无不可为者也。一曰：《华连

---

① 斯洛伐支奇(1809—1849)：通译斯洛伐茨基，波兰诗人。

他的作品多反映波兰人民对民族独立的强烈愿望，一八三〇年波兰起义时曾发表诗歌《颂歌》《自由颂》等以鼓舞斗志。主要作品有诗剧《珂尔强》等。

② 克拉旬斯奇(1812—1859)：波兰诗人。主要作品有《非神的喜剧》《未来的赞歌》等。

③ 列图尼亚：通译立陶宛。

④ 维尔那大学：在今立陶宛境内维尔纽斯城。

⑤ 《死人之祭》：通译《先人祭》，诗剧，密茨凯维支的代表作之一。写成于一八二三年至一八三二年间。它歌颂了农民反抗地主压迫的复仇精神，表现了波兰人民对沙皇专制的强烈抗议，号召为争取祖国独立而献身。

⑥ 加夫诺：立陶宛城市。密茨凯维支曾在这里度过四年中学教师生活。

⑦ 阿兑塞：通译敖德萨，在今乌克兰共和国南部。

⑧ 克利米亚：即克里米亚半岛，在苏联西南部黑海与亚速海之间，有许多风景区。

⑨ 《克利米亚诗集》：即《克里米亚十四行诗》，共十八首，写于一八二五年至一八二六年间。

⑩ 《格罗苏那》：通译《格拉席娜》，长篇叙事诗，一八二三年写于立陶宛。

洛德》(*Wallenrod*)①，其诗取材古代，有英雄以败亡之余，谋复国仇，因伪降敌陈，渐为其长，得一举而复之。此盖以意太利文人摩契阿威黎(Machiavelli)②之意，附诸裴伦之英雄，故初视之，亦"第罗曼派"言情之作。检文者，不喻其意，听其付梓，密克威支名遂大起。未几得间，因至德国，见其文人瞿提。③ 此他犹有《佗兑支氏》(Pan Tadeusz)④一诗，写苏孛烈加暨诃什支珂二族之事，描绘物色，为世所称。其中虽以佗兑支为主人，而其父约舍克易名出家，实其主的。初记二人熊猎，有名华伊斯奇者吹角，起自微声，以至洪响，自榆度榆，自榭至榭，渐乃如千万角声，合于一角；正如密克威支所为诗，有今昔国人之声，寄于是焉。诸凡诗中之声，清澈弘厉，万感悉至，直至波阑一角之天，悉满歌声，虽至今日，而影响于波阑人之心者，力犹无限。令人忆诗中所云，听者当华伊斯奇吹角久已，而尚疑其方吹未已也。密克咸支者，盖即生于彼歌声反响之中，至于无尽者夫。

密克威支至崇拿坡仑，谓其实造裴伦，而裴伦之生活暨其光耀，则觉普式庚于俄国，故拿坡仑亦间接起普式庚。拿坡仑使命，盖在解放国民，因及世界，而其一生，则为最高之诗。至于裴伦，亦极崇仰，谓裴伦所作，实出于拿坡仑，英国同代之人，虽被其天才影响，而卒莫能并大。盖自诗人死后，而英国文章，状态又归前纪矣。若在俄国，则善普式庚，二人同为斯拉夫文章首领，亦裴伦分文，逮年渐进，亦均渐趣于国粹；所异者，普式庚少时欲畔帝力，一举不成，遂以铩羽，且感帝意，愿为之臣⑤，失其英年时之主义，而密克威支则长此保持，洎死始已也。

---

① 《华连洛德》：通译全名是《康拉德·华伦洛德》，长篇叙事诗，写于一八二七年至一八二八年间，取材于古代立陶宛反抗普鲁士侵略的故事。

② 摩契阿威黎(1469—1527)：通译马基雅维里，意大利作家、政治家。他是君主专制政体的拥护者，主张统治者为了达到政治目的可以不择手段。著有《君主》等书。密茨凯维支在《华伦洛德》一诗的开端，引用了《君主》第十八章的一段话："因此，你得知道，取胜有两个方法：一定要又是狐狸，又是狮子。"

③ 密茨凯维支于一八二九年八月十七日到达德国魏玛，参加八月二十六日举行的歌德八十寿辰庆祝会，和歌德晤谈。

④ 《佗兑支氏》：通译《塔杜施先生》，长篇叙事诗，密茨凯维支的代表作。写于一八三二年至一八三四年。它以一八一二年拿破仑进攻俄国为背景，通过发生在立陶宛偏僻村庄的一个小贵族的故事，反映了波兰人民争取民族独立的斗争。华伊斯奇(Wojski)，波兰语，大管家的意思。

⑤ 普希金于一八三一年秋到沙皇政府外交部任职，一八三四年又被任命为宫廷近侍。

当二人相见时，普式庚有《铜马》[①]一诗，密克威支则有《大彼得像》一诗为其记念。盖千八百二十九年顷，二人尝避雨像次，密克威支因赋诗纪所语，假普式庚为言，末解曰，马足已虚，而帝不勒之返。彼曳其枚，行且坠碎。历时百年，今犹未堕，是犹山泉喷水，著寒而冰，临悬崖之侧耳。顾自由日出，熏风西集，寒沍之地，因以昭苏，则喷泉将何如，暴政将何如也？虽然，此实密克威支之言，特托之普式庚者耳。波阑破后[②]，二人遂不相见，普式庚有诗怀之；普式庚伤死，密克威支亦念之至切。顾二人虽甚稔，又同本裴伦，而亦有特异者，如普式庚于晚出诸作，恒自谓少年眷爱自繇之梦，已背之而去，又谓前路已不见仪的之存，而密克威支则仪的如是，决无疑贰也。

斯洛伐支奇以千八百九年生克尔舍密涅克（Krzemieniec）[③]，少孤，育于后父；尝入维尔那大学，性情思想如裴伦。二十一岁入华骚户部[④]为书记；越二年，忽以事去国，不能复返。初至伦敦；已而至巴黎，成诗一卷，仿裴伦诗体。时密克威支亦来相见，未几而□。所作诗歌，多惨苦之音。千八百三十五年去巴黎，作东方之游，经希腊埃及叙利亚；三十七年返意太利，道出易尔爱列须[⑤]阻疫，滞留久之，作《大漠中之疫》[⑥]一诗。记有亚剌伯人，为言目击四子三女，洎其妇相继死于疫，哀情涌于毫素，读之令人忆希腊尼阿孛（Niobe）[⑦]事，亡国之痛，隐然在焉。且又不止此苦难之诗而已，凶惨之作，恒与俱起，而斯洛伐支奇为尤。凡诗词中，靡不可见身受楚毒之印象或其见闻，最著者或根史实，如《克垒勒度克》（Król Duch）[⑧]中所述俄帝伊凡四世，以剑钉使者之足于地一节，盖本诸古典者也。

---

① 《铜马》：今译《青铜骑士》，写于一八三三年。下文的《大彼得像》，今译《彼得大帝的纪念碑》，写于一八三二年。

② 指一八三〇年波兰十一月起义失败，次年八月沙皇军队占领华沙，进行大屠杀，并再次将波兰并入俄国版图。

③ 克尔舍密涅克：通译克列梅涅茨，在今苏联乌克兰的特尔诺波尔省。

④ 华骚：即华沙。户部，掌管土地、户籍及财政收支等事务的官署。

⑤ 易尔爱列须（El Arish）：通译埃尔·阿里什，埃及的海口。

⑥ 《大漠中之疫》：今译《瘟疫病人的父亲》。

⑦ 尼阿孛：又译尼俄柏，希腊神话中忒拜城的王后。因为她轻蔑太阳神阿波罗的母亲而夸耀自己有七个儿子和七个女儿，阿波罗和他的妹妹月神阿耳忒弥斯就将她的子女全部杀死。

⑧ 《克垒勒度克》：波兰语，意译为《精神之王》，是一部有爱国主义思想的哲理诗。按诗中无这里所说伊凡四世的情节。

波阑诗人多写狱中戍中刑罚之事，如密克威支作《死人之祭》第三卷中，几尽绘己身所历，倘读其《契珂夫斯奇》(Cichowski)一章，或《娑波卢夫斯奇》(Sobolewski)之什，记见少年二十橇，送赴鲜卑事，不为之生愤激者盖鲜也。而读上述二人吟咏，又往往闻报复之声。如《死人祭》第三篇，有囚人所歌者：其一央珂夫斯奇曰，欲我为信徒，必见耶稣马理[①]，先惩污吾国土之俄帝而后可。俄帝若在，无能令我呼耶稣之名。其二加罗珂夫斯奇曰，设吾当受谪放，劳役缧绁，得为俄帝作工，夫何靳耶？吾在刑中，所当力作，自语曰，愿此苍铁，有日为帝成一斧也。吾若出狱，当迎鞑靼[②]女子，语之曰，为帝生一巴棱(杀保罗一世者)[③]。吾若迁居植民地，当为其长，尽吾陇亩，为帝植麻，以之成一苍色巨索，织以银丝，俾阿尔洛夫(杀彼得三世者)[④]得之，可缳俄帝颈也。末为康拉德歌曰，吾神已寂，歌在坟墓中矣。惟吾灵神，已嗅血腥，一跃而起，有如血蝠(Vampire)[⑤]，欲人血也。渴血渴血，复仇复仇！仇吾屠伯！天意如是，固报矣；即不如是，亦报尔！报复诗华，盖萃于是，使神不之直，则彼且自报之耳。

如上所言报复之事，盖皆隐藏，出于不意，其旨在凡窘于天人之民，得用诸术，拯其父国，为圣法也。故格罗苏那虽背其夫而拒敌，义为非谬；华连洛德亦然。苟拒异族之军，虽用诈伪，不云非法，华连洛德伪附于敌，乃歼日耳曼军，故土自由，而自亦忏悔而死。其意盖以为一人苟有所图，得当以报，则虽降敌，不为罪愆。如《阿勒普耶罗斯》(Alpujarras)[⑥]一诗，益可以见其意。中叙摩亚[⑦]之王阿勒曼若，以城方大疫，且不得不以格拉那陀地降西班牙，因夜出。西班牙人方饮，忽白有人乞见，来者一阿剌伯人，进而呼曰，西班牙人，吾愿奉汝明神，信

① 马理：通译马利亚，基督教传说中耶稣的母亲。

② 鞑靼：这里指居住中亚细亚一带的蒙古族后裔。

③ 巴棱：沙皇保罗一世的宠臣。他于一八〇一年三月谋杀了保罗一世。

④ 阿尔洛夫：俄国贵族首领。在一七六二年发生的宫廷政变中，他指使人暗杀了沙皇彼得三世。

⑤ 血蝠：又译吸血鬼。旧时欧洲民间传说：罪人和作恶者死后的灵魂，能于夜间离开坟墓，化为蝙蝠，吸吮生人的血。

⑥ 《阿勒普耶罗斯》和下文的《阑勃罗》《珂尔强》，分别通译为《阿尔普雅拉斯》《朗勃罗》《柯尔迪安》。《柯尔迪安》是大型诗剧，斯洛伐茨基的代表作。写于一八三四年。

⑦ 摩亚(Moor)：通译摩尔，非洲北部民族。曾于一二三八年到西南欧的伊比利亚半岛建立格拉那陀王国，一四九二年为西班牙所灭。阿勒曼若是格拉那陀王国的最后一个国王。

汝先哲，为汝奴仆！众识之，盖阿勒曼若也。西人长者抱之为吻礼，诸首领皆礼之。而阿勒曼若忽仆地，攫其巾大悦呼曰，吾中疫矣！盖以彼忍辱一行，而疫亦入西班牙之军矣。斯洛伐支奇为诗，亦时责奸人自行诈于国，而以诈术陷敌，则甚美之，如《阑勃罗》(Lambro)《珂尔强》(Kordjan)皆是。《阑勃罗》为希腊人事，其人背教为盗，俾得自由以仇突厥，性至凶酷，为世所无，惟裴伦东方诗中能见之耳。珂尔强者，波阑人谋刺俄帝尼可拉一世者也。凡是二诗，其主旨所在，皆特报复而已矣。上二士者，以绝望故，遂于凡可祸敌，靡不许可，如格罗苏那之行诈，如华连洛德之伪降，如阿勒曼若之种疫，如珂尔强之谋刺，皆是也。而克拉旬斯奇之见，则与此反。此主力报，彼主爱化。顾其为诗，莫不追怀绝泽，念祖国之忧患。波阑人动于其诗，因有千八百三十年之举；馀忆所及，而六十三年大变[①]，亦因之起矣。即在今兹，精神未忘，难亦未已也。

九

若匈加利当沉默蜷伏之顷，则兴者有裴象飞(A. Petofi)[②]，沽肉者子也，以千八百二十三年生于吉思珂罗(Kis-koros)。其区为匈之低地，有广漠之普斯多(Puszta 此翻平原)，道周之小旅以及村舍，种种物色，感之至深。盖普斯多之在匈，犹俄之有斯第孛(Steppe 此亦翻平原)，善能起诗人焉。父虽贾人，而殊有学，能解腊丁文。裴象飞十岁出学于科勒多，既而至阿琐特，治文法三年。然生有殊禀，挚爱自繇，愿为俳优；天性又长于吟咏。比至舍勒美支，入高等学校三月，其父闻裴象飞与优人伍，令止读，遂徒步至菩特沛思德[③]，入国民剧场为杂役。后为亲故所得，留养之，乃始为诗咏邻女，时方十六龄。顾亲属谓其无成，仅能为剧，遂任之去。裴象飞忽投军为兵，虽性恶压制而爱自由，顾亦居军中者十八月，以病疟罢。又入巴波大学[④]，时亦为优，生计极

① 指一八六三年波兰一月起义。这次起义成立了临时民族政府，发布解放农奴的宣言和法令。一八六五年因被沙皇镇压而失败。

② 裴象飞(1823—1849)：通译裴多菲，匈牙利革命家、诗人。他积极参加了一八四八年三月十五日布达佩斯的起义，反抗奥地利统治；次年在与协助奥国侵略的沙皇军队的战斗中牺牲。他的作品多讽刺社会的丑恶，描述被压迫人民的痛苦生活，鼓舞人民起来为争取自由而斗争。著有长诗《使徒》《勇敢的约翰》、政治诗《民族之歌》等。

③ 菩特沛思德：通译布达佩斯。

④ 巴波大学：应为中学，匈牙利西部巴波城的一所著名学校。

艰，译英法小说自度。千八百四十四年访伟罗思摩谛(M. Vorosmarty)[1]，伟为梓其诗，自是遂专力于文，不复为优。此其半生之转点，名亦陡起，众目为匈加利之大诗人矣，次年春，其所爱之女死，因旅行北方自遣，及秋始归。洎四十七年，乃访诗人阿阑尼(J. Arany)于萨伦多[2]，而阿阑尼杰作《约尔提》(Joldi)适竣，读之叹赏，订交焉。四十八年以始，裴象飞诗渐倾于政事，盖知革命将兴，不期而感，犹野禽之识地震也。是年三月，土奥大利人革命[3]报至沛思德，裴象飞感之，作《兴矣摩迦人》(Tolpra Magyar)[4]一诗，次日诵以徇众，至解末迭句云，誓将不复为奴！则众皆和，持至检文之局，逐其吏而自印之，立俟其毕，各持之行。文之脱检，实自此始。裴象飞亦尝自言曰，吾琴一音，吾笔一下，不为利役也。居吾心者，爱有天神，使吾歌且吟。天神非他，即自由耳。[5] 顾所为文章，时多过情，或与众忤；尝作《致诸帝》[6]一诗，人多责之。裴象飞自记曰，去三月十五数日而后，吾忽为众恶之人矣，褫夺花冠，独研深谷之中，顾吾终幸不屈也。比国事渐急，诗人知战争死亡且近，极思赴之。自曰，天不生我于孤寂，将召赴战场矣。吾今得闻角声召战，吾魂几欲骤前，不及待令矣。遂投国民军(Honvéd)中，四十九年转隶贝谟[7]将军麾下。贝谟者，波阑武人，千八百三十年之役，

---

① 伟罗思摩谛(1800—1855)：今译魏勒斯马尔提，匈牙利诗人。著有《号召》《查兰的出走》等。他曾介绍裴多菲的第一部诗集给国家丛书社出版。

② 阿阑尼(1817—1882)：通译奥洛尼，匈牙利诗人。曾参加一八四八年匈牙利革命。主要作品《多尔第》三部曲(即文中所说的《约尔提》)写成于一八四六年。萨伦多，匈牙利东部的一个农村。

③ 土奥大利人革命：一八四八年三月十三日，奥地利首都维也纳发生武装起义，奥皇被迫免去首相梅特涅的职务，同意召开国民会议，制订宪法，但并未解决重大社会问题。

④ 《兴矣摩迦人》指《民族之歌》。“兴矣摩迦人”是该诗的首句，今译“起来，匈牙利人!”此诗写于一八四八年三月十三日维也纳武装起义的当天。

⑤ 裴多菲的这段话，见于一八四八年四月十九日的日记，译文如下：“也许在世界上，有许多更加美丽、庄严的七弦琴和鹅毛笔，但比我那洁白的鹅毛笔更好的，却绝不会有。我的七弦琴任何一个声音，我的鹅毛笔任何一个笔触，从来没有把它用来图利。我所写的，都是我的心灵的主宰要我写的，而心灵的主宰——就是自由之神!”(《裴多菲全集》第五卷《日记抄》)

⑥ 《致诸帝》：今译《给国王们》，写于一八四八年三月二十七日至三十日之间。在这首诗里，裴多菲预言全世界暴君的统治即将覆灭。下引裴多菲的话，见于一八四八年三月十七日的日记。

⑦ 贝谟(J. Bem，1795—1850)：通译贝姆，波兰将军。一八三〇年十一月波兰起义领导人之一，失败后流亡国外，参加了一八四八年维也纳武装起义和一八四九年匈牙利民族解放战争。

力战俄人者也。时轲苏士[1]招之来，使当脱阑希勒伐尼亚[2]一面，甚爱裴彖飞，如家人父子然。裴彖飞三去其地，而不久即返，似或引之。是年七月三十一日舍俱思跋[3]之战，遂殁于军。平日所谓为爱而歌，为国而死者，盖至今日而践矣。裴彖飞幼时，尝治裴伦暨修黎之诗，所作率纵言自由，诞放激烈，性情亦仿佛如二人。曾自言曰，吾心如反响之森林，受一呼声，应以百响者也。又善体物色，著之诗歌，妙绝人世，自称为无边自然之野花。所著长诗，有《英雄约诺斯》(JáuosVitéz)[4]一篇，取材于古传，述其人悲欢畸迹。又小说一卷曰《缢吏之缳》(A Hőhér Kotele)[5]，记以眷爱起争，肇生孽障，提尔尼阿遂陷安陀罗奇之子于法。安陀罗奇失爱绝欢，庐其子垅上，一日得提尔尼阿，将杀之。而从者止之曰，敢问死与生之忧患孰大？曰，生哉！乃纵之使去；终诱其孙令自经，而其为绳，即昔日缳安陀罗奇子之颈者也。观其首引耶和华[6]言，意盖云厥祖罪愆，亦可报诸其苗裔，受施必复，且不嫌加甚焉。至于诗人一生，亦至殊异，浪游变易，殆无宁时。虽少逸豫者一时，而其静亦非真静，殆犹大海漩洄中心之静点而已。设有孤舟，卷于旋风，当有一瞬间忽尔都寂，如风云已息，水波不兴，水色青如微笑，顾漩洑偏急，舟复入卷，乃至破没矣。彼诗人之暂静，盖亦犹是焉耳。

上述诸人，其为品性言行思惟，虽以种族有殊，外缘多别，因现种种状，而实统于一宗：无不刚健不挠，抱诚守真；不取媚于群，以随顺旧俗；发为雄声，以起其国人之新生，而大其国于天下。求之华土，孰比之哉？夫中国之立于亚洲也，文明先进，四邻莫之与伦，蹇视高步，因益为特别之发达；及今日虽周彡苓，而犹与西欧对立，此其幸也。顾使往昔以来，不事闭关，能与世界大势相接，思想为作，日趣于新，则今日方卓立宇内，无所愧逊于他邦，荣光俨然，可无苍黄变革之事，又从可知尔。故一为相度其位置，稽考其邂逅，则震旦为国，得失滋不云

① 轲苏士(L. Kossuth，1802—1894)：通译科苏特，一八四八年匈牙利革命的主要领导者。他组织军队，于一八四九年四月击败奥军，宣布匈牙利独立，成立共和国，出任新国家元首。失败后出亡，死于意大利。

② 脱阑希勒伐尼亚(Transilvania)：通译特兰西瓦尼亚，当时在匈牙利东南部，今属罗马尼亚。

③ 舍俱思跋：通译瑟克什堡，一八四九年夏沙皇尼古拉一世派出十多万军队援助奥地利，贝姆所部在这里受挫，裴多菲即在此役中牺牲。

④ 《英雄约诺斯》：通译《勇敢的约翰》，长篇叙事诗，写于一八四四年。

⑤ 《缢史之缳》：通译《绞吏之绳》，写于一八四六年。

⑥ 耶和华：希伯来人对上帝的称呼。

微。得者以文化不受影响于异邦，自具特异之光采，近虽中衰，亦世希有。失者则以孤立自是，不遇校雠，终至堕落而之实利；为时既久，精神沦亡，逮蒙新力一击，即砉然冰泮，莫有起而与之抗。加以旧染既深，辄以习惯之目光，观察一切，凡所然否，谬解为多，此所为呼维新既二十年，而新声迄不起于中国也。夫如是，则精神界之战士贵矣。英当十八世纪时，社会习于伪，宗教安于陋，其为文章，亦摹故旧而事涂饰，不能闻真之心声。于是哲人洛克[①]首出，力排政治宗教之积弊，唱思想言议之自由，转轮之兴，此其播种。而在文界，则有农人朋思生苏格阑，举全力以抗社会，宣众生平等之音，不惧权威，不跽金帛，洒其热血，注诸韵言；然精神界之伟人，非遂即人群之骄子，轗轲流落，终以夭亡。而裴伦修黎继起，转战反抗，具如前陈。其力如巨涛，直薄旧社会之柱石。余波流衍，入俄则起国民诗人普式庚，至波阑则作报复诗人密克威支，入匈加利则觉爱国诗人裴彖飞；其他宗徒，不胜具道。顾裴伦修黎，虽蒙摩罗之谥，亦第人焉而已。凡其同人，实亦不必口摩罗宗，苟在人间，必有如是。此盖聆热诚之声而顿觉者也，此盖同怀热诚而互契者也。故其平生，亦甚神肖，大都执兵流血，如角剑之士，转辗于众之目前，使抱战栗与愉快而观其鏖扑。故无流血于众之目前者，其群祸矣；虽有而众不之视，或且进而杀之，斯其为群，乃愈益祸而不可救也！

今索诸中国，为精神界之战士者安在？有作至诚之声，致吾人于善美刚健者乎？有作温煦之声，援吾人出于荒寒者乎？家国荒矣，而赋最末哀歌，以诉天下贻后人之耶利米，且未之有也。非彼不生，即生而贼于众，居其一或兼其二，则中国遂以萧条。劳劳独躯壳之事是图，而精神日就于荒落；新潮来袭，遂以不支。众皆曰维新，此即自白其历来罪恶之声也，犹云改悔焉尔。顾既维新矣，而希望亦与偕始，吾人所待，则有介绍新文化之士人。特十余年来，介绍无已，而究其所携将以来归者；乃又舍治饼饵守囹圄之术[②]而外，无他有也。则中国尔后，且永续其萧条，而第二维新之声，亦将再举，盖可准前事而无疑者矣。俄

① 洛克(J. Locke，1632—1704)：英国哲学家。他认为知识起源于感觉，后天经验是认识的源泉，反对天赋观念论和君权神授说。著有《人类理解力论》《政府论》等。

② 治饼饵守囹圄之术指当时留学生从日文翻译的关于家政和警察学一类的书。

文人凯罗连珂（V. Korolenko）作《末光》[1]一书，有记老人教童子读书于鲜卑者，曰，书中述樱花黄鸟，而鲜卑沍寒，不有此也。翁则解之曰，此鸟即止于樱木，引吭为好音者耳。少年乃沉思。然夫，少年处萧条之中，即不诚闻其好音，亦当得先觉之诠解；而先觉之声，乃又不来破中国之萧条也。然则吾人，其亦沉思而已夫，其亦惟沉思而已夫！

一九〇七年作

① 凯罗连珂（1853—1921）：通译柯罗连科，俄国作家。一八八〇年因参加革命运动被捕，流放西伯利亚六年。写过不少关于流放地的中篇和短篇小说。著有小说集《西伯利亚故事》和文学回忆录《我的同时代人的故事》等。《末光》是《西伯利亚故事》中的一篇，中译本题为《最后的光芒》（韦素园译）。

文化偏至论[1](1907)

鲁迅

中国既以自尊大昭闻天下,善诋諆者,或谓之顽固;且将抱守残阙,以底于灭亡。近世人士,稍稍耳新学之语,则亦引以为愧,翻然思变,言非同西方之理弗道,事非合西方之术弗行,挖击旧物,惟恐不力,曰将以革前缪而图富强也。间尝论之:昔者帝轩辕氏之戡蚩尤[2]而定居于华土也,典章文物,于以权舆,有苗裔之繁衍于兹,则更改张皇,益臻美大。其蠢蠢于四方者,胥蕞尔小蛮夷耳,厥种之所创成,无一足为中国法,是故化成发达,咸出于己而无取乎人。降及周秦,西方有希腊罗马起,艺文思理,灿然可观,顾以道路之艰,波涛之恶,交通梗塞,未能择其善者以为师资。洎元明时,虽有一二景教父师[3],以教理暨历算质学于中国,而其道非盛。故迄于海禁既开,皙人踵至[4]之顷,中国之在天下,见夫四夷之则效上国,革面来宾者有之;或野心怒发,狡焉思逞者有之;若其文化昭明,诚足以相上下者,盖未之有也。屹然出中央而无校雠[5],则其益自尊大,宝自有而傲睨万物,固人情所宜然,亦非甚

---

① 选自《鲁迅全集》第1卷,人民文学出版社,2005年。本篇最初发表于1908年8月《河南》月刊第七号,署名迅行。

② 轩辕氏之戡蚩尤:轩辕氏即黄帝,我国传说中汉族的始祖、上古帝王。相传他与九黎族的首领蚩尤作战,擒杀蚩尤于涿鹿。

③ 景教父师:指在中国传教的天主教士。公元一二九〇年(元至元二十七年),意大利教士若望高未诺经印度来北京;一五八一年(明万历九年),利玛窦和罗明坚至澳门,以肇庆到北京。西方天文、数学、地理等近代科学,即经由他们传入中国。其后来者渐多,明清间主持改革历法的德教士汤若望,即是其中最著名的一人。

④ 海禁:鸦片战争以前,清朝政府实行传统的闭关政策,禁阻民间商船出口从事海外贸易,规定外国商船在指定的海口通商,这些措施叫做"海禁"。从一八四〇年鸦片战争开始,资本主义列强用枪炮打开了中国的大门,强迫中国接受一系列不平等条约,于是海禁大开,中国逐渐沦为半封建半殖民地社会,西方资产阶级的科学文化也随之传入中国。

⑤ 校雠:原意是校对文字正误,这里是比较的意思。

背于理极者矣。虽然，惟无校雠故，则宴安日久，苓落以胎，迫拶不来，上征亦辍，使人苶，使人屯，其极为见善而不思式。有新国林起于西，以其殊异之方术来向，一施吹拂，块然踣傹[①]，人心始自危，而辁才小慧之徒，于是竞言武事。后有学于殊域者，近不知中国之情，远复不察欧美之实，以所拾尘芥，罗列人前，谓钩爪锯牙，为国家首事，又引文明之语，用以自文，征印度波兰[②]，作之前鉴。夫以力角盈绌者，于文野亦何关？远之则罗马之于东西戈尔[③]，迩之则中国之于蒙古女真，此程度之离距为何如，决之不待智者。然其胜负之数，果奈何矣？苟曰是惟往古为然，今则机械其先，非以力取，故胜负所判，即文野之由分也。则曷弗启人智而开发其性灵，使知罟获戈矛，不过以御豺虎，而喋喋誉白人肉攫之心，以为极世界之文明者又何耶？且使如其言矣，而举国犹孱，授之巨兵，奚能胜任，仍有僵死而已矣。嗟夫，夫子盖以习兵事为生，故不根本之图，而仅提所学以干天下；虽兜牟[④]深隐其面，威武若不可陵，而干禄之色，固灼然现于外矣！计其次者，乃复有制造商估立宪国会之说[⑤]。前二者素见重于中国青年间，纵不主张，治之者亦将不可缕数。盖国若一日存，固足以假力图富强之名，博志士之誉，即有不幸，宗社为墟，而广有金资，大能温饱，即使怙恃既失，或被虐杀如犹太遗黎[⑥]，然善自退藏，或不至于身受；纵大祸垂及矣，而幸免者非无人，其人又适为己，则能得温饱又如故也。若夫后二，可无论已。中较善者，或诚痛乎外侮迭来，不可终日，自既荒陋，则不得已，姑拾他人之绪余，思鸠大群以抗御，而又飞扬其性，善能攘扰，见异己者兴，必借众以陵寡，托言众治，压制乃尤烈于暴君。此非独于理至悖也，即缘救国是

---

① 踣傹 bó jìng：跌倒，僵仆。

② 印度波兰：印度于公元一八四九年被英国侵占；波兰于十八世纪末被俄国、普鲁士、奥地利三国瓜分。

③ 戈尔(Gaul)：通译高卢。公元三世纪末高卢等族联合罗马奴隶进攻罗马帝国，经过长期的战争，使它于公元四七六年覆亡。

④ 兜牟 dōu móu：亦作“兜鍪”，古代战士戴的头盔。秦汉以前称胄，后叫兜鍪。

⑤ 制造商估：即发展工业和商业。当时一部分知识分子在民族危机和洋务运动的刺激下，提出中国应该学习西方资本主义国家的自然科学和生产技术，制造新式武器、交通工具和生产工具，建立近代工业，振兴商业，和外国进行“商战”。立宪国会，是戊戌政变后至辛亥革命之间改良主义者所主张和提倡的政治运动。这时期的改良主义者，包括康有为、梁启超等在内，已经走上了反动的道路；他们主张君主立宪和成立欧洲资产阶级式的国会，反对孙中山等主张推翻清政府的民主革命运动。

⑥ 犹太遗黎：犹太国建于公元前十一世纪至前十世纪之间。在公元一世纪亡于罗马，以后犹太人即散居世界各地。

图，不惜以个人为供献，而考索未用，思虑粗疏，茫未识其所以然，辄皈依于众志，盖无殊痼疾之人，去药石摄卫之道弗讲，而乞灵于不知之力，拜祷稽首于祝由[1]之门者哉。至尤下而居多数者，乃无过假是空名，遂其私欲，不顾见诸实事，将事权言议，悉归奔走干进之徒，或至愚屯之富人，否亦善垄断之市侩，特以自长营搰[2]，当列其班，况复掩自利之恶名，以福群之令誉，捷径在目，斯不惮竭蹶以求之耳。呜呼，古之临民者，一独夫也；由今之道，且顿变而为千万无赖之尤，民不堪命矣，于兴国究何与焉。顾若而人者，当其号召张皇，盖蔑弗托近世文明为后盾，有佛戾[3]其说者起，辄谥之曰野人，谓为辱国害群，罪当甚于流放。第不知彼所谓文明者，将已立准则，慎施去取，指善美而可行诸中国之文明乎，抑成事旧章，咸弃捐不顾，独指西方文化而为言乎？物质也，众数也，十九世纪末叶文明之一面或在兹，而论者不以为有当。盖今所成就，无一不绳前时之遗迹，则文明必日有其迁流，又或抗往代之大潮，则文明亦不能无偏至。诚若为今立计，所当稽求既往，相度方来，掊物质而张灵明，任个人而排众数。人既发扬踔厉矣，则邦国亦以兴起。奚事抱枝拾叶，徒金铁[4]国会立宪之云乎？夫势利之念昌狂于中，则是非之辨为之昧，措置张主，辄失其宜，况乎志行污下，将借新文明之名，以大遂其私欲者乎？是故今所谓识时之彦，为按其实，则多数常为盲子，宝赤菽以为玄珠，少数乃为巨奸，垂微饵以冀鲸鲵。即不若是，中心皆中正无瑕玷矣，于是拮据辛苦，展其雄才，渐乃志遂事成，终致彼所谓新文明者，举而纳之中国，而此迁流偏至之物，已陈旧于殊方者，馨香顶礼，吾又何为若是其芒芒哉！是何也？曰物质也，众数也，其道偏至。根史实而见于西方者不得已：横取而施之中国则非也。借曰非乎？请循其本——夫世纪之元，肇于耶稣[5]出世，历年既百，是为一期，大故若兴，斯即此世纪所有事，盖从历来之旧贯，而假是为区

① 祝由：旧时用符咒等迷信方法治病的人。

② 营搰：钻营掠夺。

③ 佛戾：违逆。佛，通拂。

④ 金铁：指当时杨度提出的所谓“金铁主义”。一九〇七年一月，杨度在东京出版《中国新报》，分期连载《金铁主义说》。金指“金钱”，即经济；铁指“铁炮”，即军事。这实际上是重复洋务派“富国强兵”的论调，与当时梁启超的君主立宪说相呼应。

⑤ 耶稣（约前 4—30）：基督教创始人，犹太族人。现在通用的公历，以他的生年为纪元元年（据考证，他实际生年约在公元前四年）。据《新约全书》说，他在犹太各地传教，为犹太当权者所仇视，后被捕送交罗马帝国驻犹太总督彼拉多，钉死在十字架上。

分，无奥义也。诚以人事连绵，深有本柢，如流水之必自原泉，卉木之茁于根茇[①]，倏忽隐见，理之必无。故苟为寻绎其条贯本末，大都蝉联而不可离，若所谓某世纪文明之特色何在者，特举荦荦大者而为言耳。按之史实，乃如罗马统一欧洲以来，始生大洲通有之历史；已而教皇以其权力，制御全欧，使列国靡然受圈，如同社会，疆域之判，等于一区；益以梏亡人心，思想之自由几绝，聪明英特之士，虽摘发新理，怀抱新见，而束于教令，胥缄口结舌而不敢言。虽然，民如大波，受沮益浩，则于是始思脱宗教之系缚，英德二国，不平者多，法皇[②]宫庭，实为怨府，又以居于意也，乃并意太利人而疾之。林林之民，咸致同情于不平者，凡有能阻泥教旨，抗拒法皇，无闻是非，辄与赞和。时则有路德（M. Luther）者起于德，谓宗教根元，在乎信仰，制度戒法，悉其荣华，力击旧教而仆之。自所创建，在废弃阶级，黜法皇僧正[③]诸号，而代以牧师，职宣神命，置身社会，弗殊常人；仪式祷祈，亦简其法。至精神所注，则在牧师地位，无所胜于平人也。转轮[④]既始，烈栗遍于欧洲，受其改革者，盖非独宗教而已，且波及于其他人事，如邦国离合，争战原因，后兹大变，多基于是。加以束缚弛落，思索自由，社会蔑不有新色，则有尔后超形气学[⑤]上之发见，与形气学上之发明。以是胚胎，又作新事：发隐地[⑥]也，善机械也，展学艺而拓贸迁也，非去羁勒而纵人心，不有此也。顾世事之常，有动无定，宗教之改革已，自必益进而求政治之更张。溯厥由来，则以往者颠覆法皇，一假君主之权力，变革既毕，其力乃张，以一意孤临万民，在下者不能加之抑制，日夕孳孳，惟开拓封域是务，驱民纳诸水火，绝无所动于心：生计绌，人力耗矣。而物反于穷，民意遂动，革命于是见于英，继起于美，复次则大起于法朗西，[⑦]扫荡门第，平一尊卑，政治之权，主以百姓，平等自由之念，社会民主之思，弥漫于人心。流风至今，则凡社会政治经济上一切权利，义必悉公

---

① 茇：即草根。

② 法皇：即教皇，其宫廷在意大利罗马的梵蒂冈。

③ 僧正：即主教。

④ 转轮：意即变革。

⑤ 超形气学：指研究客观事物一般的发展规律的科学，即哲学；与下文的形气学，即具体的自然科学相对而言。

⑥ 发隐地：指十五世纪末叶发现美洲大陆。

⑦ 英、美、法三国的革命，指一六四九年和一六八八年英国两次资产阶级革命，一七七五年美国反对英国殖民统治的独立战争，一七八九年法国大革命。

诸众人，而风俗习惯道德宗教趣味好尚言语暨其他为作，俱欲去上下贤不肖之闲，以大归乎无差别。同是者是，独是者非，以多数临天下而暴独特者，实十九世纪大潮之一派，且曼衍入今而未有既者也。更举其他，则物质文明之进步是已。当旧教盛时，威力绝世，学者有见，大率默然，其有毅然表白于众者，每每获囚戮之祸。递教力堕地，思想自由，凡百学术之事，勃焉兴起，学理为用，实益遂生，故至十九世纪，而物质文明之盛，直傲睨前此二千余年之业绩。数其著者，乃有棉铁石炭之属，产生倍旧，应用多方，施之战斗制造交通，无不功越于往日；为汽为电，咸听指挥，世界之情状顿更，人民之事业益利。久食其赐，信乃弥坚，渐而奉为圭臬，视若一切存在之本根，且将以之范围精神界所有事，现实生活，胶不可移，惟此是尊，惟此是尚，此又十九世纪大潮之一派，且曼衍入今而未有既者也。虽然，教权庞大，则覆之假手于帝王，比大权尽集一人，则又颠之以众庶。理若极于众庶矣，而众庶果足以极是非之端也耶？宴安逾法，则矫之以教宗，递教宗淫用其权威，则又掊之以质力。事若尽于物质矣，而物质果品尽人生之本也耶？平意思之，必不然矣。然而大势如是者，盖如前言，文明无不根旧迹而演来，亦以矫往事而生偏至，缘督[①]校量，其颇灼然，犹孑与躄[②]焉耳。特其见于欧洲也，为不得已，且亦不可去，去孑与躄，斯失孑与躄之德，而留者为空无。不安受宝重之者奈何？顾横被之不相系之中国而膜拜之，又宁见其有当也？明者微睇，察逾众凡，大土哲人，乃蚤识其弊而生愤叹，此十九世纪末叶思潮之所以变矣。德人尼耙（Fr. Nietzsche）[③]氏，则假察罗图斯德罗（Zarathustra）之言曰，吾行太远，孑然失其侣，返而观夫今之世，文明之邦国会，斑斓之社会矣。特其为社会也，无确固之崇信；众庶之于知识也，无作始之性质。邦国如是，奚

① 缘督：遵循正确的标准。《庄子·养生主》："缘督以为经。"督，中道、正道。

② 孑躄：独臂。躄，跛足。

③ 尼耙（1844—1900）：通译尼采，德国哲学家，唯意志论和超人哲学的鼓吹者。他认为个人的权力意志是创造一切、决定一切的动力，鼓吹高踞于群众之上的所谓"超人"是人的生物进化的顶点，一切历史和文化都是由他们创造的，而人民群众则是低劣的"庸众"。他极端仇视无产阶级的社会主义革命运动，甚至连资产阶级的民主也坚决反对。他的理论反映了十九世纪后半期垄断资产阶级的愿望和要求，后来成为德国法西斯主义的理论根据。作者把他当作代表新生力量的进步思想家，显然是当时的一种误解。以后作者对尼采的看法有了改变，在一九三五年写的《〈中国新文学大系〉小说二集序》中，称他为"世纪末"的思想家。（见《且介亭杂文二集》）

能淹留？吾见放于父母之邦矣！聊可望者，独苗裔耳。[1] 此其深思遐瞩，见近世文明之伪与偏，又无望于今之人，不得已而念来叶者也。

然则十九世纪末思想之为变也，其原安在，其实若何，其力之及于将来也又奚若？曰言其本质，即以矫十九世纪文明而起者耳。盖五十年来，人智弥进，渐乃返观前此，得其通弊，察其黑甚暗，于是浡焉兴作，会为大潮，以反动破坏充其精神，以获新生为其希望，专向旧有之文明，而加之掊击扫荡焉。全欧人士，为之栗然震惊者有之，芒然自失者有之，其力之烈，盖深入于人之灵府矣。然其根柢，乃远在十九世纪初叶神思一派[2]；递夫后叶，受感化于其时现实之精神，已而更立新形，起以抗前时之现时，即所谓神思宗之至新者[3]也。若夫影响，则眇眇来世，肊测殊难，特知此派之兴，决非突见而靡人心，亦不至突灭而归乌有，据地极固，函义甚深。以是为二十世纪文化始基，虽云早计，然其为将来新思想之朕兆，亦新生活之先驱，则按诸史实所昭垂，可不俟繁言而解者已。顾新者虽作，旧亦未僵，方遍满欧洲，冥通其地人民之呼吸，余力流衍，乃扰远东，使中国之人，由旧梦而入于新梦，冲决嚣叫，状犹狂酲。夫方贱古尊新，而所得既非新，又至偏而至伪，且复横决，浩乎难收，则一国之悲哀亦大矣。今为此篇，非云已尽西方最近思想之全，亦不为中国将来立则，惟疾其已甚，施之抨弹，犹神思新宗之意焉耳。故所述止于二事：曰非物质，曰重个人。

个人一语，入中国未三四年，号称识时之士，多引以为大诟，苟被其谥，与民贼同。意者未遑深知明察，而迷误为害人利己之义也欤？夷考其实，至不然矣。而十九世纪末之重个人，则吊诡[4]殊恒，尤不能与往者比论。试案尔时人性，莫不绝异其前，入于自识，趣于我执，刚愎主己，于庸俗无所顾忌。如诗歌说部之所记述，每以骄蹇不逊者为全局之主人。此非操觚之士，独凭神思构架而然也，社会思潮，先发其

---

① 察罗图斯德罗：通译札拉图斯特拉。这里引述的话见于尼采的主要哲学著作《札拉图斯特拉如是说》第一部第三十六章《文明之地》（与原文略有出入）。札拉图斯特拉，即公元前六七世纪波斯教的创立者札拉西斯特（Zoroaster）；尼采在这本书中仅是借他来宣扬自己的主张，与波斯教教义无关。

② 神思一派：指十九世纪初叶以黑格尔为代表的唯心主义学派。参看后面“黑该尔”的注释。

③ 神思宗之至新者：指十九世纪末叶的极端主观唯心主义派别，如下文所介绍的以尼采、叔本华为代表的唯意志论，以斯蒂纳为代表的唯我论等。

④ 吊诡：十分奇特的意思。《庄子·齐物论》：“是其言也，其名为吊诡。”据唐代陆德明《经典释文》：吊，“音的，至也”；诡，“异也”。

朕，则迻之载籍而已矣。盖自法朗西大革命以来，平等自由，为凡事首，继而普通教育及国民教育，无不基是以遍施。久浴文化，则渐悟人类之尊严；既知自我，则顿识个性之价值；加以往之习惯坠地，崇信荡摇，则其自觉之精神，自一转而之极端之主我。且社会民主之倾向，势亦大张，凡个人者，即社会之一分子，夷隆实陷，是为指归，使天下人人归于一致，社会之内，荡无高卑。此其为理想诚美矣，顾于个人殊特之性，视之蔑如，既不加之别分，且欲致之灭绝。更举黑甚暗，则流弊所至，将使文化之纯粹者，精神益趋于固陋，颓波日逝，纤屑靡存焉。盖所谓平社会者，大都夷峻而不湮卑，若信至程度大同，必在前此进步水平以下。况人群之内，明哲非多，伧俗横行，浩不可御，风潮剥蚀，全体以沦于凡庸。非超越尘埃，解脱人事，或愚屯罔识，惟众是从者，其能缄口而无言乎？物反于极，则先觉善斗之士出矣：德大斯契纳尔（M. Stirner）[①]乃先以极端之个人主义现于世。谓真之进步，在于己之足下。人必发挥自性，而脱观念世界之执持。惟此自性，即造物主。惟有此我，本属自由；既本有矣，而更外求也，是曰矛盾。自由之得以力，而力即在乎个人，亦即资财，亦即权利。故苟有外力来被，则无间出于寡人，或出于众庶，皆专制也。国家谓吾当与国民合其意志，亦一专制也。众意表现为法律，吾即受其束缚，虽曰为我之舆台[②]，顾同是舆台耳。去之奈何？曰：在绝义务。义务废绝，而法律与偕亡矣。意盖谓凡一个人，其思想行为，必以己为中枢，亦以己为终极：即立我性为绝对之自由者也。至勖宾霍尔（A. Schopenhauer）[③]，则自既以兀傲刚愎有名，言行奇觚，为世希有；又见夫盲瞽鄙倍之众，充塞两间，乃视之与至劣之动物并等，愈益主我扬己而尊天才也。至丹麦哲人契开迦尔

---

① 斯契纳尔（1806—1856）：通译斯蒂纳，德国哲学家卡斯巴尔·施米特的笔名。早期无政府主义者、唯我论者，青年黑格尔派代表之一。他认为“自我”是唯一的实在，整个世界及其历史都是“我”的产物，反对一切外力对个人的约束。著有《唯一者及其所有物》等。鲁迅认为斯蒂纳是一个“先觉善斗之士”，也是一种误解。

② 舆台：古代奴隶中两个等级的名称，后泛指被奴役的人。

③ 勖宾霍尔（1788—1860）：通译叔本华，德国哲学家，唯意志论者。他认为意志是万物的本原。意志支配一切，同时也给人类带来不可避免的痛苦，因为人们利己的“生活意志”在现实世界中是无法满足的，人生只是一场灾难，世界注定只能被盲目的、非理性的意志所统治。这种唯意志论后来成为法西斯主义的理论基础。他的主要著作有《世界即意志和观念》。

(S. Kierkegaard)[①]则愤发疾呼，谓惟发挥个性，为至高之道德，而顾瞻他事，胥无益焉。其后有显理伊勃生(HenrikIbsen)[②]见于文界，瑰才卓识，以契开迦尔之诠释者称。其所著书，往往反社会民主之倾向，精力旁注，则无间习惯信仰道德，苟有拘于虚[③]而偏至者，无不加之抵排。更睹近世人生，每托平等之名，实乃愈趋于恶浊，庸凡凉薄，日益以深，顽愚之道行，伪诈之势逞，而气宇品性，卓尔不群之士，乃反穷于草莽，辱于泥涂，个性之尊严，人类之价值，将咸归于无有，则常为慷慨激昂而不能自已也。如其《民敌》一书，谓有人宝守真理，不阿世媚俗，而不见容于人群，狡狯之徒，乃巍然独为众愚领袖，借多陵寡，植党自私，于是战斗以兴，而其书亦止：社会之象，宛然具于是焉。若夫尼耙，斯个人主义之至雄桀者矣，希望所寄，惟在大士天才；而以愚民为本位，则恶之不殊蛇蝎。意盖谓治任多数，则社会元气，一旦可隳，不若用庸众为牺牲，以冀一二天才之出世，递天才出而社会之活动亦以萌，即所谓超人之说，尝震惊欧洲之思想界者也。由是观之，彼之讴歌众数，奉若神明者，盖仅见光明一端，他未遍知，因加赞颂，使反而观诸黑暗，当立悟其不然矣。一梭格拉第[④]也，而众希腊人鸩之，一耶稣基督也，而众犹太人磔之，后世论者，孰不云缪，顾其时则从众志耳。设留今之众志，连诸载籍，以俟评骘于来哲，则其是非倒置，或正如今人之视往古，未可知也。故多数相朋，而仁义之途，是非之端，樊然淆乱；惟常言是

---

① 契开迦尔(1813—1855)：通译克尔凯郭尔，丹麦哲学家。他用极端主观唯心主义来反对黑格尔的客观唯心主义，认为只有人的主观存在才是唯一的实在，真理即主观性。著作有《人生道路的阶段》等。

② 显理·伊勃生(1828—1906)：通译亨利克·易卜生，挪威戏剧家。他的作品对资产阶级社会的虚伪庸俗作了猛烈批判，鼓吹个性解放，认为强有力的人是孤独的，而大多数人是庸俗、保守的。在当时挪威小市民阶级占有很大势力，无产阶级还没有形成强大政治力量的条件下，这些思想具有反对小市民阶级市侩主义的进步意义；但其强烈的个人主义世界观和人生观，是同无产阶级的思想相冲突的。易卜生在十九世纪欧洲文学史上有重要地位。他的作品在"五四"时期被介绍到中国，其进步的一面，在当时的反封建斗争和妇女解放斗争中曾起过积极的作用。主要作品有《玩偶之家》《国民公敌》(即文中所说的《民敌》)等。

③ 拘于虚：囿于狭隘的见闻。《主子·秋水》："井蛙不可以语与海者，拘于虚也。"虚，洞孔。

④ 梭格拉第(Sokrates，前469—前399)：通译苏格拉底，古希腊哲学家。他宣扬世界万物都是神为了一定目的安排的，是保守的奴隶主贵族的思想代表，后因被控犯有反对雅典民主政治之罪判处死刑。

解，于奥义也漠然。常言奥义，孰近正矣？是故布鲁多既杀该撒[①]，昭告市人，其词秩然有条，名分大义，炳如观火；而众之受感，乃不如安多尼指血衣之数言。于是方群推为爱国之伟人，忽见逐于域外。夫誉之者众数也，逐之者又众数也，一瞬息中，变易反复，其无特操不俟言；即观现象，已足知不祥之消息矣。故是非不可公于众，公之则果不诚；政事不可公于众，公之则治不到。惟超人出，世乃太平。苟不能然，则在英哲。嗟夫，彼持无政府主义者，其颠覆满盈，铲除阶级，亦已至矣，而建说创业诸雄，大都以导师自命。夫一导众从，智愚之别即在斯。与其抑英哲以就凡庸，曷若置众人而希英哲？则多数之说，缪不中经，个性之尊，所当张大，盖揆之是非利害，已不待繁言深虑而可知矣。虽然，此亦赖夫勇猛无畏之人，独立自强，去离尘垢，排舆言而弗沦于俗囿者也。

若夫非物质主义者，犹个人主义然，亦兴起于抗俗。盖唯物之倾向，固以现实为权舆，浸润人心，久而不止。故在十九世纪，爰为大潮，据地极坚，且被来叶，一若生活本根，舍此将莫有在者。不知纵令物质文明，即现实生活之大本，而崇奉逾度，倾向偏趋，外此诸端，悉弃置而不顾，则按其究竟，必将缘偏颇之恶因，失文明之神旨，先以消耗，终以灭亡，历世精神，不百年而具尽矣。递夫十九世纪后叶，而其弊果益昭，诸凡事物，无不质化，灵明日以亏蚀，旨趣流于平庸，人惟客观之物质世界是趋，而主观之内面精神，乃舍置不之一省。重其外，放其内，取其质，遗其神，林林众生，物欲来蔽，社会憔悴，进步以停，于是一切诈伪罪恶，蔑弗乘之而萌，使性灵之光，愈益就于黯淡：十九世纪文明一面之通弊，盖如此矣。时乃有新神思宗徒出，或崇奉主观，或张皇意力[②]，匡纠流俗，厉如电霆，使天下群伦，为闻声而摇荡。即其他评骘之士，以至学者文家，虽意主和平，不与世迕，而见此唯物极端，且杀精神生活，则亦悲观愤叹，知主观与意力主义之兴，功有伟于洪水之有方舟[③]者焉。主观主义者，其趣凡二：一谓惟以主观为准则，用律诸物；一谓视主观之心灵界，当较客观之物质界为尤尊。前者为主观倾向之

---

① 该撒(G. J. Caesar，前 100—前 44)：通译恺撒，古罗马共和国将领、政治家。公元前四十八年被任命为终身独裁者，前四十四年被共和派领袖布鲁多刺死。恺撒死后，他的好友马卡斯·安东尼(即文中所说的安多尼)指恺撒血衣立誓为他复仇。布鲁多刺杀恺撒后，逃到罗马东方领土，召集军队，准备保卫共和政治；公元前四十二年被安东尼击败，自杀身死。这里是根据莎士比亚的历史剧《裘力斯·恺撒》第三幕第二场中的情节。

② 意力：即唯意志论。

③ 方舟：即诺亚方舟。

极端，力特著于十九世纪末叶，然其趋势，颇与主我及我执殊途，仅于客观之习惯，无所言从，或不置重，而以自有之主观世界为至高之标准而已。以是之故，则思虑动作，咸离外物，独往来于自心之天地，确信在是，满足亦在是，谓之渐自省其内曜之成果可也。若夫兴起之由，则原于外者，为大势所向，胥在平庸之客观习惯，动不由己，发如机缄[①]，识者不能堪，斯生反动；其原于内者，乃实以近世人心，日进于自觉，知物质万能之说，且逸个人之情意，使独创之力，归于槁梏，故不得不以自悟者悟人，冀挽狂澜于方倒耳。如尼耙伊勃生诸人，皆据其所信，力抗时俗，示主观倾向之极致；而契开迦尔则谓真理准则，独在主观，惟主观性，即为真理，至凡有道德行为，亦可弗问客观之结果若何，而一任主观之善恶为判断焉。其说出世，和者日多，于是思潮为之更张，骛外者渐转而趣内，渊思冥想之风作，自省抒情之意苏，去现实物质与自然之樊，以就其本有心灵之域；知精神现象实人类生活之极颠，非发挥其辉光，于人生为无当；而张大个人之人格，又人生之第一义也。然尔时所要求之人格，有甚异于前者。往所理想，在知见情操，两皆调整，若主智一派，则在聪明睿智，能移客观之大世界于主观之中者。如是思惟，迨黑该尔(F. Hegel)[②]出而达其极。若罗曼暨尚古[③]一派，则息孚支培黎(Shaftesbury)[④]承卢骚(J. Rousseau)[⑤]之后，尚容情感之要求，特必与情操相统一调和，始合其理想之人格。而希籁(Fr. Schiller)[⑥]氏者，乃

---

① 机缄：即机械。

② 黑该尔(1770—1831)：通译黑格尔，德国古典哲学的主要代表之一，客观唯心主义者。他认为精神是第一性的，世界万物都是由“绝对观念”所产生，英雄人物是“绝对观念”的体现者，因此创造人类历史的是他们。黑格尔的主要功绩在于发展了辩证法的思维形式，第一次把自然的和精神的世界描写为一个不断运动发展的辩证过程，并力求找出它们之间的内在联系。主要著作有《逻辑学》《精神现象学》和《美学》等。

③ 罗曼：指浪漫主义。尚古，指古典主义。

④ 息孚支培黎(1671—1713)：通译沙弗斯伯利，英国哲学家、自然神论者。他主张“道德直觉论”，认为人天然具有道德感，强调个人利益和社会利益不相矛盾，二者的统一调和就是道德的基础。他的理论是为当时专制皇权服务的。著有《德性研究论》。

⑤ 卢骚(1712—1778)：通译卢梭，法国启蒙思想家，“天赋人权”学说的倡导者。在哲学上，他承认感觉是认识的根源，但又强调人有“天赋的感情”和天赋的“道德观念”，并承认自然神论者的所谓上帝的存在。主要著作有《社会契约论》《爱弥儿》等。按卢梭的生存年代在沙弗斯伯利之后。

⑥ 希籁(1759—1805)：通译席勒，德国诗人、戏剧家。德国浪漫主义文学的代表作家之一。他的哲学观点倾向于康德的唯心主义，认为支配物质的是“自由精神”，只要摆脱物质的限制，追求感觉和理性的完美的结合，人就能达到自由和理想的王国。著有剧本《强盗》《阴谋与爱情》《华伦斯坦》等。

谓必知感两性，圆满无间，然后谓之全人。顾至十九世纪垂终，则理想为之一变。明哲之士，反省于内面者深，因以知古人所设具足调协之人，决不能得之今世；惟有意力轶众，所当希求，能于情意一端，处现实之世，而有勇猛奋斗之才，虽屡踣屡僵，终得现其理想：其为人格，如是焉耳。故如勖宾霍尔所张主，则以内省诸己，豁然贯通，因曰意力为世界之本体也；尼耙之所希冀，则意力绝世，几近神明之超人也；伊勃生之所描写，则以更革为生命，多力善斗，即迕万众不慑之强者也。夫诸凡理想，大致如斯者，诚以人丁转轮之时，处现实之世，使不若是，每至舍己从人，沉溺逝波，莫知所届，文明真髓，顷刻荡然；惟有刚毅不挠，虽遇外物而弗为移，始足作社会桢干。排斥万难，黾勉上征，人类尊严，于此攸赖，则具有绝大意力之士贵耳。虽然，此又特其一端而已。试察其他，乃亦以见末叶人民之弱点，盖往之文明流弊，浸灌性灵，众庶率纤弱颓靡，日益以甚，渐乃反观诸己，为之欿然[①]，于是刻意求意力之人，冀倚为将来之柱石。此正犹洪水横流，自将灭顶，乃神驰彼岸，出全力以呼善没者尔，悲夫！

由是观之，欧洲十九世纪之文明，其度越前古，凌驾亚东，诚不俟明察而见矣。然既以改革而胎，反抗为本，则偏于一极，固理势所必然。洎夫末流，弊乃自显。于是新宗蹶起，特反其初，复以热烈之情，勇猛之行，起大波而加之涤荡。直至今日，益复浩然。其将来之结果若何，盖未可以率测。然作旧弊之药石，造新生之津梁，流衍方长，曼不遽已，则相其本质，察其精神，有可得而征信者。意者文化常进于幽深，人心不安于固定，二十世纪之文明，当必沉邃庄严，至与十九世纪之文明异趣。新生一作，虚伪道消，内部之生活，其将愈深且强欤？精神生活之光耀，将愈兴起而发扬欤？成然以觉，出客观梦幻之世界，而主观与自觉之生活，将由是而益张欤？内部之生活强，则人生之意义亦愈邃，个人尊严之旨趣亦愈明，二十世纪之新精神，殆将立狂风怒浪之间，恃意力以辟生路者也。中国在今，内密既发，四邻竞集而迫拶，情状自不能无所变迁。夫安弱守雌，笃于旧习，固无以争存于天下。第所以匡救之者，缪而失正，则虽日易故常，哭泣叫号之不已，于忧患又何补矣？此所为明哲之士，必洞达世界之大势，权衡校量，去其偏颇，得其神明，施之国中，翕合无间。外之既不后于世界之思潮，内之

① 欿然：忧虑、不满足的意思。

仍弗失固有之血脉，取今复古，别立新宗，人生意义，致之深邃，则国人之自觉至，个性张，沙聚之邦，由是转为人国。人国既建，乃始雄厉无前，屹然独见于天下，更何有于肤浅凡庸之事物哉？顾今者翻然思变，历岁已多，青年之所思惟，大都归罪恶于古之文物，甚或斥言文为蛮野，鄙思想为简陋，风发浡起，皇皇焉欲进欧西之物而代之，而于适所言十九世纪末之思潮，乃漠然不一措意。凡所张主，惟质为多，取其质犹可也，更按其实，则又质之至伪而偏，无所可用。虽不为将来立计，仅图救今日之阽危，而其术其心，违戾亦已甚矣。况乎凡造言任事者，又复有假改革公名，而阴以遂其私欲者哉？今敢问号称志士者曰，将以富有为文明欤，则犹太遗黎，性长居积，欧人之善贾者，莫与比伦，然其民之遭遇何如矣？将以路矿为文明欤，则五十年来非澳二洲，莫不兴铁路矿事，顾此二洲土著之文化何如矣？将以众治为文明欤，则西班牙波陀牙[①]二国，立宪且久，顾其国之情状又何如矣？若曰惟物质为文化之基也，则列机括[②]，陈粮食，遂足以雄长天下欤？曰惟多数得是非之正也，则以一人与众禺处，其亦将木居而芧食欤[③]？此虽妇竖，必否之矣。然欧美之强，莫不以是炫天下者，则根柢在人，而此特现象之末，本原深而难见，荣华昭而易识也。是故将生存两间，角逐列国是务，其首在立人，人立而后凡事举；若其道术，乃必尊个性而张精神。假不如是，槁丧且不俟夫一世。夫中国在昔，本尚物质而疾天才矣，先王之泽，日以殄绝，逮蒙外力，乃退然不可自存。而辁才小慧之徒，则又号召张皇，重杀之以物质而囿之以多数，个人之性，剥夺无余。往者为本体自发之偏枯，今则获以交通传来之新疫，二患交伐，而中国之沉沦遂以益速矣。呜呼，眷念方来，亦已焉哉！

一九〇七年作

---

① 波陀牙：即葡萄牙。

② 机括：指武器。

③ 禺 yù：古代传说中的一种大猴子。芧，橡实。《庄子·齐物论》有“狙（猴）公赋芧”的寓言。

新思潮的意义[①](1919)

胡适

研究问题
输入学理
整理国故
再造文明

(一)

近来报纸上发表过几篇解释“新思潮”的文章。我读了这几篇文章,觉得他们所举出的新思潮的性质,或太琐碎,或太笼统,不能算作新思潮运动的真确解释,也不能指出新思潮的将来趋势。即如包世杰先生的“新思潮是什么”一篇长文,列举新思潮的内容,何尝不详细?但是他究竟不曾使我们明白那种种新思潮的共同意义是什么。比较最简单的解释要算我的朋友陈独秀先生所举出的新青年两大罪案——其实就是新思潮的两罪大案——一是拥护德莫克拉四先生(民治主义),一是拥护赛因斯先生(科学)。陈先生说:

要拥护那德先生,便不得不反对孔教,礼法,贞节,旧伦理,旧政治。要拥护那赛先生,便不得不反对旧艺术,旧宗教。要拥护德先生,又要拥护赛先生,便不得不反对国粹和旧文学。(新青年六卷一号,页一〇)

这话虽然很简明,但是还嫌太笼统了一点。假使有人问:“何以要拥护德先生和赛先生便不能不反对国粹和旧文学呢?”答案自然是:“因为国粹和旧文学的是同德赛两位先生反对的。”又问:“何以凡同

① 原载1919年12月1日《新青年》第7卷第1号。

德赛两位先生反对的东西都该反对呢?”这个问题可就不是几句简单的话所能回答的了。

据我个人的观察,新思潮的根本意义只是一种态度。这种新态度可叫做“评判的态度”。

评判的态度,简单说来只是凡事要重新分别一个好与不好。仔细说来,评判的态度含有几种特别的要求:

(1) 对于习俗相传下来的制度风俗,要问:“这种制度现在还有存在的价值吗?”

(2) 对于古代遗传下来的圣贤教训,要问:“这句话在今日还是不错吗?”

(3) 对于社会上糊涂公认的行为与信仰,都要问:“大家公认的,就不会错了吗? 人家这样做,我也该这样做吗? 难道没有别样的做法比这个更好,更有理,更有益的吗?”

尼采说现今时代是一个“重新估定一切价值”(Transvaluation of all Values)的时代。“重新估定一切价值”八个字便是评判的态度的最好解释。从前的人说妇女的脚越小越美。现在我们不但不认小脚是“美”,简直说这是“惨无人道”了。十年前,人家和店家都用鸦片烟敬客。现在鸦片烟变成犯禁品了。二十年前,康有为是洪水猛兽一般的维新党。现在康有为变成老古董了。康有为并不曾变换,估价的人变了,故他的价值也跟着变了。这叫做“重新估定一切价值”。

我以为现在所谓“新思潮”,无论怎样不一致,根本上同有这公共的一点——评判的态度。孔教的讨论只是要重新估定孔教的价值。文学的评论只是要重新估定旧文学的价值。贞操的讨论只是要重新估定贞操的道德在现代社会的价值。旧戏的评论只是要重新估定旧戏在今日文学上的价值。礼教的讨论只是要重新估定古代的纲常礼教在今日还有什么价值。女子的问题只是要重新估定女子在社会上的价值。政府与无政府的讨论,财产私有与公有的讨论,也只是要重新估定政府与财产等等制度在今日社会的价值。……我也不必往下数了,这些例很够证明:这种评判的态度是新思潮运动的共同精神。

(二)

这种评判的态度,在实际上表现时,有两种趋势。一方面是讨论社会上,政治上,宗教上,文学上种种问题。一方面是介绍西洋的新思想,新学术,新文学,新信仰。前者是“研究问题”,后者是“输入学理”。

这两项是新思潮的手段。

我们随便翻开这两三年以来的新杂志，便可以看出这两种的趋势。在研究问题一方面，我们可以指出(1) 孔教问题，(2) 文学改革问题，(3) 国语统一问题，(4) 女子解放问题，(5) 贞操问题，(6) 礼教问题，(7) 教育改良问题，(8) 婚姻问题，(9) 父子问题，(10) 戏剧改良问题，……等等。在输入学理一方面，我们可以指出新青年的“易卜生号”“马克思号”，《民铎》的“现代思潮号”，《新教育》的“杜威号”，《建设》的“全民政治”的学理，和北京《晨报国民公报》《每周评论》，上海《星斯评论》《时事新报》《解放与改造》，广州《民风周刊》……等等杂志所介绍的种种西洋新学说。

为什么要研究问题呢？因为我们的社会现在正当根本动摇的时候，有许多风俗制度，向来不发生问题的，现在因为不能适应时势的需要，不能使人满意，都渐渐的变成困难的问题，不能不澈底研究，不能不考问旧日的解决法是否错误；如果错了，错在什么地方；错误寻出了，可有什么更好的解决方法；有什么方法可以适应现时的要求。例如孔教的问题，向来不成什么问题；后来东方文化与西方文化接近，孔教的势力渐渐衰微，于是有一班信仰孔教的人妄想要用政府法令的势力来恢复孔教的尊严；却不知道这高压的手段恰挑起一种怀疑的反动。因此，民国四五年的时候，孔教会的活动最大，反对孔教的人也最多。孔教成为问题就在这个时候。现在大多数明白事理的人，已打破了孔教的迷梦，这个问题又渐渐的不成问题了，故安福部的议员通过孔教为修身大本的议案时，国内竟没有人睬他们了！

又如文学革命的同题。向来教育是少数“读书人”的特别权利，于大多数人是无关系的，故文字的艰深不成问题。近来教育成为全国人的公共权利，人人知道普及教育是不可少的，故渐渐的有人知道文言在教育上实在不适用，于是文言白话就成为问题了。后来有人觉得单用白话做教科书是不中用的，因为世间决没有人情愿学一种除了教科书以外便没有用处的文字。这些人主张：古文不但不配做教育的工具，并且不配做文学的利器；若要提倡国语的教育，先须提倡国语的文学。文学革命的问题就是这样发生的。现在全国教育联合会已全体一致通过小学教科书改用国语的议案，况且用国语做文章的人也渐渐的多了，这个问题又渐渐的不成问题了。

为什么要输入学理呢？这个大概有几层解释。一来呢，有些人深信中国不但缺乏炮弹兵船电报铁路，还缺乏新思想与新学术，故他们尽量的输入西洋近世的学说。二来呢，有些人自己深信某种学说，要想他传播发展，故尽力提倡。三来呢，有些人自己不能做具体的研究工夫，觉得翻译现成的学说比较容易些，故乐得做这种稗贩事业。四来呢，研究具体的社会问题或政治问题，一方面做那破坏事业，一方面做对症下药的工夫，不但不容易，并且很遭犯忌讳，很容易惹祸，故不如做介绍学说的事业，借"学理研究"的美名，既可以避"过激派"的罪名，又还可见种下一点革命的种子。五来呢，研究问题的人，势不能专就问题本身讨论，不能不从那问题的意义上着想；但是问题引申到意义上去，便不能不靠许多学理做参考比较的材料；故学理的输入往往可以帮助问题的研究。

这五种动机虽然不同，但是多少总含有一种"评判的态度"，总表示对于旧有学术思想的一种不满意，和对于西方的精神文明的一种新觉悟。

但是这两三年新思潮运动的历史应该给我们一种很有益的教训。什么教训呢？就是：这两三年来新思潮运动的最大成绩差不多全是研究问题的结果。新文学的运动便是一个最明白的例。这个道理很容易解释。凡社会上成为问题的问题，一定是与许多人有密切关系的。这许多人虽然不能提出什么新解决，但是他们平时对于这个问题自然不能不注意。若有人能把这个问题的各方面都细细分析出来，加上评判的研究，指出不满意的所在，提出新鲜的救济方法，自然容易引起许多人的注意。起初自然有许多人反对。但是反对便是注意的证据，便是兴趣的表示。没有人讨论，没有人反对，便是不能引起人注意的证据。研究问题的文章所以能发生效果，正为所研究的问题一定是社会人生最切要的问题，最能使人注意，也最能使人觉悟。悬空介绍一种专家学说，除了少数专门学者之外，决不会发生什么影响。但是我们可以在研究问题里面做点输入学理的事业，或用学理来解释问题的意义，或从学理上寻求解决问题的方法。用这种方法来输入学理，能使人于不知不觉之中感受学理的影响。不但如此，研究问题最能使读者渐渐的养成一种批评的态度，研究的兴趣，独立思想的习惯。十部"纯粹理性的评判"不如一点评判的态度；十篇"赢余价值论"不如一点研究的兴趣；十种"全民政治论" 不如一点独立思想的习惯。

总起来说：研究问题所以能于短时期中发生很大的效力，正因为研究问题有这几种好处：(1) 研究社会人生切要的问题最容易引起大家的注意；(2) 因为问题关切人生，故最容易引起反对，但反对是该欢迎的，因为反对便是兴趣的表示，况且反对的讨论不但给我们许多不要钱的广告，还可使我们得讨论的益处，使真理格外分明；(3) 因为问题是逼人的活问题，故容易使人觉悟，容易得人信从；(4) 因为从研究问题里面输入的学理，最容易消除平常人对于学理的抗拒力，最容易使人于不知不觉之中受学理的影响；(5) 因为研究问题可以不知不觉的养成一班研究的，评判的，独立思想的革新人才。

这是这几年新思潮运动的大教训！我希望新思潮的领袖人物以后能了解这个教训，能把全副精力贯注到研究问题上去；能把一切学理不看作天经地义，但看作研究问题的参考材料；能把一切学理应用到我们自己的种种切要问题上去，能在研究问题上面做输入学理的工夫；能用研究问题的工夫来提倡研究问题的态度，来养成研究问题的人才。

这是我对于新思潮运动的解释。这也是我对于新思潮将来的趋向的希望。

(三)

以上说新思潮的"评判的精神"在实际上的两种表现。现在要问："新思潮的运动对于中国旧有的学术思想持什么态度呢？"

我的答案是："也是评判的态度。"

分开来说，我们对于旧有的学术思想有三种态度。第一，反对盲从；第二，反对调和；第三，主张整理国故。

盲从是评判的反面，我们既主张"重新估定一切价值"，自然要反对盲从。这是不消说的了。

为什么要反对调和呢？因为评判的态度只认得一个是与不是，一个好与不好，一个适与不适——不认得什么古今中外的调和。调和是社会的一种天然趋势。人类社会有一种守旧的惰性，少数人只管趋向极端的革新，大多数人至多只能跟你走半程路。这就是调和。调和是人类懒病的天然趋势，用不着我们来提倡。我们走了一百里路，大多数人也许勉强走三四十里。我们若先讲调和，只走五十里，他们就一步都不走了。所以革新家的责任只是认定"是"的一个方向走去，不要回头讲调和。社会上自然有无数懒人懦夫出来调和。

我们对于旧有的学术思想，积极的只有一个主张——就是"整理国故"。整理就是从乱七八糟里面寻出一个条理脉络来；从无头无脑里面寻出一个前因后果来；从胡说谬解里面寻出一个真意义来；从武断迷信里面寻出一个真价值来。为什么要整理呢？因为古代的学术思想向来没有条理，没有头绪，没有系统，故第一步是条理系统的整理。因为前人研究古书，很少有历史进化的眼光的，故从来不讲究一种学术的渊源，一种思想的前因后果，所以第二步是要寻出每种学术思想怎样发生，发生之后有什么影响效果。因为前人读古书，除极少数学者以外，大都是以讹传讹的谬说——如太极图，爻辰，先天图，卦气，……之类——故第三步是要用科学的方法，作精确的考证，把古人的意义弄得明白清楚。因为前人对于古代的学术思想，有种种武断的成见，有种种可笑的迷信——如骂杨朱墨翟为禽兽，却尊孔丘为德配天地、道冠古今！——故第四步是综合前三步的研究，各家都还他一个本来真面目，各家都还他一个真价值。

这叫做"整理国故"。现在有许多人自己不懂得国粹是什么东西，却偏要高谈"保存国粹"。林琴南先生做文章论古文之不当废，他说，"吾知其理而不能言其所以然"！现在许多国粹党，有几个不是这样糊涂懵懂的？这种人如何配谈国粹？若要知道什么是国粹，什么是国渣，先须要用评判的态度，科学的精神，去做一番整理国故的工夫。

（四）

新思潮的精神是一种评判的态度。

新思潮的手段是研究问题与输入学理。

新思潮的将来趋势，依我个人的私见看来，应该是注重研究人生社会的切要问题，应该于研究问题之中做介绍学理的事业。

新思潮对于旧文化的态度，在消极一方面是反对盲从，是反对调和；在积极一方面，是用科学的方法来做整理的工夫。

新思潮的唯一目的是什么呢？是再造文明！

文明不是笼统造成的，是一点一滴的造成的。进化不是一晚上笼统进化的，是一点一滴的进化的。现今的人爱谈"解放与改造"，须知解放不是笼统解放，改造也不是笼统改造。解放是这个那个制度的解放，这种那种思想的解放，这个那个人的解放，是一点一滴的解放。改造是这个那个制度的改造，这种那种思想的改造，这个那个人的改造，是一点一滴的改造。

再造文明的下手工夫，是这个那个问题的研究。再造文明的进行，是这个那个问题的解决。

中华民国八年十一月一日晨三时

与刘叔雅论国文试题书[1](1932)

陈寅恪

西晋之世，僧徒有竺法雅者，取内典外书以相拟配，名曰“格义”（“格义”之义详见拙著《支愍度学说考》），实为赤县神州附会中西学说之初祖。即以今日中国文学系之中外文学比较一类之课程言，亦只能就白乐天等在中国及日本之文学上，或佛教故事在印度及中国文学上之影响及演变等问题，互相比较研究，方符合比较研究之真谛。盖此种比较研究方法，必须具有历史演变及系统异同之观念。否则古今中外，人龙天鬼，无一不可取以相与比较。荷马可比屈原，孔子可比歌德，穿凿附会，怪诞百出，莫可追诘，更无所谓研究之可言矣。

---

① 录自《陈寅恪集·金明馆丛稿二编》，陈美延编，三联书店，2001年，第252页。

冯友兰《中国哲学史》下册审查报告[1] (1933)

陈寅恪

佛教经典言:“佛为一大事因缘出现于世。”中国自秦以后,迄于今日,其思想之演变历程,至繁至久。要之,只为一大事因缘,即新儒学之产生,及其传衍而已。此书于朱子之学多所发明。昔阎百诗在清初以辨伪观念、陈兰甫在清季以考据观念而治朱子之学,皆有所创获。今此书作者取西洋哲学观念,以阐明紫阳之学,宜其成系统而多新解。然新儒家之产生,关于道教之方面,如新安之学说,其所受影响甚深且远。自来述之者皆无惬意之作。近日当盘大定推论儒道之关系,所说甚繁(《东洋文库本》),仍多未能解决之问题。盖道藏之秘籍,迄今无专治之人,而晋、南北朝、隋、唐、五代数百年间,道教变迁传衍之始末,及其与儒佛二家互相关系之事实,尚有待于研究。此则吾国思想史上前修所遗之缺憾,更有俟于后贤追补者也。南北朝时即有儒释道三教之目(北周卫元嵩撰《齐三教论》七卷。见《旧唐书肆柒经籍志下》);至李唐之世,遂成固定之制度。如国家有庆典,则召集三教之学士,讲论于殿廷,是其一例。故自晋至今,言中国之思想,可以儒释道三教代表之。此虽通俗之谈,然稽之旧史之事实,验以今世之人情,则三教之说,要为不易之论。儒者在古代本为典章学术所寄托之专家。李斯受荀卿之学,佐成秦治。秦之法制实儒家一派学说之所附击。《中庸》之“车同轨,书同文,行同伦”(即太史公所谓“至始皇乃能并冠带之伦”之伦),为儒家理想之制度,而于秦始皇之身而得以实现之也。汉承秦

---

① 录自《陈寅恪集・金明馆丛稿二编》,陈美延编,三联书店,2001年,第282—285页。

业，其官制法律亦袭用前朝。遗传至晋以后，法律与礼经并称，儒家《周官》之学说悉采入法典。夫政治社会一切公私行动莫不与法典相关，而法典为儒家学说具体之实现。故二千年来华夏民族所受儒家学说之影响最深最巨者，实在制度法律公私生活之方面；而关于学说思想之方面，或转有不如佛道二教者。如六朝士大夫号称旷达，而夷考其实，往往笃孝义之行，严家讳之禁，此皆儒家之教训，固无预于佛老之玄风者也。释迦之教义，无父无君，与吾国传统之学说、存在之制度无一不相冲突。输入之后，若久不变易，则决难保持。是以佛教学说能于吾国思想史上，发生重大久长之影响者，皆经国人吸收改造之过程。其忠实输入不改本来面目者，若玄奘唯识之学，虽震动一时之人心，而卒归于消沈歇绝。近虽有人焉，欲燃其死灰，疑终不能复振。其故匪他，以性质与环境互相方圆凿枘，势不得不然也。六朝以后之道教，包罗至广，演变至繁，不以儒教之偏重政治社会制度，故思想上尤易融贯吸收。凡新儒家之学说，似无不有道教或与道教有关之佛教为之先导。如天台宗者，佛教宗派中道教意义最富之一宗也。（其创造者慧思所作誓愿文，最足表现其思想。至于北宋真宗时，日本传来之《大乘止观法门》一书，乃依据《大乘起信论》者。恐系华严宗盛后，天台宗伪托南岳而作。故此书只可认为天台宗后来受华严宗影响之史料，而不能据以论南岳之思想也。）其宗徒梁敬之与李习之之关系，实启新儒家开创之动机。北宋之智圆提倡《中庸》，甚至以僧徒而号中庸子，并自为传以述其义。孤山《闲居编》，其年代犹在司马君实作《中庸广义》之前（孤山卒于宋真宗干兴元年，年四十七），似亦于宋代新儒家为先觉。二者之间，其关系如何，且不详论，然举此一例，已足见新儒家产生之问题，犹有未发之覆在也。至道教对输入之思想，如佛教摩尼教等，无不尽量吸收，然仍不忘其本来民族之地位；既融成一家之说以后，则坚持夷夏之论，以排斥外来之教义。此种思想上之态度，自六朝时亦已如此。虽似相反，而实足以相成。从来新儒家即继承此种遗业而能大成者。窃疑中国自今日以后，即使能忠实输入北美或东欧之思想，其结局当亦等于玄奘唯识之学，在吾国思想史上既不能居最高之地位，且亦终归于歇绝者。其真能于思想上自成系统，有所创获者，必须一方面吸收输入外来之学说，一方面不忘本来民族之地位。此二种相反而适相成之态度，乃道教之真精神，新儒家之旧途径，而二千年吾民族与他民族思想接触史之所昭示者也。

《谈艺录·序》[1](1948)

钱钟书

《谈艺录》一卷,虽赏析之作,而实忧患之书也。始属稿湘西,甫就其半。养疴返沪,行箧以随。人事丛脞,未遑附益。既而海水群飞,淞滨鱼烂。予侍亲率眷,兵罅偷生。如危幕之燕巢,同枯槐之蚁聚。忧天将压,避地无之,虽欲出门西向笑而不敢也。销愁舒愤,述往思来。托无能之词,遣有涯之日。以匡鼎之说诗解颐,为赵岐之乱思系志。掎摭利病,积累遂多。濡墨已干,杀青尠计。苟六义之未亡,或六丁所勿取;麓藏阁置,以待贞元。时日曷丧,清河可俟。古人固传心不死,老我而扪舌犹存。方将继是,复有谈焉。凡所考论,颇采"二西"之书,"二西"名本《昭代丛书》甲集《西方要纪·小引》、《鲒埼亭诗集》卷八《二西诗》。以供三隅之反。盖取资异国,岂徒色乐器用;流布四方,可征气泽芳臭。故李斯上书,有逐客之谏;郑君序谱,曰"旁行以观"。东海西海,心理攸同;南学北学,道术未裂。虽宣尼书不过拔提河,每同《七音略序》所慨;而西来意即名"东土法",堪譬《借根方说》之言。非作调人,稍通骑驿。附说若干事,则《史通·补注》篇固云:"除烦则意有所恡,毕载则言有所妨;遂乃定彼榛楛,列为子注。"萧志离乱,羊记伽篮,遗意足师,祖构有据。余既自叹颛愚,深惭家学,重之丧乱,图籍无存。未耄善忘,不醉多谬;蓄疑莫解,考异罕由。乃得李丈拔可、徐丈森玉、李先生玄伯、徐君调孚、陈君麟瑞、李君健吾、徐君承谟、顾君起潜、郑君朝宗、周君节之,或录文相邮,或发箧而授。皆指馈贫之囷,不索借书之瓻。并书以志仁人嘉惠云尔。壬午中元日钟书自记。

---

[1] 录自《谈艺录》,中华书局,1996年,序第1页。

《谈艺录·八八附说二十二》[1](1948)

钱钟书

盖人共此心，心均此理，用心之处万殊，而用心之途则一。名法道德，致知造艺，以至于天人感会，无不须施此心，即无不能同此理，无不得证此境。或乃曰：此东方人说也，此西方人说也，此阳儒阴释也，此援墨归儒也，是不解各宗各派同用此心，而反以此心为待某宗某派而后可用也，若而人者，亦苦不自知其有心矣。心之作用，或待某宗而明，必不待某宗而后起也。

---

① 录自《谈艺录》，中华书局，1996 年，第 286 页。

《管锥编·全三国文卷四七》[①](1979)

钱钟书

上下古今,察其异而辨之,则现事必非往事,此日已异昨日,一不能再(Einmaligkeit),拟失其伦,既无可牵引,并无从借鉴;观其同而通之,则理有常经,事每共势,古今犹旦暮,楚越或肝胆,变不离宗,奇而有法。

① 录自《管锥编》,中华书局,1996 年,第 1088 页。

比较文学：界限、“中国学派”、危机和前途[①]（1990）

杨周翰

将近十年来，中国比较文学经历了“复兴”而成为“显学”。成立了全国性的学会，许多省、市也成立了省、市的学会。许多大专院校设置了比较文学的教研组织，开出了课程，招收了研究生。出版了许多比较文学的专著和译著，办了一些专门的刊物，包括英文的刊物。在这些刊物和其他刊物上发表的文章更是为数可观。举办过几次全国性的和国际性的讨论会。无论在专著或文章中，或在讨论会上，都发表过不少很好的意见和不同的意见。为了学科的发展，我也想就几个问题谈谈我的意见，参加讨论。

（一）比较文学的界限

在一些讨论会上提出一种意见，认为比较文学不一定要跨国界，可以在一国之内进行不同民族的文学的比较研究，这类研究也应纳入比较文学范围。我很同意这看法。1985 年全国比较文学学会成立大会期间我就发表过这样的意见。其理由很简单，因为在西方（欧洲），跨国界和跨民族几乎是一回事。当然，在西方所谓“民族国家”中也有多民族的问题，但从西方比较文学的发展史上看，占主导地位的仍是把一个国家的主要民族的文学和另一个或另一些国家的主要民族的文学进行比较研究。一个国家之内，主要民族的文学和少数民族的文学的比较研究，在他们那里纵使有，恐怕也居次要地位。但在我们这

① 本文原载杨周翰：《镜子和七巧板》，中国社会科学出版社，1990 年，第 1—11 页。

个多民族的国家里，许多少数民族都有自己的文学，尤其是丰富的口头文学，这些文学或者和汉文学有关，或者和汉文学一起同另一个或另一些外国文学有关系。进行这方面的研究怎能说不是比较文学呢？比较文学的界说里还有一条，那就是“不同的语言”。用不同语言创作的文学肯定是不同民族的文学。我想可以说，凡是不同民族的文学的比较研究都应归入比较文学。

混淆民族和国家的界线曾引起过这样一种误解，即将比较文学仅仅看作是一种方法，用这种方法把本民族文学中各种文体、流别进行比较研究也叫做比较文学。这样一来，比较文学在中国也就“古已有之”了。例如春秋时代，中国有许多封建“国家”，把这些“国家”的诗歌进行比较，算不算是比较文学呢？这些“国家”恐怕不能算做不同的民族吧，虽然他们可能有不同的部落渊源。而且书面语言又是相同的。《诗经》中各国的国风，可能有所不同，但恐怕还是属于同一文化系统。强调民族的不同和语言的不同，归根结蒂还是因为文化传统的不同。只有把文学放在不同文化的背景上来研究，求出其异同，其结果才有更丰富的意义。而在春秋时代，华夏文化已形成了。

也许有人说，比较文学已渐渐发展成为一门开放性的学科，而且它本身也未定型，一国文学内部的比较仍应归入这门学科的研究范围。所谓“开放性”这概念来自跨学科的概念，一国文学内部的比较当然不能算是跨学科。诚然，开放性有一个程度的问题。比较文学从影响研究扩展到平行研究，扩展到文学和艺术，和其他人文科学的比较，文学和社会科学的跨学科比较，而且也有了这方面的实践，如文学和历史，文学和神话，文学和心理学，文学和社会学，文学和宗教等的关系的研究。我记得 80 年代初奥本尼纽约州立大学举行过文学与航天科学的讨论会。人类各种活动本来是互相有关联的，不过文学和航天科学的关系可能是开放性的比较文学迄今为止达到的极限了。但基本的一条是要跨学科。

此外还有一个比较文学的目的和功能的问题。我想比较文学能起到的作用大致有两个方面。一是对文学史起的作用。一个民族的文学不可能在完全封闭状态中发展，往往要受外国文学的影响。因此，要说清楚本国文学的发展，不可能不涉及外国文学。同时，为了说明本国文学的特点，也需要同外国文学对比，这种对比不一定是明比，而是意识到本国文学和外国文学的不同之处。第二，比较文学的目的还在于通过不同民族文学的比较研究来探讨一些普遍的文学理论问题。这两个目的都是一国文学的内部比较研究所无法达到的。这也就是法国人所说的用比较的结果来充实他们所谓的“总体文学”。[①]

（二）所谓“中国学派”

几年来国内外都有一个呼声，要建立比较文学的中国学派。我认为我们不妨根据需要和可能做一个设想，同时也须通过足够的实践，才能水到渠成。所谓“法国学派”“美国学派”云云，也是根据实践而被如此命名的，起初并非有意识地要建立什么学派。

我说可以有设想，也有人做过设想，如国外学者就提出东方文学之间的比较研究应当成为所谓“中国学派”的特色或重要内容。许多西方学者认识到，尽管目前研究比较文学的论文可以装满几个图书馆，但关于东方文学，特别是东方的文明古国中国和印度文学的研究，却还很肤浅。[②] 东方文学的研究，东方文学之间的比较研究，不仅可以打破比较文学这一学科迄今的欧洲中心论，而且也是东方比较学者责无旁贷的义务。这里面一定有许多尖端问题有待于我们去探讨和研究。在东方范围之内，我国国内少数民族的比较文学也理应成为“中国学派”的一个重要组成部分。

至于实践，有待于全面总结，在此我只想就两方面提些看法。

第一方面，有的台湾和海外学者用西方的新理论来研究、阐发中国文学。他们认为“中国学派”应走这条路。我觉得这也未尝不可。例如王国维和吴宓就分别用西方哲学和西方文艺观点研究过《红楼梦》，阐发出一些用传统方法所不能阐明的意义。也许有人说，这不是比较文学，只是用舶来的理论的尺度来衡量中国文学，或用舶来的方法阐释中国文学，而不是不同的文学之间的比较研究。不过我认为从效果看，这种方法和比较文学的方法有一致的地方。因为在甲文学和乙文学的比较中，甲文学在很大程度上也是一种尺度或手段，用以阐发出乙文学的蕴义、特色等等。所不同者，文学和文学的关系里还有相互阐发的问题而已。当然，用外来理论有时会产生生搬硬套的弊端，但这不是这种做法本身的弊端。

---

① 法国人发明的“总体文学”的概念，有人认为含糊。但可以作这样的理解，即“指总的文学潮流、问题和理论，或关系”。参看《中国比较文学》第1期，浙江文艺出版社，1984年，第9页。

② 《域外文集》，江西人民出版社，1983年，第116页。

第二方面就是要回顾一下我国比较文学的历程。发展一门学科总要在前人止步的地方继续走下去。前人错了，我们可以避免他们的错误；前人有好经验，我们应予发扬。

1987年6月我在日本京都日本比较文学学会年会上讲了一次《中国比较文学的今昔》，我分析了中西比较文学起源之不同。西方比较文学发源于学院，而中国比较文学（或萌芽状态的比较文学）则与政治和社会上的改良运动有关，是这运动的一个组成部分。西方比较文学为什么在学院中兴起当然也有社会原因和其他原因（如哲学），不过直接起因是学院里要解决文学史的问题。而中国比较文学则首先结合政治社会改良，而后进入校园的。

要比较，首先要意识到有外国文学的存在。外国文学引进中国是在清末海禁被打开之后。海禁被打开后，使知识界最先接触到外国文学。作为古文家的林纾惊异地发现西方小说写生活尤其写下层社会的生活写得这样生动。西洋小说中情节的曲折，人物的刻画，对话，都给他留下深刻的印象。这些他认为可以和中国史家如司马迁媲美，和古文家媲美。不过林纾翻译西洋小说不仅因为他欣赏西洋小说的“文笔”，认为中西有相通之处，他也透露了他翻译西洋小说的另一目的。例如他译《黑奴吁天录》就把黑人的遭遇作为借鉴，以警醒黄人。他虽不是改良派，但他恨国力既弱，今日“黄人受虐或加甚于黑人”。所以他译此书，“使倾心彼族者”“吾书足以儆醒之”，有很鲜明的社会意识。

梁启超对西洋和日本小说发生兴趣更是出于政治改良的原因。他在《译印政治小说序》(1898)中说：“彼美、英、德、法、奥、意、日本各国之日进，则政治小说为功最高焉。”在《论小说与群治之关系》(1902)中，他认为创造一种新型小说可以振奋国民，革新道德、宗教、政治、风俗、学术，以至人心。这些言论当然算不得是比较文学，但有了这样一种思想以后，进一步做比较时，也必以这思想为出发点。例如他在《饮冰室诗话》里说：“中国事事落他人后，惟文学似差可颉颃西域”，但他惋惜中国没有长篇史诗，因此他一旦发现黄公度《锡兰岛卧佛》一诗就大为欣喜，说：“中国文学界足以豪矣”，并说：“吾欲题为《宗教政治关系说》。”梁启超也做过具体的比较文学研究，如《翻译文学与佛典》，在此他指出佛典与中国小说以至杂剧、传奇、弹词也不无关系。顺便说一句，梁启超治史也主张用当时西方的治史方法来改造中国旧史学，主张不为死人写史，主张客观性，主张探索“来因与去果”（虽然他后来又怀疑因果律）。

鲁迅写《摩罗诗力说》(1907)目的也很明确："意者欲扬宗邦之真大，首在审己，亦必知人，比较既周，爰生自觉。"又说："国民精神之发扬，与世界识见之广博有所属。"《摩罗诗力说》本身虽是欧洲浪漫诗人的介绍和比较，但当鲁迅谈到西方文化和思想时，当他总结浪漫派诗歌时，无不和中国进行对比。他在结束时问道："今索诸中国，为精神界之战士安在？有作至诚之声，致吾人于善美刚健者乎？……"

即使像王国维这样一位"纯"学者也不是脱离实际的。他完全意识到中西文化的差异，以及西方人对中国文化理解的缺陷，因而感到有沟通的必要。他在给日本人西村天囚译的《琵琶记》作的序(1913)中有这样的话："近二百年来，瀛海大通，欧洲之人讲求我国故者亦夥矣，而真知我国文学者盖鲜。"其原因是"道德风俗之悬殊"。因此欧洲人翻译的中国"国故""外不能喻于人，内不能慊诸己"。他举例说像英国人大维斯译的《老生儿》(1817)只译了科白，完全不了解"元剧之曲但以声为主，而不以义为主"。

我国比较文学的发端除了结合政治、社会、文化实际这一潮流以外，还有另一股潮流，那便是用从西洋输入的理论来阐发中国文化和文学。前面提到梁启超治史也属于这一潮流。这是一股不容忽视的潮流，因为它是真正做出成绩来的潮流。王国维就是用西洋的观点(叔本华哲学)研究《红楼梦》，用主客观的观点论词(《人间词话》)。他的《宋元戏曲考》虽不属比较文学，但具有宏观的观点，指出《窦娥冤》《赵氏孤儿》"即列于世界大悲剧之中，亦无愧色"。茅盾研究中国神话用的是比较人类学的方法，把中国神话整理出了一个头绪。茅盾也做了中国神话和希腊、北欧、印度神话的比较研究。郑振铎主张文学改良，主张新文学，主张重新估价中国文学。他和早期鲁迅一样，服膺进化论，他提倡用进化论的观点研究文学(《研究中国文学的新途径》，1927)。他用可能来自普罗普(Vladimir Propp)在《民间故事的形态学》(1927)里的方法研究中山狼的故事。吴宓在《红楼梦新谈》(1920)里，用西方小说的标准衡量《红楼梦》，他的结论是《红楼梦》不仅满足而且超过了这些标雄。可见引进外国方法研究中国文学在我国有这传统，而且做出了成绩。

在过去的比较文学实践中，似乎影响研究多于平行研究和跨学科研究。这可能和我国做学问重考据的传统(所谓"汉学")有关，甚至创作也要"无一字无来历"。梁启超说："中国于各种学问中，惟史学为最发达”[1]，史书多得“不可得遍读”[2]。汉学做学问的传统，史学的发达，说明我国文化中，我国学者的心态中，历史意识特强，事事都要溯源，养成“考据癖”。这种文化熏陶使人们看到本国文学受外来影响，或外国文学中有中国成分，就自然而然要探个究竟。

我国比较文学的历史很值得深入总结，但就以上粗略的回顾，可以看出我国过去比较文学的实践至少有以下几个特点：

1．介绍和研究外国文学，中外文学的比较研究，都和社会生活相联系。这个传统能不能继承、应该不应该继承呢？我想回答是肯定的。但怎样使比较文学和现在的社会生活联系起来，则有待于进一步探讨。

2．我国早期学者多用外来的方法和理论来阐发中国文学，卓有成效。这个途径我觉得应当算做“中国学派”的一个特点，理由前面已经提到。

3．尽管影响研究做得很多，但有待深入，此外还有许多未开垦的处女地有待开发。平行研究过去做得较少，就现状看，更是有待提高。至于跨学科研究，除了老一辈学者如朱光潜、伍蠡甫、钱钟书等外，展开得更少。

国际上也有学者反对区分派别，当然也不赞成讨论建立中国学派，提出与其区分派别，不如共同研究问题。套用胡适的话就是“少谈些学派，多研究问题”。当然比较文学中有大量的问题，特别是文学理论问题迫切需要讨论研究，但这和学派问题并不矛盾，可能反而有助于理论的探讨。

（三）危机与前途

在国外，首先提出比较文学危机的是韦勒克（1958）。他所谓的危机是指法国学派把这门学科变成了“文学外贸”，只以研究相互关系为满足，而忽略了文学本身。到了70年代，西方比较文学界又感到了危机，这次危机指的是一浪追一浪的“新理论”对比较文学的冲击，好像要使比较文学失去它的存在，取消了它应有的作用。此外，在国际上比较文学似乎也不受重视。例如1987年6月日本东京大学国际比较文学讨论会上，荷兰学者塞格斯就说：“大家都认为比较文学遇到了

① 《中国历史研究法》，上海古籍出版社，1987年，第10页。
② 同上书，第30页。

危机。危机是有的。它来自比较文学的外部和内部。内部指的是新的文学理论对比较文学的冲击;外部则指在现代技术统治一切的社会,人文科学和比较文学受到轻视和威胁。目前比较文学也确有不能令人满意之处,很难向前推进。因此,比较文学必须寻求新的模式,走出一条新路。"[①]出路何在呢?塞格斯引英国历史学家汤因比的话说:"创造性的工作如不能取得有价值的社会效益,就是空的。"塞格斯接着说:"大家都认为目前的人文科学还不如一台复印机,老是重复别人的话。"

国内的比较文学虽然"复兴"不久,但有识之士也看到了隐伏的危机。一方面,和国外一样,我国知识界、研究界、文艺界对比较文学不甚理解。另一方面,危机指的是热心比较文学并积极实践的作者群虽然做了大量的工作,而且也有成绩,但多数停留在浅层次上,有待更上一层楼。

危机并非坏事,有了危机感,事业才能前进。纵观国外国内所谓的危机,有的已成过去,如韦勒克所提出的危机。塞格斯所提出的危机倒是触及一个根本问题,也就是我们前面谈的早期我国比较文学和社会生活紧密结合的问题。这个问题不仅比较文学有,外国古典文学研究,中国古典文学研究,其他人文科学研究都有。怎样产生社会效益?恐怕不能把研究美国小说家黑利的作品和机场、旅馆、银行的管理联系起来来产生社会效益吧。"《三国演义》和人才学""《红楼梦》与经济效益"这类题目恐怕也不是联系实际的正路吧。我想比较文学的研究以及人文科学应当能满足时代的精神需要,而不是如塞格斯所说的复印机,这才是一个"新的模式""一条新路"。

至于新理论的冲击,我在另一篇文章里已介绍了这方面的情况,这可能是一个适应问题。新理论,如解构学说,乍看似乎是语言学和哲学上的认识论的问题,与文学无关,很难应用到实际文学批评上来。但是在国外,用这新理论来阐释文学现象已大有人在,这说明了它的有用性。

至于国内的危机云云,我想不能仅看到眼前的状况或不久的将来的可能的状况,而应看到比较文学作为一门学科的前途。它之所以有前途是因为它能起到积极作用,这在前面谈到它的目的和功能时已有

① 参看《中国比较文学通讯》1987年第2期,北京大学,第19—20页。

所说明。其次，我觉得我们还有许多事情要做。例如，中外文学、中外文化的关系或相互影响还远非已经穷尽。又如东方文学之间的比较研究还刚刚开始。汉文学与少数民族文学、少数民族文学之间、少数民族与外国文学之间的比较研究，有的只有少数人在从事，有的可能还没有人在做。至于跨学科的比较和用某种外来理论研究中国文学，则在目前还是两个弱点。此外一定还有许多空白。

当然要完成这许多任务，需要创造条件。条件指装备问题，物质装备和精神装备，后者包括知识、语言、理论、心态。最后这点颇值得注意。我曾说过：“我们的先辈学者如鲁迅等，他们的血液中都充满了中国的文学与文化，中国文化是其人格的一部分。这样他们一接触到外国文学就必然产生比较，并与中国的社会现实息息相关。”[①]我们多年受的训练则相反，使我们研究外国文学时像科学家对待原子或昆虫那样，与我们自身毫无关系，也就是隔与不隔的差别。我这样说丝毫不是说要陶醉于固有的文化，做个泥古派，而是说要非常熟悉自己的文学、文化，对它们的优秀传统有自己的感受。对一个比较学者来说，还要求对其他国家的文学、文化有相似的修养。这当然是很高的要求，但要做出有价值的成绩，只能取法乎上。

---

① 《中国比较文学通讯》1987年第2期，第22页。

比较文学发展的第三阶段[①]（2005）

乐黛云

如果说比较文学发展的第一阶段主要在法国，第二阶段主要在美国，那么，在全球化的今天，它已无可置疑地进入了发展的第三阶段。这一阶段比较文学的根本特征是以维护和发扬多元文化为旨归的、跨文化（非同一体系文化，即异质文化）的文学研究。它必须满足两个条件：一是跨文化，二是文学研究。中国比较文学是继法国、美国比较文学之后在中国本土出现的、全球第三阶段的比较文学的集中表现，它的历史和现状充分满足了这两个条件。

比较文学的出现是一定社会和物质条件以及文学本身发展到一定阶段的产物。它作为一门独立学科的形成是以 1877 年世界第一本比较文学杂志的出现（匈牙利），1886 年第一本比较文学专著的出版（英国）以及 1897 年第一个比较文学讲座的正式建立（法国）为标志的。经过数十年法国关于文学传播及其相互影响的研究和第二次世界大战后美国关于并无直接关联的文学之间的平行研究和跨学科研究，比较文学已有百年历史。但是，中国比较文学并不是这一历史的直接分支，它虽出现在同样的时代语境，受着世界比较文学的重大影响，有时甚至是塑形性影响，但却有着自己发生、发展的独特过程。

20 世纪的一百年，是中国学术文化史从传统向现代转型，并在中外学术的冲突和融通中曲折地走向成熟和繁荣的一百年。在这一百年中，比较文学先是作为学术研究的一种观念和方法，后是作为一门相对独立的学科，在中国学术史上留下了自己深刻而独特的足迹。比较文学在 20 世纪中国的发生、发展和繁荣，首先是基于中国文学研究

---

① 本文原载于《社会科学》2005 年第 9 期。

观念变革和方法更新的内在需要。这决定了20世纪中国比较文学的基本特点。学术史的研究表明，中国比较文学不是古已有之，也不是舶来之物，它是立足于本土文学发展的内在需要，在全球交往的语境下产生的、崭新的、有中国特色的人文现象。

20世纪伊始，清政府一方面是对改革派横流天下的“邪说”实行清剿，一方面也不得不提出“旧学为本，新学为用”的口号，并于1901年下令废除八股，1905年废除科举并派五大臣出洋考察，1906年又宣布预备立宪、改革官制等。在这样的形势下，有头脑的中国人无论赞同与否，都不能不面对如何对待西方文化的问题，也不能不考虑如何延续并发扬光大中国悠久文化传统的问题。在这样的形势下，西学东渐成为不可阻挡的时代潮流。在西学的冲击下，传统文人难以单靠汉语文学立身处世，于是，出国留学、学习外语便成为新的选择。连林纾那样倾向保守的人士，尽管无法掌握外语，却与人合作，译出了300多种外国小说。林纾的译作在读书人面前展开了新异的文学世界，推动了中国人的文学观念由传统向现代的转变。从此，在中国人的阅读平台上出现了与汉文学迥然不同的西洋文学，这就为中西文学之“比”提供了语境。清末民初不少学者，如林纾、黄遵宪、梁启超、苏曼殊、胡怀琛、侠人、黄人、徐念慈、王钟麟、周桂笙、孙毓修等，都对中外（外国主要是西方，也包含日本）文学发表了比较之论。当然，这些“比较”大都是为了对中西文学做出简单的价值判断，多半是浅层的、表面的比较，但它却是20世纪中国比较文学的最初形式。

如果说比较文学当初在法国及欧洲是作为文学史研究的一个分支而产生的，它一开始就出现于课堂里，是一种纯学术的“学院现象”，那么，20世纪伊始，比较文学在中国却并不是作为一种单纯的学术现象，也不是在学院中产生，它与中国社会，与中国文学由传统向现代的转型密切相关，它首先是一种观念、一种眼光、一种视野，它的产生标志着中国文学封闭状态的终结，意味着中国文学开始自觉地融入世界文学之中，与外国文学开始平等对话。看不到这一点，就看不到比较文学在中国兴起的重大意义与价值。

这第一点不同决定了中国比较文学与欧洲比较文学的第二点不同，那就是法国及欧洲的比较文学强调用实证的方法描述欧洲各国文学之间的事实联系及其传播途径，而中国的比较文学一开始就具有强烈的中外（主要是中西）文学的对比意识或比照意识；欧洲比较文学要强调的是欧洲各国文学的联系性、相通性，而中国比较文学则在相通性之外，更强调差异性和对比性。从这一点看，初期欧洲比较文学的重心在“认同”，不在差异的“比较”，而初期中国比较文学的重心却在差异的“比较”而不在“认同”。

这种发生和发展的不同，意味着中国比较文学与西方比较文学之间的另一层深刻的差异，那就是欧洲比较文学主要是在西方文化这一特定的、同质文化领域的文学内部进行的，它在很长的一段历史时期都是一种区域性内部的比较文学；而中国比较文学一开始就是中西两种异质文化之间的比较文学，是在世界文学的大背景上发生的，它一开始就跨越了区域界限，具有更广阔的世界文学视野。诚然，欧洲人靠着新大陆的发现、奴隶贸易、资本的输出和殖民地的建立，在政治、军事、经济上比中国人更早具备了世界视野，但从文学上看，当比较文学在 19 世纪后期的法国作为一门学科产生的时候，其基本宗旨是清理和研究欧洲内部各国文学之间的联系，直到 20 世纪 30 年代，梵·第根在其《比较文学论》中将法国的比较文学实践加以理论概括和总结时，他的视野仍然仅囿于欧洲文学之内。这种情况的出现有着多方面的原因：首先是法国学派将比较文学学科界定为文学关系史的研究，而这种研究只有在欧洲各国文学之间才能进行；超出欧洲之外，则因当时文学交流与传播的事实链条尚未形成，或正在形成中，还较难成为实证研究的对象。而且，从当时法国人及欧洲各国比较学者的语言装备来看，通晓欧洲之外的语言并具备文学研究能力的学者，可以说是凤毛麟角，因而将研究视野扩展到欧洲文学之外，对他们来说即使有心，也是无力；况且他们所关注的主要是使其他文化变得跟他们自己的文化一样，如罗力耶在《比较文学史》一书中所追求的，那就使欧洲的比较文学更难成为以多元文化为基础的比较文学了。这种情形到了 50 年代，由于平行研究的蓬勃发展和某些非欧美血统的学者(特别是俄、日、印度的学者)的加入，为西方比较文学添加了更多世界性因素，开拓了新的学术空间，特别是增添了并无直接关联的、超越时空的主题学研究和跨学科研究。但由于西方中心论意识形态的局限和语言本身的限制，属于不同文化体系的异质文化之间的比较文学研究始终未能得到应有的发展。

中国比较文学在 20 世纪初发轫，20 年代后作为一种学科开始孕育，尽管由于时代和政治的原因，中国内地的比较文学在 60 至 70 年代处于一种沉潜状态，但港台地区的比较文学却在这一期间率先繁荣起来，成为中国比较文学大发展的前驱。1979 年，改革开放后的中国学术界,压抑了多年的学术热情和创造力像井喷一样迸发。比较文学作为一种最具开放性、先锋性的学科之一,得到了迅速的复兴和迅猛的发展。中国比较文学在此时的崛起具有重大的历史意义。众所周知,20世纪80年代前后,世界更全面、更深入地进入了全球化时代。多元文化共存的要求与帝国文化霸权和文化原教旨主义之间形成了尖锐对立,不同文化体系之间的人们急需相互理解、沟通和对话,文学的任务首先是研究人,作为跨文化文学研究的比较文学,对促进不同文化之间的人的相互认识和理解有着独特而重要的作用。

事实上,在全球资讯时代,人类所面临的问题仍然是历史上多次遭遇的共同问题:如生死爱欲问题,即个人身心内外的和谐生存问题;权力关系与身份认同问题,即人与人之间的和谐共处问题;人和外在环境的关系问题,即人与自然之间的和谐共存问题。追求这些方面的"和谐"是古今中外人类文化的共同目标,也是不同文化体系中的文学所共同追求的目的。深入了解不同文化中的文学对这些共同困惑的探索,坚持进行文学的交流互动,就有可能把人们从目前单向度的、贫乏而偏颇的全球主义意识形态中解救出来,形成以多元文化为基础的另一种全球化。因此,当代比较文学第三阶段的特征,首先是有关不同文化体系中,即异质文化之间,文学的"互识""互补"和"互动"。

中国比较文学之所以能成为全球第三阶段比较文学的集中表现者,首先是由于中国作为发展中国家,它不可能成为帝国文化霸权的实行者,因而可以坚定地全力促进多元文化的发展。其次,中国具有悠久的文化历史,深厚的文化积淀,为异质文化之间的文学研究提供了取之不尽、用之不竭的源泉。第三,长期以来,历史上中国和印度、日本、波斯等国已有过深远的文化交往;近百年来,中国人更是对外国文化和外国语言勤奋学习,不断积累(包括派送大批留学生和访问学者),使得中国人对外国的了解(包括语言文化修养),一般来说,要远胜于外国人士(特别是欧美人士)对中国的了解。这就使得中国比较文学有可能在异质文化之间的文学研究这一新的时代高度,置身于建构新的比较文学体系的前沿。第四,中国比较文学以"和而不同"的价值观作为现代比较文学的精髓,对各国比较文学的派别和成果兼收并蓄。上世纪30年代初,梵·第根的《比较文学论》、洛里哀的《比较文学史》都是在出版后不久就被名家翻译成中文的。到20世纪末,中国翻译、编译出版的外国比较文学著作、论文集(包括俄罗斯、日本、印度、韩国、巴西)已达数十种,对外国比较文学的评价分析文章数百篇,绝大多数的中国比较文学教材都有评介外国比较文学的专门章节。或许在世界上任何一个国家，也都没有像中国学者这样对介绍与借鉴外国的比较文学如此重视、如此热心。最后，还应提到中国传统文化一向文史哲不分，琴棋书画、舞蹈、戏剧相通，为跨学科文学研究提供了全方位的各种可能。

总之，可以说 20 世纪的中国比较文学既拥有深厚的历史基础又具有明显的世界性和前沿性。它接受了法国学派的传播与影响的实证研究，也受到了美国学派的平行研究与跨学科研究的影响，它既总结了前人的经验，又突破了法国比较文学与美国比较文学的欧洲中心、西方中心的狭隘性，使比较文学能真正致力于沟通东西方文学和学术文化，从各种不同角度，在各个不同领域将比较文学研究深入导向崭新的比较文学发展的第三阶段。

代表世界比较文学发展第一阶段的法国比较文学，开创了以文献实证为特色的传播和影响研究。在这方面，中国有自己独特的研究历史。这不仅是简单的方法选择问题，而且也是研究的必需。举例来说，中国一千多年间持续不断的印度佛经及佛经文学的翻译，为中国比较文学学术研究留下了丰富的学术资源。在宗教信仰的束缚下，在宗教与文学的杂糅中，古人很难解释这段漫长而复杂的历史。到了 20 世纪 20 年代后，胡适、梁启超、许地山、陈寅恪、季羡林等将比较文学的实证研究方法引入中印文学关系史，在开辟了中外文学关系史研究的同时，显示了中国比较文学实证研究的得天独厚，也为中国的中外文学关系研究贡献了第一批学术成果。整个 20 世纪中国现代文学对外国文学的接受史，其范围之广，影响之深，对全世界来说，也是绝无仅有的。此外，中国文学在东亚的朝鲜、日本、越南诸国的长期的传播和影响，也给中外文学关系、东亚文学关系的实证研究展现了广阔的空间。因而，在 20 世纪中国比较文学中，实证的文学传播史、文学关系史的研究不但没有被放弃，反而是收获最为丰硕的领域。中国学者将中国学术的言必有据、追根溯源的考据传统，与比较文学的跨文化视野与方法结合起来，大大焕发这一研究的生命力，在这个领域中出现的学术成果以其学风的扎实、立论的严谨和科学，而具有其难以磨灭的学术价值和长久的学术生命。

20 世纪 50 年代后，代表世界比较文学发展第二阶段的美国比较文学，突破了法国学派将比较文学定位为文学关系史的学科藩篱，提倡无事实联系的平行研究和文学与其他学科之间的跨学科研究，取得了很大成绩。中国比较文学在这方面也有自己独到的收获。1904 年王国维的《红楼梦评论》、1920 年周作人的《文学上的俄国与中国》、20 年代茅盾的《中国神话和北欧神话研究》、钟敬文的《中国印欧民间故事之类型》以及 1935 年、尧子的《读西厢记与 Romeo and Juliet(罗密欧与朱丽叶)》等已为中国比较文学开创了平行研究的先河。后来,钱钟书的《中国诗与中国画》《读〈拉奥孔〉》《通感》《诗可以怨》以及杨周翰的《预言式的梦在〈埃涅阿斯纪〉与〈红楼梦〉中的作用》以及《中西悼亡诗》等都是跨文化研究与跨学科研究的典范之作。70 年代,以钱钟书《管锥编》为代表的多项式平行贯通的研究实践,更是别开生面的平行研究之楷模。当然,在发展中,有波折,也有洄流,例如在平行研究中,人们有意识地在中外文学现象的平行比较中,寻求对中国文学及中国文化的新的理解和新的认识,并在平行比较中尝试为中国文学作进一步科学的定性和定位。但对于平行研究中的可比性问题,陈寅恪等前辈学者早就提出了质疑,80 年代后,随着平行研究的兴起,也出现了一些"X 比 Y"式的牵强附会的比附现象,在受到季羡林等先生的批评后,中国的平行研究才有了更好的发展。"跨学科的文学研究"也曾受到一些质疑,有人提出"它是文学与其他学科之间的关系研究,还是在文学研究的方法和视角上对其他学科的借鉴?"其实,这两者的结合与相互为用是显而易见的。也有人认为只有当"跨学科"同时也是"跨文化"时,才能视为比较文学等等。但"跨学科的文学研究"仍然在曲折中前进,1989 年中国社会科学出版社出版了《超学科比较文学研究》一书,杨周翰教授在该书序言中特别指出:"我们需要具备一种'跨学科'(interdisciplinary)的研究视野:不仅要跨越国别和语言的界限,而且还要超越学科的界限,在一个更为广阔的文化背景下来考察文学。"

此外,在世纪之初,王国维独辟蹊径,从另一个侧面进入了比较文学。他以外来思想方法烛照中国文学,用西洋术语概念来解读和阐释《红楼梦》和以屈原为代表的诗歌以及宋元戏曲等中国作品,努力使外来思想观念与中国固有的文学作品相契合,虽然没有更多直接的比较,但与表层的直接比较相对而言,王国维在比较文学方面的探索更具有跨文化的世界文学眼光,体现了一种"他山之石,可以攻玉"的内在比较观念,因而更能够深刻地切入比较文学本体,并由此开中国比较文学阐发研究之先河。以 A 文化的文学理论阐释 B 文化的文学作品,又以 B 文化的文学理论阐释 A 文化的文学作品,这样的双向阐发在中国的跨文化文学研究中占有很重要的地位,以致有些台湾学者提出阐发研究就是“中国学派”的特色。

总之，中国比较文学并非只是被动地接纳外来的学科理念，而是从自己的历史出发，在自己独特的研究中试图做出自己的判断；中国比较文学作为世界比较文学的第三个发展阶段，不是外来学派的一个分支，它发出了自己独特的声音，表现了自己独到的思考，显示了自己固有的特色，为世界比较文学做出了独一无二的贡献。

近年来，中国比较文学沿着上述发展路径又开创了一些新的领域，表现在以下几方面：

第一，学科理论的新探索。中国比较文学学者结合中国比较文学实践，积极探索全球化时代跨越东西方文化研究的比较文学新观念和新理论，对比较文学的观念有所推进。例如倡导“和而不同”的多元文化共存与互补观念；强调差异、互识互补、和谐相处，并通过文学促进世界文化的多元共存；建立异质文化之间文学交流的基本理论；探索东西方文学对话的话语机制与方法等等。

第二，文学人类学新学科的建立。文学人类学是文学与人类学交叉研究的硕果，是“中西神话比较研究”的延伸，也是近二十年来中国比较文学跨学科研究催生出的最具活力的一个新领域。自1991年至今，“中国文化的人类学破译”系列共八百余万字相继出版，在世界文化语境的参照下，对包括《诗经》《楚辞》《老子》《庄子》《史记》《说文解字》《中庸》《山海经》等这些难解的上古经典作了极有创见的文学和人类学现代诠释。

第三，翻译作为一门独立学科的出现。中国是一个翻译大国，不仅有着两千多年的翻译历史，而且从事翻译工作的人数和翻译作品数量在世界遥遥领先。20世纪的最初十年，文学翻译作品占我国全部文学出版物的4/5。今天，各类翻译作品也占到了我国全部出版物的将近1/2。文学翻译不只是文字符号的转换，而且是文化观念的传递与重塑，翻译文学不可能脱离译者自己的文学再创造而存在，翻译家的责任不仅是有创造性地再现原意，而且还要在“无法交流处，创造交流的可能”，也就是在两种语言相切的地方，不仅传输外来语言而且发展本土语言。因此，译成中文的翻译作品应是中国文学的一个不可或缺的重要组成部分，翻译文学史应是中国文学史的一个重要分支，这已成为中国比较文学界的共识。

第四，海外华人文学与流散文学(Diaspora)的相遇。近年的华人文学研究不仅包容了海外中文作品，而且包容了海外华人及其后裔用不同语言写的文学作品。这种研究的重点在于观察和分析不同文化相遇、碰撞和融合的文学想象，并进一步以这些作品为核心展开异国文化的对话和不同文化的相互诠释。近几年来，这种研究迅速汇入世界性的以漂泊流浪的作家作品为主体的"流散文学"探讨。这方面的学者不仅致力于引进西方的流散写作理论，而且通过总结中国流散写作的理论和实践，直接与国际学术界进行有效的对话。中国在全世界的移民为数众多，历史悠久，该研究必将为未来世界文学史的重写做出不可替代的贡献。

第五，关于文学关系的清理。钱钟书先生早就指出：从历史上看，各国发展比较文学，最先完成的工作之一都是清理本国文学和外国文学的相互关系，研究本国作家与外国作家的相互影响。近年关于中外文学关系研究的最大进展是将20世纪中国文学和世界文学作为一个整体来进行探讨，全面研究20世纪中国作家所体现的中国传统文化继承与西方文化影响的互动。15卷跨文化个案丛书《中国现代作家在古今中西文化坐标上》的出版就是一个明显的例证。"中国文学在国外"的研究也有了长足的进展。12卷本的《外国作家与中国文化》无疑是20世纪一部重大的学术成果。季羡林教授认为，由于中国、印度、波斯、日本、朝鲜和其他阿拉伯国家历史悠久的积累，形成了与西方不同的庞大而深邃的、独立的文学理论体系，可惜从事文学理论研究的人往往"知西而不知东"，这是很大的遗憾。近年来，关于东方比较文学的研究有了新的可喜的进展。此外，比较诗学、跨文化生态文学研究、形象学研究，以及中国少数民族文学比较研究等也都创造了可观的成绩。

比较文学在中国的兴起，使中国学术文化发生了一系列深刻变化。这主要表现为研究视野的扩大、新的研究对象的发现和文学观念与方法的更新等。在以文学理论、文学批评、文学史为主体的文学研究方面，更其如此。诸如《现代学术视野中的中华古代文论》《中国现代文学接受史》《中国古代文学接受史》《多种文学·多种文学理论·多种文学史》《中国翻译文学史》，特别是6卷本的《中国象征文化》、8卷本的《中国形象：西方的学说与传说》等都是这一论点的实证。

总之，中国比较文学作为全球比较文学的第三阶段，其基本精神是促进不同民族文化之间的理解和平等对话；它既反对"文化霸权主义"，又反对"文化原教旨主义"，始终高举人文精神的旗帜，为实现跨文化和跨学科沟通，维护多元文化，建设一个多极均衡的世界而共同努力。展望未来，我们对中国和世界比较文学前景抱有美好期待。对20世纪一百年比较文学学术史的总结和书写，就是要通过对有关方面的传统学术遗产的梳理、盘点和评说，进一步激活我国固有的学术传统，同时使新世纪的比较文学从过去一百年的传统中获取足够的营养和应有的启示，以获得健康发展。

毋庸讳言，人类正在经历一个前所未有、也很难预测其前景的新时期。在全球“一体化”的阴影下，促进文化的多元发展，加强人与人之间的理解与宽容，开通和拓宽各种沟通的途径，也许是拯救人类文明的唯一希望。奠基于中国文化传统的中国比较文学，作为世界跨文化与跨学科文学研究的第三阶段，必将在消减帝国文化霸权，改善后现代主义造成的离散、孤立、绝缘状态等方面起到独特的重要作用。

后 记

(一)

大学时代曾经读过一本《外语教育往事谈》,其中杨周翰教授的《饮水思源——我学习外语和外国文学的经历》一文给我留下了很深的印象。杨周翰先生于1946年秋赴英国牛津大学学习,时人出国留学主要是为了读学位(以及将来评教授,因此是"非出不可",即如钱钟书先生在《围城》中所说),但是他的想法与众不同:"我回顾自己走过的路,英国文学虽然读了一些,但总的说来有些杂乱无章。我想与其读个'文学学士'(B. Litt.)的学位,不如重做大学生,系统地再读一遍。读一个学位固然可以深入一个专题,学到一些方法,但就我来说,基础不扎实还是不行的,专题可以以后再搞。现在回顾,这个决定是对的。"读到这里,我也忍不住想说:"杨先生,你是对的。"

数年前,一位华人教授向我介绍美国大学的评价标准,最后总结了三个类型和原则:三流大学看项目,二流大学看论文,一流大学看教学。他的话实有所指,而我深以为然。大学不同于研究院所,它的存在理由和首要任务是教学,特别是本科教学。本科教学很能体现一所大学的实力和水平,所谓"每下愈况""下学上达";牛津大学是如此,北大等中国大学亦应如此。反过来说,博士学位虽然显得高大上,但是如果没有坚实的基础而大干快上,以至于形成某种具有"规模效应"的"教育产业",则也许不过是——但愿是我杞人忧天——拔苗助长、自欺欺人的个人—国家形象工程罢了。(我最近参加一位博士生的论文答辩,其人为大学英语教师,但在引证杨周翰先生的《十七世纪英国文学》时,竟将"翰"误写为"瀚";这虽然只是笔误,却也反映了今天博士生教育的"水"和"干"——"周翰"一名出自《诗经·大雅·崧高》"维申及甫,维周之翰"句,乃中文常识。至于中文系博士生不知《文心雕龙》、英语系博士生以 *Leviathan* 为《巨人传》之类的笑话,更是所在多有而不胜枚举。)杨周翰先生幸而生于当时,否则"只是"文学学士的他恐怕就没有机会说"现在回顾,这个决定是对的”这样的话了。

那么，杨周翰在牛津“重新下挂”，具体学到了什么呢？如其所说：“在牛津大学学习了将近三年毕业，可以说达到了我的目的。我用了相当长的时间学了古英语和中古英语……在学习古英语和中古英语的同时，我系统地学了从 16 世纪到 19 世纪的文学（牛津大学十分保守，认为 1832 年以后的文学不必认真学，只消看看就可以了，原因大半是文字上没有什么困难，不必教师指导），同时也学文学批评。”这里的关键词是“语言”和“文学”——不是一般的语言和文学，而是特定的语言和文学。事实证明，正是这种看似“保守”的课程学习为杨周翰先生后来独树一帜的学术道路、治学方法和研究品位奠定了坚实的基础。

今天中国高校外语专业的本科教学，大多延续了 20 世纪 50 年代以来“听、说、读、写、译”并重的政策，我戏称为“五子登科”。这是一种工具主义的教育理念，结果使一度作为人文重镇而引领时代风骚的外语学科——例如今天多少有些被神话（尽管不无道理）的老清华或西南联大外文系——成为培养低端知识市场人才的流水线。这固然是新中国当年“一边倒”学习苏联的直接结果，但其根本原因则是西方近代以来“古今之争”的历史惯性使然。从文艺复兴到浪漫主义，西方见证了民族（vernacular-national）—现代语言文学的兴起和胜利——现代语言文学系即为其话语表征，并且成功规训了西方世界之外的国家，如中国。时至今日，中国（其实何止中国！）高校的外语（特别是英语）教学依然恪守古今分离的原则而体现甚至是助成了“前不见古人”“游子不顾反”的现代主义意识形态。（中文学科也许情况稍好，但是另有问题，此不具论。）

如果说“前不见古人”而自信“今将胜古”构成了现代思想的悖论和危机（须知 progress without standards 无异于 race to the bottom），那么我们也许需要“向后看”：在现代状况下，“向后看”也就是“向前看”，而这种“向前看”实在是“向上看”。我们看到（这个“看”，自然也是“向上”的“回看”），青年学者杨周翰正是这样做的；事实上，如果没有当年在牛津的这一“向上—回看”，也许就没有后来的英国文学和比较文学专家杨周翰了。

（二）

中国古人有文儒、世儒之辩，后世又有文人、学者之说。文人未必是学者，而学者不尽是文人。杨周翰先生是一个纯粹的学者，但他在学者的俨然和矜持之外，别有一种文人的气质和情怀。杨氏去世后，他当年的西南联大同学和后来的北大同事李赋宁先生撰文回忆说："我最佩服和羡慕的是他的典雅的牛津英语发音和他的炉火纯青的余叔岩派京剧唱腔。他的古汉语和中国古典文学修养很深，毛笔字写得流畅、飘逸。同时，他又熟读英国文学名著和西方文、史、哲典籍。抗日战争胜利后，他去牛津大学深造，学问更上了一层楼。"（《我与北大人》）李赋宁先生本人是新中国首屈一指的西方语文学家，所谓"like knows like"，他的评价不仅恰如其分，而且意味深长。

李赋宁自称"最佩服和羡慕"杨周翰"典雅的牛津英语发音"，这一点很容易理解：学习外语的人无不向往"习得"标准的语音，有时甚至以此衡量一个人的外语水平和社会地位（特别是在前—后殖民地国家，霍米·巴巴所谓 mimicry 即是）——英国（爱尔兰）作家萧伯纳的名言"一个英国人一张口说话，就不可能不受到另一个英国人的憎恨或鄙视"（"It is impossible for an Englishman to open his mouth without making some other Englishman hate or despise him."）正堪为此作注并解嘲。不过，李赋宁"最佩服和羡慕"老友的，还不是他"典雅的牛津英语发音"，而是他"炉火纯青的余叔岩派京剧唱腔"（顺便说一句，"唱腔"和"发音"均涉及音声，这表明了李赋宁先生听觉审美—声音认知能力的敏感发达）。英文大师、西学专家而雅好作为"国粹艺术"的京剧（当然这只是爱好者的说法，反对者也许会说这是低等文明或没落时代的过气艺术），而另一位英文大师和西学专家对此表示由衷的佩服和羡慕——这是不是有些奇怪？

其实这并不奇怪。杨周翰先生有句名言："研究外国文学的中国人，尤其要有一个中国人的灵魂。"这是杨先生的夫子自道，也是他对后来学者的传灯寄语。然而，并不是每个中国人（遑论"研究外国文学的中国人"）都"有一个中国人的灵魂"——"This was sometime a paradox, but now the time gives it proof."（*Hamlet*, III. i. 113—114）。

这是一种精神的认同，或者说是一种文化的养成。“世上决没有无缘无故的爱，也没有无缘无故的恨。”文化亦然。文化的养成同时也是灵魂的养成，而灵魂的根本在于爱恨—苦乐的执取。陈寅恪先生有言：“凡一种文化值衰落之时，为此文化所化之人，必感苦痛，其表现此文化之程量愈宏，则其所受之苦痛亦愈甚。”（《王观堂先生挽词序》）此诚不刊之论，而反之亦然：凡被一种文化所化之人，必将爱乐此文化；其化入越深，则其爱乐也弥重。杨周翰正是一个被中国文化——不是一般意义上的中国文化，而是纯正、典雅的中国文化，如京剧余派须生艺术（余叔岩为20世纪30年代京剧黄金时代“三大贤”之一、四大须生之首，其地位有如书中二王、诗中老杜、瓷中官汝，为中国文化之高标典型）——所化之人，或曰中国文化人。

作为一名“向上一回看”西方的中国文化人，杨周翰获得了古今/中外双重比较—互动的视域。例如他在1978年（众所周知，这是中国文化历经浩劫浴血重生的一年）全国外国文学研究工作规划会议上首倡比较文学和比较的方法：“比较是表述文学发展、评论作家作品不可避免的方法……应当提倡有意识的、系统的、科学的比较。”（《关于提高外国文学史编写质量的几个问题》）九年后，他又在《十七世纪英国文学》中以身作则地提出：“文学是扩大人类经验的手段”，因此“我们”中国学者不妨从“比较的角度”重写至少是一段外国文学史；欧洲文学多元一体而自成比较研究的格局，中西比较虽无此先天便利，但“我们站在中国的立场，不仅仅抱着洋为中用的态度去处理外国文学，而且是从中国文学传统的立场去处理它，分辨其异同、探索其相互影响（在有影响存在的地方），也许还是可行的，有助于对双方的理解”。我们看到，这个“双方”不仅涉及“以我为主”——用杨周翰本人的话说，就是“有一个中国人的灵魂”——的中西比较，也涉及“向上一回看”的古今对话：“对当代文学我们应当知道，对古代优秀遗产，我们也同样应当知道，可能还需要先知道。”（《维吉尔和他的史诗〈埃涅阿斯纪〉》）他看到了，说到了，也做到了（*vidit*, *dixit*, *fecit*——仿用恺撒名言）。杨周翰的著作——如《攻玉集》《镜子与七巧板》《十七世纪英国文学》，以及他的翻译——如维吉尔《埃涅阿斯纪》、奥维德《变形记》、贺拉斯《诗艺》，便是“道不虚行”的明证：“*hoc opus*, *hic labor est*.”（*Aeneid*, 6.129）

（三）

美国学者哈罗德·布鲁姆曾经感叹并提醒世人：我们在阅读莎士比亚的时候，最大的困难在于我们根本感受不到困难，因为“我们是莎士比亚塑造出来的”——莎士比亚创造了我们的感受性，以至于我们无法真正认识到他的原创性（《毁灭神圣真理》）。无独有偶，2013 年夏，时任美国福尔杰莎士比亚图书馆（the Folger Shakespeare Library）研究部主任的莎学专家 David Schalkwyk 来京演讲，席间也说到莎士比亚的作品已先后被译为 70 多种语言，唯独不能翻译为一种语言，这就是现代英语：正是在习焉不察的母语环境中，莎士比亚的作品失去了意义再生的机会，所谓“不识庐山真面目，只缘身在此山中”。那么，我们如何才能走出庐山、“生活在别处”而发现新的世界呢？莎士比亚本人向我们暗示了答案：如《特洛伊罗斯与克瑞西达》中的古希腊英雄阿喀琉斯所说，“一个人看不见自己的美貌，他的美貌只能反映在别人的眼里；眼睛，那最灵敏的感官，也看不见它自己，只有当自己的眼睛和别人的眼睛相遇的时候，才可以交换彼此的形象，因为视力不能反及自身，除非把自己的影子映在可以被自己看见的地方。”（III. iii. 112-120：“The beauty that is borne here in the face/The bearer knows not，but commends itself / To others' eyes：nor doth the eye itself” etc.）这番话虽不见于荷马史诗，但是至少可以追溯到柏拉图对话录中的“以他观我”“因人成己”之说（*Alcibiades*，132d-133c & *Phaedro*，255d-e），后经中世纪基督教上帝—他者神学、黑格尔主奴辩证法—精神哲学的改写加持而最后大成于巴赫金的对话理论（以及拉康反其道而行之的镜像学说）。对话哲学的基本假设与核心思想是“只有把我看成是他人，通过他人，借助他人，我才能意识到我，才能成为我自己”（托多洛夫：《巴赫金、对话理论及其他》）；因此人总是因人（他者）而成（成为自我）的异—己存在。在这个意义上，自我不再是本质性的实体或主体，而是一个动态发生的过程，其中蕴涵了自我与他者的对话和互动；通过这种反思性对话，自我超越自身而升华为更高的自我。杨周翰先生主张古今/中外双向互动的回看—比较，可谓英雄所见略同。也正是在这里，我们最终确证了比较文学的意义。

行文至此，不觉感慨系之。感慨之余，谨集前人诗句二首，以及本人旧作一首，结束本篇小文，并共寄望于将来：

其一

（2016年6月29日）

高阁横秀气，青天无片云。

怀君不可见，徒此挹清芬。

其二

（2017年1月28日）

去年天气旧亭台，竟日寻春懒便回。

正忆往时严仆射，九州风气恃风雷。

其三

（2001年8月2日）

偷闲面壁学参禅，饬性修心欲出蓝。

濡首绥绥载跋尾，三千娑婆证斯缘。

张沛

2017年3月28日于北大中关园寓所